# COSMO POLIS

# CINQ DOIGTS
# SOUS LA NEIGE

JACQUES SAUSSEY

# CINQ DOIGTS SOUS LA NEIGE

THRILLER

COSMOPOLIS

RETROUVEZ L'ENSEMBLE DU CATALOGUE
DES ÉDITIONS COSMOPOLIS

COSMOPOLIS.FR

---

Cosmopolis est une maison d'édition sanctuaire et indépendante de romans noirs, polars et thrillers, dont le pôle éditorial souverain est dirigé par trois éditrices : Holly Miller (Los Angeles), Judith Schwaab (Lyon) et Emmanuelle Pardo (Marseille).

---

*À Paule,*
*ma mère,*
*avec tout mon amour.*

*« C'est une poupée*
*qui fait non, non, non, nooon, non…*
*Toute la journée-é-é-e,*
*Elle fait non, non, non, nooon, non…*
*Personne ne lui a jamais appri-i-i-i-i-is,*
*qu'on pouvait dire oui, oui-i-i-i-i… »*

Michel Polnareff (1967)

# PROLOGUE

## VENDREDI 10 MAI 1968

Les poings serrés dans les poches, il la suit au loin depuis une bonne dizaine de minutes. Insouciante, elle marche sur le trottoir comme si le monde lui appartenait. Trois semaines qu'il l'a repérée. Petite poupée blonde, des yeux bleus comme des morceaux de ciel, elle exhibe en permanence un sourire dégoulinant d'une insupportable joie de vivre.

*Et cette jupe agitée par le vent qui dévoile ses cuisses roses comme ses joues...*

Tout près, la cité où elle habite. Une barre de huit étages qui surplombe la voie ferrée. C'est la dernière, tout au bout de l'alignement des tours. En bas, des jardins anémiques où les ronciers et les épineux dominent, histoire d'ôter aux enfants du quartier l'envie d'aller s'y cacher trop souvent.

Ils y sont presque.

Bientôt elle entrera dans son immeuble et elle disparaîtra, hors de portée jusqu'à lundi.

Il presse le pas et se rapproche de sa cible. Ses baskets glissent sur le macadam sans faire de bruit. La queue-de-cheval couleur or caracole sur la nuque de la fille comme quand, trois jours plus tôt, elle lui a fait non, non, non, nooon, non...

La chanson, lancinante, résonne à l'infini dans son esprit. Elle passe sans arrêt à la radio depuis des mois. Les couplets se sont incrustés en lui.

Alors puisqu'il faut quelqu'un pour se dévouer, il va lui apprendre à dire oui.

*Aujourd'hui.*

Elle marche de plus en plus vite. Peut-être la fraîcheur de la journée. Peut-être la peur confuse, aussi, que quelque chose la menace et qu'elle doit se dépêcher de rentrer.

Dans sa poitrine, son cœur commence à s'agiter. Il imagine le goût de ses lèvres, ses bras autour d'elle qui la serrent à l'étouffer. Il voit sa main qui descend sur son ventre, qui relève la jupe, qui cherche le passage un peu plus loin…

Il jette un rapide coup d'œil autour de lui. La cité est déserte. Les manifestations prévues dans l'après-midi ont vidé la ZUP de ses habitants. Lycéens, ouvriers, employés, enseignants, ils sont des dizaines de milliers à avoir rallié Paris pour se rassembler dans la rue. Du moins c'est ce qu'ils ont annoncé à la télé. Quelques mères se hâtent de rentrer chez elles pour écouter les informations. Ça va mal dans le pays. Tout le monde veut savoir si c'est une révolte, Sire, ou une révolution.

Lui, il s'en moque. Ça ne l'intéresse pas. Tout ce qu'il veut, c'est attraper cette foutue queue-de-cheval, la serrer bien fort et l'entraîner jusqu'à la cave, là où ils seront bien tranquilles tous les deux.

Il n'est plus qu'à quelques mètres. Trois tout au plus. Au moment où elle arrive à la porte du hall de son immeuble, elle l'aperçoit derrière son propre reflet et pousse un petit cri de surprise. Il fait un bond et lui saute dessus en la propulsant à l'intérieur.

Les vitres sont sales. Elles n'ont pas été lavées depuis des lustres. Il sait qu'ils sont invisibles de l'extérieur. Le gardien, poivrot notoire, a été viré juste à la fin de l'hiver. Tout le monde en a parlé, dans le coin. Son logement est vide, abandonné. Ce sont les habitants qui sortent eux-mêmes les poubelles depuis.

Le hurlement de la fille éclate dans le hall désert. Elle est tombée à genoux. Il saisit la queue-de-cheval à pleine main et il la tire de l'autre côté du garage à vélos.

Elle ne pèse pas bien lourd. Ça ne dure pas longtemps. Quelques secondes plus tard, il la tient serrée contre lui dans l'escalier, sa main droite collée sur sa bouche. Le cartable le gêne, mais il n'a pas eu le temps de le lui ôter des épaules.

Il descend quelques marches, tourne à gauche quand il sent le sol plat sous ses pieds. Il sait où il se dirige : un endroit en cul-de-sac. Il y est déjà venu plusieurs fois tout seul pour repérer les lieux, pour s'entraîner à s'y déplacer dans la nuit. Des murs aveugles, pas de soupiraux d'aération, aucun autre accès que celui par lequel ils sont arrivés. Au creux de l'air saturé d'odeur de bois moisi, il distingue celle des crottes de souris. Ou de rats, allez savoir.

Elle se débat contre lui comme s'il lui avait murmuré à l'oreille qu'elle allait bientôt mourir. Dans sa petite tête de dix ans, les nouvelles ne sont pas bonnes du tout.

Elle est à sa merci.

Elle lui appartient.

Il la saisit au cou et la colle contre le mur. De l'autre main, il lui arrache sa culotte et enfonce ses doigts entre ses cuisses. Tout de suite, l'érection le prend à la gorge. C'est encore plus fort que quand il se tripote devant un magazine porno.

Le mois dernier, dans *Lui*, c'était Brigitte Bardot. Une poupée blonde, elle aussi, mais trop vieille. Il ouvre sa braguette, extirpe son engin qui se déplie comme un ressort et il le presse contre la fille.

Il vibre de tout son corps.

*Enfin !*

*Il va enfin savoir ce que c'est de le faire en vrai !*

Elle se remet à hurler à la mort et il la frappe à la volée d'un méchant revers du poing. Contre toute attente, elle se jette sur lui et lui plante ses ongles dans le visage. Submergé par la rage, il lui agrippe le poignet et le tord pour lui faire vraiment mal, pour qu'elle comprenne qu'il est inutile de lutter.

Il est large et costaud. Pas loin d'un mètre soixante-dix. Ça cède tout seul, beaucoup plus vite qu'il l'aurait cru. Il sent quelque chose craquer sous sa paume avec un son très sec au moment où la lumière explose dans la cave.

— Mais qu'est-ce qui se passe, ici ?!

Tétanisé, il se retourne d'un bloc, le sexe brusquement dégonflé. Un jet d'urine le prend par surprise et inonde son pantalon. Face à lui, un vieux type cligne des yeux, sidéré. Il lâche la fille et se précipite sur l'intrus qui lui bouche le passage. Déséquilibré, l'homme tombe en arrière en s'accrochant à lui. Il y a un bruit de tissu qui se déchire et puis le son mat et lourd d'un corps qui s'écroule sur le sol.

Tandis qu'il enjambe le vieillard et fonce vers l'escalier, il entend sa voix forte qui le poursuit dans le couloir.

*— Et tu crois que tu vas t'en sortir comme ça, salopard ?*

Quand il arrive à l'air libre, il se met à courir à fond de train, comme si le fait de filer à toutes jambes loin de son méfait allait effacer à tout jamais ce qui vient de se dérouler. Il n'a pas remarqué la poche extérieure de son blouson qui pendouille telle une oreille de cocker.

Dans la cave, le vieil homme a rhabillé la fillette. Accroupi auprès d'elle, il a tout le mal du monde à la rassurer, à éteindre ses cris de douleur et de terreur mélangées. Quand il réussit à lui faire comprendre qu'elle ne risque plus rien, qu'elle a le bras cassé et qu'ils doivent remonter très vite au rez-de-chaussée pour qu'il puisse prévenir ses parents et l'emmener à l'hôpital, il aperçoit un morceau de carton plastifié au pied des marches.

Une carte scolaire.

Le nom de l'élève y est inscrit en majuscules.

Avec la photo de sa sale petite gueule de violeur adolescent collée dessus.

# PREMIÈRE PARTIE

# 1

## MERCREDI 25 SEPTEMBRE 1974

— Allez, p'pa...

Marc Torres posa son dictionnaire sur ses genoux. Alexandre se tenait à l'entrée de son bureau, le dos rond, comme chaque fois qu'il devait affronter son père.

— Je t'ai répondu, il me semble, non ?

Alexandre serra les mâchoires et frappa le chambranle du plat de la main.

— S'il te plaît...

Marc releva ses lunettes sur son front et lança un regard fatigué au-delà de la fenêtre ouverte sur le jardin. Au loin, le jour s'enfonçait déjà derrière la montagne et il n'était pas encore 15 heures. Il imagina avec un frisson d'angoisse les murs de sa demeure secoués par la musique furieuse de ces types hâves à cheveux longs dont les années 60 avaient accouché par dizaines. Comment pouvait-on supporter pendant une simple demi-heure des hurlements pareils ? C'était un véritable mystère pour lui. S'il donnait son accord, cette soirée allait se révéler un vrai cauchemar, même s'il était déjà certain qu'il ne parviendrait pas à fermer l'œil de la nuit.

— P'pa... C'est mon anniversaire...

Marc s'apprêtait, une fois de plus, à annoncer son refus ferme et définitif de se laisser envahir tout un après-midi par une horde d'adolescents surexcités, mais quelque chose dans le regard de son garçon l'empêcha de prononcer les mots fatidiques qui allaient anéantir ses espoirs. Depuis le décès de Véronique, cinq ans auparavant, une ombre noire n'avait plus quitté son visage. La douleur était toujours là, tapie au fond de lui, prête à déborder de ses paupières à tout moment. Dix-huit ans, un physique de rugbyman dont il avait hérité de son grand-père, mais une sensibilité à fleur de peau qu'il devait à la fragilité de sa mère. Cette fragilité qui, après lui avoir coloré les joues d'un délicat rose pâle pendant quelques années de sursis, les avait envahies de gris, jour après jour, dialyse après dialyse, et avait fini par l'emporter au cimetière avec les reins nécrosés et un foulard noué autour du crâne pour unique chevelure.

Marc avait mis des mois à relever la tête, à comprendre que la femme de sa vie l'avait quitté pour de bon, à accepter qu'il ne la reverrait jamais. Durant tout ce temps, tandis qu'il survivait tant bien que mal, écrasé par le chagrin, Alexandre s'était retrouvé plus seul que jamais. Marc savait qu'il ne l'avait pas soutenu autant qu'il l'aurait dû. Son fils avait perdu sa mère et, quelque part, il avait aussi égaré son père au bord de la route. Alors, comme lui, il s'était enfermé derrière sa propre barricade. Il était devenu dur, agressif, et il avait commencé à sécher le collège. Au bout de quelques semaines, le verdict était tombé. Il avait dû redoubler sa troisième, puis sa seconde. En juin dernier, il avait obtenu son passage en première scientifique, mais cela avait vraiment été limite. Les cours prodigués par un professeur particulier – et qui avaient coûté à Marc les yeux de la tête – avaient tout juste rempli leur contrat. Ce succès relatif leur avait tout de même permis d'accéder à un deuxième souffle après la disparition de Véronique et c'était déjà une belle amélioration après cette longue période d'échecs successifs.

Alors Marc s'interrogeait. Était-ce une bonne chose d'accorder à son fils cette journée de relâche aussi peu de temps après le début du premier trimestre ?

Il se recula dans son siège, poussa un profond soupir, puis, la main évanescente du fantôme de son épouse sur son épaule, il entendit sa propre voix sonner le glas de sa chère tranquillité.

— Très bien. C'est d'accord…

Alexandre resta un bref instant incrédule, puis il sauta en l'air.

— Ouais !!! Merci p'pa !!!

Marc cria pour couvrir les hurlements de joie de son fils qui sprintait déjà vers le téléphone.

— À une condition !

Alexandre stoppa net dans le couloir et réapparut dans l'encadrement de la porte, le front bas.

— Et c'en est une *sine qua non.* Tu as fait latin, si je me souviens bien, hein ?

Méfiant, Alexandre se garda de répondre. Marc enfonça le clou de son index planté sur son bureau.

— Je n'aime pas ce type que tu fréquentes.

Alexandre fit semblant de ne pas comprendre.

— Qui ?

— Tu le sais très bien. Je te parle de celui avec lequel je t'ai surpris en ville, l'autre midi, alors que tu étais supposé être en cours de gym.

Le jeune homme évita le regard inquisiteur de son père et eut un geste négligent de la main.

— Oh, c'est juste un copain, p'pa…

— Qu'est-ce que tu fabriquais aussi loin du lycée à cette heure-là ?

— Mais rien, je te jure ! On est allés boire un café, c'est tout !

— Et ton cours d'éducation physique ? Il est en option ?

— P'pa… Je suis le meilleur joueur de l'équipe de rugby. Je cours plus vite et plus longtemps que n'importe qui au bahut. C'est du temps perdu, pour moi. Le prof est d'accord, je t'assure !

Marc grimaça, incrédule.

— Ben voyons…

— Papa…

Le père tourna un visage fermé vers son fils.

— Alexandre, ton copain ne me plaît pas. Il a une tête de camé. Et la drogue, je te l'ai déjà dit : c'est de la merde. Je ne veux pas de ça dans cette maison. Et pas d'alcool non plus.

— Mais…

— Je te l'interdis formellement ! Si je trouve quelque chose de ce genre ici, tu auras affaire à moi, c'est bien compris ?

Devant son air renfrogné, Marc lui montra du doigt une photographie accrochée au mur, juste au-dessus de son bureau. Sur le cliché en noir et blanc, immortalisé par son propre père alors qu'il devait avoir à peu près le même âge que son fils, il tenait d'une main une canne à pêche en bambou et brandissait fièrement de l'autre un poisson de taille fort respectable. Marc en avait attrapé des centaines depuis, mais celui-ci était resté gravé au fer rouge dans sa mémoire. La toute première fois, c'est une chose qu'on n'oublie jamais.

— Quand j'étais jeune, on savait s'amuser simplement. On ne se démontait pas la tête comme les ados d'aujourd'hui. La rivière, c'était tout ce dont on avait besoin pour être heureux.

— P'pa, quand t'étais jeune, c'était pendant la guerre. Y avait rien d'autre à faire que d'aller à la pêche ou crever de faim. Ça a changé, depuis...

— Non, rien n'a changé, Alexandre. J'ai combattu en Normandie en 44 et 45 et j'ai eu la chance de m'en sortir. C'est une expérience que je ne souhaite à personne. Si la guerre m'a appris une chose, c'est que la vie est sacrée. On n'a pas le droit de la bousiller à ton âge en se défonçant la tête avec ces saloperies.

Alexandre leva les yeux au ciel et poussa un long soupir. Ça y était, c'était reparti pour le numéro de vieux con en uniforme...

Marc en eut soudain assez. Discuter plus avant ne servirait à rien. Quand Alexandre prenait son air buté des mauvais jours, aucun argument ne pouvait percer son entendement.

— Tu es encore trop jeune pour comprendre, mais ça viendra... Alors, souviens-toi bien de ceci : tâche que je ne te surprenne jamais avec de la drogue dans les poches ou je te promets que ça va barder pour ton matricule.

Alexandre tourna les talons et disparut sans un mot, le regard lourd de contrariété. Son père laissa la tension quitter peu à peu ses phalanges crispées sur son livre. Peu importait le ressentiment de son fils à son égard. Ce qui comptait, c'était de le protéger. Malgré lui s'il le fallait.

Et cette fois, il ne faillirait pas à son devoir.

# 2

Alexandre s'avança en traînant les pieds vers le téléphone posé sur le guéridon de l'entrée. Il attrapa le combiné et le serra dans son poing à le briser. Une rage sourde lui dévorait la cervelle. Une envie folle de le fracasser contre le mur lui martelait les tempes.

*Pas une goutte d'alcool... Pas un joint... Quelle merde!* Sa fête était foutue d'avance. Lui qui comptait dessus pour tenter de séduire la belle Mathilde, c'était raté. Et pourtant, avec quelques verres dans le nez et un ou deux pétards dans les neurones, il aurait peut-être réussi à dompter sa peur de l'approcher. Avec un peu de chance, elle aurait bu et fumé, elle aussi. Tout d'abord, elle aurait sûrement résisté un peu. Ensuite, une fois un peu partie, ça aurait été moins difficile de la convaincre de quitter les autres et de venir visiter sa chambre avec lui.

Grâce aux best-sellers de son père, l'aisance suintait de cette baraque tout entière comme si les murs transpiraient des billets de banque. Elle en serait tombée sur le cul. Alexandre savait que Mathilde était très attirée par l'argent. Ou plutôt qu'elle craignait d'en manquer. C'était à cause du divorce de ses parents, trois ans plus tôt. Quelques jours auparavant, alors qu'il s'était agenouillé dans le couloir du lycée pour renouer un lacet à côté de la porte des toilettes des filles, Alexandre avait surpris une conversation entre elle et Marie, une de ses plus proches amies. Il avait ainsi appris que le père de Mathilde avait déniché *une pétasse* sans enfants et avait laissé son ex-femme se démerder avec leur fille unique. Elle avait ajouté que, puisque les mecs étaient tous des salopards, elle finirait bien par dégoter un pigeon au portefeuille bien garni qu'elle pourrait mener à la baguette histoire de se construire un avenir moins merdique que celui de sa mère.

Alexandre avait filé quand une autre fille était arrivée dans le couloir en direction des toilettes. La pensée de Mathilde en train de se pavaner en voiture décapotable en compagnie d'un connard plein aux as ne l'avait pas quitté depuis. Avec son sourire lumineux, ses fascinants yeux bleus et ses nichons taillés comme des obus, elle obtiendrait tout ce qu'elle voudrait de n'importe quel garçon normalement constitué. Il y avait urgence à marquer son territoire avant que ce désastre ne se produise. Avant que la fleur ne soit cueillie par quelqu'un d'autre.

Mais voilà. Chez lui, l'argent, c'était son père qui le possédait. Et c'était lui qui imposait sa loi également. Alors sans la moindre goutte d'alcool ni le plus petit pétard à sa disposition, comment pourrait-il simplement espérer lui effleurer les seins sans qu'elle lui arrache aussitôt les yeux ?

Il avait mis un long moment à revenir en classe, le temps que son diable cesse de pointer comme une bouteille de Coca derrière sa braguette.

Alexandre restait immobile, le combiné noir à la main. Sa fête se délitait dans son esprit, emportant le sourire de Mathilde et ses obus dans le naufrage de la journée. Il n'avait plus qu'à laisser tomber. Les copains allaient être déçus. Personne, à part ce crétin d'Henri Duplessis, le fils B.C.B.G. du notaire, ne viendrait s'enterrer un après-midi dans ce trou sans un bon truc à vous décoller les yeux de la tête.

La tonalité du téléphone changea. Resté trop longtemps décroché, il sonnait à coups précipités. Alexandre le reposa sur sa fourche et le considéra un moment, puis il secoua la tête. Non, Mathilde n'allait pas lui échapper. Grâce à Pierre Barrier, son copain bien introduit dans le milieu, il avait encore le temps d'acheter de quoi la prendre dans son filet. Pierre le conseillerait. Un truc invisible. Quelque chose de fort et d'imparable.

Lui aussi était pêcheur. Mais au gros. Il allait planter un hameçon dans la gorge de Mathilde et il la hisserait à bord de sa barque. Et ensuite, il ne la laisserait pas retourner à l'eau.

Jamais.

Quitte à lui enfoncer un harpon dans le corps si l'hameçon ne suffisait pas.

Lorsque le jeune homme agrippa de nouveau le combiné pour appeler son ami Romain et lui annoncer la bonne nouvelle, ses pupilles luisaient dans la pénombre de l'entrée. Quelques minutes plus tard, il rassembla son courage et composa le dernier numéro de la liste tout en espérant que ce serait la mère de Mathilde qui lui répondrait. À chaque fois qu'il tentait de lui parler, à *elle*, sa voix déraillait devant ses grands yeux bleus et il se sentait ridicule. Il savait que, au téléphone, ce serait la même chose. Voire pire. Surtout avec ce putain de zozotement dû à ses deux incisives cassées l'année précédente au cours d'un match particulièrement musclé. Ce connard de dentiste avait estimé qu'il devait parvenir à l'âge adulte avant d'entreprendre quoi que ce soit, puisque sa mâchoire allait encore s'épaissir. En attendant, ce n'était pas lui qui passait pour un blaireau dès qu'il essayait de sourire à une gonzesse.

Quand on répondit à l'autre bout du fil, il retint son souffle pour ne pas être trahi par l'excitation qui lui brûlait l'échine et il se lança en bégayant à moitié tandis qu'une vibration lancinante qui avait pris naissance dans son bas-ventre irradiait son corps tout entier.

C'était Mathilde qui avait décroché.

# 3

## SAMEDI 28 SEPTEMBRE 1974
## 13 H 30

Marc Torres avait sorti sa voiture du garage en début de matinée pour permettre à son fils de tout y installer pour sa fête. De plus, il ne voulait pas prendre le risque qu'une maladresse occasionne une rayure à sa Mercedes flambant neuve. Avec Alexandre, que la nature avait doté de deux mains gauches, il fallait se méfier de tout. Il l'avait isolée de l'autre côté du parking, le plus loin possible en contrebas de l'entrée. Là, au moins, il était sûr qu'il ne lui arriverait rien.

L'écrivain jeta un regard circulaire à la pièce. Chaîne hi-fi, 33 tours – Alexandre semblait avoir descendu toute sa collection de sa chambre –, bouteilles de soda dans le frigo, bricoles à grignoter au cours de l'après-midi éparpillées dans des saladiers, tout était en place. Il avait même installé un gros chauffage à bain d'huile sur roulettes histoire d'atténuer rapidement l'humidité et la fraîcheur vraiment précoces pour la saison.

Marc frissonna. Depuis un méchant accident de ski, quelques années plus tôt, au cours duquel il s'était brisé un bras et quelques côtes, il sentait venir la pluie dans ses os bien avant que la météo ne l'annonce à la radio ou à la télévision. Il observa un instant le ciel encore clair, mais dont la couleur avait imperceptiblement viré à un jaune très pâle. Le temps allait se gâter d'ici la fin de la journée, aucun doute là-dessus.

Une idée soudaine dévia le cours de ses pensées. *Les toilettes. Y avait-il assez de papier dans les toilettes ?* Marc jeta un coup d'œil nerveux à sa montre. Les jeunes allaient arriver d'un instant à l'autre. Quinze, en tout et pour tout. Telle était la limite qu'il avait imposée à Alexandre, malgré ses supplications, pour éviter d'être complètement envahi. Il avait dû menacer de tout annuler pour que son fils cesse de râler.

Peu désireux de se retrouver à les accueillir avec des rouleaux de PQ à la main, il fonça vers les sanitaires du rez-de-chaussée et constata que, effectivement, ce point avait été oublié. Il fallait qu'il aille en chercher tout de suite dans la salle de bains de l'étage.

Au pied de l'escalier de la tour, il ôta ses chaussures pour ne pas salir les marches de chêne et se hâta jusqu'à la chambre de son fils qu'il ouvrit en grand sans frapper.

Alexandre ne fut pas assez rapide pour dissimuler ses mains dans son dos. Le mouvement vif et avorté n'échappa pas à son père. Marc s'approcha, le regard obscurci par un horrible doute face au visage cramoisi de son garçon qui avait laissé tomber sur son lit quelques morceaux d'une sorte de buvard coupé en petits carrés.

Il le considéra d'un œil noir, une tonne de suspicion sur les lèvres.

— Qu'est-ce que c'est que ça, Alexandre ?

— Euh... rien, p'pa. C'est juste...

Et puis il se tut. Marc, pâle comme un mort, tendit la main vers lui. Il venait de comprendre de quoi il s'agissait. Les trois lettres brûlaient dans son esprit de toutes les flammes de l'enfer.

— Donne-moi ça.

Alexandre se redressa, la mine défaite.

— P'pa...

Marc l'attrapa par le pull et le colla contre le mur. Alexandre cria lorsque son crâne frappa douloureusement la brique à nu. Au comble de la colère, son père se mit à le secouer comme un prunier.

— Qu'est-ce que je t'ai dit, bon Dieu ? Tu te fous de moi, Alexandre ? C'est ça ? Tu me prends pour un con ?

— Aïe ! Arrête ! Je suis désolé, papa ! C'est... c'est ce type... Celui que tu as aperçu dans la rue avec moi, l'autre jour...

Marc redoubla de colère et secoua son fils encore plus fort.

*— Son nom ! Donne-moi le nom de ce connard ou je te casse en mille morceaux !*

Comme une bouée qu'on lance à la mer pour sauver sa peau, Alexandre jeta le premier qui lui vint à l'esprit. Il était hors de question qu'il donne celui du dealer que lui avait présenté Pierre. C'était bien trop dangereux. Il avait été prévenu.

— Ma… Matthieu… Lambert…

Le coup de klaxon trancha l'air électrique. L'unique fenêtre de la pièce, qui s'ouvrait sur l'arrière du jardin, ne permettait pas, du parking, de voir ce qui se déroulait dans la chambre.

Marc respira difficilement. Le pire avait été évité de justesse. Dans un effort surhumain, il relâcha la pression sur le cou d'Alexandre et leva un index menaçant vers lui. Sa voix avait mué en un filet de rage contenue à grand-peine.

— Je ne peux pas tout arrêter maintenant sans devoir fournir des explications fumeuses aux parents de tes amis. Alors, profite bien de ta fête, Alexandre, parce que c'est la dernière qu'il y aura ici. En attendant, je ne veux *jamais* te revoir avec ce poison en ta possession, sinon je te promets que tu vas le regretter ! Et si je te trouve de nouveau avec ce type, ça va chier comme tu n'as pas idée ! Tu as compris ?

Silence.

*— Tu as compris, oui ou merde ?*

Du haut de son mètre quatre-vingt-dix, Alexandre fondit en larmes sous la poigne de son père qui lui écrasait le larynx contre le mur.

— O… oui… P'pa…

Marc ramassa tous les carrés de buvard imprégnés de LSD, puis il dévala l'escalier, marcha rapidement jusqu'à la cheminée et il les lança dans le foyer qu'il avait allumé en fin de matinée.

Ils disparurent dans les flammes au moment où la première portière claqua dans le jardin.

# 4

Jonathan Keller considéra la bâtisse avec un regard de connaisseur. Deux étages d'à peu près cent-cinquante mètres carrés chacun, un garage où l'on pouvait entreposer deux voitures de front, une tour qui, d'après Alexandre, servait de perchoir à la chambre du fils, le tout sur un terrain de presque un hectare qui donnait sur les premiers contreforts de la montagne : visiblement, ce Marc Torres ne s'emmerdait pas.

Malheureusement, ce type n'avait pas l'air d'être un maniaque de l'outil. Les balustrades de fer forgé avaient besoin d'un bon coup de ponçage et de peinture antirouille et la façade d'être rafraîchie par un solide ravalement. Quant aux tuiles, si rien n'était entrepris dans l'année, elles seraient bientôt aussi recouvertes de mousse qu'un morceau de comté oublié dans un réfrigérateur.

Romain se retourna vers lui, un paquet cadeau biscornu à la main.

— À ce soir !

Jonathan lui envoya un signe que son fils, déjà en train de filer vers la porte entrouverte du garage, n'aperçut pas. Il attendit quelques instants pour voir si le père d'Alexandre allait se montrer, mais l'homme ne faillit pas à sa réputation de sauvage et demeura invisible.

Il consulta sa montre. Il était à peine 14 heures. Peut-être allait-il profiter de tout ce temps libre pour aller en ville changer les pneus de son 4X4 qui en avaient grand besoin. Avec la mauvaise saison qui débarquait déjà, mieux valait être prudent.

Il pivota sur ses talons, la main en visière. Le terrain, qui descendait en pente assez raide depuis la maison vers le gigantesque portail de fer forgé, était planté de sapins dont le vert profond tranchait avec les feuillus jaunis par l'automne précoce. Au milieu des arbres, face à la montagne, l'écrivain avait installé un banc qui devait se retrouver à l'ombre au plus fort de l'été. À cette période-là, ce jardin devait ressembler de très près au paradis.

Jonathan Keller serra les dents. Malgré son état un peu négligé, cet endroit puait le fric à plein nez. Et comme à chaque fois qu'il était confronté à une grosse quantité d'argent qu'il ne possèderait jamais, des remontées acides se ruaient à l'assaut de son œsophage. Pour lui, ça n'avait pas été aussi facile que pour ce type qui ne devait sa richesse qu'à quelques heures passées par semaine devant sa machine à écrire pour pondre un de ces foutus bouquins. Tout le monde le disait – le facteur, le jardinier qui lui tondait sa pelouse et sa femme de ménage –, ce gars-là ne savait rien faire de ses dix doigts. La plupart du temps, il se la coulait douce, assis dans son canapé ou sur sa terrasse, à rêvasser en regardant la nature. Il n'avait jamais dû se coincer un ongle entre les touches ni mendier pour obtenir un franc d'augmentation.

Mais lui, Jonathan Keller, il avait dû bosser dur pour se tailler une place dans la société. Il avait commencé à travailler en 1952 avec un bon coup de pied paternel dans le derrière qui l'avait jeté à seize ans sur le marché de l'emploi sans autre qualification que son certificat d'études. Ah ça, il en avait subi, des boulots payés avec une pincée de billets, une poignée de main et un regard méprisant. Laveur de carreaux, balayeur, garçon de café, livreur… Ce n'était qu'à l'été 1957 qu'il avait réussi à trouver un job pas trop pourri dans une agence immobilière. Quelques jours après, au sortir du bal du 14 Juillet, ivre de mauvais alcool et de lendemains qui allaient enfin chanter pour lui, il s'était garé dans un coin isolé de la zone industrielle et s'était fait dépuceler sur le siège arrière de sa première voiture d'occasion par Germaine Pouillard, la fille la plus moche de la ville, et accessoirement celle des voisins de ses parents.

Un mois plus tard, elle était venue frapper à la porte des Keller, une valise en carton bouilli à la main et la trace écarlate de cinq doigts imprimée sur la joue.

La vie était vraiment une belle salope, quand on regardait bien les choses.

Une 2 CV franchit le portail et arracha Jonathan à ses pensées moroses en attaquant le raidillon qui menait à l'entrée de la maison. Elle s'arrêta près de sa berline et deux femmes en descendirent. Une fois qu'elles apparurent en pleine lumière, il réalisa sa méprise. La silhouette la plus jeune, si elle était déjà bien affirmée, révélait qu'elle manquait encore un peu de maturité, mais on voyait très bien qu'elle éclorait bientôt. Dans la pénombre de l'habitacle, l'illusion avait été totale.

Jonathan ressentit un méchant pincement au cœur lorsque le regard de l'adolescente croisa le sien. Elle se détourna instantanément, mais ceux de sa mère s'y accrochèrent une fraction de seconde avant qu'elle ne lui adresse un bref sourire empreint de retenue. Un je-ne-sais-quoi d'hésitation qui l'agaça d'emblée. Michelle avait visiblement oublié les baisers chastes qu'ils avaient échangés à la sortie du lycée, presque vingt ans auparavant. Cette Mathilde aurait pu être sa propre fille si Michelle ne l'avait pas jeté pour Fabien Morange, ce petit con qui avait fait médecine à Paris et qui était revenu en conquistador dans la région une fois son diplôme en poche. Lui, Jonathan, n'avait pu que s'incliner face au mauvais sort qui avait de surcroît offert à ce crétin un physique d'acteur de cinéma américain et devant la décision irrévocable de sa Michelle de ne plus le revoir.

Il avait récemment appris que Morange l'avait quittée pour une poule aux plumes plus fraîches et, au fond de lui, il en avait ressenti une intense jubilation coupable. Riait bien celui qui était le premier corniaud de la farce. À présent, elle n'avait plus que ses yeux un peu ridés pour pleurer. Et peut-être, un de ces quatre, à la faveur d'une rencontre inopinée – comme celle-ci, tiens, d'ailleurs – pourrait-il récupérer dans la poubelle de la vie cette femme que ce salaud lui avait volée ?

# 5

— À ce soir, maman.

— À ce soir, ma chérie.

Michelle Morange contempla avec tendresse la silhouette de sa Mathilde tandis qu'elle s'éloignait vers la maison, la démarche fière, son sac à dos jeté avec nonchalance sur son épaule. Sa fille était une fleur magnifique, mais également un petit animal sauvage et indomptable. Un caractère presque aussi entier et insupportable que celui de son père.

Elle avait bien tenté de refuser de l'emmener chez cet écrivain, cet homme que personne ne connaissait vraiment ici, mais Mathilde avait sorti les griffes. Et quand elle se mettait dans un tel état d'énervement, rien ne pouvait plus la calmer. Bien sûr, elle avait soupçonné une histoire de garçon là-dessous, mais elle n'avait pu en savoir plus. Sur ce sujet, Mathilde était plus secrète que la tombe de sa grand-mère. Michelle ne l'avait jamais surprise main dans la main avec un prétendant et elle ignorait toujours si elle devait s'en inquiéter ou s'en féliciter.

Elle leva les yeux vers l'immense demeure qui surplombait le parking. Les fenêtres étaient toutes obstruées de rideaux qui ne révélaient rien de l'antre du célèbre romancier. Le coupé Mercedes garé dans la cour prouvait que ce Torres était chez lui, mais il semblait bien qu'il avait décidé de ne pas montrer le bout de son nez. En ce moment même, il était peut-être en train de se dissimuler derrière l'une d'elles et de l'observer à son aise.

Elle réprima un mouvement d'humeur. Il était impensable qu'elle abandonne sa fille dans cette maison sans avoir au moins échangé quelques mots avec le propriétaire des lieux. Consciente du regard de Jonathan sur ses hanches encore étroites, elle monta les quelques marches qui menaient à l'entrée, puis elle enfonça résolument le bouton de la sonnette.

Elle patienta un instant. Allait-il se décider à répondre ou devrait-elle renoncer à lui parler ?

Elle tourna le dos à la maison et observa la voiture de luxe stationnée à l'écart, un vrai bijou bien éloigné de la vieille Citroën d'occasion qu'elle avait pu se payer après son divorce.

Elle entendit le 4X4 de son ex-petit ami démarrer derrière elle et amorcer un demi-tour rageur sur les graviers du parking alors que d'autres véhicules arrivaient dans la cour.

La porte s'ouvrit derrière elle. Elle résista un instant à l'envie de se retourner d'un coup pour rassasier sa curiosité.

— Elle est belle, n'est-ce pas ?

Michelle pivota sur ses talons et croisa enfin le regard de cet homme mystérieux qu'elle n'avait aperçu jusqu'à présent que sur le papier glacé de quelques magazines. Elle sentit soudain fleurir sur sa peau le chant gracile des oiseaux qui avaient repris possession du jardin après le départ de Jonathan Keller.

Les lèvres entrouvertes, elle resta muette un court instant. Elle trouva alors l'instinct d'accrocher un sourire de défense sur son visage pour masquer son trouble à ce séduisant quadragénaire qu'elle rencontrait pour la première fois.

— Magnifique. Mercedes ?

— Oui. Une 280 SE W114. 180 chevaux. Une tonne et demie de ferraille. Mon péché mignon. Vous vous intéressez aux voitures ?

Elle lui tendit une main qu'elle espéra ferme.

— Pas vraiment, non. Michelle Morange. Je suis la maman de Mathilde. Merci pour cette invitation. Je n'avais pas encore eu le loisir de faire votre connaissance.

L'écrivain plissa les lèvres et enfouit la paume de sa visiteuse dans la chaleur de la sienne. Et malgré la contrariété qui lui durcissait les traits, au-delà de la tristesse qui imprégnait ses yeux d'un vert étrange et lumineux et avant qu'il ne prononce le premier mot, elle se promit qu'elle allait revenir sonner à cette porte jusqu'à ce qu'il lui appartienne.

Même si elle devait apprendre par cœur la revue technique de cette foutue voiture.

# 6

Mathilde pénétra dans la pénombre du garage en plissant les paupières. Elle ôta son blouson et l'accrocha à la patère où était suspendue une vieille veste imperméable d'une affreuse couleur moutarde qui avait dû traverser deux ou trois générations de propriétaires avant de se retrouver chez un fripier. Elle rajouta son pull qui tomba derechef du portemanteau trop chargé. La jeune fille le fixa au crochet voisin, moins encombré, avec la boucle de son sac à dos enfilée par-dessus pour qu'il y tienne bien. Le son de la chaîne hi-fi était réglé en sourdine, mais les enceintes impressionnantes pulsaient déjà des basses profondes qui hérissèrent le duvet blond de ses bras comme si un souffle tiède lui caressait la nuque. Incapable de résister au rythme lancinant du morceau, elle tourna sur elle-même en un pas de danse improvisé. La lumière noire s'empara de son chemisier électrique et souligna les oscillations de son bassin en apesanteur. Ses bottes glissèrent sur le béton en marquant chaque mesure d'un coup de talon appuyé.

Le regard brillant, l'un des garçons se détacha du groupe agglutiné autour du paquet de disques au-dessus duquel les exclamations allaient bon train, mais Mathilde lui envoya un signe discret de la main afin qu'il se tienne à distance. Il était encore trop tôt pour que les autres soient au courant, et il était hors de question que sa mère apprenne quoi que ce soit avant qu'elle atteigne l'âge de dix-huit ans et qu'elle obtienne enfin le droit de lui dire de son ton le plus ferme de bien vouloir s'occuper de ses oignons.

L'adolescent bifurqua et s'éloigna vers le fond du garage où il s'assit près de Birgit Olsen, une jolie blonde de dix-neuf ans qui était en pleine discussion avec trois garçons et deux filles plus jeunes qu'elle. Mathilde fronça les sourcils dans la demi-obscurité. En tant qu'aînée du groupe, cette Birgit ne perdait pas la moindre occasion de devenir l'épicentre de l'attention masculine. Et comme elle était plutôt pas mal faite de sa personne et cultivait un léger accent slave un peu traînant soi-disant légué par son père – alors qu'à sa connaissance elle n'était jamais allée plus au nord que Paris –, les mecs s'y laissaient attraper tels des ours par un pot de miel. Mathilde était bien placée pour savoir que son amoureux la préférait à cette starlette, mais son petit stratagème pour la provoquer eut le don de l'agacer encore plus.

— Mais qu'est-ce qu'ils lui trouvent tous, enfin ?

La jeune fille fit volte-face et considéra le visage anguleux de celle qui venait de lui adresser la parole. Si Laurence n'était pas capable de comprendre le désintérêt des garçons envers elle en observant son propre reflet dans la glace, Mathilde ne serait pas celle qui lui enfoncerait la tête dans le seau. Elle pouvait être cruelle, mais jamais avec celles qui lui servaient de faire-valoir auprès de la gent masculine. Une orchidée ne pollue pas le pot dans lequel elle s'épanouit.

— Deux paires de trucs ronds et fermes, j'imagine...

Laurence pouffa derrière sa main aux ongles roses, le regard vissé sur Birgit entourée de sa cour hypnotisée par son décolleté. Mathilde lui envoya un clin d'œil complice et s'éclipsa vers l'établi, au fond du garage, où l'on avait débarrassé les outils et déroulé une nappe de papier sur laquelle on avait disposé des bouteilles et des gâteaux. Elle chercha en vain quelque chose d'un peu plus fort que du soda, puis elle fit la moue, déçue.

— Mon père me l'a interdit, désolé...

Mathilde tourna les yeux vers la haute silhouette d'Alexandre dont la carrure lui masquait le reste de la pièce. Le jeune homme l'observait avec timidité, les mains croisées devant lui comme s'il avait peur qu'elles puissent agir sans son autorisation.

Elle retint un sourire de satisfaction. Face à elle, ce benêt au physique impressionnant devenait à chaque fois aussi emprunté que s'il avait cinq ans de moins. Mathilde ne connaissait de plaisir plus raffiné que celui de tenir le cœur d'un admirateur entre ses doigts et de le presser très fort avec ses ongles pour contempler ce qui allait en gicler. Elle excellait à ce jeu et plus d'un en avaient perdu le nord, l'appétit, voire jusqu'à l'envie de draguer une autre fille avant un bon moment.

Elle cligna ses grands cils devant le bleu intense de ses iris où il se noyait déjà.

— Oh… vraiment ?

Alexandre changea de pied d'appui.

— Euh… oui. Il est un peu…

— … chiant ?

Le jeune homme émit un gémissement avorté. Une fois prononcé, ce mot collait à son père à la perfection. Il n'aurait jamais osé le dire de lui-même, mais cette satanée fille avait posé le doigt dessus avec une précision diabolique et sans l'avoir jamais rencontré.

— C'est ça ! Oui : chiant.

Mathilde avança d'un pas, réduisant la distance qui séparait leurs visages à un chuchotement parfumé à la menthe.

— Mais toi, tu sais où il le cache, n'est-ce pas ?

La bouche sèche, la langue collée au palais, engluée dans la toile azur qui lui emprisonnait la raison, Alexandre hocha la tête avec véhémence.

— Oui.

La jeune fille inclina le cou. Elle tendit les lèvres vers l'oreille du garçon qui s'immobilisa, le souffle coupé. Un de ses seins toucha son bras droit, le mamelon pointant contre son biceps. Le sang se mit à marteler le cerveau d'Alexandre à grands coups assourdissants. Le garage, les copains à l'autre bout de la pièce, dont il ne percevait plus qu'une image déformée derrière le visage de Mathilde, tout disparut dans un tourbillon de couleurs chatoyantes dont elle était le centre de gravité.

— Alors tu vas aller nous en chercher, d'accord ?

Alexandre ferma les yeux et acquiesça du menton, la glotte serrée. Oui, bien sûr. Il allait lui trouver *tout ce qu'elle voulait*. Il allait lui rapporter cette foutue bouteille. Et tant pis si son vieux se rendait compte de son larcin et lui faisait vivre l'enfer pendant des semaines en le poursuivant de reproches jusqu'à ce qu'il regrette de lui avoir désobéi encore une fois.

La jeune fille s'écarta, s'adossa à l'établi, les poignets à hauteur des hanches, puis elle tira les épaules en arrière. Les yeux exorbités, Alexandre resta figé devant elle, la bouche entrouverte, les dents scintillantes d'éclats de lumière stroboscopique.

Mathilde leva une main entre eux et claqua des doigts pour briser l'enchantement.

— Eh bien… qu'est-ce que tu attends ?

Alexandre cligna des paupières, brusquement ramené à la réalité et à sa mission.

— Oh… oui. J'y vais. C'est ça, j'y vais.

Il fit demi-tour avec précipitation et bouscula Stéphane qui dut se pousser contre le mur pour ne pas être projeté au beau milieu de la pièce par la tornade. Alexandre trimbalait la réputation non usurpée d'être une avalanche sur pattes. Certains joueurs des équipes adverses avaient tenté de l'arrêter en cours de match, peu avaient insisté après la première arcade sourcilière fendue.

Agacé, Stéphane secoua sa tignasse raide.

— Qu'est-ce qu'il lui arrive ? Il a entraînement cet aprèm ou quoi ?

Mathilde ne répondit pas. Le regard toujours fiché sur la haute silhouette qui s'éloignait à grandes enjambées vers la porte de communication qui menait au centre de la maison, elle sourit. Le jeu auquel elle se livrait était bien plus intéressant que ce sport brutal qui fascinait les foules dans les stades et devant les écrans de télévision.

Et puis elle, elle n'en avait jamais perdu une seule partie.

# 7

Marc déplaça discrètement le rideau pour détailler la femme qui descendait les marches du perron. Il apprécia à sa juste valeur le mouvement gracieux de son cou qui propulsa ses longs cheveux roux sur son épaule quand elle jeta un dernier regard dans sa direction avant de monter à bord de sa voiture. Véronique, à l'époque où la maladie n'avait pas encore plongé son aiguille empoisonnée dans ses reins, resplendissait de la même beauté foncièrement animale. C'était inconscient, chevillé à son âme et à son corps, et cela poussait les passants qui la croisaient sur le trottoir à se dévisser la tête comme si le monde n'avait attendu qu'elle pour s'illuminer.

Tandis qu'il l'observait manœuvrer sa 2 CV dans la cour, son nom s'imprima de nouveau dans son esprit. *Michelle Morange.* Elle l'avait prononcé en battant des cils sur les deux petits océans limpides qui lui mangeaient le visage. Marc avait déjà rencontré son mari, la première fois où il avait eu besoin des services d'un médecin pour Alexandre, deux mois après leur arrivée dans la région, alors que le gamin n'avait que huit ans. C'était à l'occasion d'une méchante grippe, il s'en souvenait comme si cela s'était passé la veille. Morange avait diagnostiqué un simple rhume et les avait renvoyés chez eux avec une ordonnance pour deux tubes d'aspirine. Résultat des courses, une incubation plus tard, la moitié de la classe était restée au lit pendant une semaine et il n'était jamais retourné consulter cet incapable.

Mais si ce type n'était pas foutu de distinguer la grippe d'une rhino-pharyngite, il devait reconnaître qu'il possédait un goût indiscutable en matière féminine. Cette Michelle était une très jolie personne et il était évident qu'elle n'ignorait pas l'effet qu'elle produisait sur les hommes. Il s'était surpris à suivre les courbes de sa silhouette généreuse tandis qu'elle arpentait son salon comme si elle était venue pour acheter la maison. Il ne se rappelait pas le dixième de ce qu'elle lui avait dit, tant les mots semblaient pulser hors de sa bouche sans but précis, mais il avait observé avec attention ses lèvres rouges dont l'expression n'avait cessé d'alterner entre une moue enfantine et un sourire enjôleur quand elle plongeait ses yeux clairs dans les siens.

Mais au bout d'un instant, les orbites cernées par la souffrance, le visage douloureux de Véronique était soudain venu se glisser entre eux et l'avait déconnecté du charme envahissant de Michelle Morange. Il avait murmuré quelques paroles d'excuses à propos d'un travail en retard à terminer, puis il l'avait raccompagnée à la porte. Elle avait paru surprise qu'il écourte sa visite aussi tôt, mais elle n'avait pas insisté, même s'il savait que sa curiosité n'avait pas été étanchée comme elle l'avait espéré. Il visualisait sans mal les sempiternelles questions qui n'auraient pas tardé à fleurir sur ses lèvres. *Comment trouvait-il son inspiration ? Combien de temps lui fallait-il pour écrire un livre ? Y avait-il une part de lui dans ses personnages ou bien étaient-ils tous l'unique fruit de son imagination ?* Autant de pièges à multiples tiroirs fermés à double tour dont il avait jeté la clé dans les égouts de sa mémoire. Une spirale dans laquelle il n'avait pas du tout envie de se laisser entraîner. Il fuyait ce genre de discussion comme la peste noire. Devant un micro, on ne savait jamais à l'avance ce qui allait sortir de soi. Face à une caméra, c'était encore pire. Surtout en direct. Parce que si le type qui vous posait des questions possédait un ciboulot aussi tordu que le vôtre, il pouvait plonger les doigts loin à l'intérieur de votre âme et vous tirer les vers des neurones, quitte à arracher tout ce qui était enfoui derrière.

Il soupira tandis que la 2 CV franchissait le portail. Il comprenait que cette femme ait voulu le rencontrer. C'était le cas de nombre de ses lectrices et elles n'amenaient pas toutes pour autant leur fille dans sa maison pour participer à une boum. Beaucoup auraient donné cher pour passer ne serait-ce qu'une demi-heure à discuter avec lui de son dernier livre, de son prochain projet, ou bien seulement à retenir leur souffle tout en le regardant taper avec frénésie sur les touches de sa Underwood.

La magie de l'écriture, la façon dont une histoire prend naissance dans les méninges d'un romancier, fascine les foules depuis toujours. Malgré le succès qui ne se démentait pas, année après année, il considérait que cette relation avec son travail était ambiguë. Lorsqu'il était totalement honnête avec lui-même – c'est-à-dire hors caméra, la plupart du temps –, il n'y entrevoyait qu'un moyen d'extraire la noirceur de ses propres ténèbres et certainement pas plus de génie que les harmonies fragiles et lumineuses d'un musicien ou d'un peintre. L'écriture était son piano à lui. Son pinceau et sa toile. Fin de l'histoire.

Il se détourna et mit la bouilloire à chauffer. La fraîcheur de l'après-midi s'était faufilée dans ses os quand il avait ouvert la porte pour laisser sortir Michelle Morange. Son squelette avait peut-être déjà ressenti l'approche de la neige, annoncée pour la soirée du surlendemain, ou bien les mains gelées du fantôme de Véronique lui avaient-elles caressé le cou tandis que le corps de l'ex-épouse du médecin frôlait le sien sur le seuil de la maison.

Il revint dans le salon, sa tasse de thé vert entre les paumes, puis il s'assit dans son fauteuil, conscient du parfum de cette Michelle encore présent dans la pièce, telle une écharpe de séduction abandonnée dans les courants d'air qui s'enroulait autour de lui comme une invitation au voyage.

Dans le garage, le son avait monté d'un cran supplémentaire. Il reconnaissait la façon prudente de procéder d'Alexandre. Il avait dû donner des consignes à sa bande de copains, car pour l'instant la progression de l'amplitude du volume avait été scrupuleusement respectée. Un niveau à la fois, pour éviter de faire bondir le vieux de son bureau. Mais même avec l'isolation épaisse de laine de verre entre la cuisine et le cellier, les murs résonnaient déjà des basses et des coups de batterie qui lui hérissaient au plus haut point le conduit auditif.

Il rembobina mentalement le temps de quelques dizaines d'années et tenta de retrouver des circonstances identiques dans son propre passé, mais il n'en discerna aucune. Né en 1925, il n'avait d'autre souvenir de son adolescence que la sombre empreinte laissée par la guerre. Avec la peur des bombes et de la férocité des soldats vert-de-gris qui envahissaient la France en y semant la mort et la désolation, il avait connu la faim et le désespoir. Ses parents, sympathisants d'un groupe de résistants originaires du quartier où ils avaient vécu toute leur vie, avaient été arrêtés et exécutés en janvier 1943. Il avait tout juste dix-huit ans. Il avait alors rejoint l'armée en dissimulant son jeune âge et il s'était battu jusqu'à oublier qu'il était un être humain. Parfois, la nuit, les cris de terreur qu'il poussait en courant face à l'ennemi le réveillaient de leur sinistre écho. Il se redressait dans son lit trempé, hagard, les mains ruisselantes de tout ce sang versé pour conserver le sien à l'intérieur de son corps.

Le hasard avait voulu que les balles l'épargnent, et il lui arrivait de se demander si ce n'était pas juste pour qu'il puisse souffrir encore plus en partageant l'agonie de Véronique. Le destin avait laissé à sa femme le temps de lui donner leur unique garçon et de l'élever jusqu'à ses treize ans, et puis le cancer l'avait emportée en quelques mois, effaçant en une pincée de semaines le bonheur qui avait éclos sur le charnier de son enfance.

De brouillon et facétieux, Alexandre était très vite devenu caractériel et bagarreur. Marc avait été appelé à plusieurs reprises par le collège pour qu'il mette fin aux excès de son fils qui risquait de se retrouver renvoyé à cause de sa mauvaise conduite. Il ignorait encore comment, mais à force d'arguments, il était parvenu à faire pénétrer quelques onces de raison dans sa cervelle. Mais à seize ans, à la période où les adolescents commencent à devenir franchement difficiles avec ce désir d'émancipation qui leur brûle les neurones, Alexandre s'était renfermé sur lui-même. Marc soupçonnait qu'un autre événement avait généré cette altération soudaine du comportement de son garçon – une fille, peut-être –, mais il n'avait pu apprendre lequel. Il avait pensé que l'isolement de la maison y était peut-être pour quelque chose. Il l'avait alors poussé à s'inscrire dans un club de sport collectif pour renouer avec un semblant de vie sociale. Et, contre toute attente, quand il avait eu l'idée géniale de le traîner de force jusqu'au stade de rugby le plus proche, ça avait marché. Alexandre s'était tellement entiché du ballon ovale qu'il n'avait plus parlé que de cela pendant des mois. Plus tard, il y avait eu les compétitions. Au début sporadiques, le temps que les jeunes se musclent aux entraînements, puis qu'ils s'habituent à prendre des coups et à en rendre la monnaie, elles avaient fini par se transformer en rencontres hebdomadaires au fur et à mesure de l'avancée de la saison.

Les premières semaines, un peu déboussolé, Marc s'était adapté pour continuer à travailler durant ces interminables heures d'attente. Il était alors resté chaque dimanche après-midi dans les tribunes, son cahier d'écolier sur les genoux, se réchauffant les mains avec une Thermos pour pouvoir écrire tandis que son fils apprenait peu à peu sur le terrain à devenir un homme.

Mais forcez un cheval à avancer au trot, il se remettra un jour ou l'autre au galop. À force de règlements, de contraintes et de collectif, Alexandre avait fini par décrocher de ses cours. C'était venu insidieusement, une matière après l'autre. Hélas, Marc avait mis trop longtemps à s'en rendre compte. Quand il avait compris que son garçon n'était plus en phase avec le programme scolaire, il était déjà trop tard. Alexandre avait redoublé la troisième, puis la seconde. C'était un miracle qu'il soit passé en première cette année. Ou bien la prof principale avait laissé sa passion de lectrice prendre l'ascendant sur la retenue que lui imposait l'Éducation nationale. Car Marc avait eu beau utiliser un pseudonyme – *Marc Charrel* – le secret avait été éventé le jour où il était venu chercher son fils malade à l'école, cinq ou six ans plus tôt. C'est ce qui arrive parfois quand votre livre fait un tel tabac que vous retrouvez invité au journal de 20 heures devant un bon quart de la France. Le lendemain, bien entendu, la nouvelle avait circulé en un clin d'œil entre les parents d'élèves et les professeurs et elle avait sonné le glas de son anonymat.

Peu friand de l'effervescence que sa présence avait ensuite suscitée à la sortie des classes, il avait réduit au strict minimum ses apparitions en public, que ce soit au supermarché ou même à la station-service. Et puis, comme toujours, une actualité plus récente avait remplacé la sienne. Les gens du coin avaient peu à peu cessé de le considérer comme un animal curieux. On l'observait encore parfois avec insistance, mais plus personne ne venait l'aborder les yeux brillants pour lui demander de quoi allait parler son prochain livre. Ses lunettes noires, qu'il ne quittait plus en sortant de chez lui, avaient peut-être également imposé une limite plus précise de son intimité. Il avait bien aperçu quelques messes basses devant le portail du collège tandis qu'il se tenait à l'écart du groupe des parents – et quelques regards levés au ciel – mais on avait fini par se désintéresser de lui et c'était tout ce qui importait. Être romancier, c'est aussi aimer la solitude et la tranquillité. Sinon on monte sur scène, sous les projecteurs, et on fait l'acteur, le musicien ou le clown.

Il retourna à la cuisine et se fit couler un deuxième thé avant de se diriger vers son antre. Il resta quelques instants sur le seuil de ce refuge qui était devenu toute sa vie. La baie vitrée, comme les fenêtres des chambres, donnait sur la montagne à l'arrière de la maison. Les étagères, remplies de ses propres livres – un exemplaire par édition différente –, couvraient les trois autres murs de la pièce. Sur son énorme bureau acajou, face au fauteuil de cuir qui lui avait coûté une petite fortune et symbolisait à ses yeux la réussite de son travail, trônait une machine à écrire antédiluvienne dont il ne parvenait pas à se séparer pour une plus récente électrique. Il aurait été incapable d'expliquer pourquoi, mais quand il posait les doigts sur ses touches, il avait l'impression de communiquer en direct avec elle, comme si elle était investie d'une part vitale de lui-même.

La plus noire.

La plus inquiétante.

La part des ténèbres.

Il pensa soudain que cela ferait un très bon titre pour un futur roman[1]. Il le nota dans un coin de son cerveau, plaça un disque de Wagner sur le plateau de sa chaîne hi-fi, déposa avec délicatesse le diamant sur le sillon, puis il monta le volume jusqu'à noyer le grondement du rock provenant du garage dans celui de

1. Cela a également été l'opinion de Stephen King qui a publié ce titre légendaire en 1989…

la *Chevauchée des Walkyries*. Il s'assit et engagea une feuille dans le chariot de la machine avec laquelle il avait déjà écrit plus d'une vingtaine de romans qui lui assuraient une rente annuelle à faire pâlir d'envie quelques cadres supérieurs. Puis il sourit lorsque, comme à son habitude, son chat blanc vint se loger sur ses genoux.

Roger se mit à ronronner et les nerfs de Marc se dénouèrent en quelques instants. Tout était parfait. Il allait enfin pouvoir s'enfermer dans sa bulle et commencer à travailler.

Il eut un bref moment d'inquiétude en se demandant combien de temps cela allait durer, puis ses doigts enfoncèrent les touches et il ne pensa plus à rien qu'au martèlement des lettres d'acier sur le ruban encreur et à son texte qui prenait vie devant lui.

# 8

Alexandre se faufila dans le salon sur la pointe des pieds. Son père avait pris son temps, mais il s'était enfin enfermé dans sa grotte. Le jeune homme apporta un tabouret près de la bibliothèque qui couvrait un mur entier, puis il grimpa dessus et glissa la main derrière le dernier livre, tout en haut à droite. L'oreille aux aguets, il attendit un instant. Son vieux s'imaginait que le bar était inviolable, mais il y avait belle lurette qu'il avait trouvé la clé à force de fouiner dans tous les recoins de la maison. Il descendit de son perchoir et s'approcha du couloir qui menait au bureau de son père. La musique forte qui en émanait prouvait que celui-ci était entré en *phase créative*, comme il appelait lui-même avec affection ses périodes d'écriture. Le code était simple. Lorsque les décibels sortaient ainsi de sous sa porte, Alexandre savait qu'il devait s'abstenir de venir lui parler. Par un jour de colère, Marc avait établi cette règle drastique de façon à mettre un terme à la loi de l'*emmerdement maximum* qui montre que quand les tuiles commencent à tomber du toit, la tempête ne va pas tarder à embarquer les murs et tout ce qui se trouve à l'intérieur. Alexandre avait essayé plus d'une fois de franchir cette limite, mais il avait lâché prise à force de se faire claquer la porte au nez. Il n'y était pourtant pour rien si l'instant miraculeux où l'inspiration portait le cerveau de son paternel à ébullition coïncidait très souvent avec celui où il avait soudain besoin de quelque chose qui ne souffrait aucun délai : un maillot de rugby à laver, un billet de cinquante francs pour le cinéma, une clé de douze pour bricoler son vélo ou encore un coup de main pour résoudre ce *foutu problème de maths.* Oui, parce que son père l'avait obligé à supporter ce *foutu* prof qui le noyait sous ces *foutus* exercices qui lui donnaient la migraine dès qu'il voyait Michael (le *foutu* prof en question) sortir de son cartable de cuir usé le *foutu* polycopié qui allait lui pourrir la vie tout le week-end.

Michael présentait le profil type du genre de mec qu'on a envie de boxer au premier regard. Les lunettes grasses suspendues au bout d'un nez en forme d'hippocampe devant deux billes couleur de morve, il portait les cheveux longs, raides et peu épais semblables à des algues avachies sur un rocher à marée basse. Sa pomme d'Adam proéminait sur son cou mal rasé comme s'il avait avalé un abricot sans le mâcher et une moue dédaigneuse montrait que *lui*, il connaissait toutes ces *foutues* formules qui permettaient de résoudre en un tournemain ces *foutus problèmes de maths.*

Alexandre, bien sûr, n'avait jamais boxé Michael autrement que dans ses chimères, mais il s'accomplissait au moins autant dans ceux-ci que dans les fantasmes où il retrouvait Mathilde sur son lit, les bras tendus, les jambes écartées et la chatte brûlante comme un four à pizzas.

Soudain saisi par l'image, Alexandre ferma les yeux et passa sa langue sur ses lèvres. Il ressentait presque le goût légèrement acide qu'aurait la peau de Mathilde après quelques minutes de danse. Il l'imaginait déjà, les hanches en feu, en train de se contorsionner devant lui au rythme lancinant de la musique qui la pénétrait jusqu'à la colonne vertébrale. Il se redressa brusquement, le front moite, le sexe coincé dans son slip par une brutale érection.

*Le whisky...* Il ne pouvait pas piquer la bouteille. Impossible. Si par malheur son père se servait un verre dans la soirée, il constaterait immédiatement sa disparition. Si, en revanche, il en manquait un peu, il aurait un doute, irait vérifier que la clé était toujours rangée à la même place, puis il se dirait qu'il avait dû rater un épisode après une nuit plus chargée qu'une autre.

Alexandre se décida soudain et courut à la cuisine. Il farfouilla sous l'évier et trouva au fond du réduit une bouteille d'eau à moitié pleine. Il la vida, écouta un moment dans le couloir si le volume de la musique du vieux avait changé, puis, plus ou moins rassuré, il se hâta vers le bar et déverrouilla la serrure.

Tout d'abord, les yeux brouillés par la frousse, il ne distingua pas le flacon de scotch. Après un bref instant de panique, il aperçut l'étiquette brune à moitié dissimulée derrière un litre de vodka à peine entamé. Il la posa sans bruit sur le carrelage, l'ouvrit d'une main fébrile et entreprit de transvaser le liquide ambré dans la bouteille d'eau serrée entre ses cuisses. Quand le goulot du flacon ripa et lui en renversa un peu sur le jean, il pensa à l'entonnoir rangé dans le cellier, mais il était trop tard pour aller le chercher.

C'est alors que la musique se mit à hurler dans le couloir qui menait du bureau de son père à la cuisine, qui elle-même jouxtait le salon.

Accroupi devant le bar, le cou offert au glaive de la Justice, Alexandre se solidifia sur place. La preuve de sa félonie serrée entre les jambes, il n'avait aucun moyen de prétendre que les choses n'étaient pas exactement ce qu'elles semblaient être. Les larmes lui montèrent aux yeux, brûlantes comme la rage qui lui dévorait le ventre.

Mais quel con ! Pris la main dans le sac juste quelques dizaines de minutes à peine après le pétage de plomb de son père ! Ah, il y avait vraiment de quoi se pendre, hein !

Et puis le bruit de la chasse d'eau se fraya un chemin jusqu'à ses tympans. Il se figea et retint sa respiration, certain que le vieux allait tout de même se pointer dans le salon et découvrir que son fils n'était qu'un traître à sa parole donnée. Mais, au bout d'un interminable instant, la musique classique décrut soudain d'intensité quand il referma la porte de son antre, son envie de pisser soulagée.

Le jeune homme expira l'air qu'il avait retenu et il sourit, les yeux enfoncés dans les profondeurs du bar. Il avait eu de la chance. *Beaucoup* de chance. D'habitude, quand il sortait des toilettes, son vieux allait tout de suite se laver les mains dans l'évier de la cuisine, plus proche de son bureau que la salle de bains située de l'autre côté de la maison. Mais pas cette fois. L'*inspiration,* cette maîtresse insatiable que son romancier de père évoquait comme s'il s'agissait d'une déesse qui, du haut de son nuage éclairé de guirlandes célestes, voulait bien de temps en temps le prendre par le bras pour le hisser vers son destin d'écrivain, avait sûrement encore envie de tirer un coup sur les touches de sa machine à ruban. Elle avait dû lui susurrer à l'oreille que l'hygiène pouvait bien attendre, que les mots étaient en équilibre instable sur le clavier et qu'il ne devait pas tarder une minute de plus pour venir les cueillir au risque de les perdre à jamais.

Cette fois, c'était un signe. Les autres dieux étaient de son côté. Ils l'avaient protégé des foudres paternelles pour lui permettre d'accomplir le plan qu'il avait patiemment élaboré dans sa petite tête. Parce que ces *foutus problèmes de maths* lui avaient au moins appris une chose, c'est qu'à force de retourner l'inconnue d'une équation dans tous les sens, on arrive à un moment donné à en apercevoir le trou du cul. Et qu'il finit toujours par en sortir quelque chose.

Évacuant de son esprit la façon dont il allait devoir s'y prendre pour la remplir de nouveau – et très vite – il vida la moitié de la bouteille de whisky dans celle d'eau, la rangea à la même place, puis il passa un coup d'éponge par terre et se savonna les mains pour éliminer l'odeur d'alcool de sa peau. Pour la tache sur son jean, il lui suffirait par précaution de renverser autre chose dessus et le tour serait joué. Son père n'y verrait que du feu, surtout s'il lançait lui-même la machine à laver le lendemain matin. Le vieux serait surpris, puisqu'Alexandre ne se donnait jamais la peine de s'occuper lui-même du linge sale, mais considérerait sûrement cela comme un signe de bonne volonté pour calmer le conflit entre eux. Un comble…

Quand il eut terminé, il risqua un œil dans le couloir pour vérifier que la voie était libre, puis il se faufila dans le cellier obscur, referma la porte de communication derrière lui et tâtonna sur le mur opposé pour trouver celle du garage.

Une main surgit alors des ténèbres et le saisit rudement à l'épaule.

— *Et tu crois que tu vas t'en sortir comme ça, salopard ?!*

Étranglé de terreur, Alexandre reconnut le rire de Mathilde juste après que sa vessie eut décidé de le trahir. Au même instant,

Stéphane, le putain de comique de la classe qui ne manquait jamais une occasion de balancer une blague à la con pour faire marrer les filles aux dépens des autres, appuya sur l'interrupteur et noya la pièce dans l'impitoyable clarté de l'ampoule de cent watts qui pendait du plafond.

# 9

Les doigts de Marc frappaient les touches de sa machine à écrire à une cadence hypnotique. Les phrases surgissaient sur le clavier telles des lucioles tout excitées de se retrouver sous les feux de la rampe. Et quand l'une d'elles ne lui donnait pas entièrement satisfaction, elle disparaissait sous le X majuscule qui l'enterrait illico au cimetière des paragraphes boiteux. L'*idée* était là, ancrée au plus profond de lui, et il la jetait sur le papier comme une délivrance de son placenta cérébral. Tous ces mots accumulés dans ses méninges sans qu'il en soit pleinement conscient étaient ses enfants, mais aussi une sorte de maladie dont il ne guérirait jamais. Une fois la bonde ouverte, le réservoir se vidait jusqu'à lui assécher les neurones, mais dès qu'il la refermait il se remplissait de nouveau, une couche après l'autre, tel un puits alimenté par des sources souterraines éternelles.

Marc avait depuis longtemps cessé de se poser des questions à ce sujet. Contrairement à ce que beaucoup de ses lecteurs semblaient croire, la *magie de l'écriture* ne réside pas dans une recette toute faite. Une rivière ne se demande ni comment ni pourquoi elle coule. Elle coule et c'est tout. Toute la technique, la grammaire, la syntaxe, l'orthographe n'étaient là que pour servir ce flux qui ne devait rencontrer d'autre obstacle que les méandres de son imagination. À l'instar du jazzman porté par une gamme connue de lui seul, il improvisait au fur et à mesure tandis que les blocs de son intrigue prenaient place autour de lui. Et s'ils ne trouvaient pas leur emplacement : zou, à la trappeesait l'importance. Elle permettait de relancer l'attention dans une autre direction plutôt que de buter pendant des heures sur une idée stérile. Il n'y a rien de pire que ces mouches noires qui vrombissent sans fin dans votre esprit pour n'accoucher que d'asticots de poussière qui finiront immanquablement sous l'impitoyable X majuscule.

Marc leva les yeux et cessa de frapper. Avait-il entendu un bruit dans le couloir ? Il écouta, incertain de la nature de ce qui l'avait extrait de ses pensées. Un son différent, comme si une porte avait été ouverte quelque part. Il fronça les sourcils. Non, c'était juste la musique. Elle avait encore monté d'un cran. Les *Walkyries* de Wagner, à bout de souffle et de coups de grosse caisse, avaient fini par s'évanouir sans qu'il y prête attention. Il se leva, rangea le disque qui tournait dans le vide, puis il choisit cette fois un album de John Coltrane et Miles Davis. Coltrane pour la folie du *free jazz*, Davis pour le volume sonore de la trompette qui allait lui permettre de s'isoler des hurlements endiablés qui sourdaient de plus en plus fort de l'épaisseur des murs.

Une fois replongé dans son univers musical, Marc relut la dernière page qu'il venait de taper et une boule hérissée de chagrin se serra dans sa gorge. Ce récit était son propre sang, sa propre douleur. C'était la première fois qu'il parvenait à écrire sur la mort de Véronique. Jusque-là, la blessure était trop fraîche, trop intense. Il avait cru qu'il ne pourrait jamais en faire le tour, qu'il était condamné à brûler pour toujours dans les flammes de la séparation. Mais le clavier avait fini par lui donner tort. Les mots étaient bien là, enfouis sous la couche de cendres de son désespoir. Ils avaient patiemment attendu qu'il le comprenne et qu'il vienne les cueillir à la pincette de peur de les déchirer. Il avait changé son nom, bien sûr. Cette partie-là de sa détresse n'appartenait qu'à lui. Ceux qui le connaissaient de suffisamment près – c'est-à-dire pas grand-monde, en vérité – sauraient lire son propre abattement entre les lignes.

La larme avait coulé sans qu'il y prenne garde. Ce n'est que lorsqu'elle tomba sur le texte qu'il était en train de parcourir qu'il réalisa que la cicatrice s'était rouverte. La goutte s'enroula autour de cette Sandra imaginaire où il avait enfoui tout l'amour qui lui avait été volé et commença à diluer l'encre de son prénom comme un maquillage chahuté par le chagrin. Il déposa la feuille bien à plat pour éviter d'accentuer les dégâts. Il ne tenait pas à tout retaper ce soir, et il n'avait pas encore vidé le réservoir. Les mots s'accumulaient déjà à la porte du clavier, semblables à un torrent brusquement libéré par un barrage rompu en amont.

Il replongea dans le courant furieux. À ces moments de fragile équilibre entre le calme et la tempête, il noyait son regard dans le tableau accroché face à son bureau, une toile achetée une bouchée de pain chez un brocanteur quelques années plus tôt, un dimanche matin de printemps où, pour une fois, Véronique avait réussi à le traîner en ville. Une croûte, avait-elle même affirmé sans ciller quand il s'était arrêté devant, comme envoûté par le portrait. *Une croûte malsaine.* C'étaient les mots exacts qui avaient franchi ses lèvres lorsqu'elle avait assisté, atterrée, à la naissance de la fascination de son mari pour cette maudite peinture. Mais, il s'en était rendu compte ce jour-là en quelques secondes à peine, la croûte en question possédait le pouvoir d'éveiller en lui des images noires et fertiles. Il en avait senti le pouvoir dès qu'il avait posé les yeux dessus. Elle avait tenté, en vain, de le faire changer d'avis, mais il s'était obstiné. Il n'aurait su expliquer précisément pourquoi, mais ce visage torturé, la bouche ouverte sur un cri silencieux et les iris blancs comme ceux d'un cadavre, s'adressait aux recoins les plus sombres de son âme. À leur retour, et malgré les protestations de sa femme, il l'avait accroché sur le mur de son bureau de façon à ce qu'il le happe dès qu'il levait les yeux de son clavier.

Et cela avait fonctionné au-delà de ses espérances.

Il n'était plus jamais resté à sec devant sa machine à écrire.

Et Véronique n'était plus jamais entrée dans cette pièce.

# 10

Alexandre sortit de sa chambre le rouge au front. Il s'était changé à la hâte, les yeux soudés au sol. Il aurait été incapable de croiser son regard dans la glace de son armoire sans la défoncer à coups de poing jusqu'à ce que la chair lui pende des os.

Il renfila ses chaussures puis il donna un coup de pied dans ses vêtements souillés d'urine et les propulsa sous le lit. Plus d'un an qu'il attendait cette soirée, et il avait suffi d'une blague à la con pour tout foutre en l'air. Il serra ses jointures à les briser. Les visages hilares de Stéphane et de cette salope de Mathilde dansaient devant son nez comme des petits diables animés d'une vie propre. Ils se moquaient de lui, les traits puissamment éclairés par l'ampoule nue du cellier qui pendait à son fil. Ils se tapaient dans le dos en pleurant de rire, l'index tendu vers son entrejambe mouillé qui puait déjà la pisse.

Têtue, une pensée toxique surnageait à la surface de toutes les autres. Une idée qu'il ne pouvait évacuer, tant elle lui fouaillait le cerveau de son dard vénéneux. *Qu'est-ce que ces deux-là fabriquaient dans le cellier et dans le noir?* L'unique idée qui lui venait à l'esprit lui donnait envie de hurler. Stéphane était un mec nettement moins grand que lui. Une demi-portion affligée d'une moustache semblable à un duvet de canard mal plumé qu'il refusait obstinément de couper et d'une espèce de strabisme qui lui avait valu une bonne dose de quolibets quand il avait débarqué dans la classe au début de l'année. Chose étrange, cela n'avait pas eu l'air de l'atteindre le moins du monde. Il était resté stoïque, ses cheveux longs et raides repoussés en permanence derrière ses oreilles décollées, son sourire en coin de pédé et ses pouces dans les poches comme s'il attendait sur le quai un train pour le futur, un billet de première classe accroché autour du cou.

Et puis, petit à petit, il avait réussi à s'attirer quelques grimaces amusées grâce à ses pitreries. Alexandre ne comprenait pas ce qu'elles avaient de drôle, d'ailleurs. Depuis la rentrée, un groupe s'était même plus ou moins constitué autour de Stéphane. Des filles et des pédés comme lui, pour la plupart. De ceux qui se foutent de ta gueule à voix basse en te regardant par en dessous. De ceux qui te forcent à les retrouver un autre jour, quand ils sont isolés dans la rue, dans un couloir ou dans les chiottes, et qu'il n'y a rien pour empêcher que s'abatte sur leurs sales tronches de cake une bonne tarte sans crème avec cinq phalanges aussi dures que du bois. Comme si provoquer la juste colère d'un plus costaud qu'eux était dans l'ordre des choses et que le fait de se manger un aller-retour dans la face était le plaisir le plus intense sur Terre.

En bref, ce type était une véritable erreur de la nature.

Une montée acide lui vrilla l'estomac quand il poussa la porte du cellier. Mais cette fois, l'endroit était désert. La bouteille d'eau sans étiquette gisait sur le flanc, vide, témoin muet de la certitude qu'il s'était fait baiser comme un bleu.

Lorsqu'il pénétra dans le garage, il comprit tout de suite que la farce ne s'était pas arrêtée là, que ces deux enfoirés avaient mis tout le monde au courant de sa mésaventure. Comme si tous s'étaient donné le mot, personne n'osait le regarder en face. Il y avait deux façons de réagir à cette impasse. Soit subir et se noyer, ici, maintenant, quitte à ne plus pouvoir croiser son reflet nulle part, comme dans sa chambre quelques instants plus tôt, soit prendre le taureau par les cornes et le coucher à terre sans tarder. Il choisit la seconde solution, la seule envisageable.

Quand il s'approcha de Stéphane, assis sur une chaise au centre du garage, celui-ci en avait encore les larmes aux yeux. Alexandre posa sa grosse main sur son épaule frêle et éclata d'un rire qui fit taire tous les autres. Les doigts enfoncés dans sa clavicule, il le força à se lever et à se tourner vers lui. Derrière lui, la silhouette gracile de Mathilde recula et se fondit dans le groupe. Le poing droit d'Alexandre se referma sur le col de chemise du garçon, puis il vissa le tissu comme s'il voulait assurer une prise très solide avant de tirer sur une corde de marin.

— Je suis mort de rire, mon pote ! C'est vrai que c'est super marrant, *ces putains de blagues à la con !*

La bouche grande ouverte pour chercher l'air qui ne franchissait plus sa gorge, incapable d'émettre le moindre son, Stéphane écarquilla des yeux soudain emplis de frayeur. Ses pieds ne touchaient plus le sol que par la pointe des semelles. Ses poings volaient en désordre, tentant en vain de frapper une cible qui était plus loin de lui que la longueur de ses bras de demi-portion.

— Alexandre ! Arrête !

La voix ne parvint pas jusqu'à lui. Alexandre était au-delà de la rage, dans une sphère écarlate dont la sève pulsait au bout des câbles de ses doigts. Il approcha le visage bleuissant de Stéphane du sien.

— Je parie que j'arrive à te faire pisser dans ton froc, moi aussi. Tu veux jouer ?

Quelqu'un avait baissé la musique. On aurait entendu voler une mouche si elles n'avaient pas été toutes endormies pour l'hiver. Le craquement du diamant sur l'ultime sillon du disque s'éteignit dans un silence à couper au couteau.

Une main légère se posa sur son bras. Il la sentit à peine, mais le parfum qui l'accompagnait, lui, il le reconnut tout de suite.

— Alexandre… s'il te plaît…

La voix de Mathilde était méconnaissable. Alexandre ne l'avait jamais entendue si sourde, si sensuelle. Il y eut un instant de flottement que son copain Pierre mit à profit pour s'approcher.

— Elle a raison, vieux. Laisse tomber ce connard et viens boire un coup. J'ai apporté un truc qui devrait te plaire.

Et, encore plus bas :

— On s'occupera d'eux plus tard.

Alexandre cligna des paupières, puis il lâcha sa proie et glissa des doigts fébriles dans ses cheveux, les yeux hagards, comme s'il se réveillait soudain d'un mauvais rêve. Il avait confusément conscience que Pierre, son alter ego dans l'équipe – un ailier droit presque aussi grand et rapide que lui, qui lui envoyait très souvent au centre des ballons décisifs pour l'issue du match –, venait de lui sauver la mise. Stéphane s'était écroulé sur le sol, ses mains sur sa gorge pour vérifier que les morceaux de sa pauvre carcasse étaient encore tous là. Mathilde, quant à elle, s'était discrètement éloignée. Il apercevait sa longue chevelure découpée en contre-jour par les spots du fond, près de la chaîne hi-fi. Elle s'activa quelques instants, puis la voix de Ian Gillian emplit le garage, entrecoupée par les riffs sauvages de la guitare de Ritchie Blackmore.

Alexandre sourit dans le noir.

Deep Purple était son groupe préféré. Il possédait au moins une bonne douzaine de tee-shirts à leur effigie.

Et ça, même cette salope le savait.

# 11

Jonathan Keller commençait à trouver le temps long. Bientôt une heure qu'il poireautait sur ce banc aussi confortable qu'un rang de parpaings. Il se leva et s'approcha de la vitre sale du garage. Le ciel avait changé de couleur depuis son arrivée. De gris uniforme, il s'était peu à peu épaissi d'un blanc lourd teinté d'une pointe de jaune électrique. La neige paraissait de ne pas avoir écouté Albert Simon et semblait sur le point de se pointer en avance de deux bonnes journées sur le planning alarmant de l'emblématique Monsieur Météo d'Europe 1 à la suite des premières gelées dans le nord de la France dès le 28 août précédent. Les gens qui sortaient du supermarché voisin levaient tous vers le ciel une expression surprise et vaguement inquiète, comme si une petite voix intérieure leur soufflait à l'oreille qu'ils avaient intérêt à ne pas traîner dehors et à rentrer vite fait chez eux.

Jonathan pivota sur les talons et revint s'asseoir sur son banc face aux étagères remplies de bidons d'huile, de liquide de refroidissement, d'essuie-glaces de toutes les tailles, ainsi que du fatras de trucs hors de prix et bien entendu indispensables à l'entretien d'une voiture. Le type boutonneux de l'accueil le considéra un instant d'un air indifférent puis se replongea dans son magazine couleur chair qu'il dissimula derrière son pupitre étriqué pour tourner les pages loin de la vue de ce client à l'œil vif.

Jonathan soupira d'impatience mal contenue. À présent, il ne restait plus que trois personnes à servir avant lui. Depuis l'atelier, des bruits de chocs et des claquements secs rapprochés montraient que les mécanos ne chômaient pas. Il referma sa veste de laine pour couper le passage au froid qui s'infiltrait le long de sa colonne vertébrale malgré le radiateur d'appoint installé dans le garage. Ce bâtiment était un vrai nid à courants d'air. Même pas une encoignure de porte où se caler le dos pour avoir un peu plus chaud. Même pas de machine à jus de chaussettes pour les visiteurs. Il se demanda un instant comment les ouvriers ne tombaient pas malades à travailler dans ces conditions. Et puis, tout compte fait, il considéra qu'il s'en foutait. À chacun sa merde. La sienne, Magali, il l'avait épousée en secondes noces après son divorce houleux d'avec Germaine Pouillard, la mère de Romain. S'il avait seulement compris à quelle espèce de cinglée il avait affaire quand elle s'était jetée sur sa braguette le soir où ils avaient partagé leur premier dîner, il se serait enfui à toutes jambes au lieu de se persuader qu'il s'était levé le coup du siècle.

Magali était une nymphomane. Une vraie. Une que le sexe électrise et rend dingue, quel que soit le moment, quel que soit le bonhomme, et quels que soient les risques et les circonstances. Et surtout si le type qu'elle convoitait était un autre que lui. Le véritable cauchemar du siècle, en vérité. Encore pire à vivre que les nuits mornes passées avec la mocheté qu'il avait épousée la première fois. Il se demandait souvent en croisant un homme dans la rue si celui-ci faisait partie des rares qui n'avaient pas baisé sa femme.

Plus que deux clients.

Jonathan ferma les yeux et se concentra sur la coiffeuse qu'il allait retrouver ce soir-là dans une chambre d'hôtel trois étoiles, à une cinquantaine de kilomètres de chez lui. Un rendez-vous très prometteur préparé avec la complicité de François Bridal, son meilleur ami, qu'il couvrait à son tour quand les circonstances l'exigeaient.

Le procédé était simple. Jamais la même excuse, jamais le même endroit, jamais deux fois le même jour de la semaine, comme devaient l'être les vraies tuiles occasionnées par le travail. Et jamais la même fille, si possible. À ce petit jeu, si Magali, malgré sa nymphomanie, était également affligée d'une jalousie maladive, il était devenu maître en la matière. Elle n'avait jamais trouvé le plus petit cheveu, la moindre marque de rouge à lèvres, le plus infime effluve de parfum suspect. Il se servait d'un gel douche identique à celui qu'il utilisait chez lui, un échantillon toujours rangé dans le coffre de sa voiture. La chambre était réglée en liquide et à l'avance pour ne pas traîner dans le hall d'accueil avec sa conquête d'un soir, même si, aussi loin de son domicile, il y avait peu de risques qu'il y croise une connaissance de Longerupt.

Bien sûr, Jonathan aurait pu divorcer une deuxième fois. Ç'aurait été beaucoup plus simple. Seulement, juste après leur mariage, Robert, le père de Magali, avait cassé sa pipe et lui avait légué l'entreprise de maçonnerie qu'il avait montée une trentaine d'années auparavant. Jonathan s'était attendu à ce qu'elle bazarde le tout au premier acheteur – elle avait reçu de nombreuses propositions très intéressées – mais, contre toute attente, elle avait continué à tenir la société d'une main de fer. En quelques semaines à peine, tout le monde, lui y compris, avait réalisé qu'elle avait la poigne encore plus dure que celle de ce sacré vieux con de Robert, et que le fait d'écarter les jambes pour asseoir son pouvoir sur ceux qui doutaient de ses capacités de gestionnaire n'était vraiment pas un obstacle majeur.

Un client.

Lui, Jonathan, avait tout essayé pour dénicher un travail qui lui permette de gagner au moins la moitié de ce qu'elle touchait à la fin de chaque mois. Mais celui versé par l'agence immobilière, même avec les primes, ne s'en approchait pas du tiers. Et c'était ce qu'il avait pu dégoter de mieux. Comme elle en connaissait le directeur, Magali lui avait conseillé d'ouvrir un compte au Crédit lyonnais et qu'il se serve de sa paie pour ses dépenses personnelles. Pour la tenue du foyer, elle n'avait pas besoin de lui. Leur maison avait été remboursée par l'héritage et il n'était même pas nécessaire qu'elle travaille pour que le fric entre à flots par les fenêtres d'une baraque qui lui appartenait, à elle et à elle seule. Comme son propre 4X4, d'ailleurs, qu'elle avait intégralement payé avec les bénéfices de sa société.

Le patron de la banque lui avait offert des conditions très avantageuses. Il s'envoyait sûrement de temps en temps cette folle du sexe dans la salle des coffres jusqu'à ce que ses couilles se mettent à fumer, et il avait accueilli ce nouveau client avec un sourire qui lui fendait le visage de part en part. Jonathan était reparti de l'agence avec une solide poignée de main, une tape amicale dans le dos et le sentiment de s'être fait baiser jusqu'à l'os, lui aussi, mais à sec.

— Monsieur Keller ?

L'employé boutonneux secoua la facture pour attirer l'attention de ce drôle de type au regard noir posé sur le mur comme s'il avait envie de le défoncer à coups de poing.

— Votre voiture est prête...

Jonathan s'ébroua. Il se leva, s'approcha du comptoir et régla la note sans même en lire le montant.

— On vous a mis les vieux pneus dans le coffre. Vous allez être content des Continental. C'est un tout nouveau profil conçu pour la neige. Un truc formidable. Tous nos clients qui les ont choisis en sont satisfaits. Vous verrez, ça passe partout, surtout avec une voiture comme la vôtre !

Jonathan ne répondit pas. Sur le papier glacé du magazine que l'employé avait oublié de repousser sous ses factures, une fille blonde, aux seins gonflés comme des zeppelins, l'invitait d'un index enfoncé dans la bouche à le rejoindre sur son lit aux draps écarlates, celui de l'autre main mobilisé par un début de spéléologie vaginale.

Lorsque le vendeur bavard réalisa son erreur, le client au regard mort était déjà sorti sur le parking, un sourire sans joie plaqué sur les lèvres.

# 12

Les doigts de Marc s'immobilisèrent au-dessus du clavier. L'heure qui venait de s'écouler avait été prolifique comme rarement. Les mots avaient filé d'une traite, mus par une énergie qui le dépassait lui-même. Il n'avait même pas besoin de se relire pour vérifier la qualité de ce qu'il avait couché sur le papier. Aucun doute, son texte était excellent. Meilleur, peut-être, que tout ce qu'il avait pu écrire auparavant. Et pourtant, au bout d'une vingtaine de romans, il était passé par un certain nombre de moments d'euphorie. D'autres de doute, bien sûr, mais beaucoup moins fréquents. Et cela, à vrai dire, ne l'avait jamais véritablement gêné. Marc en était convaincu, le doute est l'une des pierres angulaires du travail de l'écrivain. Comme tout créateur, il doit parfois se demander si sa mayonnaise va prendre, si son plat va séduire les papilles gustatives de ses lecteurs. Il doit trembler de s'être fourvoyé dans une histoire qui n'aura d'autre intérêt, *in fine*, que celui de l'avoir occupé durant quelques mois en attendant la prochaine intrigue géniale qui le propulsera de nouveau dans les meilleures ventes, gageant que son public ne l'aura pas désavoué pour une simple erreur de parcours. Un homme qui ne doute jamais n'est pas, contrairement à ce qu'il croit, un roc dans la tempête. C'est exactement l'inverse : un navire qui trace sa route tout droit dans la brume et finira par se briser sur le récif qu'il s'imagine incarner.

Mais ce jour-là, Marc volait bien au-dessus de sa machine à écrire, loin de l'angoisse de la page blanche et des idées qui s'effarouchent dès qu'on cherche à les attraper pour leur arracher les ailes.

Il posa les yeux sur la pendule et cligna des paupières, sidéré. Il ne s'était pas écoulé une heure, mais quatre. Sa pièce étant située du côté nord de la maison, la plus proche de la montagne, il allumait sa lampe toute la journée. Mais cette fois, la nuit avait pris peu à peu possession de son bureau sans qu'il s'en aperçoive. C'était le signe indubitable qu'il venait de vivre un moment hors du temps, une de ces bulles impossibles à recréer sans l'alchimie particulière du mariage entre le clavier, la chance et l'inspiration.

Il s'étira, soudain saisi par les vieilles douleurs articulaires qui se réveillaient dans ses lombaires. Il était frigorifié. Avec l'humidité, c'était toujours pareil. Ça commençait par le bassin, puis ça remontait toute la colonne vertébrale jusqu'aux cervicales. Ensuite, il restait invariablement bloqué pour au moins trois jours. En somme, le supplice à venir s'annonçait avec des fleurs à la porte de son squelette pour lui infliger la saleté de punition qu'il apportait dans ses bagages. *Désolé, mon garçon, mais je vais venir m'installer quelque temps chez toi. J'ai un peu de boulot avec ta carcasse avant d'aller emmerder quelqu'un d'autre...*

Marc soupira. Un thé. Voilà, c'était de ça qu'il avait besoin. Un bon thé à la bergamote, comme en avale des hectolitres tout romancier qui se respecte. Enfin, ceux qui ne marchent pas au café ou au whisky, bien sûr. Il se leva avec lenteur, conscient du travail qu'il lui restait à accomplir pour arriver au bout de son récit. Des centaines de pages encore enfouies dans les limbes, des phrases pas encore écrites qui flottaient en permanence autour de lui, qu'il trimbalait partout où il allait et qui ne le laissaient jamais en paix. Il s'endormait avec leur parfum dans le nez, s'éveillait avec leur goût dans la bouche, voire parfois leurs relents dans ses draps. Tandis qu'il marchait plus lentement que d'habitude vers la cuisine, remuant des épaules à l'image d'un boxeur qui s'échauffe avant de monter sur le ring, il sentit que quelque chose d'anormal s'était emparé de sa demeure. La lumière de la nuit avait changé de nature. Les lampadaires du jardin renvoyaient une nuance nacrée qui n'existait pas la veille. Il brancha la bouilloire, souleva de l'index le rideau à lamelles de la fenêtre et il comprit. Les flocons, lourds comme des morceaux de coton congelé, s'abattaient avec une densité qu'il n'avait jamais vue depuis qu'ils étaient venus habiter dans le secteur. Aussi loin que son regard portait dans la nuit, le terrain tout entier avait disparu sous la couche de neige. Il y en avait même déjà plus haut que la première marche de l'escalier du perron. Les sapins, fantômes sombres d'habitude assoupis dans l'obscurité, étaient dessinés en négatif au pied de la forêt en contours irréguliers.

La bouilloire chanta. Il coupa le feu et versa l'eau frémissante sur le sachet de thé qui se mit à tournoyer en lâchant des volutes semblables à de la fumée de cigarette. Il l'observa un instant, rêveur, puis il se figea, les yeux dans le flou, lorsque sa mémoire enclencha enfin la première. C'est à ce moment qu'il réalisa qu'il n'entendait plus aucun bruit en provenance du garage. Le mug bien chaud entre les mains, il traversa la cuisine, le salon, le couloir qui desservait sa chambre et son bureau, passa devant l'escalier qui grimpait vers le domaine de son fils, puis il entrebâilla la porte du cellier. Non, la musique n'était pas totalement arrêtée. Elle tournait encore en sourdine, comme si les ados avaient cessé de danser et de s'amuser. Il s'apprêtait à entrer dans le garage, mais il retint son geste. Qu'allait-il leur dire ? « Eh bien, les jeunes, c'est déjà fini ? », ou bien « Vous voulez des gâteaux et du Coca ? ». Non, il allait être ridicule. Un vieux con au beau milieu d'une assemblée de mômes qui allaient se foutre de lui dès qu'il ouvrirait la bouche. Il relâcha la pression de ses doigts sur la poignée. Si Marc était tout à fait à son aise avec les mots écrits sur le papier, il se sentait toujours en décalage quand il s'agissait de parler, comme s'il se trouvait en surimpression dans une scène où il n'avait pas sa place. Où il n'était pas invité. Voire où il n'était pas le bienvenu.

Et puis il pensa soudain à la neige. Si elle continuait à tomber aussi fort, les parents allaient être incapables de prendre la route pour venir chercher leurs rejetons. La simple idée de devoir héberger jusqu'au lendemain une horde d'adolescents lui collait des frissons d'angoisse dans le dos. Et ceux-là, aucune tasse bouillante ne pourrait l'en débarrasser.

Il rassembla ses esprits, posa son mug sur l'étagère du cellier, puis il enfonça la poignée.

Le garage était vide.

Soudain, un cri perçant retentit à l'extérieur, juste devant la porte grande ouverte.

Un cri de jeune femme.

# 13

Tout de suite après, un deuxième hurlement le figea sur place tandis que la boule de neige, qui avait manqué sa cible, s'écrasait en plein centre de sa poitrine.

— Oh ! Pardon...

Le jeune homme, coupé net dans sa course après sa proie, le regardait d'un air stupide, un autre projectile dans la main gauche, l'excitation de la chasse encore imprimée sur son visage rougi par le froid. Devant le garage, une myriade de traces de pas filait dans la poudreuse dans toutes les directions et montrait que la rigolade durait depuis un bon moment. Plus loin dans le jardin, des cris de joie éveillèrent la forêt de son engourdissement. Un oiseau invisible, dérangé dans sa retraite, s'envola lourdement, ses ailes claquant contre les branches.

Marc épousseta son pull tandis que l'adolescent, ne sachant quoi faire de ses mains gelées, lâchait sa deuxième munition sur le sol et se dandinait devant lui en se frottant les doigts.

— Est-ce que tu peux demander à Alexandre et à tes copains si ça leur dit de boire un truc chaud, maintenant que vous avez fini d'écraser mes tulipes ?

Son interlocuteur eut un moment d'incompréhension, puis il rit après avoir jeté un coup d'œil inquiet aux bacs à fleurs de la terrasse recouverts, comme tout le reste, par une couche de glace.

— Oui, bien sûr. Et... merci, m'sieur ! Désolé, hein...

Marc eut un sourire complice qui masqua très bien son agacement.

— Pas de problème. J'ai été jeune, moi aussi, même si ça ne se voit plus très bien. Dis-leur qu'il faut que vous appeliez très vite tous vos parents. D'ici peu, ça va devenir compliqué de venir vous récupérer.

— Entendu !

Quand l'adolescent se mit à courir vers les bois, Marc songea qu'il ignorait son prénom. Il n'en connaissait presque aucun, en fait. Quelques visages lui évoquaient bien quelque chose, à force de voir passer les photos de classe chaque année, et si certains noms étaient parfois prononcés par Alexandre, comme Romain, Stéphane ou Gilles, il aurait été incapable d'identifier formellement le moindre d'entre eux. Il tourna les talons et rentra dans le garage.

La sonnerie, péremptoire, lui fit presser le pas vers le salon. Marc décrocha le combiné de bakélite de son socle à cadran, une antiquité qu'il avait tenu à conserver malgré les nouveaux appareils à touches récemment apparus sur le marché. Amateur des films noirs de la Belle Époque, il associait l'objet, comme sa machine à écrire, à cette période révolue où l'ambiance d'une scène se résumait à un éclairage succinct, un téléphone anthracite en gros plan sur un guéridon et un chapeau de feutre penché à la canaille sur un crâne à moitié dissimulé par son ombre.

La voix éclata un peu trop fort à son goût contre son tympan.

— Allô ? Monsieur Torres ?

Marc hésita un bref instant. Il était inscrit sur la liste rouge de l'annuaire des PTT et les personnes qui connaissaient son numéro se comptaient sur les doigts d'une seule main. Sur le moment, il ne parvenait pas à identifier son interlocuteur.

— Oui, mais qui…

— Je suis monsieur Rivard, le proviseur du lycée de votre fils. Pardonnez-moi de vous déranger ainsi, mais madame Morange, la mère d'une élève, vient de m'appeler.

— C'est à cause de la neige, j'imagine ?

— Tout à fait, monsieur Torres. Madame Morange m'a m'expliqué que plusieurs jeunes de mon établissement, dont sa fille, sont à votre domicile depuis le début de l'après-midi. En fait, cette dame a tenté de grimper chez vous quand elle a vu que ça commençait à tomber, mais il était trop tard. Un camion qui montait de Longerupt s'était déjà renversé en travers de la chaussée. La route ne sera dégagée que demain matin au plus tôt. Et impossible de passer par le col, de l'autre côté, la gendarmerie a fermé l'accès à la montagne depuis plus d'une heure. Il y a dix centimètres de neige, là-haut. Nous sommes coincés. Enfin... *vous* êtes coincés.

Marc leva les yeux au ciel. Non, mais alors là, c'était le pompon. Il s'approcha de la fenêtre que les gros flocons serrés avaient déjà garnie d'un édredon épais.

— J'essaierais bien de descendre jusqu'au camion, mais je ne pourrai pas remonter, d'autant que je n'ai pas encore acheté de chaînes pour ma nouvelle voiture. Et comme il m'est impossible d'emporter tous les jeunes dedans – je n'ai que deux vraies places à l'avant, quatre en se tassant au maximum à l'arrière –, ça veut dire que je vais devoir laisser tous les autres à la maison pendant plusieurs heures. Peut-être même toute la nuit, le temps que le chasse-neige vienne dégager la route. Vous le savez, nous ne sommes pas prioritaires, dans ce secteur...

Au bout de la ligne, la voix s'était tue. Membre du conseil municipal depuis plus de dix ans, Laurent Rivard y avait enfoncé son fessier imposant dans le fauteuil de second adjoint jusqu'à ce que le cumul de ses emplois devienne intenable et qu'il renonce à son rôle d'élu. Cette période lui avait donné l'occasion de connaître un peu mieux certains des habitants les plus discrets de la commune et d'appréhender les problèmes auxquels ils pouvaient être confrontés, mais qui n'allaient pas plus loin, en général, que les oreilles sélectives du maire. La route du col de Fuchs, qui serpentait dans des bois encombrés de roches abruptes où même les chevreuils avaient du mal à se tenir debout, était effectivement le cadet des soucis de la municipalité.

Quand les Torres étaient arrivés dans le secteur, leur portefeuille bien garni leur avait permis d'acheter le domaine sans même en discuter le prix. Les terres des Fromont, situées à une bonne quinzaine de kilomètres du bourg principal, avaient tout pour faire rêver un acquéreur. Trois hectares de terrain à peu près plat, sauf l'endroit où était implantée l'immense maison, un promontoire calcaire qui dominait une vallée de chênes, de sapins et de châtaigniers, un étang de cinq-mille mètres carrés, et une absence totale de voisins à plus de six kilomètres à la ronde.

Gérard Corvet, le maire, avait essayé de l'acheter, plusieurs années auparavant, mais le dernier représentant de la dynastie des propriétaires lui avait toujours refusé la vente. Une vieille histoire avait divisé leurs deux familles depuis si longtemps que, même si on avait plus ou moins oublié de quoi il s'agissait à l'origine, peut-être un siècle plus tôt, le ressentiment restait imprimé en eux telle une éternelle cicatrice à vif.

Alors, puisque le domaine ne serait jamais sien, Corvet avait décidé que, entre autres, le fait de dégager la route de Longerupt jusqu'au col de Fuchs n'entrait pas le champ d'action immédiat des agents municipaux en cas de fortes chutes de neige ou d'arbres abattus par le vent. Et il avait eu du mal à cacher sa satisfaction lorsque Marc était venu le trouver la première fois pour lui demander des explications à ce sujet. Rivard pensait que Corvet était beaucoup de choses, mais il savait que c'était loin d'être un abruti, et pas plus manchot dans l'embobinage d'électeurs que n'importe quel édile qui a passé du temps à prospecter les marchés, le sourire aux lèvres et la main tendue, pour dégoter des voix parmi les hostiles ou les indifférents. Marc Torres était rentré chez lui avec la sensation mitigée d'avoir été à la fois écouté et roulé dans la farine. Laurent Rivard avait assisté à l'échange depuis son bureau situé juste à côté de celui du maire, et il se souvenait avoir baissé les yeux devant le regard mécontent du visiteur. Marc n'ignorait pas qu'il en avait gardé un profond sentiment de malaise.

Quand Alexandre était arrivé au lycée, l'écrivain avait retrouvé un Rivard vieilli sous le harnois, les cheveux blanchis en trois ans à peine, peut-être par les soucis, mais peut-être aussi à cause de la duplicité que lui avait imposée la coalition municipale pendant ces longues années. Rivard, depuis, avait tout lu de son parent d'élève préféré et il n'avait pas manqué de le lui faire savoir avec déférence et admiration. Corvet, depuis son bastion orné du drapeau français où il était resté serti depuis presque trois mandats grâce à ses amis agriculteurs et à leur puissant réseau local, malgré tout son pouvoir, ne pouvait plus l'en empêcher.

— Monsieur Rivard ? Vous êtes toujours là ?

— Euh... oui, pardon, monsieur Torres. Je réfléchissais. C'est ennuyeux, cette situation. Vous comprenez... ces jeunes filles...

Marc hocha la tête devant la fenêtre. Sur la pelouse blanche rayée de sillons plus foncés, deux adolescents revenaient à pas lents vers la maison. Des boules de neige écrasées leur pendaient aux vêtements comme des guirlandes de Noël. Soudain attendri, Marc les suivit du regard jusqu'à ce qu'ils disparaissent dans le garage. Il tourna alors le dos à la vitre pour se concentrer sur les paroles de son interlocuteur. Il n'aperçut pas le visage de son fils qui venait de s'immobiliser derrière un sapin pour les observer sans se faire remarquer. Il ne distingua pas ses poings rouges se serrer à lui briser les doigts.

— Oui, je comprends très bien, monsieur Rivard. Mais que les parents se rassurent. La maison est grande et les pièces sont à l'échelle. Les portes sont toutes munies d'un verrou intérieur. Une manie de l'ancien propriétaire, il y en a partout. Elles seront tranquilles entre elles, ne craignez rien.

Il y eut un silence gêné, et puis Rivard poursuivit après un léger toussotement.

— C'est que...

Marc ne l'avait jamais senti si tendu, si emprunté. Parce que s'il y avait une chose à laquelle Laurent Rivard était passé maître, d'habitude, c'était de parler jusqu'à ce que tout le monde tombe de fatigue en espérant que cela allait s'arrêter avant le lendemain soir. Nombre de parents d'élèves avaient renoncé aux conseils de classe après s'être frottés aux discours sans fin du proviseur.

À son silence soudain au bout du fil, comme s'il avait posé la paume de sa main sur le combiné, Marc comprit que l'enseignant n'était pas seul devant son téléphone.

— Passez-la-moi, s'il vous plaît...

Rivard fut pris de court.

— Euh... qui ?

— Madame Morange. Je sais qu'elle est avec vous et qu'elle tient l'écouteur. Elle ne vous a pas appelé. Je pense qu'elle est venue chez vous parce que vous n'avez pas répondu à son coup de fil.

— Mais co…

Marc pivota sur les talons et sourit à la montagne. La pelouse était vide. Les ados avaient dû rentrer pour se mettre au chaud.

— Nous sommes samedi, alors vous n'êtes pas au lycée, monsieur Rivard. L'imagination, ça me connaît, faites-moi confiance…

# 14

Marc savourait son thé devant la cheminée où tout le monde s'était réuni après le repas. L'ambiance était joyeuse, les discussions animées, et même si les fauteuils n'étaient pas assez nombreux, des chaises de jardin récupérées dans la grange avaient permis à chacun de trouver sa place près du foyer. Malgré ses craintes d'être incapable de gérer une quinzaine d'adolescents excités par la boum et leur sortie dans la neige, le dîner s'était très bien passé. Marc, en plus de sa passion pour l'écriture, en nourrissait une seconde pour la cuisine. La plupart du temps, il ne préparait des petits plats que pour Alexandre et lui, et il n'avait jamais eu à s'occuper d'autant de monde à la fois. Alors il avait retroussé ses manches et il s'était attelé aux fourneaux comme si tous ces jeunes avaient été ses propres enfants.

Si leurs parents étaient très sensibles au fait que Marc était une célébrité du monde littéraire, ce n'était pas le cas de leurs rejetons. Aucun d'entre eux ne l'avait observé comme un animal rare et il n'avait eu à répondre à aucune question relative à l'écriture. Marc y était si peu habitué qu'il avait mis un long moment à se détendre tout à fait. À présent, il se sentait à l'aise et il se demandait pourquoi il avait autant freiné des quatre fers avant d'accepter que son fils invite ses amis. Le point noir était qu'Alexandre, qui aurait dû se réjouir de le voir en de si bonnes dispositions, tirait une tête de six pieds de long et qu'il s'était isolé dans un coin, les yeux plantés dans le feu où une bûche de châtaignier renvoyait une douce chaleur sur le groupe. Mais sa mauvaise humeur ne suffisait pas à ternir la soirée. Ses camarades, tout à leurs discussions, paraissaient ne pas l'avoir remarqué. Ou bien alors, par respect pour celui qui les avait invités, ils se gardaient de souligner le fait qu'il les boudait ostensiblement.

Marc étira les jambes et Roger changea de position sur ses genoux. La bûche craqua dans un chatoiement d'étincelles qui tombèrent sur les tommettes du carrelage. Marc avait poussé le chauffage à fond pour sécher les pulls mouillés qui fumaient sur l'étendoir près du radiateur. La température qui régnait dans le salon cognait sur ses épaules comme au plus fort de l'été.

— Monsieur Torres...

Marc leva le nez. La fille de Michelle Morange se tenait de profil devant l'âtre, les mains tendues vers le feu. Il monta vivement les yeux sur son visage pour qu'ils ne s'attardent pas sur sa chemise légèrement transparente.

— ... vous n'auriez pas une guitare, par hasard ?

Marc sentit un pincement désagréable lui mordre la mémoire. L'instrument de Véronique n'avait pas quitté son étui depuis la dernière fois où elle avait essayé d'en jouer sur son lit, juste avant d'être transportée d'urgence à l'hôpital.

Il ne trouva pas l'énergie de mentir.

— Si, mais elle doit être désaccordée depuis... depuis le temps.

Les yeux clairs de la jeune fille s'illuminèrent. Il n'avait pas remarqué, jusque-là, qu'ils étaient si brillants.

— Je peux m'en occuper, si vous voulez...

Marc se força à sourire à Mathilde.

— Très bien. Je vais te la chercher.

Il termina son thé, posa un Roger toujours ronronnant sur le carrelage, puis il se leva avec effort et quitta à regret la pièce où les rires crépitaient derrière lui. Il prit le couloir qui menait à sa chambre, continua jusqu'au mur du fond et s'immobilisa devant la porte de celle de sa femme, qu'il n'avait pas ouverte depuis des mois.

Ils avaient dormi séparément, les derniers temps. C'était elle qui avait insisté. Elle lui avait dit que les appareils reliés vingt-quatre heures sur vingt-quatre au lit médicalisé allaient l'empêcher de trouver le sommeil, et donc de travailler. Il fallait qu'il soit frais et dispos chaque matin pour rester des heures durant devant sa machine à écrire. Elle n'avait pas besoin de lui pour lui tenir la main en permanence.

Marc avait compris qu'elle ne voulait pas qu'il la voie en train de s'éteindre. La mort dans l'âme, après quelques insomnies qui l'avaient épuisé, il avait fini par accepter qu'elle s'isole dans sa douleur et sa lutte contre la maladie. Depuis son lit, dans la chambre contiguë à celle de sa femme, il entendait à peine le bip régulier qui rythmait la pulsation de la technologie qui tentait de la maintenir en vie. Ce bruit obsédant l'avait poursuivi durant des mois, l'avait parfois empêché de dormir, mais il l'avait aussi souvent amené à culpabiliser de ne pas s'être réveillé de la nuit. Aujourd'hui que l'écho lancinant s'était évanoui dans les murs de la maison, il le sentait renaître au fond de sa mémoire et lui piquer les yeux. Il aurait donné n'importe quoi pour pouvoir l'entendre de nouveau se glisser sous la porte devant laquelle il se tenait à présent, immobile et impuissant dans le silence de sa solitude.

Il prit une profonde inspiration et tourna la poignée.

L'air chargé de poussière le saisit à la gorge. Personne n'était entré ici depuis qu'il avait lavé tout le linge de sa femme, après l'enterrement, et qu'il l'avait soigneusement plié et rangé dans l'armoire. Il avait recouvert de draps blancs les meubles de la chambre, de *leur* chambre, et puis il s'était définitivement établi dans l'une des six autres que comptait la maison.

Mal à l'aise, Marc s'approcha de la commode contre laquelle la guitare était restée appuyée depuis plus de cinq ans. Il s'attendait presque à ce que Véronique apparaisse, décharnée, réprobatrice, sa robe flottant au-dessus du plancher. Il agrippa l'étui par la poignée et tourna les talons avec la certitude délirante que la pièce voulait le lui arracher des mains. Il referma la porte un peu trop vite et elle cogna contre le bois tendre de l'instrument à travers la housse.

La guitare émit un cri de protestation qu'il n'avait jamais entendu auparavant.

*Un cri d'outre-tombe.*

Une fois revenu au bout du couloir, il rassembla ses esprits. Il fallait qu'il prenne une décision en ce qui concernait cette chambre. Il ne pourrait pas supporter de la conserver ainsi comme un mausolée pendant des années. Il allait devoir attraper le taureau par les cornes pour que sa vie cesse de tourner autour de ce centre de gravité morbide dont il ne parvenait pas à se libérer. Son chagrin le ramenait toujours ici, ce jour maudit où il l'avait trouvée évanouie et où il avait pleuré toutes les larmes de son corps avant que les ambulanciers ne la hissent sur le brancard, les yeux clos, un tuyau enfoncé dans le bras et un masque à oxygène sur le nez.

Deux semaines après son décès, il avait rendu le lit médicalisé, remonté l'ancien à la place et la chambre avait repris un aspect normal.

Mais plus personne n'avait jamais dormi dedans.

Ce n'étaient pas les pièces qui manquaient, dans cette maison qui datait du XIXe siècle. Marc ignorait combien ils pouvaient être à vivre dans cette demeure, autrefois, mais il s'agissait certainement d'une famille très nombreuse. Mais ce soir, il n'en restait que cinq libres pour ses hôtes inattendus. Il n'était pas encore prêt à dépoussiérer l'antre toxique de Véronique.

Marc s'était souvent demandé pourquoi elle avait insisté, au fil des années, pour installer un lit neuf dans chacune d'entre elles alors qu'ils ne recevaient quasiment jamais personne. Mais il ne pouvait rien lui refuser. Il lui avait laissé carte blanche pour décorer et meubler la maison comme elle le désirait. Seulement le compte n'y était pas. Cinq chambres, et quinze ados des deux sexes à loger dedans.

Les lits étaient faits, il en était sûr. La femme de ménage, qui passait invariablement chez lui tous les mercredis matin, repartait parfois avec l'air résigné de ceux qui savent leur ouvrage inutile, mais elle continuait à laver tous ces draps propres une fois par mois parce que les consignes de la maîtresse de maison avaient encore force de loi.

Tout en revenant vers le salon, Marc cogitait à l'organisation de la nuit. Afin que leur hébergement improvisé se déroule sans problème, les cinq filles allaient dormir deux par deux, en fonction des affinités, et la cinquième isolée. Il restait donc deux lits libres pour les huit garçons hors Alexandre. Avec quatre d'entre eux logés dans les deux dernières pièces, ils étaient encore trois si son fils prenait un copain avec lui dans son mirador. Marc compta mentalement les coussins du canapé. Il avait de quoi préparer deux autres couchages de fortune dans le grenier, dont il avait allumé le chauffage avant le dîner. Pour le quinzième, il songea aux couettes inutiles remisées dans la chambre de Véronique. Roulé en une espèce de futon, ce matelas improvisé serait toujours plus confortable que de devoir dormir sur la moquette dans la cambuse d'Alexandre. Et il y avait un stock d'oreillers dans le placard du couloir. Sa femme n'avait jamais aimé jeter et, pour une fois, il devait reconnaître qu'il avait eu tort de lui demander de les débarrasser de ces saloperies.

Bon, c'était réglé. Pas si compliqué que ça, finalement. Ce vieux cabot de Rivard allait se taper des cauchemars pour rien.

Quand il réapparut dans le salon après avoir nettoyé la poussière de la housse, les pupilles dilatées de Mathilde brillaient encore un peu plus. Elle le remercia, exhuma avec précautions l'instrument de sa gangue, puis elle le prit délicatement sur ses genoux et l'accorda en quelques secondes.

Au premier arpège qui naquit de ses doigts graciles, la gorge de Marc se serra. Quand elle commença à chanter, il se détourna et quitta la pièce discrètement, la mémoire broyée par une douleur que ses paupières ne pouvaient plus contenir.

# 15

## DIMANCHE 29 SEPTEMBRE 1974
## 00 H 04

Marc resta quelques instants dans la cuisine pour se préparer une tasse de thé et reprendre possession de lui-même, puis il retourna dans le salon où Mathilde était devenue le centre de l'univers. Son siège étant à présent occupé par une fille, il s'appuya contre le chambranle, immobile, son breuvage fumant à la main.

Le temps fila, le mug refroidit entre ses paumes, la bûche se consuma et personne ne pensa à en remettre une autre dans le foyer. Quand Mathilde s'arrêta de jouer, il y eut un silence que seule la beauté éphémère peut générer, de celles que l'on aimerait garder au fond de soi pour toujours.

Et puis l'une des adolescentes porta la main à sa bouche pour dissimuler un bâillement. Une autre l'imita en s'étirant et Marc revint à ses responsabilités. Il était temps de coucher tout ce petit monde, et il devait commencer par mettre les filles en sécurité pour la nuit – c'est-à-dire hors de portée de ces garçons qui les avait serrées tout l'après-midi contre leurs corps juvéniles pleins de sève et d'espoir.

Il les guida deux par deux jusqu'à leurs chambres après que Mathilde eut déclaré qu'elle voulait dormir tranquille s'il y en avait une avec un lit d'une personne. Aucune des quatre autres ne protesta et il considéra donc que sa volonté avait autorité sur la bande. Les deux premières, dont il connaissait à présent les prénoms – Marie, joli brin de gamine, elle aussi, et Laurence, celle dont il avait déjà remarqué le visage ingrat, prirent la suivante. Marc fut étonné de leur empressement à se retrouver ensemble, mais il comprit pourquoi lorsque la plus âgée des deux dernières,

Birgit, belle bonde de type nordique, s'avança dans la pièce les sourcils froncés comme si elle s'apprêtait à inspecter le ménage et la qualité du sommier. Derrière elle, Léa, petite puce rousse renfrognée, lorgnait vers celle où Marie et Laurence s'étaient enfermées à double tour. Marc avait remarqué que Léa n'avait pas quitté Mathilde des yeux de la soirée, mais que cela avait plus agacé Marie, qui semblait tenir le rôle de la dauphine et n'était manifestement pas prête à le céder.

Une fois les filles mises à l'abri, il revint vers le salon pour s'occuper des garçons. Des notes s'en échappaient à nouveau, mais en désordre, cette fois. Quand il entra dans la pièce, il vit que le blondinet avait accaparé la guitare et tentait maladroitement d'en tirer quelques accords devant les moues désabusées de ses camarades.

Une voix s'éleva alors d'un fauteuil tourné face à la cheminée.

— Henri, t'es nul et tu le seras jusqu'à la fin des temps. Je comprends même pas pourquoi ton vieux continue à dépenser son fric avec un prof de musique. Il ferait mieux de te payer une pute, une bonne fois pour toutes. Ça te décoincerait du slip et t'arrêterais peut-être de te prendre pour Bob Dylan…

Les autres éclatèrent de rire avec un bel ensemble de chiens de meute qui sentent arriver l'hallali. Piqué au vif, le front dudit Henri vira au rouge brique sous sa mèche.

— Tu fais chier, Pierre !

Henri réalisa alors que Marc se tenait devant lui, bras ballants, les yeux fixés sur la guitare de Véronique. Il releva ses cheveux d'une main fébrile et tendit timidement l'instrument au père d'Alexandre. Durant l'ombre d'un instant, ses doigts effleurèrent le vêtement rêche de l'écrivain et un minuscule arc électrique éclata entre eux.

Henri sursauta et émit un rire idiot.

— Chouette gratte, m'sieur. J'allais la ranger, justement.

Un visage apparut à l'angle du fauteuil. Des sourcils très noirs qui se rejoignaient au milieu du front et des traits anguleux, une mâchoire massive et un faciès de boxeur dont le regard ne cillait pas. Lorsqu'il l'avait vu débarquer chez lui, Marc s'était dit que ce gaillard-là ne devait pas s'en laisser compter tous les jours. Il avait vite remarqué que les autres passaient toujours prudemment au large, comme si leur copain était un rocher au centre d'une rivière en crue. Les bras épais et la poitrine profonde, il ne faisait aucun doute qu'il s'adonnait au sport de façon beaucoup plus intensive que n'importe lequel des membres de la bande. Son nez cassé était une preuve de plus qu'il ne fallait pas lui chercher des noises.

Henri et Pierre. Eh bien voilà deux autres prénoms dont Marc allait pouvoir se souvenir. Il posa la guitare contre le buffet au milieu des rires étouffés avec le sentiment très net que l'électricité de la soirée avait brusquement viré à l'orage avec le départ des filles.

— On dort où, nous ?

Décidément, Marc n'aimait pas la sale gueule de ce Pierre, et encore moins sa façon de parler comme si tout le monde devait lui obéir au doigt et à l'œil. Il était temps de lui remettre la pendule à l'heure.

— Je dirais plutôt *avec qui*. Il y a encore deux chambres libres, je vais préparer deux couchages au grenier avec les coussins des canapés et un autre avec des couettes, et il y a une place dans celle d'Alexandre. À vous de voir de qui vous allez être capable de supporter les ronflements et l'odeur des pieds.

Un grand échalas se manifesta le premier.

— Moi je choisis une chambre ! Pas envie de me faire bouffer les orteils par les souris !

— Moi aussi !

Le deuxième à lever la main était le plus enveloppé de tous. Non, pas *enveloppé,* mais *gros comme une vache*. Ce type devait se taper des sandwiches à longueur de journée pour s'être laissé pousser une bedaine pareille. Ou bien c'était un traitement médical, pensa Marc avec une pointe de culpabilité. Oui, c'était peut-être bien à cause de foutus médicaments, de ceux qui vous bousillent la maison en essayant de réparer des tuiles fendues. Peut-être les mêmes qui avaient conduit Véronique tout droit au cimetière après des mois à se tordre dans son lit, le regard hâve et les narines pincées sur l'oxygène qu'elle avait de plus en plus de mal à inspirer.

— Moi, je dors pas avec ce pédé de Gros Lard, décida Pierre en se levant à son tour, imité en silence par un quatrième larron plus grand, mais moins large que lui. Alors vous deux vous vous collez ensemble et moi je prends la deuxième piaule avec Alain. Quelque chose à rajouter, les tafioles ?

Gros Lard, s'estimant sûrement hors de danger grâce à la présence de Marc, se dressa sur ses cuisses épaisses comme des jambons et s'écria d'une voix rendue aiguë par la colère :

— Je m'appelle Philippe, bordel de merde ! *Philippe ! Et je suis pas pédé !*

Pierre roula des épaules et il s'approcha du jeune homme obèse. Il se planta devant lui et avança le cou jusqu'à ce que son vis-à-vis recule d'un pas, les bajoues tremblotantes.

— Très bien, Gros Lard Philippe. Je m'en souviendrai, fais-moi confiance. Pas de problème pour toi, Gilles, de te pieuter avec ce gros pédé ? T'as pas peur qu'il essaie de te la mettre pendant que tu dormiras ?

Le grand échalas soupira. Même s'il n'en pensait pas moins, il n'émit d'autre commentaire qu'un « non » avorté du menton tandis que Philippe baissait les yeux sur ses chaussures.

— Bien ! Pour les chambres, c'est réglé, trancha Marc d'une voix autoritaire pour évacuer le sentiment de malaise qui prenait peu à peu possession de lui. Il reste quatre d'entre vous à loger. Qui dormira avec Alexandre ?

— Romain, à tous les coups, dit le seul Noir de la bande. Ils sont toujours fourrés ensemble, de toute façon. Pas vrai, Stéphane ?

Stéphane, un garçon plutôt maigrichon, mais avec un regard particulièrement perçant, surenchérit.

— Ouais, Jean-Louis a raison. Romain ira avec Alex. Nous trois, on va dans le grenier. J'ai pas peur des souris, moi. Je suis ni un foutu homo ni un boxeur d'opérette.

Il y eut un bref silence durant lequel Marc crut que la situation allait déraper, et puis Pierre éclata d'un rire forcé. C'était le ton rigolard avec lequel ce Stéphane avait lancé sa pique qui avait désamorcé l'attaque, et puis aussi très certainement la très forte différence de gabarit entre les deux garçons. Pierre n'était pas le genre de type à écraser un moustique d'un coup de talon et il tenait à ce que ça se sache, quitte à se la jouer super cool en serrant dans ses poches ses poings qui le démangeaient tout de même un petit peu.

Marc emmena Gilles et Philippe dans la première pièce, Pierre et Alain dans la seconde, puis il guida les trois autres jusqu'au grenier avec les coussins du canapé, les couettes et les oreillers dans les bras. Le vieil escalier particulièrement raide – une échelle de meunier, en fait – qui s'élevait au fond du couloir où s'ouvrait sa propre chambre, n'avait jamais vu défiler autant de monde. Marc passa devant pour manipuler la trappe devenue récalcitrante à cause de l'humidité. Quand il grimpa les premières marches, découpées alternativement à gauche et à droite de façon à les resserrer pour gagner un maximum de place, il tourna le cou vers le groupe qui le suivait de près.

— Faites attention, il faut le prendre dans le bon sens, sinon c'est un peu casse-gueule, et surtout quand vous descendrez demain matin.

Stéphane poussa un sifflement quand ils débouchèrent dans le grenier où la ventilation de la cheminée, additionnée au radiateur fixé sous le Velux, diffusait une douce chaleur dans les combles.

— Wouah ! Putain, c'est dix fois grand comme ma chambre !

Marc s'effaça pour laisser entrer Jean-Louis, puis Henri qui fermait la marche. Si Henri colla une moue désabusée sur ses lèvres signifiant que la taille de la pièce l'impressionnait beaucoup moins que Stéphane, Jean-Louis, lui, resta bouche bée. L'appartement HLM où son père, sa mère, ses quatre frères et ses deux sœurs s'entassaient, d'aussi loin que ses souvenirs portaient, mesurait moins de la moitié de l'espace où il allait dormir cette nuit-là. Un espace *vide*.

Marc disposa les coussins, la couette, les draps et les oreillers et s'en alla après leur avoir renouvelé son avertissement. S'ils devaient utiliser les toilettes à l'étage d'en dessous en pleine nuit, ils devaient absolument allumer la veilleuse de l'escalier pour ne pas risquer une mauvaise chute. Les trois garçons lui souhaitèrent bonne nuit avec insouciance, et il se demanda en les quittant s'il était vraiment judicieux de les laisser dormir là-haut. Quand il arriva en bas des marches, il pensa qu'il était trop tard, de toute façon, pour reculer.

Il traversa ensuite le rez-de-chaussée, glissa la tête dans le colimaçon qui montait à la tour, mais il n'entendit pas un bruit. Il grimpa jusqu'à la chambre de son fils. Personne. Marc consulta sa montre, les sourcils froncés. 1 h 10 du matin. *Mais où était-il donc passé ?* Une partie de la réponse surgit presque en même temps. *Avec Romain.*

Il redescendit l'escalier, revint dans le salon, chercha dans la cuisine, le cellier, puis le garage. C'est à travers la vitre du sous-sol, protégée par des barreaux épais scellés dans le mur, qu'il aperçut les bouts rougeoyants de deux cigarettes près de l'entrée de la grange, de l'autre côté du parking.

Le sang de Marc ne fit qu'un tour. Depuis que Véronique avait chopé cette saloperie de maladie, il avait formellement interdit à Alexandre de griller une clope dans la maison. Plus tard, le chagrin et la peur que cette horreur recommence aidant, la consigne s'était durcie. *Pas de clopes du tout !* Alexandre l'avait tellement entendu sermonner, jour après jour, semaine après semaine, qu'il avait fini par lui jurer avoir renoncé à acheter ses Benson avec son argent de poche. Ce soir, Marc réalisait que les promesses de son rejeton ne valaient pas mieux qu'un pet de lapin et qu'il fallait le recadrer vite fait.

Il enfila sa vieille veste moutarde et ses bottes, attrapa sa torche et traversa la cour pour les rejoindre. Quand il s'approcha d'eux, le visage de Romain apparut dans la pénombre, l'air peu avenant, le col de son manteau remonté jusqu'aux oreilles. Marc croisa le regard fourbe et un peu trop brillant de son fils.

Il fit comme s'il ne l'avait pas remarqué.

Chaque chose en son temps.

— Tous les autres sont couchés, dit-il en se frottant les bras. Il faut que j'y aille, moi aussi. J'ai du boulot demain. Vous voulez bien rentrer, les gars ? Ça pèle, ici !

Romain inspira une dernière taffe, écrasa son mégot sur le mur gelé puis, tandis qu'il passait devant cet écrivain qui gagnait plus de fric par jour que lui n'en toucherait jamais en une année entière, il souffla le nuage âcre vers lui et prit la direction du garage, un Alexandre légèrement titubant sur les talons.

Quand ils eurent disparu, Marc resta un long moment à observer la porte en attendant que sa colère se dissipe. Décidément, ce garçon taciturne ne lui plaisait pas plus que Pierre.

# 16

Marc se tourna dans son lit, les yeux grands ouverts fixés sur le plafond. Les trois jeunes du grenier étaient couchés juste au-dessus de sa tête et ils avaient mis un bon moment à se calmer avant de s'endormir. Il avait entendu quelques cavalcades – l'espace est une richesse inestimable quand il ne vous appartient pas – et puis ils avaient fini par succomber à la fatigue. Il s'était attendu à un peu de chahut dans le couloir des filles – tout au moins à des velléités d'un des garçons de tenter de se faire ouvrir une porte récalcitrante –, mais cela ne s'était pas produit. Et surtout, à son grand soulagement, il n'avait perçu aucun fracas inquiétant en provenance de l'échelle de meunier. Mais malgré le silence revenu dans la maison, il ne parvenait pas à fermer l'œil pour de bon. Était-ce le regard faux et brillant de son fils, surpris une cigarette interdite à la main ? Était-ce le corps juvénile de cette Mathilde, ses lignes délicates soulignées par le feu de cheminée tandis qu'elle se penchait sur la guitare, inconsciente de la beauté éphémère de sa jeunesse ? Était-ce la provocation manifeste de Romain, la sale gueule de Pierre, la chair molle de Philippe qui s'agitait sous son menton quand il s'égosillait pour affirmer *qu'il n'était pas pédé ?* Était-ce le froncement de narines d'Henri lorsque Jean-Louis était passé devant lui en entrant dans le grenier, ou bien cette foutue mèche que le blondinet renvoyait d'un air d'ennui sur le côté de son crâne dès qu'il en avait l'occasion ?

Marc se redressa, alluma sa lampe de chevet et releva l'oreiller dans son dos. Quinze jeunes sous son toit, voilà qui ne s'était jamais produit auparavant. Une interrogation fleurit soudain dans son esprit. Avait-il de quoi préparer le petit déjeuner pour tout le monde le lendemain ? La route serait-elle libérée à temps pour éviter une deuxième nuit comme celle-ci ? S'il ne pouvait répondre au deuxième point, il lui était néanmoins possible de s'assurer que le premier ne poserait pas de problème. Il y avait des baguettes de pain dans le freezer, il ferait peut-être bien de les sortir dès à présent pour que tout soit décongelé au matin.

Il soupira, puis il rejeta ses couvertures et enfila son pyjama qu'il avait abandonné au pied de son lit. Il était hors de question qu'il se balade à poil chez lui cette nuit-là comme il en avait l'habitude. La fameuse loi de l'emmerdement maximum lui assurait que sa réputation risquait de le payer cher si l'un des jeunes se levait à ce moment-là pour aller satisfaire un besoin nocturne pressant.

Il suivit le couloir silencieux jusqu'à la cuisine où il se fit couler un thé vert. Une fois la tasse bouillante entre les mains, les chaussons traînant sur le carrelage, il se dirigea vers le congélateur branché dans le cellier.

Le froid polaire le saisit aux poumons dès qu'il ouvrit l'appareil. Il se hâta de sortir les baguettes et les croissants, puis il repoussa la porte du pied et il s'immobilisa sur le seuil de la pièce, l'oreille tendue.

Un bruit.

Il avait entendu un bruit.

Un son ténu, presque inaudible, qui avait glissé jusqu'à lui depuis le garage, comme le miaulement d'un chaton coincé pour la nuit. Ça s'était déjà produit plusieurs fois avec un des copains nocturnes de Roger qui était entré par le fenestron entrouvert, l'avait laissé se rabattre derrière lui, et n'avait pas compris comment déguerpir ensuite par la chatière un peu raide que Marc avait fait installer après l'arrivée de son félin dans la maison. Mais ce matou-là, il ne l'avait pas revu depuis plusieurs semaines. Peut-être avait-il terminé sa vie sous les roues d'une voiture, sur la route en bas de chez lui, ou bien était-il simplement devenu plus casanier à l'approche de la saison froide. Les premiers voisins étaient assez loin en aval en direction de Longerupt, et il n'y avait plus personne entre son domicile et le col de Fuchs. Aucun chat n'avait sûrement eu envie de se geler les pattes dans dix bons centimètres de poudreuse. La réponse viendrait au printemps, mais pour le moment, Marc était certain qu'il ne s'agissait pas de ce greffier.

Il entra dans la cuisine, posa son chargement sur la table puis, machinalement, il vérifia la serrure du bar. Elle était toujours verrouillée. La respiration suspendue, il écouta encore. Cette fois, il ne percevait plus rien en provenance du garage. Il revint sur ses pas, traversa le cellier et colla son oreille à la porte.

Rien.

À part le ronflement de la chaudière qui venait de redémarrer.

Marc appuya sur la poignée et avança la main vers l'interrupteur en s'attendant malgré lui à ce qu'un chat lui saute dessus comme dans un mauvais film d'horreur, mais il n'en fut rien.

Le bruit avait cessé.

Enfin... *pas tout à fait.*

À la place, il y avait ce silence à la texture filandreuse, comme si quelqu'un retenait sa respiration pour dissimuler sa présence dans la pièce. Marc frissonna. Le froid ne se faufilait plus sous son pyjama. Il le traversait de part en part et lui broyait les côtes aussi fort que s'il avait été enfermé dans le congélateur.

Un coup de vent propulsa une poignée de flocons sur le carrelage en direction de l'établi. Marc réalisa alors que la porte, qu'il avait verrouillée plus tôt quand Alexandre et Romain l'avaient suivi dans la maison, était entrebâillée. *Mais qui...* Il se précipita pour la refermer et dut repousser avec ses chaussons le tas de neige qui s'était accumulé à l'entrée pour y parvenir. Les miettes de glace s'éparpillèrent dans la nuit en une pluie de cristaux qui se répandirent sur des empreintes de pas déjà à moitié effacées. Une fois l'issue barricadée, Marc fronça les sourcils, les mains sur les hanches de son pyjama humide. *Ces traces... Elles auraient dû être recouvertes depuis de nombreuses heures. Et puis...*

Et puis la chaudière s'arrêta.

Et le chaton gémit de nouveau dans son dos.

La nuque de Marc se hérissa. Une terreur irraisonnée lui soudait les vertèbres. Toutes les histoires qu'il avait écrites foisonnaient de scènes de ce genre. Derrière le type (ou la femme, il fallait bien varier les versions de temps en temps) paralysé par la peur, il y avait toujours une vraie menace, quelque chose de foncièrement mauvais. Une saloperie de monstre qui allait le bouffer tout cru s'il ne se retournait pas vite fait, son pulvérisateur atomique prêt à lui balancer une bonne quantité de purée de neutrons sur le coin de la figure.

Marc se morigéna. Il était chez lui. Dans *son* garage. La seule créature qu'il pouvait y croiser était son imagination complètement débridée.

Et pourtant, le bruit était là.

*Juste derrière lui.*

Il serra les poings, chassa l'angoisse qui le solidifiait sur place, et il pivota sur les talons.

Il n'y avait aucune gorgone dans le garage.

Pas de chat non plus.

Allongée sur le sol, pieds nus, vêtue de la chemise de nuit de Véronique que Marc lui avait prêtée, l'adolescente tremblait de tout son corps, les yeux écarquillés, les narines pincées. Elle émit un nouveau gémissement d'animal blessé, puis un flot de vomi jaillit entre ses lèvres bleuies et recouvrit son visage.

Marc se précipita et la bascula sur le côté pour l'empêcher de s'étouffer. C'est à ce moment-là qu'il aperçut le carré de buvard près d'une cheville de la fille de Michelle Morange.

Une seconde plus tard, son regard tomba sur le sang qui avait coulé sur le tissu, entre ses jambes, et jusque sur ses cuisses.

# 17

Assis sur la chaise bancale de la chambre d'hôtel, Jonathan Keller renfilait son pantalon, la queue encore brûlante de l'étreinte, les testicules vidés pour au moins les deux prochaines semaines. S'ils remettaient ça à nouveau, il était sûr qu'il n'en sortirait plus qu'un mince jet de poussière. Mais ce n'était même pas la peine d'essayer. À présent, il était incapable de faire semblant de bander.

Essoré.

Lessivé.

Cette fille était incroyable ! Un vrai pur-sang ! Non, un tigre du Bengale ! Il observa du coin de l'œil les griffures parallèles qui zébraient ses avant-bras. Il allait devoir trouver une bonne explication pour rapporter ça à la maison, d'autant qu'il y avait fort à parier que les mêmes étaient incrustées sur ses épaules et au creux de son dos. Mais rien à foutre. Ces deux dernières heures resteraient gravées dans sa mémoire pendant un bail. Putain, il n'avait pas vécu ça depuis des mois !

*Des années !*

Il ne pouvait pas la laisser partir comme ça. Il fallait qu'il la revoie, qu'ils recommencent, et tant pis s'il rompait sa sacro-sainte habitude de ne jamais tirer deux fois sur la même cible. Tant pis s'il prenait le risque de se faire choper par sa rombière. Cette conne castratrice n'arrivait pas à la cheville de ce petit lot que son copain François lui avait présenté au cours du repas. À peine trente ans. Quinze de moins que lui. *Une coiffeuse,* lui avait-il assuré. Jonathan était tellement hypnotisé par le décolleté plongeant et bien charnu de la fille qu'il n'avait pas entendu son prénom. D'ailleurs François le lui avait-il seulement dit ? Il n'en avait aucun souvenir. Ils avaient déjà commencé l'apéro – mets, remets, mets et remets encore une fois – quand *Machine* était arrivée en déboîtant au passage la tête de tous les mecs du restaurant. Ils avaient bien chargé la mule, tous les deux, à ce moment-là. Il était même incapable de se rappeler si elle avait prononcé un mot au cours du repas auquel elle avait à peine touché.

Il laissa son regard encore affamé parcourir son corps sublime tandis qu'elle se tournait sur la couverture chiffonnée pour attraper son paquet de cigarettes. Non, mais où avait-elle appris à se servir de son cul comme ça ? Pas à l'école de coiffure, quand même, si ?

La fille alluma une clope mal roulée et fuma dans le lit, les yeux mi-clos, la langue pointée entre ses lèvres comme si elle se remémorait avec gourmandise ce qui venait de se dérouler dans la chambre.

Jonathan lui sourit en bouclant sa ceinture.

— Dis…

Elle souffla une longue bouffée vers le plafond et dirigea un regard embrumé vers lui. L'odeur entêtante lui chatouilla alors le nez. Ce n'était pas du tabac qu'il y avait dans la cigarette de *Machine*. Ça non.

— Ouais ?

— Comment tu t'appelles ?

— Pourquoi ?

Jonathan enfila sa chemise avec un temps de retard. Ou bien *Machine* n'avait pas inventé le fil à couper le beurre, ou bien ça s'annonçait plutôt mal pour lui.

— Euh… eh bien, je pensais que ce serait sympa de…

Elle rit.

— De se revoir ? N'y songe même pas, mon lapin.

Il s'immobilisa, la main sur le bouton du haut qu'il ne parvenait pas à enfoncer dans la fente de tissu.

— Ah ? Et pourquoi ?

Il se sentit bête à répéter la question qu'elle venait de lui poser. D'autant plus con qu'il avait le sentiment de s'être particulièrement surpassé avec elle. Ce n'était pas tous les jours qu'il pouvait recharger son flingue trois fois d'affilée sans avoir besoin de s'écrouler sur l'oreiller pour une heure ou deux.

Elle rit encore.

— Ton copain ne t'a pas dit ?

Jonathan sentit un aiguillon acéré glisser sur la peau de son dos. Un mouvement brusque et il allait s'enfoncer dans son corps comme un putain d'hameçon.

— Dit quoi ?

Elle posa des doigts laqués de rouge sur les draps et les remonta sur son torse dénudé.

— Je suis trop chère pour toi.

Jonathan s'immobilisa, les deux mains suspendues à son nœud de cravate.

— Comment ça, *trop chère ?*

Jet de fumée vers le plafond. *Machine* frotta rapidement son pouce sur son index au-dessus du lit comme pour écraser une fleur de lavande.

— Mille balles la nuit. T'as pas les moyens, mon lapin. C'est ton pote qui a raqué pour toi. Maintenant dégage, que je me rhabille. Il faut que j'aille bosser du côté de la gare. Je suis pas mal demandée, en ce moment. L'automne, c'est un truc qui fout le moral des mecs dans leurs chaussettes. Moi, je suis juste là pour le remonter jusqu'au slip. Pour le reste, vous vous démerdez. Allez, file. T'es attendu dehors…

Face à l'air hébété de Jonathan, *Machine* se leva, saisit ses bottines, sa veste, puis elle ouvrit la porte de la chambre et le poussa à reculons sur le palier en lui collant ses affaires dans les bras. Il se retrouva pieds nus sur la moquette du couloir, les yeux encore rivés aux seins lourds de son ex-plus-belle-conquête-de-l'année qui oscillaient devant lui.

— Si tu veux me revoir, maintenant tu sais où et combien ça te coûtera. Mais mon nom, je ne pige pas trop ce que tu pourrais en faire, à part te branler avec…

Jonathan n'en revenait pas. Il n'y croyait pas. Il n'y croyait *foutrement* pas. Impossible. Ce n'était pas arrivé. Et pourtant…

Les mots de *Machine* se frayaient un chemin à coups de serpe dans sa cervelle en surchauffe.

*Une pute. Il s'était farci une pute à mille francs la nuit...*

La porte de la chambre claqua dans le silence de l'étage avant qu'il n'ait pu desserrer les mâchoires.

Et juste avant que le cri ne retentisse derrière lui dans le couloir de l'hôtel.

# 18

— Jo-yeux zan-ni-ver-zaire, jo-yeux zan-ni-ver-zaire, jo-yeux zan-ni-ver-zaire, *Johnny*, jo-yeux zan-ni-ver-zaire !

François tomba dans les bras de Jonathan et le propulsa contre le mur. Il empestait l'alcool à trois kilomètres. Jonathan le saisit sous les aisselles et tenta de le remettre debout en plissant le nez.

— Qu'est-ce que c'est que ce bordel ? *Mais qu'est-ce que tu as fait ?*

François secoua la tête à la décrocher de ses épaules.

— Moi ? Rien... Ah zi : j'ai picolé toute la zoirée en t'attendant. Mais toi, toi, t'as dû tirer comme un vusil de jaze au bord d'un étang de Zologne en zeptembre. Un zagré bon coup, hein ? Z'est ze que je t'avais dit, pas vrai ? Bien meilleur que ta bonne vemme, si tu veux mon avis. Ah ? tu zavais pas ? Mais je l'ai baisée auzi, mon copain. Et z'est pas ze que j'ai vait de plus bandant, je t'azzure !

Jonathan l'attrapa par le col et le propulsa contre le mur, lui arrachant un cri au passage.

— Qu'est-ce que tu as dit, François ? Qu'est-ce que tu as dit ? *Tu as couché avec Magali ?*

Les yeux de François avaient beaucoup de mal à se focaliser sur lui.

— Pardon, Jonathan. Pardon. Z'est bas de ma vaute, z'est elle qui m'a...

Une porte s'ouvrit sur le palier et un type en pyjama en jaillit, les sourcils froncés. Il était plus grand d'une tête que Jonathan et devait peser au bas mot trente kilos de plus, le lard en moins.

— C'est bientôt fini, ce souk, les amoureux, ou il faut que je vous raccompagne à la sortie ?

Jonathan leva une main pacifique avant de rattraper François qui s'écroulait de nouveau.

— Désolé. On ne voulait pas vous déranger. C'est mon anniversaire. Mon copain a un peu trop arrosé ça, et...

L'homme gonfla les pectoraux et avança d'un pas.

— Rien à cirer, de ton anniversaire, ducon. Dégage d'ici vite fait avec ton poivrot avant que je vous fasse votre fête, moi aussi.

François leva un poing vengeur et incertain en direction du mur.

— Qu'est-ze qu'elle a dit, la tapette ? Elle gerge la bagarre, z'est za ?

Jonathan le pinça méchamment au biceps pour le faire taire avant qu'il ne soit trop tard.

François hurla.

— Aïe ! Mais t'es dingue ! Pourquoi tu me vais mal ?

Keller profita de la diversion pour le pousser en direction de l'ascenseur. Il appuya sur le bouton et lui posa l'autre main sur la bouche.

— Non, mais t'es complètement cinglé, toi, hein ! Ce type a failli nous mettre en pièces, avec tes conneries !

Du coin de l'œil, il surveillait le géant qui, jugeant sûrement que les deux avortons ne valaient pas la peine qu'il s'énerve, attendait qu'ils disparaissent avant de retourner dans sa chambre. Jonathan jura intérieurement. Quelle merde ! Bien sa veine, de tomber sur un malabar pareil ! Un coup de chance, il ne l'avait jamais vu de toute son existence, et il ne le reverrait certainement pas. Les témoins, c'est toujours la plaie, quand on a une double vie.

La sonnette indiquant l'arrivée de la cabine à l'étage le délivra enfin. Il poussa son ami à l'intérieur dès que la porte coulissa et le cala dans le coin opposé à l'ouverture. Ce ne fut que quand elle se referma sur eux, les coupant à la vue du type irascible et dangereux, qu'il laissa l'air siffler librement hors de ses poumons. Il ignorait comment, mais il n'avait lâché ni ses chaussures ni sa veste.

Pendant que l'appareil ferraillait en descendant les étages, il s'accroupit pour enfiler ses bottines tandis que son esprit s'envolait vers la chambre qu'il venait de quitter comme un malpropre.

*Une pute. Ce con de François lui avait payé une pute de luxe pour son anniversaire en lui faisant croire qu'il s'agissait d'une copine !*

Et maintenant, le con en question avait le visage tout pâle, il se tenait à deux mains à la rambarde, sous le miroir, et était à deux doigts de lui gerber dessus.

Jonathan leva le nez.

— Je te ramène chez toi. T'es largement plus en état de conduire.

François se raidit contre la paroi qui ne cessait de bouger, accentuant sa nausée.

— Non, je vais dans ma jambre. Je zuis en zéminaire, oublie pas. Zinon, je zuis voutu. Elisabeth va me tuer. Et toi auzi…

Jonathan soupira. Malgré son état d'ébriété avancée, François avait raison. Ils ne devaient changer de plan à aucun prix. Lui devait absolument rentrer chez lui – il n'était pas supposé avoir quitté Longerupt – et François devait dormir loin de son domicile pour laisser croire à Élisabeth, son épouse, qu'il était avec lui. Si Jonathan le ramenait à la maison, tout le stratagème tombait à l'eau. Leurs femmes s'étaient déjà rencontrées. Et même si elles n'étaient pas proches, une parole de trop pouvait faire éclater la foudre dans un ciel sans nuages.

D'accord. Pas de conneries. Ils s'en tenaient au plan prévu. Il règlerait la discussion à propos de Magali quand François serait en état d'en prendre une bonne sur le coin de la figure, cadeau d'anniversaire ou pas.

— OK. Quelle chambre ?

François fit mine de fouiller dans une poche où il n'arrivait pas à enfoncer ses doigts.

— Je zais plus le numéro. La clé. Elle est là…

Jonathan glissa les mains dans le pantalon de son ami qui en profita pour ouvrir sa braguette et lui coller son appareil génital sous le nez avant d'éclater de rire comme un dément.

— Putain, tu fais chier !

Jonathan le repoussa rudement et François perdit l'équilibre. Il tomba comme une masse contre la rampe métallique de la cabine et se mit à hurler, les deux poches déchirées et l'arcade sourcilière fendue. La clé numéro 13, libérée du tissu, était tombée sur le plancher.

Jonathan se baissa, la ramassa et releva son ami en le tirant par le poignet.

— T'es vraiment trop con, quand tu t'y mets, hein ! Mais regarde-moi dans quel état tu es !

Hébété, François Bridal contemplait sa main rouge de sang qu'il venait de passer sur son visage. Lorsque la cabine s'ouvrit, un homme sanglé dans un uniforme au logo de l'hôtel se tenait sur le palier. Il serrait une torche entre ses doigts comme s'il s'apprêtait à l'utiliser en tant que matraque.

— C'est quoi, ce bordel, vous deux ? Vous vous êtes battus ou quoi ?

Jonathan réalisa alors que, à cause de la blessure de son ami, il y avait aussi du sang sur sa veste. Il sourit d'un air emprunté à celui qui était manifestement le veilleur de nuit de l'établissement.

— Il a chuté. Ne vous en faites pas, je vais le coucher tout de suite. Il ne fera plus de grabuge, je vous le promets.

L'homme le dévisagea un instant, l'œil mauvais.

— Il a intérêt, oui. Et vous aussi. C'est bien compris ?

Soucieux de ne pas s'attirer encore plus les foudres de ce deuxième type irascible qui lui tombait dessus en moins de cinq minutes, Jonathan acquiesça en silence et il s'éloigna vers la chambre 13 en traînant son vieux copain débile derrière lui.

Quelques minutes plus tard, Jonathan émergea dans la rue pour aller récupérer sa voiture afin de rentrer chez lui. Il n'avait même pas pu soigner François qui s'était endormi dès qu'il s'était allongé tout habillé sur le lit. Jonathan lui avait lavé la plaie à l'eau tiède, avait constaté qu'elle était bénigne et avait pensé que son ami en serait quitte pour garder une petite cicatrice et un joli coquard pendant au moins quelques jours. Ça lui servirait de leçon, à cette andouille. On n'avait pas idée, aussi, de se mettre dans des états pareils…

Quand son pied écrasa la couche de poudreuse qui était tombée pendant qu'il s'envoyait en l'air à cinquante kilomètres de chez lui, il se dit que, cette fois, il aurait vraiment de la chance s'il parvenait à se sortir sans encombre de cette soirée de merde.

Lorsque son 4X4 démarra au premier tour de clé, il se détendit un peu. Et quand ses pneus d'hiver tout neufs mordirent dans la neige déjà épaisse sans broncher, il estima que, finalement, il allait peut-être bien réussir à passer au travers des gouttes.

Il coupa par la zone industrielle et prit la direction du col de Fuchs. L'accès en serait peut-être fermé, mais les gendarmes n'allaient certainement pas rester sur place toute la nuit pour le garder. De plus, c'était le chemin le plus court pour rentrer et il n'aurait aucun problème pour contourner la barrière. Cette interdiction était bonne pour les berlines, pas pour sa voiture tout-terrain.

Il connaissait ce secteur comme sa poche.

Le moindre virage. Le plus petit nid-de-poule.

Et aussi le plus gros précipice, à la verticale du lac Lœvenbruck, quelque part entre le col et la maison de l'écrivain.

# 19

Les yeux révulsés, Mathilde Morange toussait à travers le vomi qui lui obstruait la bouche et le nez. Marc la redressa, lui appuya le dos contre le mur et essuya son visage avec un pan de la chemise de nuit. La jeune fille eut un nouveau spasme qui projeta le liquide infect sur son pantalon. L'odeur le prit à la gorge et une brusque nausée lui tordit les boyaux. Durant un interminable instant, il crut qu'il allait rendre son dîner, lui aussi. Il colla sa manche sur son nez et crispa les paupières sur ses larmes de dégoût pour tenter d'échapper au malaise qui lui révulsait l'estomac.

*Il devait réfléchir ! Réfléchir ! Cette fille était victime d'une overdose ! Il y avait forcément quelque chose à faire !*

Mathilde respirait à nouveau, mais elle tremblait comme une feuille. Ses narines étaient pincées comme si une main invisible les lui serrait entre les doigts. Sa peau était aussi pâle que celle de Véronique le jour où elle avait quitté la maison pour ne plus jamais y revenir.

L'évidence le frappa de plein fouet.

*Il devait appeler les secours !*

Il s'assura que la jeune fille n'allait pas basculer de nouveau en calant son corps avec deux vieux plaids de voiture et il se précipita vers le salon. Il agrippa l'annuaire rangé sous le guéridon, le feuilleta d'une main fébrile, puis il décrocha le téléphone et composa le numéro. Et contrairement à ses craintes, une opératrice lui répondit à la première sonnerie.

— Urgences, je vous écoute.

*Une overdose… Chez lui… Une mineure… Une mineure qu'il était supposé protéger…*

— Allô ? Vous êtes là ?

*Ce n'était pas les urgences mais la police qui allait rappliquer ici. Elle allait l'interroger. De fond en comble. Elle allait creuser son passé. Celui de Véronique. Celui d'Alexandre, aussi. Les policiers retrouveraient vite fait la trace de son petit trafic. Son fils était majeur depuis peu. C'était un coup à plonger pour de nombreuses années de prison...*

— Allô ? Vous mobilisez la ligne ! Qui êtes-vous ? Quel est votre problème ?

Marc contempla le combiné comme si les mots de la fille au bout du fil l'avaient brusquement réveillé.

— Quel est votre problème ?

*Tu n'as pas envie de le savoir, je te le promets...*

— Allô ?? Je vais raccrocher ! Vous êtes aux urgences, il ne faut pas jouer avec ça ! Si vous êtes en détresse, parlez immédiatement !

Marc se souvint alors que sa ligne était sur la liste rouge et que sa correspondante n'avait aucun moyen de connaître l'identité de celui qui l'appelait.

— Attendez ! Je ne parvenais pas à attraper le combiné !

La voix se radoucit instantanément.

— Vous êtes tombé ?

Marc sauta sur l'argument.

— Non, c'est... ma femme. Un malaise. Elle a embarqué le téléphone dans sa chute.

— Un malaise ? Est-elle toujours inconsciente, au moment où je vous parle ? A-t-elle un traitement en cours ? Où habitez-vous ?

Submergé de questions, Marc se mordit les lèvres. Que devait-il dire pour obtenir une réponse à la sienne ? Il était trop tard pour revenir sur son premier mensonge. La fille lui raccrocherait au nez dès qu'elle le comprendrait.

— Euh... non, elle se réveille, mais elle est mal en point. Je crois... je crois qu'elle a consommé de la drogue.

Il y eut un silence palpable de l'autre côté de la ligne.

— De la drogue ? Quelle drogue ?

— Un buvard découpé en morceaux, souffla Marc. J'en ai trouvé à côté d'elle. Elle a vomi, mais ça n'a pas l'air d'aller beaucoup mieux.

Marc entendit un véhicule démarrer au loin derrière son interlocutrice. La sirène décrut et disparut dans le fil du téléphone.

— D'accord. Alors c'est du LSD, probablement. C'est la première fois qu'elle en prend ?

Ulcéré par le ton froid et impersonnel de l'urgentiste, Marc écrasa le combiné dans son poing.

— Putain, mais qu'est-ce que je dois faire, bordel de Dieu ?

Il y eut un nouveau silence, puis la fille reprit :

— Qui êtes-vous et où habitez-vous, monsieur ?

— Je...

— Monsieur ?

— Elle est en train de faire une overdose ! Dites-moi ce que je dois faire, pour l'amour du ciel !

La voix se durcit soudain.

— Écoutez, nous sommes débordés, ici. Avec la neige, tous les véhicules sont partis en mission. Le dernier équipé pour rouler dans ces conditions vient de quitter le garage et l'hélicoptère est cloué au sol à cause de la tempête de glace. Dites-moi où vous êtes de façon à ce que quelqu'un puisse se rendre chez vous le plus vite possible.

Marc resta muet. *Quelqu'un ?* Mais alors, si ce n'était pas les secours, ce serait qui ? Les gendarmes ? Les flics ? Il était hors de question que ces types entrent chez lui. Absolument hors de question.

— Monsieur ? Je ne vais pas attendre toute la nuit que vous vous décidiez. Vous n'êtes pas tout seul à avoir un problème grave et vous bloquez la ligne, je vous le répète. Et en ce qui concerne le LSD, il n'y a...

La question fusa entre les lèvres de Marc sans qu'il l'ait anticipée.

— Le médecin de garde ! Qui est-ce ?

— Il ne pourra rien de plus que moi si vous refusez de lui dire où vous êtes.

— Son nom, bon sang !

La fille soupira. Il entendit un bruit de papier froissé.

— C'est le cabinet médical du centre-ville. Mais vous…

Marc coupa la communication, arracha le bottin du tiroir du guéridon puis, le doigt tremblant, il le feuilleta jusqu'à le planter sous le numéro. Il y eut une dizaine de tonalités interminables durant lesquelles il crut que personne n'allait répondre, puis une voix endormie décrocha enfin.

— Docteur Morange. Je vous écoute…

# 20

Jonathan Keller se sentait beaucoup plus en confiance que lorsqu'il était sorti de l'hôtel, une demi-heure auparavant. Si les rares autres voitures circulaient prudemment sur les voies du centre-ville dégagées par le chasse-neige de la municipalité requis d'urgence en pleine nuit, lui avait réussi à s'éclipser par les rues latérales encore impraticables. Ses pneus tout neufs avaient fait merveille pour lui permettre de quitter rapidement la ville avec son 4X4 surélevé.

À présent, il roulait sur la départementale tortueuse qui grimpait raide en direction du col de Fuchs. La route était vierge de traces dans les deux sens. Aucun véhicule n'avait écrasé la poudreuse depuis au moins une heure. Pas de doute, le panneau qu'il venait de croiser, indiquant que les gendarmes en avaient fermé l'accès, avait découragé les plus téméraires.

Il ramena tout de même son allure à une trentaine de kilomètres/heure. La neige rendait floues les limites de la chaussée dans la lueur des phares, et ce n'était pas le moment de finir dans le fossé. Que raconterait-il à Magali s'il devait rentrer sur le plateau d'une dépanneuse, le radiateur défoncé par un arbre sur une route qu'il n'était pas supposé emprunter cette nuit-là ? Elle était nymphomane, mais loin d'être idiote. Elle aurait tôt fait de le jeter dehors et de lui couper les vivres, trop heureuse de lui montrer qui tenait les cordons de la bourse à la maison.

Les flocons, plus drus de minute en minute, se collaient au pare-brise comme des gros morceaux de coton mouillés. Les essuie-glaces, neufs eux aussi, étaient soumis à rude épreuve pour libérer son champ de vision de la soupe qui s'épaississait chaque minute davantage.

Les yeux plissés, Jonathan tentait de percer la purée de pois pour ne pas perdre le contact avec le bitume invisible sous la couche de neige. Il n'était pourtant pas particulièrement inquiet. Il avait l'habitude de la route. Il la pratiquait en toutes saisons et parfois dans les pires conditions. Son travail, c'était d'ailleurs essentiellement cela. Aller visiter des maisons, estimer des biens, négocier avec des clients, se rendre chez le notaire pour essayer d'accélérer la vente... Il était toujours parti, lui, et cela lui convenait parfaitement. Il ne pouvait l'éviter le soir, mais il ne supportait plus de croiser Magali chaque jour au petit déjeuner. Alors il se levait tôt, bien avant elle, et il filait au bureau grignoter un croissant chaud acheté sur la route, seul face à la cafetière qui glougloutait dans le silence de l'agence déserte.

Très matinal, il avait été repéré par son patron qui était ravi de voir l'un de ses salariés prendre son travail autant à cœur. Depuis des mois, on ne lui avait plus adressé la moindre remarque quant à son emploi du temps parfois chaotique. Il pouvait s'absenter durant des heures dans la journée, mais il était toujours là le premier et il restait la plupart du temps jusqu'à la fermeture. Et s'il savait être discret à l'agence, il possédait un sérieux bagout avec les clients. Personne n'ignorait qu'il signait plus de contrats que n'importe quel autre vendeur. Il était devenu l'employé modèle. Celui dont une boîte ne peut plus se passer une fois qu'il a réussi à s'imposer comme l'un des rouages essentiels de la machine. Du coup, son salaire avait évolué, lui aussi. Pas autant que Jonathan l'aurait aimé, mais plus que celui de ses collègues qui commençaient à le regarder d'un sale œil, et ça c'était plutôt bon signe. L'avenir appartient à ceux qui se lèvent tôt, dit le proverbe. Jonathan en doutait, mais pour ce qui concernait la tranquillité, cela ne faisait aucun doute. Et vu le sourire en coin de son patron quand il lui arrivait de le croiser dans le couloir – c'est-à-dire rarement avant 10 heures du matin et jamais après 15 heures –, il se demandait si ce type bedonnant qui puait de la gueule comme un raton laveur enragé ne se tapait pas lui aussi Magali de temps en temps derrière les vitres fumées de sa BMW.

Les dents serrées, Jonathan négocia le dernier virage avant le col en léger dérapage, mais il rattrapa la trajectoire d'un coup de volant expert, presque sans y songer. Ses phares illuminèrent un bref instant le panneau recouvert d'une épaisse couche de neige avant que le capot de sa voiture ne plonge vers la vallée suivante.

Celle où, quelque part dans la montagne, se dressait la maison de l'écrivain.

# 21

— Allô ? Vous êtes là ?

Marc songea un instant qu'il s'agissait d'un simple cauchemar. Oui, c'était ça : un truc tordu né de son imagination débridée, un truc tordu qui avait pris la tangente et qui recouvrait sa liberté, hors de tout contrôle, afin de lui pourrir la vie jusqu'à l'os une bonne fois pour toutes.

— Allô ?

*Bon sang ! L'homme qu'il avait au bout du fil était le père de cette gamine !*

Il répondit en fermant les yeux, comme le jour où, à douze ans, il avait sauté dans le grand bain du haut du plongeoir de dix mètres avec la certitude qu'il allait mourir écrasé sur le carrelage de la piscine.

— Euh… allô ?

— Eh bien ? Qu'est-ce qui vous arrive de si grave pour m'appeler à cette heure-ci ?

La voix rogue, le médecin s'énervait aussi vite que la fille des urgences. Marc revivait la scène avec cette troublante sensation de déjà-vu, cette impression tenace d'être en avance d'un temps lorsque vous connaissez au détail près les événements qui vont se produire dans les prochaines secondes parce que vous avez la conviction absolue d'y avoir assisté auparavant.

Trop tard. Il était trop tard pour reculer. Bon Dieu… Le père de Mathilde… mais qu'est-ce qu'il pouvait lui dire ? « *Votre fille est en train de s'étouffer avec son vomi parce qu'elle s'est shootée dans mon garage. Elle est à moitié nue, pâle comme une morte, et je ne suis pas bien sûr qu'elle n'ait pas été…* »

— C'est… ma femme. Une overdose, je crois…

C'était sorti tout seul. L'instinct de survie, ou de protection. Il avait menti une première fois, il pouvait bien recommencer.

De toute façon, la route était impraticable. Rivard lui avait dit que l'accès était bloqué d'un côté par le camion en travers de la chaussée, de l'autre par le col que les gendarmes avaient fermé. Et personne n'y viendrait à pied. Que ce soit une épouse imaginaire ou la propre fille du médecin qui était peut-être en train de lutter contre la mort ne changerait rien à son diagnostic.

— Une overdose ? Vous êtes sûr ?

Marc se retint à grand-peine de hurler dans le combiné.

— Oui, bordel ! J'ai trouvé un buvard découpé en morceaux près d'elle !

— Du LSD. Je vois... C'est une consommatrice régulière ? Vous étiez au courant de son addiction ?

Le toubib avait retrouvé en un clin d'œil son flegme agaçant tout professionnel. Marc pensa qu'il suffirait d'un mot pour que la terreur le saisisse à la gorge et qu'il se mette à transpirer de tout son corps, lui aussi, avant de courir dans la neige jusqu'à ce qu'il tombe d'épuisement au milieu des bois sans avoir parcouru le dixième de la distance du bourg jusque chez lui.

Marc se recentra sur son histoire.

— Je ne sais pas. Je ne l'avais jamais vue se droguer. Je ne comprends pas...

— Vraiment ?

*Et toi, tu les avais remarqués, ces putains de buvards, dans le sac de ta gamine ?*

— Non, jamais. Nous... nous faisons chambre à part depuis des années.

Coller le mensonge à la réalité. C'était ce qui permettait de le dissimuler le plus efficacement possible, de le rendre indécelable. Marc ignorait comment le médecin réagirait, plus tard, quand il saurait. Mais pour l'instant, il fallait qu'il lui donne des indications pour qu'il puisse intervenir et essayer de sauver sa fille.

— Nom et adresse, s'il vous plaît. Un numéro de sécurité sociale, aussi.

Marc considéra son téléphone avec stupéfaction. Avait-il bien entendu ? La rage, cette vieille amie toxique qui somnole dans le creux de votre cervelle, mais ne dort jamais vraiment à poings fermés, le prit soudain aux tripes.

— Non, mais je vous dis qu'elle est en train de mourir, bordel de Dieu ! Dites-moi ce que je dois faire !

Le timbre de Morange résonna, froid et métallique, dans le combiné.

— Me donner ce que je vous demande, monsieur. On commence par là. C'est la procédure habituelle...

— La procédure ? Mais vous êtes con ou quoi ? Vous avez entendu ce que je viens de vous expliquer ?

— Parfaitement bien, oui. Inutile de crier, je ne suis pas sourd. Mais dites-moi... votre voix ne m'est pas inconnue...

Le doigt de Marc enfonça d'un coup la fourche du téléphone tandis qu'une chaleur intense lui brûlait la nuque. Morange savait que Véronique était décédée depuis plusieurs années. Le dossier médical d'Alexandre le mentionnait clairement.

Marc recula, les yeux braqués sur l'appareil silencieux comme si le médecin allait en sortir dans un panache de fumée. Et puis il se secoua. Non, comme la fille des urgences, ce type n'avait aucun moyen d'identifier la personne qui l'avait contacté. Et il ne l'avait pas croisé assez souvent pour être capable de mettre un nom sur sa voix.

Marc tendit l'oreille dans le couloir. La maison était totalement silencieuse. Ses deux appels, passés depuis le salon, n'avaient pas franchi le seuil de la porte de communication avec les chambres.

Et puis son regard tomba sur celle, restée grande ouverte, qui séparait la pièce de la cuisine. Dans le fond, à travers l'ouverture sombre du cellier, il discernait la lueur blanche des néons en provenance du garage.

Sa gorge se contracta à l'étouffer. L'impuissance gagnait du terrain à chaque clignement de paupières. Son esprit se focalisa soudain sur un unique point de lumière qui explosa dans son cerveau en un milliard d'étincelles aveuglantes.

*La fille.*

*Mathilde.*

*Il devait faire quelque chose.*

*Il devait faire quelque chose.*

*Il devait faire quelque chose...*

# DEUXIÈME PARTIE

# 22

## MÊME NUIT, CASERNE DE SHAEFFER

— Allez ! Debout, tas de fainéants !

Brutalement réveillés par le flot de lumière qui inonde d'un seul coup leur chambre, les quatre militaires se dressent d'un bond dans leurs lits, les yeux hagards.

Christian, un grand sec tout en nerfs, est le plus rapide à réagir.

— Quoi ? Mais qu'est-ce que c'est que…

— J'ai dit *debout* ! Gardez vos forces pour la manœuvre, Delmas ! Vous allez en avoir besoin jusqu'à demain matin !

Bruno Paoletti, un Corse au poil noir et dru, roule des billes sombres emplies de colère après avoir jeté un coup d'œil à la montre-bracelet de commando qu'il ne quitte jamais, même sous la douche.

— Mais pourquoi, chef ? Il est à peine 2 h 30 du mat'…

L'adjudant-chef claque du talon sur le linoléum fatigué et pousse la voix un ton plus haut. C'est l'un des moments qu'il préfère, quand il s'agit de casser du bleu. Leur apprendre qu'ils ne sont plus qu'un minuscule rouage dans une machine beaucoup plus grande, complexe et précieuse que leur misérable existence. Les obliger à toucher du doigt toute l'étendue de leur insignifiance. Ah, il va dresser ces petits cons vite fait, parole de sous-officier ! Le service militaire, c'est un truc qui vous transforme une bande de lavettes en hommes qui en ont dans la culotte ! Et lui, l'adjudant-chef Gérard Mercadier, instructeur de recrues depuis qu'il a quitté la Légion cinq ans plus tôt le jour de son quarante-et-unième anniversaire, peut se vanter d'en avoir maté quelques-uns ! Et des types bien plus costauds que ces quatre guignols qui ne sont incorporés que depuis trois semaines et dont les paupières clignent de stupeur comme s'il leur avait sorti sa bite sous le nez.

— On ne discute pas, Paoletti ! Dans cinq minutes en bas en tenue de combat ! Le paquetage au complet ! Grouillez-vous ! Et vous aussi, les deux lopettes ! Ça va vous durcir le cuir, les amoureux ! ajoute-t-il après un regard méprisant du côté opposé de la pièce où deux soldats, dont les yeux de velours font déjà jaser dans les chambrées, le contemplent d'un air effaré.

L'adjudant-chef Mercadier, satisfait de son effet, ressort comme il est entré. En claquant la porte derrière lui. Rien à foutre de réveiller en pleine nuit cette bande de branleurs qui doivent être en train de faire le mort dans les autres carrées en espérant que le couperet ne va pas leur tomber sur le coin de la gueule. Mais ils ignorent que le sous-officier a d'ores et déjà décidé que ces quatre-là vont suffire à son bonheur pour la journée. Normalement, il va bien s'amuser. Parce que s'il y a un truc que l'adjudant-chef aime par-dessus tout, c'est se planter à la tête du groupe qu'il va faire souffrir et leur montrer que la douleur n'est qu'une question d'habitude, voire une simple vue de l'esprit. Devenir un homme, c'est être capable de métamorphoser ce qui vous blesse en autre chose qui vous construit. Quelle chose ? Eh bien cela dépend du bonhomme. Bon, parfois, ça le détruit, aussi, mais dans l'ensemble il y a peu de dégâts collatéraux. Ceux qui ne supportent vraiment pas le traitement finissent d'abord à l'infirmerie, et ensuite consignés à éplucher des patates jusqu'à la quille. Et vu comment ils sont alors raillés par leurs camarades, ça ne donne pas envie aux nouveaux arrivants de se retrouver à leur place.

Mercadier enfile sa veste d'hiver, arrime son sac à dos sur ses clavicules raides comme des manches de hache, enfonce son casque sur son crâne rasé, puis il passe l'épaule dans la bandoulière de son fusil d'assaut après avoir vérifié que le chargeur est plein, que sa torche fonctionne et qu'il a quatre piles de rechange dans les poches de son treillis. La porte du bâtiment, ouverte sur la nuit, laisse entrer des brassées de gros flocons qui viennent fondre sur ses chaussures de marche briquées à la perfection. Il les a soigneusement graissées quelques jours auparavant en prévision d'une éventuelle sortie nocturne dans les bois. La neige tombée depuis la veille au soir est la cerise sur le gâteau. Il n'a pu y résister.

Il y a un bruit de course précipitée dans l'escalier et, comme d'habitude, Christian Delmas apparaît le premier, le bagage brinquebalant, le casque cognant sur les murs, mais le fusil tenu fermement à la main. L'adjudant-chef note que la culasse est ouverte et vide. Un bon point pour ce jeune gars un peu rebelle, mais dont Mercadier espère qu'il va devenir une recrue exemplaire. Paoletti suit de près, harnaché au complet, l'œil noir et le sourcil en accent circonflexe.

Le Corse est un vrai casse-tête pour le sous-officier. Un type silencieux, toujours sur les dents et les poings serrés, court sur pattes mais râblé, prêt à frapper le premier inconscient qui viendrait lui chercher des noises. À croire qu'il a volontairement calqué son caractère sur une caricature d'un personnage de Goscinny pour que son attitude soit encore plus crédible. Sauf que ce gars-là semble bigrement vif et intelligent pour un simple cogneur. Contrairement à la majorité des bidasses plutôt chauds à la castagne, il passe des heures à lire ou à plancher sur les grilles de mots croisés qu'il arrive à dénicher dans les journaux jetés dans les poubelles du mess des officiers. Exercice auquel Mercadier s'est livré une fois ou deux, à l'abri des regards, mais qu'il a abandonné après plusieurs heures dépensées en vain à essayer de décortiquer le sens caché des définitions du *Canard Enchaîné*. Coincé entre sa violence intrinsèque et la conscience dont il doit éviter de se servir pour ne pas se nuire à lui-même, Bruno Paoletti représente pour lui un fragile équilibre entre la brute et l'homme de lettres. Et l'adjudant-chef ne l'avouera jamais à personne – même sous la torture – mais ce Paoletti est l'unique soldat de son affectation qu'il craint comme la peste. Il n'y a rien de plus inquiétant qu'un combattant qui détient le pouvoir d'utiliser les mots. Il y en a notamment eu un en Allemagne, il n'y a pas très longtemps, et cela s'est soldé par des millions de morts partout sur la planète.

Tandis que Delmas et Paoletti vérifient leurs tenues, Mercadier tend le cou dans l'escalier et il hurle pour évacuer le malaise créé par la simple présence du Corse près de lui.

— Et les deux tarlouzes, elles s'amènent, oui ou non ? La dernière en bas sera de corvée de chiottes toute la semaine prochaine !

Il y a un cri en haut.

— On arrive ! On arrive !

Les deux hommes se précipitent l'un derrière l'autre, la veste battant au vent, les chaussures délacées. Paul Lefebvre, le plus fluet des deux, se prend les pieds dans la lanière de son fusil et manque l'ultime marche. Delmas le rattrape de justesse avant qu'il s'écroule sur le carrelage. Yves, le second, grand et plutôt large, le suit de près avec les deux sacs à dos et le deuxième MAS- 49. Il pose le dernier le pied en bas de l'escalier.

L'adjudant-chef ricane haut et fort. Il tient son souffre-douleur pour les six prochains jours. Un régal, à chaque fois, avec ces deux phoques. Cette fois, c'est le balaise. Mercadier est ravi. Il va pouvoir le faire transpirer comme un cochon jusqu'à ce que la peau de ses doigts se décolle de ses os.

— Fournier, je veux vous voir la serpillière à la main dès ce soir ! Et il va falloir frotter sec, hein ! Je sens que j'ai déjà envie de chier un kilo de bouse bien puante !

— Le dernier, c'est pas lui. C'est moi.

Yves Fournier, surpris, s'écarte de l'escalier. Tous tournent un regard incrédule vers celui qui vient de pousser la voix plus haut encore que celle de l'adjudant-chef.

Bruno Paoletti a remonté une marche dans le dos de ses camarades et il fixe le sous-officier sans ciller par-dessus l'épaule du grand Yves.

# 23

Jonathan Keller ralentit encore son allure d'escargot. Malgré ses pneus neufs, il sent la voiture glisser sur la couche épaisse dans les virages serrés accentués par la pente. Il a égaré son sentiment de sécurité quelque part entre le col et le trou noir du précipice qu'il devine juste au-delà des bas-côtés. Il ne le voit pas clairement, mais lorsque ses phares brisent le blanc uniforme pour plonger dans l'obscurité, il a soudain la certitude absolue de rouler droit vers le vide. À chaque épingle à cheveux, il cesse de respirer le temps que la voiture effectue son demi-tour et qu'il sente de nouveau le bitume entre les congères repoussées de chaque côté de la route.

Et puis celles-ci disparaissent d'un coup à la hauteur du parking creusé dans la roche pour permettre aux estivants de se rendre au Saut du Loup, l'un des plus beaux points de vue de la région. Incapable de freiner sur son élan, il se retrouve englué dans la poudreuse jusqu'aux essieux. Il continue un moment sur son erre, fort heureusement en pleine ligne droite, puis le 4X4 glisse vers la forêt en traversant en crabe une inexorable pente douce et sans obstacle. Les deux roues avant s'enfoncent dans le talus, à deux pas d'un gouffre opaque qui s'ouvre entre les arbres. Il manque remonter dans la cascade de pierres, mais un rocher cogne le pare-chocs et il s'arrête net dans un grincement de métal torturé.

Jonathan jure comme un charretier avant de tenter de se dégager en forçant avec la marche arrière, mais en vain. Les pneus hurlent en patinant sur la glace. La voiture est plantée pour de bon. Il se tord le cou, essayant de discerner dans la lueur rouge de ses feux de position ce qui vient de lui arriver. C'est alors qu'il comprend, mais un peu tard, que l'explication est simple. Les services techniques ont dû déneiger la route en début de soirée, et puis ils ont certainement reçu l'ordre du maire, par l'intermédiaire de la gendarmerie, de rentrer au bercail. On avait plus besoin du chasse-neige en ville que sur cette route de montagne où quasiment personne ne circule à cette saison-là. Au-delà de l'étendue du parking, où les engins ont pu effectuer leur demi-tour, la neige a conservé toute son épaisseur depuis qu'elle a commencé à tomber, plusieurs heures auparavant. Le piège était presque invisible et il s'y est enfoncé jusqu'aux yeux comme un crétin.

Il coupe le moteur et sent tout de suite le froid pénétrer l'habitacle. Depuis son départ de l'hôtel, le vent s'est levé sur la forêt. Il l'entend siffler entre les branches encore garnies de feuilles qui s'agitent sous les bourrasques. Les milliards de queues de lapin qui tombent du ciel sans discontinuer commencent déjà à recouvrir les traces qu'il a creusées dans le tapis immaculé. Bientôt, elles opacifieront entièrement les vitres de la voiture et il se retrouvera enfermé dans un putain d'igloo en acier.

*Et personne ne sait où il se trouve.*

Le souffle court, il cogne du poing sur le volant.

— Merde ! Merde, merde et merde !

Du calme.

*Du calme !*

Il allume le plafonnier et entreprend l'inventaire du vide-poches. Il récupère une paire de gants de jardin en caoutchouc, deux bonbons rescapés d'un paquet terminé depuis longtemps et dont l'un a coulé sur le plastique, un chiffon qui pue l'huile, et c'est tout. Il s'extrait avec difficulté de l'auto fortement inclinée, enfonce avec regret ses bottines presque neuves dans la couche de neige, remonte le col de son manteau et contourne l'aile arrière avant d'ouvrir le coffre avec la certitude que c'est complètement inutile. Il a presque envie de pleurer quand il aperçoit la veste de chasse et les godillots de marche qu'il a oublié de ranger après sa dernière sortie aux champignons, la semaine précédente. Ce sont des croquenots bas de gamme, mais enduits d'un produit déperlant, et à tout prendre ils valent mieux que ses godasses de minet aussi étanches que des éponges.

Il change de chaussures, enfile le vêtement épais doublé en mouton et se sent soudain nettement plus serein. À présent que le danger immédiat de finir congelé dans la demi-heure éloigne son ombre de la sienne, une question autrement inquiétante éclot dans sa cervelle. *Comment va-t-il expliquer ça à Magali ?* Il n'a rien à faire sur cette route isolée, en pleine nuit, à plus de trente kilomètres de chez lui. Rien qui ne soit pas louche, en tout cas. Et Magali n'est pas une imbécile. Elle aura tôt fait d'additionner deux et deux et d'en tirer les conclusions qui s'imposent.

Et ensuite, de lui demander des comptes.

Et encore après, de lui couper les vivres.

Non. Impossible que tout s'arrête comme ça, aussi bêtement, parce que la météo a décidé de lui mettre des bâtons dans les roues. Il faut qu'il invoque une raison logique à sa présence sur cette route de montagne à cette heure-là, et cela malgré le blocage de la voie par les gendarmes. Quelque chose qui ne laissera aucune place au doute.

Mais il a beau se creuser la tête et retourner le problème dans tous les sens, il ne trouve aucune autre solution à cette équation que d'appeler son vieux pote François pour l'aider à se sortir de ce bourbier. Dans l'état où il était la veille, il doit encore être à l'hôtel en train de ronfler comme un sonneur. Et quelle chambre c'était, déjà ?

Ah, oui. La 13. Il aurait dû s'en douter, non ?

Il se secoue. Il ne peut pas rester là sans bouger. C'est un coup à geler sur place avant le lever du jour. Il jette un regard incertain dans les deux directions où la nuit s'apprête à se refermer sur lui dans quelques instants. À quelle distance habite exactement l'écrivain ? Dix kilomètres ? Quinze ? Il ne parvient pas à s'en souvenir. En revanche, d'après le chemin qu'il a parcouru, Manchecourt est à au moins vingt-cinq bornes de l'autre côté. Il se mouillera moins les pieds en remontant vers le col dans les traces de pneus qu'il vient de creuser dans la neige que dans la couche épaisse qui l'a arrêté et qui lui arrive déjà jusqu'au milieu des mollets, mais il mettra facilement le double du temps.

Il hésite quelques instants puis, les mains enfoncées dans les gants en caoutchouc et dans les poches, il s'élance vers l'aval sur la croûte blanche immaculée. Dans le meilleur des cas, il en a bien pour deux heures de marche avant d'atteindre la bifurcation qui mène à la villa de Marc Torres. Et au moins trois pour arriver aux premières maisons de Longerupt s'il file tout droit vers le bourg.

Il a besoin d'un téléphone. Ça, c'est la foutue équation à une inconnue qu'il doit absolument résoudre avant que sa vie commence à ressembler à une vraie tartine de merde. Et le plus proche se trouve chez Marc Torres.

Cette fois, il faudra bien que ce type montre le bout de son nez, même en plein milieu de la nuit.

# 24

Les bras ballants, Marc laisse s'égoutter quelques atroces secondes d'angoisse tandis que la pendule du salon égraine son tic-tac implacable dans son esprit. Il est statufié, incapable de prendre une décision, comme s'il se retrouvait soudain coincé entre la vie et la mort, comme si un simple battement de cils risquait de le faire basculer à tout instant du mauvais côté de la barrière.

Et puis son cerveau se reconnecte brutalement à la réalité.

*Mathilde... dans le garage...*

*Il faut qu'elle boive de l'eau. Quand on vomit, on se déshydrate énormément.*

*Mais oui !*

*Bien sûr !*

Il se précipite dans la cuisine et remplit une bouteille au robinet. Il y en a dans le frigo, mais elle va être trop froide. La fille va...

Il se fige, le souffle coupé.

*Il l'a laissée avec la porte ouverte, et sans même la couvrir !*

Il court jusqu'au garage toujours illuminé et referme l'huis sur la neige qui a créé un nouveau tas juste après le seuil. Ses pieds s'y enfoncent en dérapant. La seconde d'après, ils sont trempés.

Lorsqu'il revient près d'elle, Mathilde a les yeux fixes. Les lèvres bleues. Sa tête a basculé en arrière contre le mur. Un dernier spasme a rejeté sur son menton un mélange de bile et d'aliments à peine digérés. Il pose un index tremblant sur son poignet.

Le pouls est faible. Presque indétectable.

Il se recule, horrifié, la cervelle en feu.

Elle va mourir.

*Elle va mourir !*

Et puis ses appels lui reviennent en pleine figure tel un méchant retour de boomerang.

*« C'est ma femme. Je crois… je crois qu'elle a fait une overdose… »*

Quand ils vont apprendre qu'il a menti aux urgences et au médecin – *le propre père de cette fille, putain !* –, les flics vont trouver ça très louche. Ils vont lui tomber dessus à bras raccourcis. Mais pourquoi n'a-t-il pas dit la vérité, après tout ? Les ennuis enfouis dans le passé d'Alexandre ne sont *rien* par rapport à ça !

Et puis qu'est-ce qui leur prouvera qu'il ne lui a pas lui-même fourni la drogue fatale ? Il devine d'ici les gros titres des journaux. « *Une adolescente décède chez Marc Torres après une soirée entre jeunes. Le principal suspect, placé en garde à vue quelques heures après les faits, n'est autre que le célèbre écrivain. L'enquête est en cours, les forces de l'ordre ont laissé filtrer que de lourdes présomptions pèsent sur son comportement particulièrement étrange pendant la nuit du drame.* »

Il se tord les mains devant le corps immobile de Mathilde. À présent, il faut qu'il appelle la police. Il n'a pas le choix. Les yeux écarquillés, il recule et bute contre l'établi. Marc sent à peine l'angle du bois lui meurtrir les hanches. Il est au-delà de l'horreur, au-delà de ce qu'il est capable d'encaisser. Massacrer des dizaines de personnages dans les livres est une chose, voir la Faucheuse prendre une vie sous son propre toit en est une tout autre. À l'exception du décès de Véronique, il n'a jamais été confronté de près à la mort. Et encore moins à une fin aussi tragique.

La chaudière, sollicitée par le froid qui s'est répandu dans le garage, puis dans la maison par les portes ouvertes, redémarre dans un bruit infernal. Marc sursaute. Ses yeux roulent en tous sens, cherchant à ce drame une issue qui n'existe pas.

Et puis ils se posent sur les bottes, alignées près du réduit où il range ses outils de jardinage.

Son esprit marque un temps d'arrêt.

Une paire est couverte de neige fondue qui ruisselle sur le carrelage.

La plus grande.

Celle d'Alexandre.

# 25

— Allez, du nerf, tas de feignasses !

La lampe frontale de l'adjudant-chef Mercadier se balance en tête du groupe au rythme de son pas soutenu. Il stoppe sur le bord du chemin et pousse une gueulante pour exhorter ses hommes à accélérer l'allure. Déjà un kilomètre de marche forcée dans la poudreuse et il n'est toujours pas essoufflé. L'adjudant-chef Mercadier est un vrai dur à cuire. Un mec forgé à coups de trique, à coups de ceinturon, à coups de oui-chef qui lui ont déchiré la bouche avant de s'enfoncer profondément dans son crâne. Un modèle du genre pour tous les charlots dont l'armée s'encombre à chaque incorporation.

Un roc.

Un pivot.

Une référence.

Alors, que chacun s'adapte à ses méthodes.

Ou pas.

L'adjudant-chef Mercadier n'en a rien à foutre de l'avis des recrues sur sa façon de concevoir l'ordre et la discipline. L'ordre est immuable, la discipline est de fer. C'est ça qui dresse les mollassons et les rebelles, et rien d'autre. Tout le reste n'est bon qu'à enfouir dans les livres ou ces putains de mots croisés pour les torturés du bulbe. Que ses hommes l'apprécient ou le détestent le laisse indifférent. Il ne s'attache jamais à qui que ce soit. C'est inutile de trouver quelqu'un sympathique. Bien trop dangereux.

Il a eu des amis, autrefois, à l'époque où il n'était pas devenu l'adjudant-chef Mercadier. Enfin, deux ou trois. Des amis qui ressemblaient en tout point à ces jeunes merdeux qui ont encore du lait sur la moustache alors qu'on leur colle un flingue de guerre entre les mains. Des amis qui, l'un après l'autre, se sont déniché un boulot à l'usine, une gonzesse à qui planter des mômes dans la gibecière et un appartement acheté sur vingt ans dans une HLM de banlieue pour pouvoir y bouffer du poulet aux hormones en regardant les informations de 20 heures sur la première chaîne. Des amis qui, poussés par leur bonne femme, l'ont tous rejeté comme un malpropre. Parce que le fait d'aller aux putes le samedi soir, de se beurrer la gueule jusqu'au petit matin et de casser du bicot à coups de barre de fer à Sarcelles n'entrait plus dans le cadre de leurs loisirs préférés. À croire que ça les gênait, soudain, d'être dépositaires d'un passé bleu-blanc-rouge.

Enfin, surtout blanc.

Gérard Mercadier s'est retrouvé à picoler en solitaire dans les bars, à chercher la bagarre, puis est arrivé ce qui devait arriver. Un soir où il avait trop bu, il s'est fait démonter la tête par une bande d'Arabes teigneux qui n'avaient pas apprécié qu'il crache sur l'un des leurs parce qu'il l'avait regardé un peu trop droit dans les yeux.

Alors, Gérard Mercadier, le visage couvert de bleus, a vu rouge. Deux semaines plus tard, il les a attendus à la sortie du bistrot et il leur a fait leur fête un par un. Cette fois, au lieu d'une barre de fer, il serrait le manche d'un couteau dans chaque main. Dans le journal du lendemain, qu'il avait pour une fois acheté pour suivre la relation de ses exploits de la nuit, un témoin qu'il n'avait pas remarqué, courageusement planqué derrière une fenêtre du café, a donné une description vraiment très précise du méchant agresseur de ces pauvres immigrés.

L'après-midi même, il s'est engagé dans la Légion sans un regard en arrière.

Il y est resté vingt ans.

Il s'est créé une nouvelle identité.

Il n'a plus jamais entendu parler de cette affaire.

Et de ses amis encore moins.

— J'ai dit : on se grouille, Delmas ! Qu'est-ce que c'est que ce bordel ? Vous avez de la merde dans les mollets, ou quoi ? Putain, j'ai quarante balais et je marcherais plus vite que vous sur les mains !

Pour une fois, le conscrit Christian Delmas a l'air de flancher. Ce n'est pas dans ses habitudes. L'adjudant-chef Mercadier n'ignore pas que ce grand échalas a été malade la veille. Il présente encore le teint jaune de ceux que leur foie a pliés en deux la moitié de la nuit. Mais Delmas doit apprendre, comme les autres, qu'il peut aller bien au-delà de la souffrance, que ce n'est qu'un obstacle de plus à franchir avant de se rencontrer soi-même au bout du chemin, et à genoux s'il le faut.

Le Corse est passé devant. Le cou enfoncé dans sa parka, il lève les jambes bien haut pour éviter de tremper son pantalon de treillis dans la neige en la poussant de la cheville comme Paul Lefebvre qui n'a toujours rien compris au truc.

L'adjudant-chef Mercadier se désintéresse de lui. Ce type ne fera plus le malin dans trois ou quatre bornes. Il va le rattraper vite fait rien qu'en allongeant le pas. Et de toute façon, il est déjà de corvée de chiottes pour la semaine. Inutile de lui courir au cul. Il va lui laisser prendre de l'avance pour s'occuper des trois autres. Paoletti connaît le chemin. Le sous-bois est dense de chaque côté du layon, il ne peut pas se perdre. Et puis il creuse des traces qu'un aveugle pourrait suivre sans se baisser.

Le sous-officier se rapproche des deux tapettes qui ferment la marche et évacue la pensée parasite que c'est aussi parce que ça l'arrange de ne pas avoir à affronter le regard dur de ce soldat qu'il sent en permanence au bord de l'implosion.

— Ça va, les filles ? Vous voulez faire une pause ?

Innocemment, Paul Lefebvre se fige dans les pas de son ami Yves et lui sourit.

— Oh oui, mon adjudant ! Purée, c'est crevant, ce truc !

Mercadier rugit à s'en décrocher la mâchoire.

— On serre les rangs, les couilles, les trous du cul, et on avance en bouclant sa grande gueule ! Une pause ? Non, mais et puis quoi, encore ? Vous ne voulez pas une tisane et une pipe, tant que vous y êtes ? On est à la guerre, ici ! C'est la jungle ! L'Indochine ! Le Viêtnam ! Il y a des tas d'enculés de Niakoués cachés dans les bois qui vous observent, le couteau entre les dents, et qui n'attendent qu'un moment de faiblesse pour vous couper les joyeuses et vous les faire bouffer ! Alors on pense à ses roubignoles, au truc qui pendouille juste au-dessus, et on trace dans les fougères et les serpents à sonnettes si on veut rentrer entier à la maison et ne pas pisser assis jusqu'à la fin de ses jours !

Delmas a profité du bref répit pour assurer le sac sur son dos. Il a l'échine courbée, mais les dents aussi serrées que Paoletti. Le souffle court, il attend Yves et Paul pour reprendre la marche. Son regard est concentré sur ses chaussures. Il cherche visiblement au fond de lui-même les restes d'énergie qui vont lui être nécessaires pendant la durée de la manœuvre. L'adjudant-chef note dans un coin de sa mémoire que ce type a l'étoffe d'un vrai combattant. Il ne se plaint jamais, relève la tête quand il prend un coup, et il ne discute pas les ordres.

Son point faible, c'est de s'occuper en premier des autres plutôt que de son propre cul.

L'adjudant-chef Mercadier soupire.

Dommage.

Personne n'est parfait.

# 26

Jonathan Keller s'accorde une courte pause pour retrouver son souffle. La sueur lui dégouline dans le dos. Elle a mouillé sa chemise, sa veste, et maintenant elle commence à imbiber la laine de mouton à l'intérieur de la parka. Ses jambes le brûlent déjà et il n'a franchi que quelques centaines de mètres. Trop de gras, pas assez de sport. Le bilan est net, indiscutable. On finit par le payer un jour, c'est fatal. Il faut qu'il diminue l'allure ou il tombera d'épuisement bien avant d'arriver chez ce Torres.

Il se retourne, scrute l'obscurité qui s'est refermée derrière lui. La curieuse silhouette géométrique de sa voiture penchée dans le fossé a déjà disparu dans la nuit. Les mains enfoncées dans les poches, il cherche la chaleur de son ventre à travers le caoutchouc mince des gants.

S'il n'avait pas arrêté de fumer à force d'entendre Magali lui reprocher perpétuellement son haleine de cendrier, il aurait toujours sur lui de quoi allumer un grand feu pour ne pas mourir de froid. Dans le pire des cas, on retrouvera son corps congelé le lendemain. Et ce sera à cause de Magali. Voilà.

Mais Jonathan Keller refuse d'envisager le pire des cas comme inéluctable. Il doit courir devant l'avalanche en priant qu'il trouvera un rocher sous lequel s'abriter avant qu'elle l'engloutisse tout entier.

Alors, quand le froid s'insinue plus précisément sous sa veste dont il a serré le col en isolant son cou avec le chiffon sale dont l'odeur lui révulse les narines, il oublie la douleur qui irradie de ses cuisses jusqu'à ses hanches et il reprend sa marche en s'économisant.

Un pas. Un autre. Et puis recommencer. Ne plus penser à rien. Traverser cette nuit infernale, rester en vie. Mais Jonathan ne peut empêcher son esprit de revivre à l'infini la soirée de la veille avec cette fille incroyable comme cadeau d'anniversaire. Mais quelle idée délirante, quand même !

François est un grand malade. *Mille francs !* Une vraie fortune ! Comment va-t-il, de son côté, expliquer cette dépense à Élisabeth ? François lui a appris, il y a quelque temps, que c'est elle qui tient les comptes, exactement comme Magali. Sauf qu'elle, elle ne travaille pas. Alors quoi ? Du liquide non déclaré ? Qu'est-ce que son copain a bien pu magouiller pour en avoir autant dans les poches ?

Tandis qu'il peine dans la neige, Jonathan l'imagine en visite chez un couple de petits vieux afin de procéder à l'estimation de leur unique bien acquis avec les économies de toute une vie, qu'ils aimeraient vendre un bon prix pour s'en aller finir leur existence en ville. Il le voit très bien grimacer en inspectant les murs recouverts de papier peint fatigué, le carrelage fendillé, les tuiles noircies par des décennies de feu dans la cheminée, le jardin qui a besoin d'un sérieux réaménagement pour donner envie de s'y balader avec des enfants. Il est capable de leur demander un acompte en espèces pour les assurer de mener rapidement la transaction à terme, par exemple. Et il n'en aurait pas honte. François est hermétique à tout ce qui ressemble de près ou de loin à de l'empathie. Il en est totalement dépourvu, comme de l'honnêteté.

Le gel continue son chemin à l'intérieur des vêtements trempés de Jonathan. Ses pensées se sont envolées au-dessus de lui. Il n'en sent plus la morsure sur sa nuque, sur ses orteils, sur ses doigts que le caoutchouc des gants n'empêche pas de bleuir, même enfouis au fond de ses poches. Au bout d'un long moment, le visage de François se délite dans l'espace blanc qui l'entoure. Il ne reste plus que le souffle de l'homme qui lutte pour ne pas tomber, pour ne pas dormir, pour ne pas abandonner.

Il sort les mains de son manteau, agite les phalanges un bref instant pour les réchauffer et les enfonce dans les manches de laine doublées de mouton. Il se raccroche à n'importe quel souvenir pour conserver les yeux bien ouverts.

Magali, François, la prostituée de la veille, le magazine du type du garage…

Et puis Michelle Morange et cet enfoiré de médecin qui la lui a volée vingt ans plus tôt. *Vingt ans...* Et cette fille qu'ils ont eue ensemble, avant la trahison du père qui s'est enfui avec une pétasse de presque son âge comme s'il allait remonter le temps et retrouver sa jeunesse évaporée.

Répétition éternelle de la même histoire, de la peur de vieillir, des tentatives les plus vaines pour en retarder l'échéance.

Que deviendra-t-il, lui, quand il sera trop décati pour toutes ces conneries ?

Qui s'occupera de lui ?

Magali ?

*Ha ha !*

# 27

Marc Torres s'approche des bottes luisantes de neige fondue. Son regard capte les traces humides sur le carrelage du garage, puis la porte qu'il vient de refermer sur les bourrasques. Il penche le nez au-dessus des chaussures et recule d'un pas. L'odeur musquée qui en exsude est caractéristique. Alexandre pue des pieds comme pas permis. À croire qu'il ne change de chaussettes qu'une fois par mois.

Et qu'il dort avec.

Marc fronce les sourcils. Près de la chaudière, les bottes devraient avoir séché depuis longtemps après la bataille de boules de neige. Alexandre est visiblement sorti et il est rentré depuis peu.

Un frisson lui hérisse la nuque.

*La boîte à outils au couvercle mal remis en place.*

*La drogue…*

Impossible.

Non, ça ne peut être lui.

*Pas son propre fils.*

Et puis il revoit son regard tendu durant toute la soirée.

Son visage fermé.

Hostile.

Son silence tandis qu'il observait Mathilde comme une hyène à l'affût.

Les yeux de Marc ne quittent pas la ligne écarlate qui a coulé entre les cuisses de l'adolescente étendue devant lui.

La trace de sang.

*Seulement* de sang ?

Soudain, il percute et fonce dans le couloir. Il grimpe quatre à quatre les marches qui mènent à la chambre d'Alexandre. Une odeur atroce règne dans la pièce. Marc allume le plafonnier et sent un froid intense le saisir aux tempes.

Alexandre gît en travers de son lit. Il a vomi, lui aussi. Il y en a une bassine pleine contre le pied de sa table de nuit. Marc se précipite. Il le retourne, lui essuie la bouche et le nez et le secoue comme un prunier, mais rien n'y fait. Seuls des gémissements sourds lui répondent.

Marc reprend peu à peu ses esprits. Il réalise qu'Alexandre est nettement moins mal en point que Mathilde. Contrairement à elle, il a dû ingérer juste une faible quantité de cette saloperie. Il a eu le temps d'aller chercher une bassine dans la salle de bains qui jouxte sa chambre.

Il fouille avec fébrilité partout dans la pièce et dans les poches du pyjama de son fils, mais cette fois, il ne trouve pas de buvard suspect. Pas le moindre morceau. Si Marc se penchait un tout petit peu plus, il apercevrait le goulot d'une bouteille de whisky, vide, que le récipient a propulsé plus loin sous le lit. Mais il se laisse tomber sur le matelas. Il ne perçoit pas l'odeur sourde de l'alcool derrière celle, rance, du vomi.

La glace de l'armoire lui renvoie son regard halluciné.

Au bout d'un long moment, pourtant, un son se faufile entre ses oreilles au milieu du silence de la pièce.

Alexandre respire. Il ronfle, plutôt. Sa poitrine se soulève régulièrement comme celle d'un homme vaincu par le sommeil. Marc comprend pour de bon que son fils n'est pas en danger.

Il cligne des yeux.

Alexandre dort.

Il va bien.

Un autre bruit lui parvient alors, plus ténu. Un deuxième ronflement qui provient de la pièce attenante à la chambre d'Alexandre qui sert de débarras à tout son foutoir depuis qu'ils habitent ici.

Marc entrebâille la porte et braque le faisceau de sa lampe sur le sol. Un deuxième jeune – sûrement Romain, d'après ce qu'il a compris – est enroulé dans une couette, le visage tourné vers le mur.

Marc recule doucement.

Il n'a réveillé personne.

Une chance.

Il éteint et referme sans bruit, et puis il se précipite dans l'escalier.

Il doit absolument amener Mathilde à l'hôpital avant qu'il soit trop tard.

# 28

— Putain, vous faites chier, les tafioles ! On arrête de se pâmer toutes les cinq minutes ou ça va mal se passer, hein ! Hé, Delmas ! Vous êtes en vacances, là ? Mais qu'est-ce qui m'a foutu un tel ramassis de pedzouilles ?

Christian Delmas s'est appuyé contre un arbre. Ses jambes ont fini par le trahir. Ses cheveux sont poisseux de transpiration, ses yeux hâves, absents. Mais il relève le front et renfile son sac d'un coup d'épaule peu assuré.

— On y va, chef.

Paul et Yves redressent alors le cou, eux aussi, aiguillonnés par le courage de leur camarade qui résiste vaillamment à son malaise.

L'adjudant-chef Mercadier hoche la tête, impressionné par ce gaillard qui ne lâche rien. Il lance son regard au-delà du gamin en direction des traces de pas de Paoletti qui disparaissent dans l'obscurité tout au bout de la trouée de sa torche.

La corvée de chiottes, c'est bien. Ça rabaisse le caquet des petits coqs qui veulent se la péter comme s'ils étaient toujours chez papa-maman. Se retrouver isolé en forêt, la nuit, avec quinze centimètres de neige à écraser sous ses semelles à chaque enjambée, c'est encore mieux. Mais le Corse ne devait pas partir devant sans s'assurer que ses compagnons le suivaient.

C'est l'un des tout premiers trucs qu'il leur apprend, aux bleus-bites, l'adjudant-chef Mercadier. La solidarité. Le sentiment d'appartenir à une équipe. Respecter les autres comme on voudrait soi-même être respecté. Parce que si l'on n'en fait qu'à sa tête, sur un champ de bataille, c'est le cimetière pour tous, le jour où ça pue vraiment la merde sur le terrain des opérations.

Voilà qui lui procure du grain à moudre pour lui enfoncer un bon clou rouillé dans le pied, au Paoletti. Et parole, il ne va pas se priver. Autant garder la pression sur ce gars-là qui ne lui dit rien qui vaille. S'il le laisse tranquille, il sent que la situation se retournera rapidement contre lui. C'est comme un bateau emporté dans le courant d'une rivière quand vous cessez de ramer. Il finit par se mettre en travers et par se renverser sur un écueil en vous balançant à la flotte avec tout le barda.

Le Corse n'est pas complètement idiot. Quand il réalisera que les autres ne l'ont pas suivi, il fera demi-tour. Il ne peut rien lui arriver de plus grave que de se geler le cul jusqu'à ce qu'il pèle.

L'adjudant-chef Mercadier observe ses troupes avec objectivité. Delmas est vraiment malade, il ne tiendra pas deux-cents mètres. Et si lui n'avance plus d'un pas, les deux lopettes se laisseront mourir sur place plutôt que de continuer sans lui. Cette fois, il n'a plus le choix. Alors, autant sauver les apparences comme il le peut.

— Bon, on rentre, tas de lavettes ! Exécution !

Le petit Paul se redresse avec empressement. Il échappe son fusil et flanque son casque dans la neige en essayant en vain de le rattraper. Le grand Yves se baisse pour le ramasser et ils se sourient tous les deux, heureux d'être ensemble, quoi qu'il arrive.

L'adjudant-chef soupire. Il y a des moments où c'est vraiment pas le moment. Manquerait plus qu'il y ait une guerre, tiens.

Delmas trouve la force de secouer son visage gris.

— Et Paoletti ?

L'adjudant-chef Mercadier a un mouvement sec du menton vers le sentier qui disparaît en direction de la caserne.

— J'ai oublié ma trompe de Roncevaux pour le prévenir que j'ai pas envie de creuser trois trous dans la glace demain matin. Demi-tour avant que je change d'avis, bande de nains !

Le retour se déroule dans le silence le plus complet, hormis le bruit des pas dans la croûte de neige qui s'est durcie avec le gel de la nuit. Dans la crainte d'un nouvel éclat du chef, Paul ne se plaint plus. Yves le suit de près, le nez collé à ses basques. Christian Delmas est pour une fois bon dernier. Du coin de l'œil, le sous-officier vérifie qu'il reste dans leur sillage et qu'il ne s'est pas écroulé dans le chemin, à bout de forces.

En dépit de l'allure d'escargot à laquelle la troupe se déplace durant tout le trajet du retour, il n'y a toujours aucun signe de Bruno Paoletti quand ils franchissent l'enceinte du camp. L'adjudant-chef Mercadier dissimule tant bien que mal son irritation jusqu'à ce que les trois appelés aient réintégré leur chambre. Dès qu'il se retrouve seul, il laisse enfin pulser sa colère en jurons bien sentis qui lui gonflent le cou de ne pouvoir éclater à haute voix dans le couloir de la caserne.

Pour lui, l'exercice n'est pas terminé. Il ne peut abandonner dans la nature, en pleine nuit et par un temps aussi pourri, un jeune homme dont il a la responsabilité.

Même un casse-couilles comme Bruno Paoletti.

Et même si, vu la situation, il y a des chances que ce type l'attende de pied ferme dans les bois pour régler un ou deux comptes avec lui.

# 29

Marc court jusqu'à la porte du garage et l'ouvre à la volée. Le niveau de la neige a monté. Elle atteint à présent le milieu de ses mollets. Il se souvient alors que sa Mercedes est rangée en contrebas, près de la grange. Marc songe avec désespoir qu'elle est neuve et qu'il n'a pas encore acheté de nouvelles chaînes après la vente de sa BMW, le mois précédent. Il ne parviendra pas à la reculer. Et même s'il y arrivait, elle ne parcourrait pas cent mètres sur la route du col avant de finir dans un ravin.

Saisi par un puissant sentiment d'urgence, il enfile ses habits de la veille, chausse ses bottes fourrées, attrape une lampe de poche qu'il garde en permanence près du tableau électrique et se précipite dans le jardin silencieux après avoir passé à la hâte sa vieille veste moutarde doublée de moumoute. Trois véhicules sont garés sur le haut du parking. Il avance, la torche à la main, un espoir insensé palpitant entre les côtes.

Et puis le faisceau de lumière capte le reflet d'une clé oubliée sur un contact. Le souffle court, Marc éclaire la voiture tout entière. C'est une Renault 6. Il ouvre la portière conducteur et monte derrière le volant. Elle est sûrement mal entretenue, avec une batterie pourrie que, dans le meilleur des cas, le môme doit recharger toutes les deux semaines à cette saison.

*Ça ne marchera pas…*

Mais le démarreur réagit à la première sollicitation.

Marc pense alors aux ados qui dorment là-haut. Ils vont entendre le bruit du moteur. Ils vont se lever, venir voir ce qui se passe, et ensuite ils vont angoisser à mort quand ils tomberont sur Mathilde. Et puis il réalise que, à cause de la pente asymétrique du toit, toutes les fenêtres des chambres et du grenier donnent sur l'arrière de la maison. Toutes sauf la sienne.

Il coupe le contact et ouvre le hayon.

Peut-être que…

Mais non. Le coffre est vide. Il n'y a pas de roue de secours dans le logement prévu à cet effet sous le tapis. Pas de cric non plus. Il soupire. Évidemment. Quel jeune d'aujourd'hui ira donc penser à garder un truc aussi inutile qu'un jeu de chaînes dans sa voiture ?

Il tourne les talons et presse le pas en écrasant la neige immaculée. Véronique possédait la même auto. Il l'a revendue quelque temps après son décès, mais il ne s'est pas donné le mal de fournir à l'acheteur le matériel qu'il en avait sorti avant de la nettoyer de fond en comble. Et les chaînes sont encore là, quelque part dans le bazar de la grange.

Il court en dérapant jusqu'à la porte qui, incrustée dans le large vantail bloqué par la glace, s'ouvre vers l'intérieur du bâtiment. Il allume la ligne de globes envahie par les toiles d'araignée et fonce vers le rayonnage du fond. Celui où, quand on a de la place, on range les vieilleries dont on est sûr de se servir plus tard et qu'on ne ressort jamais parce qu'on les a oubliées, même pour les emporter à la déchetterie. Il les arrache du monceau de saloperies inutiles et les lève sous la lampe poussiéreuse. Mais comment ça se monte, déjà, ces trucs-là ?

Il repart en courant vers la voiture, glisse dans la neige au beau milieu du parking et s'étale de tout son long. Quand il se relève, une des chaînes a disparu dans l'épaisseur de la poudreuse. Après une nouvelle minute en apnée à la chercher à genoux, il la sent enfin sous ses doigts gelés.

Au bout d'un long moment, la manipulation de leur fermeture lui revient d'un coup. Il boucle la première et passe à la deuxième qui a un peu rouillé. Il force pour l'accrocher sur le pneu et son doigt ripe sur une arête de l'acier coupant. Une douleur vive lui fait brusquement reculer la main.

Un filet de sang coule de son index blessé. Il va lui falloir des gants ou il va y laisser ses phalanges avant la fin de la nuit.

Il revient dans la grange et fouille dans le carton de son vieux matériel de ski. Ils ne sont pas retournés passer les vacances dans une station depuis *l'événement*. Les moufles fourrées mauves ont un peu moisi, mais elles feront l'affaire.

Marc se redresse, les jambes lourdes et la tête bourdonnante de tout ce à quoi Véronique et lui ont dû renoncer depuis pour sauver leur fils. Toutes les conséquences qu'ils ont subies, année après année, *événement* après *événement*.

Et aujourd'hui, c'est encore la même chose. La même douleur. La même inquiétude. La même incompréhension.

Sauf que cette fois, il ne peut plus rien pour lui.

Si cette fille meurt, Alexandre ira en prison jusqu'à la fin de ses jours.

# 30

Et malgré le temps qui file entre ses doigts, tandis qu'il recule la voiture vers la porte du garage, tout lui revient avec la puissance d'un rouleau compresseur. Le chèque astronomique exigé par les parents de la fillette pour acheter leur silence. Le déménagement en catastrophe…

Ce goût amer sur la langue qui ne s'est jamais dissipé.

Véronique est tombée malade à l'été 1968, peu après *l'événement*. Marc s'est toujours demandé, même s'il ne l'a jamais évoqué avec elle, si ce n'était pas consécutif à l'hospitalisation de cette enfant à cause de leur fils. Un rejet si intense que, en conséquence, le corps abandonne la partie parce que l'esprit a déjà renoncé à lutter.

Libérées par l'angoisse, les images remontent à la surface sans discontinuer. Le visage boursouflé de la gamine, son bras cassé, la mère dévastée, en larmes, au chevet de sa fille, le père prêt à broyer Alexandre dans ses mains énormes dès qu'il pointera le bout de son nez.

Interpellé par un avocat vindicatif qui lui agitait la menace d'un procès retentissant, Marc a cédé. Après avoir obtenu l'assurance écrite et signée que la famille de l'enfant ne porterait pas plainte, il a payé jusqu'au dernier centime. Il a ensuite placé Alexandre pour quelques mois au sein d'un internat très strict, malgré les molles protestations de Véronique qui se battait déjà contre les premières affres de sa maladie, et il a décidé qu'ils iraient vivre ailleurs, là où personne ne les connaissait, où personne n'était au courant.

Marc s'ébroue.

La voiture est à l'entrée du garage, moteur tournant, mais il réalise soudain qu'il ne peut emporter Mathilde à l'hôpital si peu vêtue. Elle va mourir de froid si la drogue ne la tue pas avant.

Il doit aller lui chercher ses habits.

*Vite!*

La chambre que Mathilde avait choisie est la plus éloignée, tout au fond du couloir qui donne sur l'arrière du bâtiment, juste à côté de la salle d'eau que Véronique a tenu à refaire à neuf et qui n'a pourtant jamais été utilisée.

Marc a ôté ses bottes dans le salon. Il avance à pas de loup. S'il réveille l'une des filles, il ne pourra empêcher qu'elles se mettent toutes à hurler. Il veut éviter une grande scène de panique générale. Si les adolescentes continuent leur nuit sans savoir ce qui s'est passé, il n'aura pas à gérer en pleine nuit le stress du groupe tout entier. Le silence est total. Aussi palpable que de la soie. Il s'engage dans le couloir sur la pointe des pieds.

À ce moment, il ressent tout à coup un flottement. Un horrible instant de doute. Et si… *Et si ce n'était pas Alexandre ?* Et si son fils n'était pour rien dans ce malheureux accident ?

Un accident ? Non. Ce n'est pas un accident. Marc le sait au plus profond de lui-même. Il revoit l'adolescente en train de jouer de la guitare au milieu de son cercle d'amis devant le feu de cheminée. Elle était leur centre de gravité, leur phare dans la nuit. Un ange éthéré aussi délicat qu'un pétale de rose. Il est impensable que, à peine trois heures plus tard, elle se soit allongée de son plein gré, à moitié nue, sur le béton gelé du garage après avoir avalé suffisamment de LSD pour en mourir. Le visage sombre d'Alexandre s'impose à lui sans arrêt. Comme tous les autres, son fils ne l'a pas quittée des yeux de toute la soirée. Mais dans ses prunelles à lui, c'est un feu sauvage qui couvait. Et Marc imagine très bien ce qu'une brûlure de ce genre a été capable d'incendier dans le cerveau de son garçon. Parce que ce n'est pas la première fois.

Il consulte sa montre. Bientôt 3 heures du matin. Il se faufile jusqu'à la chambre du fond du couloir en priant qu'aucune porte ne s'ouvre sur son passage. Il referme derrière lui puis il braque sa torche sur le lit. S'il allume le plafonnier, quelqu'un risque de l'apercevoir depuis l'étage, même si les volets sont clos.

Le faisceau balaie les vêtements soigneusement pliés sur la chaise. Il n'y a aucune tache rouge sur les draps repoussés à la va-vite. Marc se mord les lèvres. Il s'était dit que, peut-être, Mathilde avait été surprise par ses règles. Que c'était *ça,* en fait, le sang entre ses jambes.

Mais non.

Ce n'était pas ça.

Marc ramasse un par un tous les vêtements. Les bras encombrés, il fouille partout de la pointe de sa torche. Sur le lit, sous le matelas et la commode.

Rien.

Il ne reste rien.

Son manteau doit être dans le garage. Elle a dû l'accrocher sur la patère, près de la porte. Il se souvient d'y avoir vu quelques blousons, quand il est allé chercher les garçons dehors.

Il ressort et referme sans un bruit. Il attend quelques secondes et tend l'oreille, juste pour être certain que personne ne l'a entendu. Et puis la stupidité de son attitude se fraie un chemin jusqu'à sa conscience. Quelle explication trouvera-t-il à sa présence ici si l'une des filles se lève soudain et le surprend, immobile au milieu du couloir, les vêtements de Mathilde serrés entre les bras ?

Les jambes en plomb, il avance avec le sentiment qu'il ne parviendra jamais au bout de ce maudit couloir. Mais il passe devant les chambres sans percevoir le moindre son.

Il rejoint le salon, saute dans ses bottes, puis il court jusqu'au garage.

Il n'a plus une minute à perdre.

# 31

Marc s'agenouille près du corps de Mathilde et aligne fébrilement tous ses vêtements sur le sol. Il sait qu'il doit agir très vite.

Et puis son regard tombe sur le sang coagulé entre les cuisses de la jeune fille. Il imagine le coup d'œil que les médecins vont échanger au-dessus d'elle, les lèvres pincées, les pouces enfoncés dans leur ceinture, le rapport d'examen gynécologique qui suivra. Et puis, quand elle reprendra conscience, son témoignage qui accusera Alexandre de l'avoir forcée à prendre de la drogue. De viol aussi, peut-être, histoire de se dédouaner de ce qui s'est passé vis-à-vis de ses parents.

Et si elle ne se réveille pas, ce sera pire encore. Après les examens toxicologiques de rigueur, il y aura les interrogatoires de la police. Alexandre ne tiendra pas deux heures face à la pression. Et après, ce sera les menottes, les journalistes, les informations télévisées de 20 heures. Son éditeur, après cela, se tournera vers d'autres auteurs à l'odeur moins nocive. Ce sera l'avalanche, la déchéance, la fin de tout ce qu'il a construit depuis des années.

Le nouveau et gros *événement.*

Celui qui détruira leur vie.

Il secoue la tête, fonce dans sa salle de bains, agrippe deux serviettes et plusieurs gants de toilette qu'il mouille d'eau chaude, puis il retourne près du corps de Mathilde et essuie son visage souillé de vomissures. Il relève la chemise de nuit sur ses cuisses et lave les jambes de l'adolescente. Lorsqu'il les lui écarte pour nettoyer sa vulve du mieux qu'il peut, il crispe les paupières et serre les dents à les briser.

Une fois qu'elle est propre et sèche, il saisit ses pieds et entreprend de lui enfiler sa culotte. Quand il attrape son bassin pour remonter le sous-vêtement sur son pubis, il doit la soulever d'une main et la maintenir contre lui un bref instant. La tête de Mathilde bascule sur le béton et ses yeux vides se posent sur lui. À ce moment-là, un sanglot lui bloque la gorge et des larmes de désespoir dévalent ses joues. Alors, au milieu d'un brouillard qui lui brûle les rétines, il lui enfile ses chaussettes et son pantalon. Ensuite, il la roule sur le ventre pour ne plus voir son visage inerte. Il tire sur le col de la chemise de nuit et la lui ôte, un bras après l'autre. Quand il la retourne de nouveau, il s'immobilise à la vue de sa poitrine, le souffle coupé.

Les petits seins de Mathilde pointent vers lui, comme offerts sans pudeur. Mais les yeux de Marc ne distinguent que les marques rouges autour des tétons.

Des morsures. Des empreintes profondément enfoncées dans la chair. Et au milieu, la trace moins nette d'une dent cassée.

Marc, hypnotisé, hoche la tête sans en avoir conscience.

Voilà.

Tout est dit.

La preuve est là, formelle, définitive. Il ne s'est pas trompé. C'est bien Alexandre qui est à l'origine de tout cela. Dès lors, les larmes s'estompent. L'urgence lui écrase la cervelle à grands coups de marteau. Il accélère. Agrippe le soutien-gorge, l'attache rapidement dans le dos de Mathilde. Puis c'est au tour du chemisier et des chaussures. Bientôt, il ne reste plus qu'à lui enfiler son manteau.

Fébrile, Marc se redresse. Il lance un coup d'œil inquiet à la patère vissée à la porte du garage. Il y en a une demi-douzaine accrochés et d'autres jetés en vrac sur l'établi. Lequel est-ce ? Il cherche en vain dans le tas en désordre, puis s'approche de ceux qui sont suspendus. Fouille dans le premier. Rien. Dans la poche intérieure du deuxième, il découvre des papiers au nom d'un certain Alain. Dans le troisième, une lettre. Sur le recto, le prénom de Mathilde. Il décroche le vêtement, le pull posé au-dessus et le sac à dos qui tient le tout où il trouve un livre de classe à la couverture étiquetée du même patronyme.

Il respire soudain mieux.

Quand elle est enfin prête, Marc se baisse et glisse ses mains sous le corps inanimé de la jeune fille.

Le premier réflexe de déni enfanté par l'angoisse arrive juste au moment où il franchit la porte du garage.

*Elle va mourir pendant le trajet jusqu'à l'hôpital, c'est certain.*

Alors ce n'est pas lui qui soulève Mathilde dans ses bras pour la porter jusqu'à la voiture.

Ce n'est pas lui qui jette son sac à dos sur la banquette arrière.

Ce n'est pas lui qui la dépose sur le siège passager avant.

Ce n'est pas lui qui referme la portière sur le visage de cire aux narines pincées.

Ce n'est pas lui, enfin, qui perce des phares de la Renault le rideau opaque des flocons et qui s'enfonce dans la nuit avec le corps inerte d'une adolescente à deux doigts de la mort à ses côtés.

*Non, ce n'est pas lui.*

# 32

Marc scrute avec anxiété la nuit rayée de traits obliques découpés par le faisceau aveuglant des feux de croisement. Une erreur et c'est la chute dans le ravin.

Pourtant, pour la pratiquer plusieurs fois par mois pour aller à la gare, il connaît très bien la route qui mène au col de Fuchs. Ses virages sont incrustés dans sa mémoire. Celui du précipice qui se dresse au-dessus du lac est tracé au feutre rouge sur sa carte mentale. Il n'en est plus très loin. Mais avec ce temps infernal, il ne discerne presque rien à travers cet écran blanc. De hautes silhouettes fantomatiques de sapins qui croulent sous la neige et balisent la limite du macadam dissimulé sous la glace, et c'est tout.

Les yeux plissés, il avance sur ce qu'il estime être le milieu de la chaussée, mais son cerveau est devenu un océan de vide. Tout ce qu'il sait, c'est qu'il doit amener cette fille à l'hôpital le plus rapidement possible.

La voiture amorce la première épingle à cheveux qui grimpe vers le col. Marc serre les fesses, mais la Renault ne bouge pas d'un poil de sa trajectoire. Il prend confiance, se cale au fond du siège et aligne les virages de plus en plus vite.

La neige colle aux vitres et dégouline sous le hachis compact débité par les essuie-glaces. Il allume les phares longue portée pour tenter de percer le déluge. Un visage aux yeux hagards surgit alors du néant et s'imprime dans le pare-brise. Marc écrase instinctivement la pédale de frein. La Renault part en dérapage avant qu'il réalise qu'il ne s'agit que de ses propres traits déformés par la terreur. Il a la présence d'esprit de relâcher la pression sur les tambours, les roues braquées vers l'extérieur de la courbe, et d'adresser une courte prière au ciel. Contre toute attente, les chaînes accrochent finalement la poudreuse et la voiture se redresse après un dernier soubresaut assez rude contre un arbre qui arrache le rétroviseur droit.

La Renault s'arrête dans un bruit de ferraille malmenée. Marc libère d'un coup ses poumons en feu. Il a bloqué sa respiration durant toute la glissade, tant il était sûr de finir au bas de la falaise.

Le moteur a calé. Le silence envahit l'habitacle. Un silence complet, palpable, hormis son souffle oppressé. Il se tourne vers le visage inerte de Mathilde. Il contemple ses yeux vides, sa poitrine immobile. Malgré l'évidence, il presse de nouveau son index glacé sur sa carotide.

Rien.

Le cri éclate soudain dans sa tête.

*Avance ! Qu'est-ce que tu attends ?*

Il répond à voix haute, comme si quelqu'un se tenait vraiment derrière lui.

— Elle est morte…

*Tu es en plein délire ! Avance, bordel ! Avance ou il sera bientôt trop tard !*

— Je te dis qu'elle est morte !

Marc a les yeux fixes. La trotteuse de sa montre agrippe l'éclat de la lumière des phares. Le temps s'écoule en longues traînées blanchâtres qui fondent sur les vitres sitôt qu'elles les effleurent. Son doigt n'a pas bougé du cou de Mathilde. Aucune pulsation. Juste son propre sang qui circule sous sa peau.

Elle est morte.

Il emmène un cadavre à l'hôpital.

C'est ce qu'il pouvait arriver de pire.

Marc Torres cesse de respirer. Un viol suivi d'un homicide commis à l'aide de consommation de drogue, l'accusation n'aura aucun mal à obtenir une condamnation exemplaire. Elle appuiera son réquisitoire sur la préméditation du meurtre, même si elle ne peut en apporter la preuve absolue. Peu importe. Les jurés de la cour d'assises se laisseront forcément influencer par les effets de manche du procureur. Ils seront écœurés par ce crime abject qui sera qualifié d'assassinat. Cette fois, Alexandre ne pourra éviter une peine très dure.

*Voire la peine maximale.*

Marc gémit de désespoir. L'ombre de l'échafaud se profile dans son esprit à l'agonie. La lame s'élève au-dessus du corps de son fils allongé sur le banc, les yeux bandés. Le frottement du bloc d'acier qui tombe entre les glissières sera le dernier bruit qu'il entendra sur cette Terre.

Il se tord les mains, le front penché sur le volant.

Ce n'est pas possible ! Ça ne peut pas se terminer comme ça ! Il doit faire quelque chose pour empêcher cette horreur de se produire ! Il y a forcément un moyen de...

Et soudain, il cligne des paupières.

*Et si elle disparaissait ? Si Mathilde n'arrivait jamais à l'hôpital ?*

Mais oui ! Pas de corps, pas d'examen... et pas de procès ! Personne ne pourra jamais prouver quoi que ce soit !

Il jaillit de la voiture et se met à marcher à grands pas de long en large. La forêt ! C'est ça ! Il va aller la cacher dans les bois. L'enfouir dans un trou. Et puis il va revenir garer la Renault chez lui avant que tout le monde se réveille. Et comme ça, demain, la police...

Il se fige sur la route, le faciès soupçonneux d'un enquêteur imaginaire suspendu dans le vide devant lui. L'homme l'observe comme s'il était devenu fou.

— Vous prétendez qu'elle est partie toute seule, à pied et en pleine nuit ? Dans une telle tempête de neige ? Vous êtes vraiment sûr de ça, monsieur Torres ?

Marc ne sait plus quoi répondre. Il serre les poings. S'il maintient cette version, il sera vite coincé. Non, c'est certain, Mathilde n'aura pas joué la fille de l'air par ses propres moyens d'un temps pareil. Elle aura pris une voiture.

Il se tourne vers la R6.

*Cette* voiture.

L'écrivain a un hochement de tête pour lui-même. Oui, la Renault doit disparaître avec le cadavre de la fille. C'est l'unique option qui ne hérissera pas les questions des flics de dizaines de points d'interrogation.

Son regard parcourt les bois et il s'arrête sur le trou dans la végétation, au bord du précipice, où la neige charriée par le vent s'engouffre en tourbillons poudrés pour aller se poser quelque part sur la surface du lac, une soixantaine de mètres plus bas.

Marc décrispe ses doigts douloureux.

Il se redresse lentement.

Il respire soudain un tout petit peu mieux.

Il avait la solution juste devant les yeux et il ne la voyait pas.

# 33

Les flocons commencent à recouvrir le pare-brise. Marc ramasse sa lampe de poche sur le plancher de l'habitacle et court dans les traces qu'il vient de laisser sur le bord de la route.

Il faut qu'il soit sûr.

*Il faut qu'il soit absolument sûr !*

Durant un bref instant, il est certain qu'il ne le retrouvera pas. Et puis il aperçoit le plastique noir enfoncé de travers dans la neige qui recouvre le talus. Il l'essuie sur sa veste et se hâte en glissant vers la voiture. Il ouvre la portière avant droite et tend le rétroviseur brisé d'une main tremblante devant la bouche et le nez de Mathilde.

Sous le faisceau de la torche, il contemple le reflet du visage livide de la jeune fille. Et tout à coup, il se met à frissonner alors qu'une mince couche de buée l'efface du miroir.

Marc recule comme s'il avait aperçu un crotale enroulé sur lui-même sur le siège passager.

Il titube, complètement abasourdi.

— *Oh putain… Oh putain de merde…*

Soudain, il ne réfléchit plus. Il court de l'autre côté de la voiture, saute derrière le volant, redémarre et passe la première. Et tandis que les chaînes mordent de nouveau dans la neige en dérapant, un gémissement sort des lèvres de la jeune fille lorsque sa tête bascule et cogne sur le verre glacé.

Tout en relançant la Renault dans les virages mortels, Marc risque un bref coup d'œil en coin en direction de Mathilde. Elle a toujours le visage blanc comme une déterrée. Il est impossible de déceler le moindre mouvement de sa poitrine qui indiquerait qu'elle respire.

Et pourtant, elle vit.

*Elle vit.*

Marc roule, le cerveau vide, la gorge sèche. L'hôpital est au moins à quarante kilomètres de chez lui. Trois quarts d'heure en temps normal. Avec la neige, ça va lui prendre facile deux heures. Peut-être trois.

À ce moment, la tête de Mathilde bascule en avant, les cheveux rabattus sur le visage.

Marc sent un frisson glacé lui parcourir la colonne vertébrale. Il n'arrivera jamais à temps pour la sauver.

*Jamais.*

Et le poison continue sa progression dans son esprit.

*Les marques de dents sur la poitrine… Le médecin légiste qui va forcément examiner le cadavre des pieds à la tête ne pourra manquer de les trouver. Et de tirer un certain nombre de conclusions quant à ce qu'il s'est passé.*

*Les mêmes que les siennes.*

*Exactement les mêmes que les siennes.*

*Et ensuite, il les donnera à la police.*

Marc ralentit.

Il s'arrête.

Elle est morte. Ou presque. Elle le sera bientôt, de toute façon. Alors…

Sur la droite de la voiture, les arbres en linceul blanc ont laissé place à la nuit. Loin au-dessous, presque à la verticale, il devine l'étendue sombre du lac. Il est incapable de l'apercevoir, mais il sait qu'il est là. Profond. Vertigineusement profond. Comme l'oubli, à l'instar d'un tableau noir effacé d'un coup de chiffon, telle une addition qu'Alexandre ne paiera jamais.

Il est déjà venu se promener par ici avec Véronique, quelque temps avant que la maladie l'empêche définitivement de sortir de la maison. Ils s'y sont assis de longues heures durant pour contempler du haut du précipice les eaux tranquilles enchâssées dans la roche sauvage. Un décor reposant. Idyllique. Aucune habitation à l'horizon.

Il se souvient qu'en plein jour, cet endroit évoque une puissante idée de la démesure, de la petitesse de l'Homme face à la rugosité de la Nature. Mais la nuit, il donne la chair de poule quand on pense qu'il suffirait d'une simple erreur de conduite pour y disparaître en quelques secondes. Il n'y a même pas de barrière pour retenir les imprudents qui s'approcheraient un peu trop du vide.

Aujourd'hui, l'abîme l'attire à lui d'une voix suave qui se faufile en catimini dans son cerveau.

*Confie-la-moi... Je vais en prendre soin, tu verras...*

Marc sort lentement de la voiture. Il ne sent plus le froid qui pénètre son col trempé. L'histoire se construit en lui, peu à peu, comme s'il était en train de la frapper sur le cylindre de sa machine à écrire.

Mathilde a quitté la maison en pleine nuit. Personne ne l'a entendue. Elle a pris la R6 sur le parking et elle est partie.

*Des chaînes ? Je ne sais pas, inspecteur. Mais ça me paraît évident. Le jeune assure qu'il n'en avait pas dans son coffre ? Alors elle les a peut-être trouvées dans la grange. J'en ai une paire qui traîne quelque part sur une étagère. Je les ai gardées après la vente de la voiture de ma femme. Oui, elle avait une Renault 6, elle aussi. Attendez, je vais aller vérifier si elles sont encore là...*

Marc prend une longue inspiration. Très bien. Ça se tient. C'est clair, simple, et sans risque. Ça colle même foutrement bien. Lui ne sait rien. Il dormait.

*Comment est-ce possible, monsieur Torres ? Votre chambre donne sur l'avant de la maison et sur le parking. Vous l'auriez forcément entendue, non ?*

Eh bien, il... il avait pris un cachet. Oui, c'est ça, inspecteur, un cachet. Du Valium. Pour ses insomnies chroniques. Il y est sujet depuis la mort de sa femme. Il reste deux ou trois boîtes dans la table de nuit de Véronique. Les derniers temps, elle ne parvenait plus à dormir si elle ne se gavait pas de comprimés. Il n'aura qu'à les rapatrier dans sa propre chambre pour donner le change, au cas où un enquêteur sourcilleux irait jusqu'à vérifier ses dires.

La voix du policier, échec et mat, s'évanouit dans les limbes. Rien ne pourra jamais mettre en doute la version simple qui vient de germer dans son esprit.

Mathilde a disparu en plein milieu de la nuit avec la voiture. Il ignore pourquoi et où elle a pu aller. Et si on la retrouve un jour en fouillant le ventre du lac, les marques de dents d'Alexandre sur ses seins auront été bouffées depuis longtemps par les écrevisses. Comme le reste.

Il frissonne de tout son corps.

Il est gelé.

Jusqu'aux os.

## 34

Marc s'ébroue.

Il est temps d'en finir.

Il retourne derrière le volant et enclenche la marche arrière. Il recule en patinant et remonte la route sur une trentaine de mètres. Il stoppe de nouveau et se penche vers Mathilde. Au moment où il enfonce les bras sous ses aisselles, la jeune fille bascule contre lui et sur le levier de vitesse. La première passe avec un craquement affolant et la voiture fait un bond avant de caler. Une seconde de terreur pure inonde le dos de Marc tandis qu'elle glisse vers le précipice et qu'il tente désespérément de dégager ses poignets du poids du corps enchevêtré au sien. Ses talons cognent la portière ouverte et secouent le bazar contenu dans le vide-poches. Et puis les chaînes, une fois de plus, arrêtent la Renault dans sa trajectoire. Il coupe le contact, laisse les feux allumés, puis il agrippe le manteau de Mathilde et tire de toutes ses forces. Elle tombe comme un sac en travers des sièges. Il la repousse à la place du conducteur, attrape ses jambes et les dispose sur les pédales. Puis il prend ses mains glacées et les enfonce au centre du volant. Il amorce alors deux pas en arrière et contemple son œuvre, hors d'haleine.

L'illusion est parfaite, hormis sa tête penchée sur sa poitrine comme une branche brisée.

Et puis le regard de Marc est happé par le vide, une vingtaine de mètres au-delà du capot. Il sait qu'il y a un surplomb rocheux, en contrebas, qui dépasse de la paroi. La voiture doit tomber avec suffisamment d'élan pour qu'elle n'y reste pas coincée et qu'elle s'enfonce à tout jamais dans les eaux profondes du lac.

Mathilde doit disparaître.

*Définitivement.*

Alors, pour que la Renault chute le plus loin possible, il doit déblayer devant les roues pour lui libérer le passage.

Les bras de Marc sont ankylosés par l'effort, mais ça y est. Il a terminé. La route est dégagée jusqu'au bord du vide. Il a eu l'idée de briser le miroir du rétroviseur et il s'est servi de la coque comme d'une pelle. Il n'a évacué la couche de glace que sur un peu plus que la largeur de la voiture. Au cas où elle dévierait de quelques centimètres de sa trajectoire. Il n'ose même pas regarder sa montre pour voir combien de temps cela a pu lui prendre.

À présent, il ne lui reste plus qu'à ôter les chaînes pour que le raclement de l'acier sur le macadam ne ralentisse pas la Renault dans la descente. La torche posée sur le sol, il transpire de plus en plus abondamment. Les gants de travail se sont déchirés sur les maillons et il s'est encore blessé un doigt. Inexorable, le froid progresse le long de ses phalanges engourdies.

Et soudain, ça y est.

La dernière se détache de la roue.

Il se relève et se cambre en grimaçant de douleur, les paumes appuyées sur les hanches. Il réfléchit à ce qu'il a pu oublier. Rien. Il ne voit plus rien que le gel qui monte dans ses membres et le long de sa colonne vertébrale. Ces maudits frissons qui bloquent ses articulations et ses pensées dans l'œuf.

Il doit terminer très vite et rentrer chez lui. Et tant pis pour les dégâts collatéraux. Tant pis pour ce rouleau compresseur qu'il ne peut désormais plus maîtriser.

Debout près de la voiture, il récapitule les gestes qu'il devra accomplir en très peu de temps. Desserrer le frein à main et courir à l'arrière pour la pousser le plus fort possible vers le précipice. Il n'aura pas de deuxième essai. Pas de seconde chance. Ou bien l'élan suffira à la faire disparaître dans les eaux du lac, ou bien elle s'écrasera dans les rochers en contrebas sans aller plus loin. Et là, elle sera aussi visible qu'une araignée sur un mur blanc. Il ne se passera pas trois jours avant qu'un promeneur la repère depuis le sentier de grande randonnée qui contourne le plan d'eau jusqu'à la falaise. Des marcheurs, il y en a toute l'année, par ici. Même en plein hiver. Alors fin septembre, il y aura forcément une poignée de retraités dans les bois dès que la neige aura commencé à fondre.

Le visage de Mathilde est enfoui derrière le rideau de ses cheveux. Elle ne gémit plus. Marc ignore si elle sent encore quelque chose. Si elle est déjà morte ou si elle s'accroche toujours à la vie.

Mais de toute façon, il est trop tard.

Trop tard pour hésiter.

Trop tard pour renoncer.

Marc tire sur le frein à main, enfonce le bouton de déverrouillage et relâche le tout. Il bondit hors de la voiture, perd l'équilibre et bascule dans la neige. Lorsqu'il parvient à se redresser, elle a déjà parcouru la moitié de la distance vers le bord du gouffre. Marc se précipite sur le coffre et s'arc-boute de toutes ses forces. Quelques interminables secondes plus tard, il sent ses chaussures crisser sur la pelouse brûlée recouverte de glace qui longe le trou. La Renault roule avec une lenteur désespérante. Il pousse encore, les yeux fermés, la respiration bloquée.

Au moment où les roues avant quittent le sol et où il entend le raclement du châssis sur la roche, il tombe sur les genoux, épuisé, à bout de souffle.

La dernière chose qu'il aperçoit, juste avant que la voiture bascule dans le vide, ce sont les yeux grands ouverts de Mathilde fixés sur lui dans le rétroviseur central.

Et puis il n'y a plus rien.

Plus rien que la nuit rayée de blanc.

Marc a cessé de respirer.

Une seconde.

Deux.

Un bruit atroce de ferraille écrabouillée.

Un silence assourdissant.

Et puis, loin en contrebas, l'écho d'un poids énorme qui s'écrase dans l'eau.

Marc, hébété, est à genoux au bord du précipice.

Imprimées sur ses rétines, les pupilles écarquillées de Mathilde Morange n'en finissent pas de hurler à la mort.

# 35

Les yeux braqués vers la forêt obscure, Bruno Paoletti rumine sa colère. Il a trouvé refuge sous un promontoire rocheux où la neige n'a pas eu la possibilité de pénétrer. Avec son manteau fourré, ses bottes, ses gants chauds, sa cagoule et le bonnet de laine qui ne quittent jamais son sac, à l'abri du vent et des giboulées glacés, il peut tenir jusqu'au matin sans aucun problème. Et s'il a trop froid, il allumera un feu contre la paroi. Mais pour l'instant, il attend l'adjudant-chef Mercadier de pied ferme.

Paoletti a compris que le groupe ne le suivra pas jusqu'ici. C'est trop difficile, en particulier pour Paul. Lui, bloqué par l'extrémité du lac, n'a pu aller plus loin après une bonne heure de marche. Au-delà, c'est un amoncellement de rochers et de troncs enchevêtrés où personne ne vient jamais, même en l'absence de neige. Et puis il y a des gouffres qui s'ouvrent soudain sous vos pas si vous ne voyez pas où vous posez les pieds. Il faudrait être inconscient pour s'y hasarder.

Le Corse sait également que l'officier ne le laissera pas moisir toute la nuit par cette température. Il va être obligé de déclarer sa disparition et de lancer une équipe à sa recherche. Et qui est-ce qui va se retrouver de corvée de chiottes, avec une telle connerie à son actif, hein ? Qui a abandonné un de ses gars dans la nature d'un temps pareil ? Bravo le sous-off ! Dans le cul la balayette, mon pote !

*Bien fait pour ta gueule, mon adjudant. Si je peux te la mettre bien profond, moi aussi, je vais pas me gêner, fais-moi confiance !*

Mais Bruno Paoletti tend l'oreille tout en frottant ses gants l'un contre l'autre pour se réchauffer les doigts. Il a entendu un bruit. Un gros bruit. Loin. Du côté opposé du lac, on dirait. Un sacré raffut qui a contrasté d'un coup avec le silence ouaté.

Un arbre. Ça doit être un arbre qui est tombé dans l'eau. De très haut, s'il en croit l'écho qui se répercute à l'infini dans la forêt. Le poids de la neige, probablement. Avec les feuilles, ils en ramassent beaucoup plus qu'en plein hiver. Et il y en a qui poussent juste au bord du vide, comme preuve ultime que la vie est éphémère et aussi fragile qu'une racine accrochée à la roche. Certains, cependant, ne sont pas assez solides pour le supporter. Comme Paul.

Bruno Paoletti sourit. *Paul et Yves.* Ces deux-là le touchent. Yves, surtout. Ce grand type costaud et secret qui préfère subir les brimades en silence que de laisser Paul les recevoir à sa place. Le harcèlement de ce connard de Mercadier à leur égard l'agace profondément. Est-ce qu'il ne peut pas leur foutre la paix, tout simplement ? Les regards méprisants des gars de la caserne suffisent largement à leur rendre la vie impossible. Pas besoin d'en rajouter une couche quand on est responsable de deux homos qui, de plus, n'ont jamais manifesté d'attitude équivoque avec qui que ce soit d'autre qu'eux deux.

Paoletti a soudain une crampe dans une jambe. Ses cuisses commencent à ressentir le froid de l'immobilisme. Il se lève, contourne le bloc de granit qui l'a protégé et il sonde la nuit dans la direction approximative du bruit. L'obscurité est totale. Paoletti imagine le ciel qui le surplombe de sa chape de flocons. Les nuages d'un gris presque jaune doivent être bas, lourds comme des femmes prêtes à enfanter…

Et puis le Corse se fige, interdit. Il vient de voir quelque chose. Un éclat. Une lumière. Ça revient. Ça balaie le vide, très loin de lui. Une torche. Aucun doute. Il sourit dans sa barbe de deux jours. *Mercadier…* Mais qu'est-ce qu'il fout là-bas, ce crétin ? Il connaît le chemin où il l'a envoyé promener, tout de même, non ? Ou bien est-ce qu'il cherche à le laisser mariner encore un peu plus face aux membres de l'équipe des secours, histoire de leur montrer que ce Paoletti n'est qu'une tête de mule, qu'il n'en fait qu'à sa tête et qu'il ne suit pas les consignes, quitte à faire risquer celle des autres ?

Tiens, autant lui en donner pour son compte, à ce connard. Paoletti déplie son couteau de chasse et s'approche d'un bouleau qui a poussé près de son refuge. Il découpe une lanière d'une trentaine de centimètres de large tout autour du tronc. Il range sa lame – ce serait idiot de la perdre dans la poudreuse – puis il enroule la feuille de bois sur elle-même en forme de cône et il en porte l'extrémité la plus mince à ses lèvres après avoir retroussé le bord de sa cagoule. Il a lu un bouquin, il y a quelque temps, où il a appris que les chasseurs, au Canada, traquent l'élan de cette façon en imitant l'appel de la femelle lors de la période du rut. Un truc qui propulse le son à une distance hors de portée de la voix humaine naturelle, même avec la puissance de celle de Luis Mariano.

Transporté par le vide au-dessus de l'eau, l'écho de son cri de souffrance va glacer le sang de l'adjudant-chef Mercadier jusqu'à la moelle.

*Tu m'en diras des nouvelles quand on se reverra, sale con.*

Paoletti prend une profonde inspiration et libère d'un seul coup dans le cône de bouleau tout l'air contenu dans ses poumons en produisant le hurlement le plus terrifiant qu'il peut imaginer, puis il rentre à l'abri dans son antre, le sourire aux lèvres.

Il a vu le faisceau de la torche se redresser d'un coup et pointer vaguement dans sa direction.

Mais lui, il n'a pas allumé une seule fois la sienne.

Il ne va pas indiquer à ce connard d'adjudant-chef où le trouver, quand même, hein ?

# 36

Jonathan Keller s'est immobilisé sur la route. Le son provenait du côté du lac. Il en est sûr. Il ne lui reste que cinq-cents mètres à marcher pour rejoindre la partie la plus au nord. Ensuite, il va devoir le contourner pendant deux-mille mètres de plus avant de bifurquer vers la maison de Torres qui se trouve encore quatre kilomètres plus loin.

Il reprend son souffle, les mains appuyées sur les cuisses. Qu'est-ce que c'était que ce truc ? On aurait dit le hurlement d'un cerf blessé… Mais non. Ce ne peut être ça. À cette période, trois mois après l'ouverture de la chasse, les animaux sont plutôt discrets, en général. Et le dernier loup a été tué dans le secteur dans les années 40. Alors à moins que la bête du Gévaudan ne soit sortie de sa tombe, il ne comprend pas ce qui a pu produire un tel cri. Il y a bien le camp des militaires, plus bas vers la vallée, mais il ne voit pas ce qu'ils foutraient dehors par une nuit aussi épouvantable. Enfin, qui sait ? Avec ces gars-là, on n'est jamais sûr de rien, pas vrai ? On ne choisit pas le temps qu'il fait pendant une guerre. Sinon, Napoléon aurait organisé la campagne de Russie en juillet, en maillot de bain, et ses hommes ne seraient pas tombés comme des mouches, les uns après les autres, morts de froid et d'inanition.

Keller secoue la tête pour évacuer ses pensées délirantes. La température négative commence à lui faire perdre la boule. Il doit se concentrer sur la distance qu'il lui reste à parcourir. Ne plus cogiter qu'à la façon dont il va se sortir de ce piège. Pour la première fois, il prend conscience que sa vie est vraiment en danger. La neige tombe de plus en plus dru, de plus en plus dense. Il resserre le chiffon contre sa gorge pour empêcher l'humidité de s'y engouffrer. Ses membres s'ankylosent. Malgré leur revêtement déperlant, ses chaussures sont trempées.

Il doit repartir.

*Vite.*

Alors il avance. Un pied devant l'autre. En essayant de ne plus penser à rien. En évacuant de son esprit tous les bruits, les Napoléons et les maillots de bain. Rester vivant. Marcher, coûte que coûte, jusque chez Torres. Et puis tambouriner à sa porte jusqu'à ce qu'il lui ouvre. Sinon, tant pis. S'il le faut, il cassera une fenêtre pour y entrer. Et il téléphonera à François. En pleine nuit. Il s'en fout. François se démerdera avec sa rombière. Il lui racontera ce qu'il voudra pour lui faire avaler la pilule, pour lui expliquer pourquoi son cher copain Jonathan l'appelle à cette heure-là. Il doit très vite convenir d'un plan potable avec lui. Sinon, son couple va exploser en vol et il se retrouvera le cul nu, poursuivi par l'avocat de Magali qui l'étrillera jusqu'à lui donner envie de se pendre pour échapper à la créance.

Ensuite, il paiera. Tout ce que le foutu écrivain demandera. De toute façon, ça ne lui coûtera pas plus cher que ce qu'il devra débourser si Magali apprend qu'il lui a menti.

Torres lui passera des habits secs. Il le collera devant la cheminée avec une couverture sur le corps et il lui fera couler un café bouillant et un bain chaud. Il ne pourra pas se défiler si ce n'est pas un enfant de salaud. Et ils attendront le chasse-neige et la dépanneuse ensemble. Qui sait ? Il le trouvera peut-être même sympathique, après quelques heures passées à discuter face à l'âtre rougeoyant ?

*L'âtre rougeoyant...* Jonathan ferme les yeux en continuant d'avancer. Il le voit. Il le *sent* déjà. Sa peau libérée de la gangue de gel par la chaleur, ses vêtements qui fument, sur une chaise, près du feu de bois. Le café brûlant qui descend dans son œsophage. La douce sensation d'abandon, de relaxation...

Soudain, il ouvre les paupières et ses cheveux se hérissent sur son crâne.

Il est allongé de tout son long sur la route.

Il est tombé dans l'édredon fatal.

Il marchait dans un rêve étrange.

Il avançait vers la mort.

*De son plein gré.*

Jonathan Keller se relève et il se gifle. Il se tire les oreilles, indifférent à la douleur. Non, il *la cherche*, en fait, cette sensation. Elle est la preuve qu'il ne dort pas. Qu'il est encore là. Vivant ! Qu'il l'a échappé belle et qu'il a eu de la chance de se réveiller.

Alors il ne va pas se laisser avoir une deuxième fois.

Hors de question.

Même si ses jambes le font horriblement souffrir. Même si le froid s'est emparé de ses poumons et le griffe d'un coup de poignard à chaque pas.

Même s'il lui reste encore plus de six kilomètres à lutter contre la mort.

Il avance.

Pas après pas.

Coup de poignard après coup de poignard.

# 37

La langue collée au palais par la terreur, Marc tente en vain de percer l'obscurité avec le faisceau de sa lampe, mais elle manque beaucoup trop de puissance pour parvenir à accrocher les arbres de la rive d'en face.

Le cri s'est tu depuis plusieurs minutes, mais son cœur n'a pas encore retrouvé son rythme normal.

*Qu'est-ce que c'était ?*

La question résonne sans fin entre les parois de son crâne. Il est incapable de trouver une réponse logique, une qui lui permettrait de calmer la course effrénée de son sang dans ses veines.

*Ce hurlement a-t-il vraiment existé en dehors de sa cervelle ? N'est-il pas en train de devenir complètement fou ?*

Le son a éclaté juste après qu'il a balancé dans le vide les chaînes et les débris du rétroviseur attachés ensemble. Du coup, il n'a pas entendu si le paquet s'est enfoncé dans l'eau à la suite de la voiture. Il l'a lancé le plus loin et le plus fort possible.

*Il est dans l'eau.*

*Il ne remontera jamais à la surface.*

Marc doit y croire. Il n'a pas le choix. Il ne dispose d'aucun moyen pour s'en assurer. Il a bien essayé de percer l'obscurité en contrebas avec sa lampe, mais les rochers qui affleurent le précipice sont beaucoup trop glissants pour qu'il prenne le risque de s'en approcher encore plus.

Il n'y a pas de lumière dans les bois. S'il s'agissait d'un être humain, il y en aurait fatalement. Une torche, comme lui, ou un feu. Mais là, rien. La lune elle-même est invisible.

Ce cri, c'est un peu… c'est un peu comme si c'était Mathilde Morange elle-même qui lui avait hurlé dans la tête.

Marc Torres frissonne. Il ne peut oublier les yeux écarquillés dans le rétroviseur, juste au moment où la voiture a plongé vers les eaux noires.

Il serre les poings. Secoue les mèches humides de neige fondue qui débordent de son bonnet.

Elle était morte.

*Morte.*

C'est le mouvement de l'auto qui a agité ses cheveux quand elle a basculé. Le reste, il l'a imaginé.

C'est ça.

Il a cru que c'était arrivé parce que, justement, il avait peur que ça se produise.

Parce qu'il ne sait faire que ça.

Imaginer.

La buée, c'est pareil. C'est son souffle à lui qui l'a causée sur le miroir. Pas celui de Mathilde.

Impossible.

Elle était déjà morte.

*Elle était déjà morte !*

Il se détourne du lac, les dents serrées. Le cadran de sa montre indique 4 heures. Il doit reprendre ses esprits et rentrer très vite chez lui avant que les jeunes se réveillent. Il doit préparer la matinée qui s'avance.

Il doit *se* préparer.

Avoir l'air normal.

Puis inquiet.

Puis *très* inquiet.

Jouer le rôle qu'il s'est construit point par point durant la nuit.

Il va devoir appeler le proviseur qui va immédiatement contacter les parents. Parents qui vont exiger de lui qu'il leur donne son numéro de téléphone. Et ensuite, la journée va ressembler de près à l'enfer. Le camion sera dégagé de toute urgence de la route, cette fois, nonobstant les atermoiements du maire. Le chasse-neige ouvrira la voie aux flics et à la horde des parents qui viendront rechercher leur progéniture en catastrophe pour les extraire de la maison maudite d'où l'une d'entre eux a disparu.

Et il y aura Michelle Morange, aussi. Et également le père de Mathilde. Leurs yeux larmoyants et inquisiteurs. Leurs cris de désespoir. Leurs questions, leur colère, leur impuissance.

*Son* impuissance.

Marc tourne le dos au lac, les gants enfoncés dans les poches de son manteau. Ses bottes fourrées foulent la route où les traces de la voiture sont déjà presque effacées. À l'aide du rétroviseur, il a replacé tant bien que mal sur la chaussée la neige qu'il avait ôtée devant les roues. Ce n'est pas très bien nivelé, mais peu importe. D'ici une heure ou deux, on ne verra pratiquement plus rien de ce qui s'est passé ici. Aucune trace.

Il marche, l'esprit vide.

Quatre kilomètres.

Une heure à peine, s'il parvient à garder un rythme soutenu.

À 5 heures, il sera chez lui, au chaud, et toute cette horreur sera derrière lui.

Derrière Alexandre.

Pour cette fois encore.

# 38

L'adjudant-chef Mercadier n'a prévenu personne. S'il porte à la connaissance de ses chefs qu'il a laissé un de ses gars toute la nuit dans la neige en pleine montagne, il va la sentir passer. Il n'a pas mis toutes ces années à gravir péniblement les quelques degrés de la hiérarchie qu'on lui a accordés pour les voir soufflés en un clin d'œil comme des bougies d'anniversaire par des officiers aussi sourcilleux qu'éloignés de la réalité de la bleusaille à dompter au quotidien.

Ces gamins sont des bleus-bites. Des branleurs. Il a la responsabilité d'en faire des hommes. Ou à peu près.

En un an.

Tu parles.

Certains en seront encore à mille lieues quand ils fêteront leurs cinquante balais. Ces types-là resteront des assistés toute leur vie. C'est comme ça et on n'y peut rien. Il en a trop vu, trop entendu. Trop bavé. Quand la foi en l'être humain vous quitte, il vous reste celle du fouet et des chaînes. Ça, c'est réel. Tangible. Et extrêmement efficace.

Il avance, équipé de pied en cap comme pour une semaine en autonomie complète sur le glacier du Mont-Blanc. La neige a déjà comblé les traces des pas du retour de son équipe de bras cassés, mais il connaît le chemin sur le bout des orteils.

Sous son passe-montagne, il porte en coin son sourire des mauvais jours. Celui qui ne monte pas plus haut que les dents. Le leitmotiv tourne en rond dans son esprit comme un mantra. *Paoletti veut jouer au con. Très bien. À con, con et demi.* Il va lui montrer que personne ne peut le battre sur ce terrain-là. Lorsqu'il l'aura retrouvé, le Corse va voir ce qu'il va voir. Il n'en aura fini avec lui que quand il l'aura brisé en deux.

Pour de bon.

Parole d'adjudant-chef.

Il marche lentement pour éviter de transpirer. En dessous de son manteau de combat, il porte plusieurs couches dont il aura besoin au moment où il se dissimulera à l'affût sur le bord du chemin pour choper ce salopard qui a décidé de lui casser les couilles par une nuit à ne pas mettre un chien de traîneau dehors.

Dans son équipement, l'adjudant-chef a aussi prévu une belle paire de menottes. Du genre de celles qu'un sous-officier peut passer aux poignets d'un conscrit soupçonné de tentative de désertion avant de le conduire en cellule pour y attendre son procès en cour martiale. Parce que Paoletti aura bientôt le choix entre deux solutions à leur problème commun. Soit il lui obéira au doigt et à l'œil, toute sa fierté d'insulaire rétif rentrée dans le gosier jusqu'aux amygdales, soit il devra répondre de ses provocations devant une assemblée de types galonnés qui ont en général autre chose à foutre que de s'occuper d'un mioche vindicatif qui cherche à prouver au monde qu'il a l'étoffe d'un membre du FLNC. Ils se chargeront de lui faire payer cher le fait de les avoir extraits pour une heure à leur destin militaire national.

L'adjudant-chef Mercadier avance comme un loup dans la nuit. Il n'est pas tombé de la dernière averse. S'il est capable de chasser par n'importe quel temps, il n'ignore pas que c'est aussi dans les cordes de Paoletti. Le maquis n'est pas le même que dans son pays natal, le climat non plus, mais l'action est identique. C'est le premier qui bouge qui a perdu.

Or ce chemin ne mène nulle part ailleurs qu'au lac. Tous les autres sentiers sont impraticables à cause des arbres abattus par la tempête de la fin août précédente. Les forestiers du secteur n'ont pas encore pu dégager l'ensemble du territoire. Ils sont trop peu nombreux pour une si grande surface. Les militaires devaient s'y coller cette semaine pour leur filer un coup de main et en profiter pour dégrossir un groupe de nouveaux arrivés, mais ils en ont été empêchés la veille par cette fichue chute de neige que personne n'avait vraiment prévue. Quatre-vingt-treize jours sans pluie, et ensuite un déluge de glace qui vous force à rouler au pas, les codes allumés. La poisse.

Paoletti s'est réfugié quelque part entre le lac et lui. Le sous-officier a une très bonne idée de l'endroit où il peut se trouver. Le seul qui peut lui fournir un abri pour y rester un long moment. L'avancée rocheuse, juste en face de la falaise.

Il est là. Il est *forcément* là. Ou alors il va retrouver son cadavre dans le chemin, raide comme un bout de bois.

Le vent a forci. Les bourrasques sont de plus en plus violentes, de plus en plus nombreuses. La neige tombe presque à l'horizontale entre les fantômes des troncs. L'adjudant-chef ne la voit pas dans l'obscurité, mais il la sent frapper le côté de sa capuche. Elle le gifle à toute volée, comme pour tester sa volonté, son endurance.

*Son endurance ?*

Son sourire s'allonge sous le passe-montagne. Des dents, il se faufile jusqu'aux ailes de son nez.

Mais il n'atteint toujours pas ses yeux.

# 39

Jonathan est tombé. Depuis combien de temps est-il allongé dans la neige, cette fois ? Il l'ignore. Le bout de ses doigts est gelé. Il ne sent plus rien qu'un noyau de glace tout au fond de lui. Il a buté dans un tas plus épais que les autres et il n'a pu retenir sa chute. Il n'a pas la force de se remettre debout.

Il est au virage, le grand, le plus dangereux, juste à côté du précipice. Il a reconnu, quelques dizaines de mètres en amont, la borne qui indique qu'il lui reste treize kilomètres jusqu'au bourg de Longerupt. Quatre avant d'arriver chez l'écrivain. Près du feu.

Keller pousse sur ses avant-bras. Il s'extrait peu à peu de la gangue de neige. Il en a plein sa veste. Il ne sent plus ses pieds, aussi durs et froids que des pierres. Une fois à genoux, il baisse le nez. Il n'aura pas la force. *Dieu, il n'en aura pas la force... Pitié...*

Il attend, éperdu, les mains serrées sous ses aisselles, mais Dieu ne répond pas. Dieu est aux abonnés absents. Dieu doit savoir que Jonathan Keller est un mécréant. Qu'il n'a jamais vraiment cru en lui. Que ses paroles de contrition, au catéchisme, n'étaient prononcées contre la grille de bois que pour qu'on l'oublie, une fois repeint d'un blanc pur à sa sortie du confessionnal. Que, cette fois encore, ses prières ne sont qu'une nouvelle fumisterie pour essayer de s'en évader par une porte latérale. Et là, il est en train de lui signifier qu'il a autre chose de bien plus important que Jonathan Keller à s'occuper.

Jonathan appuie ses mains sur ses cuisses aussi raides que du marbre. Il se redresse peu à peu. Lève un pied. Hisse sa carcasse en basculant le poids de son corps. Il se tient debout. Enfin... chancelant au beau milieu de la route. Il n'a pas lâché sa torche, mais à présent elle est éteinte. La pile n'a pas supporté. Il la jette dans les buissons et reprend péniblement son chemin, les gants de caoutchouc enfoncés dans les poches jusqu'à les déchirer.

Le bruit qu'il a entendu, quelques dizaines de minutes plus tôt, ne s'est pas reproduit. Le son était sourd, lointain. Il n'a pu identifier de quoi il s'agissait. Il pense que c'est peut-être un avion qui s'est écrasé quelque part dans la forêt. Cela se produit parfois quand un type se prend pour un pilote aguerri et perd les commandes de son appareil en plein brouillard. Sauf qu'il faudrait être fou pour voler d'un temps pareil. Surtout au-dessus de la montagne.

*Quatre kilomètres.* Il n'a plus qu'un saut de puce à réaliser pour sauver sa peau. Il doit s'économiser encore plus. Se tenir debout, quoi qu'il arrive. Marcher assez vite pour rester éveillé, et pas trop pour éviter de transpirer. Surtout qu'il ne voit plus rien. Seule la neige qui tranche avec la nuit lui permet de distinguer la limite entre le sol et le ciel. Tout est envahi d'un blanc de cauchemar.

Quelques mètres plus loin, Jonathan tombe de nouveau. Cette fois, c'est contre un agglomérat de végétation. Les mains dans les poches, il n'a pu amortir sa chute. Il se débat, écarte les branches brisées. Ses gants collent sur la résine qui enduit l'écorce.

Et puis, sous sa moufle droite, il sent un objet rectangulaire à peine recouvert de quelques flocons.

Métallique.

Aux angles durs.

Il le monte devant ses yeux aveugles, cherche à comprendre, et réalise brutalement lorsqu'il en bascule la partie supérieure. Dans le même geste, il actionne la molette et en arrache une flamme tremblotante à la fugace odeur de pétrole.

*Un briquet!*

Tout à coup fébrile, il creuse la poudreuse à deux mains. Il dégage à l'aveuglette un espace d'une quarantaine de centimètres de diamètre, puis il casse un paquet de brindilles de sapin. Il enfonce une pomme de pin au milieu de son fagot et il manipule de nouveau la pierre à feu. Durant un court instant, il est certain que ça ne va pas marcher, qu'il ne va pas s'allumer. Que le sort va continuer à s'acharner. Qu'il va l'échapper, le perdre dans la couche de neige. Mais la flamme jaillit d'un coup entre ses doigts gourds avant de s'éteindre à cause du vent. Jonathan tourne alors le dos aux bourrasques, se penche sur son petit tas de bois et actionne la molette une troisième fois. La pomme de pin s'embrase immédiatement. Les brindilles de résineux, pourtant trempées, ne tardent pas à faire de même. Il brise d'autres branches mortes encore accrochées aux arbres, alimente le feu qui grossit à vue d'œil. La chaleur se jette sur lui. Il range le briquet providentiel bien à l'abri au fond de sa poche, ôte les gants de caoutchouc et tend les mains vers le foyer.

Accroupi sur ses talons tel un homme des cavernes, il tourne la tête et aperçoit une bûche quelques mètres plus loin. Il la dispose près du feu, s'assied, et se dit que ses prières ont été exaucées en relâchant la pression sur ses cuisses tétanisées par le gel.

Il est sauvé. Il ne bougera pas de là. Tant qu'il pourra alimenter ce brasier, il y aura de l'espoir. Quelqu'un – le chasse-neige, sûrement, qui préviendra les gendarmes –, finira bien par découvrir sa voiture, par s'inquiéter de son absence.

En attendant, il a désormais tout le temps de cogiter à une excuse valable pour se trouver dans ce bois, sur cette route, à cette heure, alors qu'il devrait être de retour de sa soirée de travail depuis des heures. Un truc en béton. Il va la construire, rouage par rouage, comme le plus précis des horlogers. Puis il va l'avaler et la digérer. Et cela restera l'unique vérité. Ni François ni la prostituée que ce crétin lui a payée pour son anniversaire ne le contrediront. Personne ne sait qu'il a couché avec elle et on ne la retrouvera jamais. Quant à son copain, il n'aura plus qu'à le joindre demain matin pour lui imprimer son histoire dans le crâne.

En espérant qu'il ait dessaoulé de la veille…

# 40

Bruno Paoletti retient son souffle. Il a entendu quelque chose. Un bruit ténu, mais constant. Après un laps de temps à chaque fois identique, le son se répète.

Des pas dans la poudreuse.

Précautionneux.

Un chevreuil ?

Non. Un cliquetis métallique.

*Mercadier.*

Le Corse a rabattu sa capuche. Même avec une torche braquée droit sur le visage, avec la couche mouchetée qui recouvre son manteau, il restera invisible. Les gants serrés sur le fusil, il attend. Il s'est posté vingt mètres à gauche de la grotte, sous la branche basse d'un sapin cathédrale. Il a bougé quand il a perçu le premier pas, quelques minutes auparavant. Il avait préparé le passage. Ôté toutes les brindilles, balayé la neige pour qu'elle ne crisse pas sous ses semelles. Impossible de distinguer ses empreintes depuis le chemin par lequel il est arrivé trois heures plus tôt. Par lequel Mercadier va se pointer.

Il dira qu'il ne l'a pas reconnu. Il affirmera qu'il a eu peur, qu'il pensait défendre sa vie, comme on le leur serine à chaque manœuvre. Il prétendra que le froid a altéré son jugement, ses facultés d'analyse. Peu importe. Après une nuit passée dans le gel et l'isolement, personne ne pourra prouver le contraire. Personne ne mettra sa parole en doute.

Mercadier est une merde. Un cancer mental. L'armée, c'est comme la religion. Mieux vaut éviter de laisser de jeunes hommes entre leurs mains. Elles possèdent tous les arguments pour les détruire à petit feu et les obliger à tourner le dos à celles et ceux qui les ont mis au monde. Mais malgré sa colère, Paoletti n'a pas l'intention de le tuer. Juste de lui tirer dans les jambes.

Pour qu'il se souvienne. Pour qu'il n'oublie jamais qu'il a joué au plus malin et qu'il a perdu.

Et puis le bruit s'arrête. C'est à ce moment que le Corse aperçoit la lueur orangée, de l'autre côté du lac.

Un feu.

Sur la falaise.

— Putain ! Mais qu'est-ce qu'il fout là-bas, ce connard ?

La voix de Mercadier. Rogue. Déçue. Une lampe s'allume à moins de dix mètres de Bruno Paoletti. Elle balaie la grotte, ne trouve que des empreintes de pas dans la boue.

— Et merde ! Mais quel abruti !

Bruno Paoletti tient la mire de son MAS-49 verrouillée sur la cuisse de l'adjudant-chef. Il la discerne très bien dans le faisceau de la torche. Son doigt presse légèrement la queue de détente. Comme à l'exercice. Juste un peu plus fort et ça va être l'Indochine. Il va y avoir du sang partout sur la neige. Un tableau écarlate peint à la 7,5 mm. On va entendre ce connard de sous-off' beugler jusque dans les Alpes. Il faut qu'il évite de lui sectionner la fémorale. Ce serait contre-productif.

— C'est pas vrai ! J'y crois pas ! Ce crétin a profité du temps que j'ai mis à ramener les trois autres pour se tirer là-bas !

Paoletti se fige, l'index soudé au métal. Mercadier continue à parler à voix haute rien que pour lui-même.

— Bordel, il faut que j'aille le chercher avec le GMC[1] ! Même avec ce foutu feu, il va crever s'il y reste toute la nuit. Et je ne pourrai pas le porter jusqu'au camp, c'est sûr. C'est qu'il est costaud, l'animal. Il doit être à bout pour avoir allumé ce truc et me laisser le repérer aussi facilement…

L'adjudant-chef se détourne en proférant une bordée de jurons fleuris. Il disparaît bientôt dans l'obscurité, d'où il est venu, la torche braquée au sol. Il marche à grands pas. Il doit se dépêcher pour ramener Paoletti vivant.

1. *General Motors Company*. De nombreux camions militaires américains ont été offerts ou vendus à la France et utilisés par l'armée française après la Seconde Guerre mondiale.

Sous la branche empesée de neige, le Corse abaisse le canon de son fusil d'assaut.

Une seconde.

Il aurait suffi d'une seconde de plus pour qu'il commette l'irréparable.

Au loin, sur la falaise, le feu éclaire par en dessous la cime des arbres qui bordent le lac. Les flammes dansent contre la nuit et projettent sur l'écran blanc de la forêt une sarabande de petits diables sautillants.

# 41

Marc referme la porte du garage et s'y adosse, les poumons en feu. La neige a un peu diminué durant la dernière demi-heure. Il a eu peur qu'elle ne suffise plus à masquer ses traces sur la route, mais elle vient de redoubler de violence quelques centaines de mètres avant qu'il parvienne à destination. D'ici une heure à peine, le jardin sera aussi vierge que si personne n'y avait posé le pied depuis l'année précédente. L'emplacement de la Renault 6 a été recouvert d'une épaisse couche immaculée comme si elle n'avait jamais été garée là.

Il ôte ses bottes et se précipite dans l'escalier qui monte à la chambre de son fils. Il ouvre la porte et pousse un profond soupir de soulagement. Alexandre ronfle comme un sonneur, ses draps rejetés au pied du lit. Marc sort et referme sans un bruit. Ce n'est pas le moment de prendre le risque de le réveiller.

Marc se hâte de redescendre. À présent, il doit faire disparaître toute trace de ce qui s'est déroulé ici. Il se débarrasse de ses vêtements dans la machine à laver et lance un cycle rapide. Pantalon, gants, veste, pull, slip, tricot de corps, tout y passe. On ne sait jamais, une goutte de sang de Mathilde aurait pu s'y incruster et il suffirait que son groupe ne soit pas le même que le sien pour éveiller la suspicion des enquêteurs.

Il se rhabille et fonce ensuite dans le garage pour inonder d'eau de Javel le vomi qui s'y est solidifié. L'odeur, aussi tenace que celle qui règne dans la chambre de son fils, lui soulève le cœur dès que la serpillière la réveille.

Une fois le ménage terminé, l'œil affûté de Marc vérifie chaque détail. Ses bottes sont rangées près de la chaudière comme si elles n'en avaient jamais bougé. Il y a également stocké tout son matériel de nettoyage. D'ici une heure, tout cela sera de nouveau tout à fait sec. Il étendra le linge vers 7 heures devant la cheminée et il lui faudra encore une bonne heure pour espérer en faire disparaître toute trace d'humidité. Les gamins, comme tous ceux de leur génération, ne devraient pas faire surface avant au moins 9 heures. Il aura le temps de tout ranger avant que l'un d'eux se rende compte que Mathilde manque à l'appel.

Marc file au salon, écoute avec soulagement le silence qui imprègne sa demeure, puis il rallume le feu presque éteint et charge l'âtre de bûches. Une fois les flammes ravivées, il se dirige par réflexe vers la cuisine et branche la bouilloire.

Un thé.

Un thé bien chaud.

Voilà ce dont il a besoin.

Devant l'évier, le mug à la main, il change d'avis. Et puis non. Ce que son corps réclame, c'est quelque chose de plus fort. Quelque chose capable de lui ôter du cerveau l'image des yeux terrorisés de Mathilde au moment où la voiture a basculé.

Un whisky.

Double.

Le bouchon produit un son chuintant qui lui réchauffe déjà les méninges. La première goutte, celle qui brûle les tuyaux avant d'incendier la lumière à tous les étages, dévale son œsophage en emportant toute son angoisse avec elle.

Il se laisse tomber dans un fauteuil devant les flammes qui découpent son visage exténué, puis il étend ses jambes moulues de fatigue sur la table basse.

La tension extrême de la nuit lui coule des épaules, mais il refuse de fermer les yeux. Pas avant d'avoir terminé avec le linge. Pas avant d'avoir tout réglé. Il doit tenir.

*Tenir.*

Il boit une gorgée. Accepte le feu du liquide avec reconnaissance. Ses mains douloureuses sont rouges et malhabiles. Gonflées par le froid intense et le chaud brutal consécutifs. Il les serre contre le verre pour éviter de le renverser sur sa vieille chemise de flanelle.

Et puis, peu à peu, la chaleur s'insinue en lui. Elle rampe sur sa peau, pénètre ses pores et envahit les cellules de son épiderme. Elle se propage alors dans son corps tout entier.

Ses paupières pèsent une tonne.

Il lutte, mais il n'est déjà plus là.

Dans l'âtre, les bûches rougeoient et ronronnent comme un gros chat. Le linge, étendu sur les chaises toujours placées en arc de cercle depuis la veille, émet une vapeur continue et épaisse.

Sur le visage endormi de Marc Torres, les flammes agitent une multitude de reflets sautillants.

*Comme une sarabande de petits diables.*

# 42

L'adjudant-chef Mercadier n'en revient pas. Le type qu'il a trouvé près du feu n'est pas Bruno Paoletti.

L'homme est hagard. Ses pieds ont gelé dans ses chaussures. Il est incapable de marcher et même de se mettre debout. Une chance pour lui, il a réussi à allumer ce feu juste à côté d'un tas de bois abandonné par des forestiers. Il ignore depuis combien de temps il est ici, mais vu la faible quantité de cendres, ça n'a pas duré des heures. Suffisamment, en tout cas, pour que la neige efface les traces de son arrivée. L'homme essaie de parler, mais il est tout juste capable de prononcer un chapelet de mots incompréhensibles, comme si sa raison avait chaviré pendant la nuit.

Aucun véhicule à proximité. Ce type aurait tout aussi bien pu tomber de la Lune que venir à pied depuis les deux extrémités de la route. Mais où est sa foutue bagnole ? Le militaire se gratte le menton. OK. Là, il a un vrai problème à régler. Et en urgence.

Il approche le GMC à une quinzaine de mètres du brasier et il fait signe à l'inconnu qu'il doit le suivre. L'homme secoue la tête et lui tend les mains dans un geste pathétique. L'adjudant-chef soupire. Il sera dit que, cette nuit, il aura été mandaté pour devenir la nounou d'un certain nombre de rebuts de l'humanité et que, merde, ce n'est quand même pas pour cela qu'il s'est engagé dans l'armée.

Mercadier, s'il ne mesure pas plus d'un mètre soixante-dix, possède cependant la carrure d'un lutteur. Il saisit le rescapé par les avant-bras et le jette sur ses épaules comme s'il s'agissait d'un gamin de cinq ans. Puis, en s'agrippant aux ailes du camion, il le hisse sur le siège passager, attrape une pelle pliante dans le coffre de l'engin et il revient sur ses pas pour recouvrir le feu d'une épaisse couche de poudreuse. Inutile – et dangereux – de laisser un foyer couver dans un bois de résineux, même par ce temps.

Il remonte ensuite à bord et démarre le moteur, puis il branche la soufflerie et la dirige vers l'homme qui a fermé les yeux, la bouche ouverte, et qui a resserré sa veste sur son corps transi, confusément conscient qu'il va tout de même revoir la lumière du jour.

Le militaire conçoit aisément ce que ce type-là ressent. Il l'a vécu lui aussi, six ans plus tôt, dans le désert du Tibesti, au Tchad, lorsqu'il s'est retrouvé blessé, abandonné sur le champ de bataille après une action commando du 6e CPIMa contre les rebelles du Frolinat. Une intervention qui avait mal tourné. Il n'a jamais oublié le profond sentiment de solitude, le désespoir, la certitude qu'il ne survivrait pas à cette nuit-là. Et puis, quand il s'est aperçu de son absence, un de ses camarades est revenu en arrière. Il l'a cherché parmi les cadavres. Il est venu le récupérer, malgré les obus, malgré la mitraille, et il l'a ramené sur son dos. Alors ce sentiment dévastateur d'être un rescapé rentré *in extremis* d'un voyage sur le Styx, il connaît. Il sait ce que l'organisme de cet homme est en train de lui murmurer au fond de sa cervelle encore engourdie par le froid mortel qui règne dans les bois.

«*Tu l'as échappé belle, mon pote. Tu es un survivant. Mais à présent, tu vas souffrir comme tu n'as jamais souffert. Écoute-moi bien... Tu sens tes pieds ? Oui, tu te dis que tu les sens. Mais attends un peu. D'ici quelques instants, quand la chaleur sera de retour dans tes membres, tu vas vraiment les sentir. Et je te promets que tu vas regretter de ne pas les avoir laissés là-bas, dans la neige. Et que tu vas t'en souvenir chaque jour qu'il te reste à vivre...*»

Mais le brigadier-chef Mercadier ne peut rien de plus pour lui que le mettre à l'abri.

— Je vous conduis à la caserne. Il y a un toubib militaire qui va s'occuper de vous, d'accord ?

L'homme frissonne, puis il remue brièvement le menton. Il a entendu. Et il a compris.

— Ne tentez pas de parler pour l'instant. Vous êtes en état de choc. Ne vous inquiétez pas, c'est normal avec ce que vous venez de traverser. Il vous interrogera lui-même quand ce sera possible.

Juste une question et on y va. Il n'y a pas un autre couillon dans votre genre qui est allé se balader dans les bois pour essayer de trouver la planque du père Noël ?

La tête oscille de gauche à droite, les yeux toujours fermés. Mercadier passe la première. Bon, c'est déjà ça, il n'aura pas à aller chercher un deuxième guignol dans la neige et à se le coltiner jusqu'au camion. Il embraye, accélère d'un coup de pied ferme pour sortir le véhicule du talus gelé, et il écrase de ses énormes pneus les dernières ombres des traces de la Renault 6 que son demi-tour avait presque complètement effacées.

# 43

La neige a durci. La croûte craque à chaque pas. Les bottes de Bruno Paoletti s'enfoncent et laissent un sillon parallèle qui s'accouple avec celui abandonné par le sous-brigadier Mercadier. Le fusil accroché à l'épaule, Paoletti ne sent pas le froid. La marche l'a chassé hors de son épais manteau. Il est reparti en suivant ses traces du sous-officier. Le jeu était terminé. Il était inutile de rester plus longtemps.

Il arrive enfin à l'entrée de la caserne gardée par deux plantons en pelisse qui se dandinent d'un pied sur l'autre comme s'ils répétaient un pas de danse de grand-père arthritique. Lorsque le premier l'aperçoit, il braque vers lui une torche puissante qui l'oblige à cligner des yeux.

— Hé ! Baisse ça, abruti, j'y vois plus rien !

Les deux militaires le regardent avancer vers eux d'un air incrédule, leurs gants rivés à leurs armes qu'ils n'osent relever vers l'intrus.

Soudain, l'un des deux s'écrie :

— Oh putain, c'est Paoletti !

Le Corse hausse les épaules. D'ici la fin de la matinée, la nouvelle va crépiter dans les rangs des bidasses comme une traînée de poudre enflammée.

— Ouais, c'est moi. Je peux entrer ou vous avez décidé de me laisser moisir ici toute la nuit ?

Les deux hommes s'écartent après avoir ouvert la porte d'acier.

— Mais tu étais où ?

Paoletti pointe un pouce fatigué par-dessus son épaule.

— Là-dedans. Lâchez-moi la grappe, tous les deux, je suis pas d'humeur.

En quelques semaines, Bruno Paoletti s'est taillé la réputation d'un type qui cogne vite, fort, et là où ça fait mal. Les sentinelles s'écartent illico sur son passage et le suivent du regard en silence. Une fois qu'il a disparu de leur vue, ils échangent un coup d'œil de connivence. Si leur veille a été longue et ennuyeuse, la journée promet de se révéler beaucoup plus intéressante. L'air rogue de l'adjudant-chef Mercadier ne leur a pas échappé lorsqu'il est ressorti précipitamment au volant d'un GMC dix minutes auparavant. Et deux événements aussi inhabituels, en pleine nuit et par ce temps, *ne peuvent pas n'avoir aucun rapport entre eux*, n'est-ce pas ?

Paoletti avance au pas de charge jusqu'à sa chambrée. Il entre en coup de vent et s'immobilise sur le seuil, surpris de trouver la lumière allumée et ses trois camarades éveillés et habillés de pied en cap. Delmas est en train de boucler son ceinturon sur ses hanches. Yves et Paul transpirent déjà à grosses gouttes sous leur épais manteau d'hiver.

Tous trois tournent un visage soulagé vers lui. Paul en tombe assis sur son lit, un sourire béat plaqué sur les lèvres.

— Tu nous as fichu une de ces trouilles !

La claque de Delmas résonne fort sur l'épaule du Corse. L'homme le serre dans ses bras, toute réserve abandonnée. Yves et Paul les observent d'un œil attendri.

— Qu'est-ce qui s'est passé ? s'enquiert Christian Delmas.

— Je me suis planqué dans un trou. J'attendais ce connard. J'étais prêt à lui faire sa fête.

Yves lève des sourcils aussi arqués que ceux d'une fille.

— Et il a laissé tomber ?

Le Corse repense au feu qu'il a aperçu, de l'autre côté du lac. À l'explication que le sous-officier va devoir trouver pour justifier sa promenade nocturne sur la falaise. Il se remémore les paroles que Mercadier a prononcées devant lui, face au surplomb rocheux où il avait trouvé refuge pour se protéger des bourrasques glacées. Mais l'attitude agressive du brigadier-chef est inexcusable. Son comportement vis-à-vis de Paul et Yves également. Alors il décide de ne pas apporter d'eau à son moulin. Et puis il a besoin de garder l'image d'un homme à qui on ne la fait pas.

— Ouais. Il a dû faire demi-tour quand il a compris qu'il ne m'aurait pas comme ça, à la loyale. Il a eu peur de se prendre une volée. Une vraie fiotte.

Tous les quatre rient en chœur à la bonne blague.

Quand il ne cogne pas, le Corse est un type épatant.

# 44

Marc Torres ne parvient pas à pousser la voiture et pourtant il sait que sa vie en dépend. La sienne et celle d'Alexandre. L'auto est enfoncée dans la neige jusqu'aux essieux, à un mètre à peine du vide. À travers le pare-brise, on ne distingue même pas le bas-côté tant elle est proche du précipice. Sur le siège conducteur, Mathilde se contorsionne comme une damnée plongée dans les flammes de l'enfer pour s'éjecter de l'habitacle avant que la chute l'entraîne à jamais dans les ténèbres insondables du lac. Dans le rétroviseur, ses yeux emplis d'horreur cherchent ceux de l'écrivain qui bande ses muscles à les arracher de ses os pour décoller la Renault 6 de la gangue de glace où elle est enlisée.

Mais Torres concentre toute son attention un peu plus bas, juste en dessous du hurlement muet qui déforme le visage de la jeune fille dans le miroir.

Parce que s'il la regarde en face, il va devenir fou.

— *Monsieur ?*

L'adolescente est retombée sur le siège, épuisée. Sa tête a basculé en arrière, comme vaincue par le poids de la fatalité. Ses cheveux masquent ses traits. Ils ne se soulèvent plus sous les saccades paniquées de son souffle.

Comme si… comme si elle était…

— *Monsieur Torres ?*

Le contact dc la main sur son épaule lui arrache un cri de terreur.

— Oh ! Pardon, je ne voulais pas vous faire peur… Je cherche juste les toilettes.

Marc Torres cligne des paupières, l'esprit en débandade. Le feu est presque éteint. La jeune fille rousse se tient devant lui, la taille prise dans une vieille robe de chambre de Véronique. *Comment s'appelle-t-elle, déjà ? Ah, oui : Léa.*

Il évacue le malaise en secouant la tête d'un air désolé.

— Pardon, je me suis endormi. Je ne vous ai pas effrayée, au moins ?

Elle plisse un sourire de façade.

— Euh, non, mais... les toilettes, s'il vous plaît ?

Marc se redresse.

— Oh, désolé. Tout au fond du couloir, à droite de la cuisine.

— Merci.

La jeune fille s'enfuit dans la direction indiquée, les traits crispés. Marc jette un regard à sa montre. 7 heures ! Il se lève d'un bond, arrache les vêtements encore un peu humides des chaises, puis il les plie à la va-vite et les emporte jusqu'à l'armoire de sa chambre. Il se rend ensuite dans le garage, inspecte les lieux, ne trouve rien de révélateur quant au drame qui s'y est joué.

Il revient sur ses pas, le front toujours empli des images lancinantes de son cauchemar. Il a compris que, désormais, elles vont hanter ses nuits jusqu'à la fin de ses jours. Il attrape au passage deux bouteilles de lait dans le réfrigérateur du cellier et les emporte dans celui de la cuisine. Il retourne alors au salon, réarrange les chaises autour de la table, puis il dispose des bols, des couteaux, des cuillères et des serviettes pour chacun des jeunes qui dorment sous son toit. Sa main tremble quand il installe le dernier couvert à la place de celle qui ne les rejoindra jamais.

La chasse d'eau résonne dans le couloir du fond. La fille réapparaît une seconde et s'éloigne rapidement d'où elle est venue, une moue timide suspendue à ses lèvres, une odeur douceâtre accrochée à ses pas.

Marc a suivi son regard quand elle est revenue dans la pièce. Elle n'a pas tiqué au fait que les vêtements ont disparu. Elle n'avait qu'une préoccupation : filer vers sa chambre le plus vite possible.

Elle n'a rien remarqué d'anormal.

*Elle n'a rien remarqué d'anormal.*

Il sort le chocolat, le thé, le café, puis il lorgne avec angoisse vers le téléphone silencieux dans l'entrée. Combien de temps faudra-t-il pour qu'il se mette à sonner sans relâche ? Combien avant que l'un ou l'une de ses amis comprenne que Mathilde n'est plus là ?

Marc Torres s'assied lentement sur une chaise de la cuisine. Il ne maîtrise plus rien. Tout lui échappe, désormais. Comme la voiture qui lui a glissé des mains sur la falaise, les bottes trempées d'Alexandre abandonnées dans le garage, ou encore le temps que mettront les engins à dégager la route de la montagne et celui qu'il faudra aux parents pour venir chercher leurs ados chez lui.

Comme celui qui sera nécessaire à la police pour comprendre qu'il n'est qu'un assassin d'enfant.

# 45

— Nom et prénom, je vous prie.
— Keller. Jonathan.

Le médecin militaire hoche la tête tout en écrivant les renseignements sur la feuille de soins.

— Âge ?

— Quarante-quatre ans.

— Adresse ?

— Euh… 15 rue Claire Favan, à Longerupt.

— Profession ?

— Agent immobilier.

— Fumeur ?

— Non.

— Marié ?

Jonathan Keller acquiesce d'un air las.

— Hélas…

Le sourire de commisération du praticien lui donne envie de le frapper. Sa réponse est pire encore.

— Vous voulez l'appeler ?

Jonathan sursaute comme si on l'avait piqué dans le cou.

— Non !

Le médecin plisse les lèvres.

— Je comprends. Vous vous demandez comment vous allez bien pouvoir lui expliquer ce que vous fabriquiez là-haut cette nuit, n'est-ce pas ?

Jonathan baisse le nez. Le docteur se penche vers lui comme pour échapper à des oreilles indiscrètes.

— À moi, vous pouvez le dire, vous savez. Secret médical oblige…

Jonathan reste obstinément muet, comme si le fait de se taire allait effacer sa soirée torride dans un hôtel de passe en compagnie d'une prostituée.

— Bon, comme vous voudrez. Moi, ce que j'en disais, hein… Mettons amnésie temporaire due aux conditions climatiques extrêmes dans lesquelles le patient a été secouru. Ça vous convient, ça ?

Keller trouve la force de hocher le menton sans relever les yeux.

— Oui. C'est ça. Je ne me souviens de rien. De rien…

— Et pour quelle raison avez-vous franchi le barrage que la gendarmerie avait mis en place en bas du col de Fuchs, cher monsieur ?

Le regard de Jonathan fuit vers la fenêtre encore fermée sur la nuit.

— Je… je ne sais plus…

— Votre voiture, où est-elle ?

— Aucune idée.

— Je vois. Vous avez vite assimilé la version de l'amnésie temporaire, à ce que je constate…

Jonathan ne répond pas. Le médecin l'observe avec acuité durant quelques secondes.

— Au fait, vous veniez d'où, précisément ?

— D'un rendez-vous… de travail.

— Très bien. On progresse. Ça, vous ne l'avez pas oublié. Un nom à me communiquer ? C'est pour mon rapport.

Jonathan Keller est coincé. Son vieux copain a toujours été là pour lui. *Toujours.* Il trouvera le moyen de confirmer ses dires, d'une façon ou d'une autre. Et puis il ne s'agit que d'un compte rendu médical, pas d'une enquête de police.

Ça n'ira pas plus loin.

Il ne risque rien.

— Bridal. François Bridal. Il habite à Manchecourt. Nous nous connaissons depuis le collège. Nous partageons le même métier, mais sur deux secteurs bien distincts. Nous sommes restés très amis. Quand nous pouvons échanger des bons plans de chaque côté de la montagne, ça favorise aussi notre clientèle locale. Tout le monde est gagnant.

— Une espèce d'association de bienfaiteurs, en quelque sorte, si je comprends bien ?

Jonathan trouve la force de sourire.

— Si vous voulez, oui.

— Et du coup, ça vous oblige souvent à de longues soirées de travail loin de chez vous. N'est-ce pas ?

Jonathan aperçoit la manœuvre d'encerclement et se verrouille comme une huître.

— Exactement.

Le médecin note les derniers renseignements, referme d'un geste sec la chemise cartonnée et lui désigne du menton le lit médicalisé.

— Très bien. Allongez-vous, et reposez-vous. Votre corps a été soumis à rude épreuve, cette nuit. Lorsque la route sera de nouveau dégagée, dans la matinée, une ambulance viendra vous chercher pour vous amener à l'hôpital afin d'effectuer des examens plus poussés. Vous avez eu de la chance. Une demi-heure de marche de plus sans allumer ce feu et vous perdiez vos orteils.

Sonné, Jonathan s'étend sur le lit en imaginant avec frayeur ses pieds pétrifiés comme deux bouts de bois rigides fixés à l'extrémité de ses jambes.

Avant de refermer la porte, le toubib lui sourit.

— Une chose est sûre : pour un non-fumeur, vous êtes un sacré veinard d'avoir eu ce briquet dans votre poche, monsieur Keller. Mais j'ai quand même du mal à comprendre pourquoi vous ne vous en êtes pas servi plus tôt…

# TROISIÈME PARTIE

# 46

La pelle du Poclain agrippa le cul du camion et entreprit de le tirer sur la neige pour le ramener parallèle à la route avant de le redresser. Les roues dirigées vers la pente tournaient dans le vide comme en apesanteur. En arrière, un chasse-neige attendait que l'engin ait achevé le déblaiement de la voie. Juste après lui, Laurent Rivard, Michelle Morange et Suzanne Lambert, la mère de Laurence, s'impatientaient dans la voiture du proviseur. Derrière eux encore, une dizaine de parents rongeaient leur frein dans leurs autos, le même air angoissé plaqué sur le visage.

— Il y en a pour combien de temps ? ragea la mère de Mathilde. C'est exaspérant, à la fin !

— Insupportable ! ponctua l'autre maman pour ne pas être en reste. Ils vont se dépêcher un peu, oui ?

Rivard réprima un mouvement d'humeur, tant les voix conjuguées des deux femmes inquiètes lui sciaient les nerfs comme un morceau de violon joué par un débutant. La ligne téléphonique de l'écrivain avait été coupée durant la nuit par la tempête de neige. Il avait été impossible de le joindre depuis le lever du jour.

— Ça ne sera plus très long, assura-t-il d'un ton docte qui masquait mal le fait qu'il n'en avait aucune idée.

Michelle Morange frissonna et serra les manches de son manteau de laine sur son corps. Elle s'était réveillée glacée vers 4 heures matin et ne s'était pas rendormie depuis. Elle lança vers la montagne un regard sombre qui lui mangeait les joues. Elle n'avait même pas pris le temps de se maquiller au sortir du lit.

Profitant du fait que son attention était captée par les sapins noirs aux branches lourdes de neige, Rivard lui jeta un coup d'œil en biais. Il réalisa alors qu'il ne l'avait jamais vue aussi belle. Il se dégageait d'elle une aura funeste, comme en possèdent les héroïnes des tragédies grecques. Une femme dangereuse, mais terriblement séduisante. Et ceci expliquait peut-être en partie cela, pensa-t-il en se forçant à se concentrer sur le travail du conducteur du Poclain.

Il soupira en son for intérieur. Il savait que Michelle Morange était divorcée et qu'elle vivait seule avec sa fille. Elle lui avait appris en début d'année qu'elle n'avait pas repris son nom de naissance pour ne pas gêner celle-ci durant ses années de lycée. La séparation était récente et elle craignait que cela ne perturbe encore plus Mathilde qui avait très mal supporté la rupture entre son père et sa mère.

Laurent Rivard n'était ni sourd ni aveugle. Il avait remarqué que Michelle Morange alimentait un intérêt à peine dissimulé parmi les professeurs et les parents d'élèves. Les regards qui pesaient sur elle à chacune de ses apparitions ne laissaient aucune place au doute. Lui-même devait reconnaître qu'il la trouvait extrêmement attirante. Mais une femme de ce genre n'était pas pour lui. Elle n'était pour *personne.* Elle était cadenassée, verrouillée de l'intérieur. L'échec de son mariage semblait avoir détruit en elle toute velléité de vivre de nouveau avec un homme. Et même si *vox populi,* ce serpent au murmure délétère, susurrait parfois aux oreilles de qui voulait bien l'écouter que, en de très rares occasions, *La Morange* avait offert son corps à un audacieux qui avait su déverrouiller sa serrure, rien ni personne ne l'avait jamais prouvé. Ce qui, bien sûr, continuait à nourrir les fantasmes de ceux qui n'avaient pas encore jeté l'éponge et croyaient dur comme fer que la chance leur sourirait un jour ou l'autre.

Mais pour l'instant, assise près de lui sur le siège du mort, le front braqué vers la montagne obscurcie par le brouillard, Michelle Morange arborait la mine la plus sinistre que Rivard avait jamais vue sur le visage d'une femme. Les orbites creusées par l'inquiétude, le teint aussi pâle qu'une noyée, elle crispait ses mains sur les manches de sa veste, les ongles plantés dans le tissu.

Et puis, enfin, le camion bascula sur ses roues, libérant le flanc gauche de la voie. Le Poclain s'écarta et le chasse-neige s'engouffra dans la brèche dans le fracas du raclement de la ferraille sur la chaussée, suivi par la berline aux trois passagers redevenus silencieux et la demi-douzaine d'autres véhicules de parents d'élèves.

Le proviseur roulait derrière l'engin avec une lenteur désespérante tandis que celui-ci repoussait la neige de chaque côté de la route en deux congères continues de plusieurs décimètres de haut. Combien de temps, à cette vitesse d'escargot, leur faudrait-il pour parcourir les onze kilomètres restant jusqu'au domicile de Torres ? Pas loin d'une heure, assurément.

Au claquement de langue énervé de Suzanne Lambert, veuve depuis plus de deux ans et sèche comme un coup de trique, il comprit que cette heure allait probablement se révéler l'une des plus pénibles qu'il avait vécues depuis longtemps. Il avait proposé aux deux femmes de les emmener chez le romancier pour leur éviter de monter leurs chaînes et il se demandait s'il avait eu raison. Depuis leur départ, une heure plus tôt, la purge n'avait cessé de pester contre ces routes bloquées dès qu'il tombait un arbre ou quelques centimètres de neige.

Dieu merci, d'ici une heure, tout serait enfin rentré dans l'ordre et tout irait pour le mieux dans le meilleur des mondes.

# 47

— Bjour, m'sieur…

Marc Torres leva le nez de son livre comme s'il en avait été brusquement arraché.

— Oh, bonjour…

— … Henri.

— Oui, bien sûr, Henri. Pardon, j'ai toujours du mal à mémoriser les noms.

Le garçon sourit, les doigts enfoncés dans ses cheveux en bataille.

— Ça doit pas être facile, pour un écrivain…

Marc inclina la tête.

— C'est parfois problématique, je le reconnais.

L'adolescent jeta un œil intrigué à la bibliothèque qui prenait en totalité l'un des murs du salon.

— Ils sont là-dedans, vos bouquins ?

Le romancier émit un petit rire de gorge avorté.

— Non, je ne suis pas aussi prétentieux que ça. J'ai une étagère prévue juste pour eux, dans mon bureau.

Henri s'assit à une chaise, les coudes plantés sur la table, le menton soutenu par la coupe de ses mains.

— Ah. Dommage. C'est quoi, comme genre ?

— C'est de la science-fiction.

Les yeux du gamin s'allumèrent.

— Avec des robots ? Et des vaisseaux spatiaux ?

Torres se força à sourire.

— Oui, parfois. Tu aimes ?

— Oui, j'adore !

Marc se leva avec effort.

— Très bien, je vais t'en donner un, si tu veux.

— Ouais ! Génial !

— Mais à une condition. Tu ne dis à personne que c'est moi qui te l'ai offert. Sinon je vais voir débarquer ici tous tes copains du lycée les uns après les autres, d'accord ?

— D'accord !

Marc passa derrière lui et lui ébouriffa les cheveux en essayant de chasser l'image de ceux de Mathilde qui s'évanouissaient dans la nuit.

— Parfait. Je compte sur toi. Sers-toi du chocolat, si tu veux, je vais te chauffer des tartines.

— Merci !

Marc disparut dans le couloir et il s'appuya sur le mur, le souffle court.

Il avait eu l'air normal. *Normal.* Ce Henri n'avait rien décelé de bizarre chez lui. Il l'avait observé avec la plus grande acuité dont il était capable sans éveiller de soupçons, mais le gamin n'avait pas tiqué face à son visage dévasté par l'angoisse.

Il avança à pas lents jusqu'à son bureau et se planta face à son étagère. Quel livre allait-il lui donner, en fin de compte ? Il en possédait quelques-uns en plusieurs exemplaires, dont les deux premiers qui n'avaient pas si bien marché que ça. Et pourtant, il estimait qu'ils faisaient partie de ses meilleurs. Il laissa son doigt courir sur les couvertures, puis il choisit le second, une histoire de prise de pouvoir des machines après un énième conflit planétaire qui, bien entendu, avait conduit à un holocauste presque complet de l'humanité.

Certes, le concept n'était pas original. Isaac Asimov, A.E. van Vogt, Philip K. Dick ou Clifford D. Simack en avaient déjà eu l'idée bien avant lui et l'avaient traité avec un talent tel que leurs livres avaient abouti au succès que tout le monde connaissait. Mais si les thématiques étaient proches, les façons de les écrire l'étaient beaucoup moins. Marc Torres, aujourd'hui, savait que de nombreux lecteurs avaient décelé chez lui un *style.* Et s'il n'était pas encore tout à fait convaincu qu'ils avaient raison et que cela justifiait qu'il vende des milliers d'exemplaires chaque mois de l'année, les chiffres que lui fournissait régulièrement son éditeur parlaient d'eux-mêmes. Il avait cassé la baraque. Il avait réussi à imposer son nom dans un domaine où, quasiment seuls jusque-là, quelques Américains avaient creusé leur place au soleil.

Lorsque Marc Torres revint dans le salon, le livre porteur de ses premiers espoirs dédicacé pour Henri au bout du bras, quatre autres jeunes l'avaient rejoint. Il reconnut de dos Marie et Laurence, la jolie et la moche. Les deux filles se tenaient à distance de Romain et d'Alexandre qui parlaient à voix basse, assis dans le canapé devant la cheminée.

Quand il entra dans la pièce, Alexandre leva le nez vers lui.

Son regard était vide.

Et noir.

Et Marie demanda :

— Vous avez pas vu Mathilde, m'sieur ? Elle est pas dans sa chambre…

# 48

— Vous avez cherché partout ?

— Oui, partout. Elle est nulle part.

Marie serrait ses mains l'une contre l'autre, désemparée par l'absence de son modèle. Les jeunes s'étaient rassemblés autour de la table. Personne, à part Henri, n'avait touché au petit déjeuner. Tous dirigeaient leur regard inquiet vers Marc.

Birgit écarta les rideaux d'une des fenêtres du salon.

— Elle a dû aller faire un tour. On n'a pas retrouvé ses chaussures, et il ne neige plus.

Laurence éclata.

— Mais pourquoi elle aurait pris mon manteau et pas le sien ?

Le sang de Marc s'arrêta de circuler dans ses veines. Romain fronça les sourcils.

— Elle a pris ton manteau ?

Laurence tapa du pied sur le carrelage, les narines plissées par la colère.

— On ne va pas se balader dans les bois d'un temps pareil avec un manteau tout neuf qui ne vous appartient pas, quand même !

Marc se força à avaler sa salive.

— Elle n'a pas pu se tromper ? Tu es sûre ?

Laurence secoua la tête, butée.

— Oui, certaine. On connaît nos fringues ! Elle a dû tomber sur la lettre. Et elle a voulu se venger.

— La lettre ? Quelle lettre ?

Marie s'était approchée, le regard inquisiteur. Laurence leva les mains comme pour se protéger.

— Mais je ne l'avais pas volée ! Je l'avais trouvée par terre, juste après son départ, contre son placard dans le vestiaire du lycée ! J'avais l'intention de la lui rendre, hier soir, mais j'ai oublié…

— Une lettre de *quoi*, Laurence ? De *qui* ?

Laurence baissa la tête, tout à coup très gênée.

— De… de son père.

— Parce que tu l'as lue, sale fouineuse ?

Laurence se redressa sous l'attaque.

— Je voulais être sûre que c'était bien à elle !

Marie planta son doigt vers Laurence.

— Tu mens ! Si tu as tout de suite vu que cette lettre lui appartenait, c'est que son nom était écrit dessus.

Les larmes dévalèrent soudain les joues de Laurence. Son hurlement déchira la pièce.

— Oui, c'est vrai ! Mais t'aurais fait quoi, toi, si tu l'avais trouvée, hein ? T'aurais fait quoi ?

Marc, l'esprit en feu, vint s'intercaler entre les deux jeunes filles en colère.

— OK, on se calme, d'accord ? On va continuer à chercher autour de la maison. Et puis on va effectuer des cercles de plus en plus grands dans le jardin. Elle… elle ne peut pas être loin. Et quand on l'aura retrouvée, elle vous expliquera pourquoi elle a emprunté le manteau de Laurence au lieu de prendre le sien. Il… il doit y avoir une très bonne raison à ça. Il est peut-être plus chaud, plus long, je ne sais pas, moi…

*Si, tu le sais. Tu sais que tu as fait le con. Tu t'es planté comme un crétin parce que tu as cru que la lettre identifiait son propriétaire. Tu n'as même pas envisagé une seconde que tu pouvais commettre une bourde aussi énorme alors qu'il aurait suffi que tu vérifies tous les autres. Elle avait forcément un papier dans une poche intérieure. Une carte de cantine, de transport, de santé… N'importe quoi de plus sûr qu'une foutue lettre avec son nom écrit dessus. Et maintenant, tu es dans la merde. Personne n'avalera le fait qu'elle a quitté la maison avec un manteau qui n'était pas le sien. Un vêtement qui, en ce moment même, constitue son linceul au fond du lac.*

— Allez, tous dehors ! cria soudain Pierre. On part à la chasse ! Le premier qui la trouve a le droit de l'embrasser sur la bouche !

Alexandre sauta sur ses pieds et fila dans le garage. Marc se hâta derrière lui, un goût de cendres sur la langue. *L'embrasser sur la bouche… La bouche délicate de Mathilde devait être remplie de vase, à l'heure qu'il était. De vase et de petits poissons qui étaient venus explorer ce nouveau truc bizarre qui leur était tombé du ciel. Ils s'étaient précipités à travers une vitre brisée pour pouvoir y goûter avant les écrevisses et les vers aquatiques qui allaient s'en emparer d'ici peu.*

Marc chaussa ses bottes en silence, les dents serrées. Quand il enfila sa veste d'hiver qui, collée à la chaudière, avait séché de son expédition nocturne, son fils et Romain avaient déjà disparu en courant dans le jardin à la suite d'Henri.

Le cri lui parvint alors qu'il posait le pied sur la neige bousculée par les pas des adolescents.

— Ma voiture ! On m'a piqué ma voiture !

Tous les jeunes stoppèrent leur course éperdue et se dirigèrent comme un seul homme vers l'espace laissé vide où Henri se tenait, incrédule, les bras ballants et ils observèrent, silencieux, le signe manifeste que quelque chose de vraiment anormal s'était produit durant la nuit.

Henri se prit la tête dans les mains.

— Oh putain, je vais me faire tuer par ma mère…

# 49

— Alors comme ça, vous ne vous souvenez de rien…

Jonathan Keller secoua la tête. Il allait s'en tenir à cette version, mais il devait lâcher un peu de lest. À force, elle finirait par ne plus être crédible s'il s'entêtait dans le *black-out* absolu.

— Non, c'est le trou noir. Je me rappelle juste avoir décidé de passer par le col pour gagner du temps.

— Pour gagner du temps ? Avec ce qu'il tombait ?

Jonathan cligna des paupières devant les sourcils en accent circonflexe du militaire.

— Je venais de faire poser de nouveaux pneus. Le vendeur m'avait assuré que ces modèles « hiver » allaient changer la vie des automobilistes de montagne, qu'on allait désormais pouvoir rouler vraiment par tous les temps. Je n'avais pas imaginé qu'il allait en tomber autant en aussi peu de temps.

— Pas très malin de forcer un barrage sur une route de ce genre. La gendarmerie avait fermé le col. Vous ne pouvez pas ne pas l'avoir vu.

Keller se botta mentalement le derrière. Sa plus grosse connerie des dix dernières années. Ou vingt, peut-être…

— Vous savez que ça risque de vous coûter cher, monsieur Keller ?

Jonathan hocha la tête. Son cou était collé sur le billot. Il ne pourrait échapper à la peine qui l'attendait. Et qui ne représentait que le début de sa descente aux enfers. L'officier qui l'avait secouru avait déjà rendu à sa hiérarchie un rapport circonstancié sur les événements de la nuit. Il n'avait eu d'alternative que de le signer avec le puissant désir de disparaître dans un trou de souris.

— Oui, je le sais. Et j'en suis vraiment désolé. Dites… je vais pouvoir rentrer chez moi, maintenant ?

Le militaire l'observa un instant par-dessus ses lunettes demi-lune, puis il lui répondit d'une voix où Jonathan crut déceler une pointe d'ironie.

— Votre femme est en route pour venir vous chercher, monsieur Keller. Elle sera là d'ici une demi-heure, quand le chasse-neige aura dégagé la route jusqu'à la voie qui mène à la caserne. Je vois que vous êtes pressé de la retrouver. Elle en sera ravie, j'imagine.

Cette fois, le doute n'était plus permis. L'officier se foutait ouvertement de lui. Il allait ergoter lorsque l'homme se leva et mit un terme unilatéral à leur entretien.

— D'ici là, veuillez l'attendre dans cette pièce. Vous êtes en zone militaire. Cet endroit n'est pas prévu pour y recevoir des civils, même rescapés de la nuit, de la neige et de l'inconscience.

Il sortit sur ces derniers mots qui ne souffraient aucune réponse. Jonathan Keller courba le dos sous le poids de la fatalité. Il était cuit. Magali ne lui pardonnerait jamais ça. Les jours à venir promettaient d'être les plus difficiles qu'il avait jamais vécus. Une demi-heure de répit, et ça allait être le pandémonium…

Et puis la porte se rouvrit. Jonathan ne se redressa pas. Le type avait oublié une dernière réflexion bien sentie. Il ne lui donnerait pas le plaisir de voir son visage se décomposer une fois de plus.

— Hé… m'sieur…

Keller releva le nez. L'homme qui se tenait devant lui avait une tout autre allure que le précédent. Plus trapu, il était noir de cheveux et de barbe, le teint hâlé de celui qui a passé le plus clair de sa vie au soleil.

— C'était quoi, ce bruit dans la montagne ? Vous avez eu un accident ?

Keller fronça les sourcils. Le son qui avait crevé l'obscurité, tandis qu'il marchait sur la chaussée encombrée de neige, lui revint brutalement en mémoire. Mais sa version officielle de la nuit ne lui permettait pas de s'en souvenir.

— Je suis sorti de la route, peu après le col. Mais non, ça n'a pas dû générer un bruit comme vous le dites. Du moins… Je ne le pense pas. En tout cas, je ne me rappelle aucun autre écho de ce genre.

— Ah… bon, c'était juste pour savoir. Parce que ça me tourne dans la tête, depuis que je l'ai entendu.

Keller lorgna vers la porte restée ouverte, puis il arrêta d'un geste de la main son interlocuteur qui allait s'en aller.

— Vous étiez là-bas, vous aussi ?

Le jeune militaire eut un sourire carnassier.

— En manœuvre… les joies de l'armée.

Jonathan Keller opina en silence. *L'armée…* Il avait conservé un souvenir très désagréable de son année de service. Pour lui, cela s'apparentait tout juste à un ramassis de brutes et de crétins, et parfois des deux dans la même personne. Déracinés de leurs familles, de leurs habitudes et de leur petit confort, de nombreux appelés craquaient au bout de quelques semaines, voire quelques jours seulement, et ils pourrissaient la vie de tous les autres comme une tache de moisissure s'étale dans un panier de fruits. Avec la meilleure volonté du monde, partager un an de promiscuité avec des abrutis pareils avait été la pire expérience de son existence.

Jusqu'à celle qu'il venait de traverser.

— C'était un bruit comment ?

L'homme réfléchit un bref instant. Il était sanglé dans un uniforme fatigué qui semblait avoir passé la nuit dans la mâchoire d'un hippopotame.

— De ferraille écrasée.

Keller hocha la tête d'un air dubitatif, mais il était certain que le militaire était dans le vrai. Oui, c'était ça. De la ferraille écrasée. Tel avait exactement été son ressenti quand le bruit avait traversé le rideau de neige pour parvenir jusqu'à lui.

Mais il était seul sur la route.

Seul.

Et cela, il se le rappelait parfaitement bien.

Comme le briquet à peine recouvert de flocons trouvé au milieu de nulle part.

# 50

Une heure plus tard, la voiture à peine arrêtée, Suzanne Lambert sauta sur l'allée et Laurence se précipita dans ses bras en laissant échapper un torrent de larmes. Michelle Morange chercha sa fille des yeux, puis elle scruta les visages sombres des jeunes silencieux qui s'étaient tous tournés vers elle.

Enfin, son regard croisa celui de l'écrivain. Un regard opaque que la nuit avait avalé.

*Et elle sut.*

Son cauchemar lui revint comme une balle et lui scia les jambes. Elle tomba à genoux, le souffle coupé. Lorsque l'éclair blanc lui éclata dans le cerveau, elle s'écroula dans la neige, face contre terre.

Rivard se précipita et apostropha Marc Torres, tétanisé par la scène.

— Vite ! Elle fait un malaise ! Il faut la mettre en sécurité à l'intérieur !

Marc se hâta pour l'aider à soulever la femme évanouie. Ils la transportèrent sur le canapé du salon et lui étendirent une couverture sur le corps. Rivard jeta un coup d'œil circulaire sur les visages blêmes qui les avaient suivis.

— Où est Mathilde ?

Marc évita son regard.

— Je ne sais pas. Elle… elle a disparu.

Le proviseur s'étrangla.

— Quoi ? Disparu ? Mais co… elle est bien quelque part, non ?

Marc Torres écarta les bras d'un air désolé.

— On l'a cherchée partout depuis ce matin. Elle est introuvable. Et la voiture du jeune Henri s'est évaporée.

Rivard écarquilla les yeux.

— Avec cette neige ? Mais qu'est-ce que c'est que cette histoire ?

L'écrivain se composa un visage dur qu'il sentait s'effriter aux commissures.

— Je vous dis ce que je sais, monsieur Rivard. Venez voir par vous-même.

Marc ressortit dans la cour et, suivi par le groupe d'adolescents qui discutaient à voix basse à l'écart, il montra au proviseur la place vide sur le parking.

— Regardez. La couche y est presque aussi épaisse qu'ailleurs. À mon avis, elle est partie en plein milieu de la nuit, juste avant que ça commence à tomber très fort.

Le fonctionnaire leva des yeux surpris vers lui.

— Juste avant que ça commence à tomber très fort ? Pourquoi dites-vous cela ?

Torres se mordit mentalement la langue. S'il avait bien dormi d'une traite jusqu'au lever du jour, comme il devait le prétendre dans sa future déposition aux enquêteurs, il n'était pas supposé savoir que la chute de neige avait particulièrement forci peu avant 5 heures du matin.

— Les jeunes ont veillé tard, hier soir. Quand ils sont allés se coucher, je suis allé fermer la porte du garage qu'ils avaient laissée ouverte. Il n'y en avait pas plus de dix centimètres, à ce moment-là.

Le proviseur considéra l'emplacement d'un air abattu.

— Mais comment a-t-elle pu, avec ce qu'il y avait sur la route ?

Marc secoua la tête.

— Des chaînes, je ne vois que ça.

— Il n'y en avait pas dans la voiture, m'sieur.

Rivard se tourna vers Henri qui les avait rejoints et se tenait deux pas en arrière.

— Tu en es sûr ?

— Ouais, m'sieur. C'est la bagnole de ma mère. Mon père arrêtait pas de le lui dire depuis la fin août. « Mets des chaînes dans ton coffre ou tu vas te faire avoir comme l'année dernière. »

Mais ma mère elle écoute jamais mon père quand il râle. Alors forcément, les chaînes, elle les a pas achetées.

Le fonctionnaire jeta un coup d'œil au romancier.

— Vous en avez, vous ?

Torres fit mine de réfléchir.

— Non, pas sur la Mercedes. Mais Véronique en avait un jeu dans sa voiture. Une R6, elle aussi. Quand je l'ai vendue, je l'ai vidée pour la nettoyer. Elles doivent prendre la poussière depuis lors dans la grange.

— Vous voulez bien vérifier, s'il vous plaît ?

Les deux hommes pénétrèrent dans le vieux bâtiment dont la porte n'était pas verrouillée et Marc se mit à fouiller sur toutes les étagères. Quelques instants plus tard, il tourna un visage pensif vers Laurent Rivard.

— Elles ne sont plus là. Je me souviens pourtant les avoir rangées dans ce coin.

Le proviseur hocha la tête pour lui-même. La fugue de Mathilde était avérée, cette fois. Il allait ouvrir la bouche, mais l'écrivain le prit de vitesse.

— Je crois que nous devrions prévenir la police, monsieur Rivard. Mais comme vous le savez déjà, mon téléphone est hors d'usage. Il faut que vous redescendiez en ville, je le crains.

# 51

Assis près de sa femme, Jonathan Keller gardait un silence maussade. Il avait fermé les yeux et appuyé sa nuque sur le dossier du siège et attendait que l'orage éclate. Magali était venue le chercher un quart d'heure plus tôt, le front barré d'une montagne de reproches, mais pas un seul n'avait encore franchi ses lèvres. L'atmosphère dans l'habitacle de la voiture, bien que mutique, avait peu à peu viré au rouge électrique.

Keller se repassait en boucle le film de la nuit. Il se disait qu'il avait bien failli laisser sa vie dans ce bois, que rien n'était plus précieux que de pouvoir respirer ce matin à pleins poumons, et peu importaient les conséquences. Sans l'incroyable chance que des militaires aient effectué une manœuvre en pleine tempête de neige nocturne, il y serait resté à coup sûr. Il devait une fière chandelle à ce Mercadier, et pourtant il ne l'avait même pas revu avant de quitter la caserne derrière sa femme qui le précédait à grands pas tel un condamné qu'on mène à l'échafaud.

Les mains dans les poches, la droite refermée sur le briquet qui lui avait permis de ne pas mourir de froid et d'alerter la cavalerie, il se sentait semblable à l'unique rescapé d'un naufrage que le destin a épargné in extremis. Un survivant. Rien, à partir d'aujourd'hui, ne serait jamais plus pareil. Il allait laisser tomber ce boulot qui lui bouffait la santé. Il allait s'affranchir du stress de la vente ratée, du regard pointu du patron inquisiteur, des chiffres et des tableaux.

Il allait *vivre.*

— Tu es fier de toi ?

Il ne répondit pas. Ne releva pas une paupière. Il tourna seulement la tête vers la vitre.

— Où étais-tu hier soir? Qu'est-ce que tu as fait? Pourquoi n'es-tu pas rentré dès que tu as eu terminé ta réunion avec François ?

Jonathan Keller soupira. Il n'allait pas s'en tirer aussi facilement. Elle n'allait pas le lâcher tant qu'il ne lui aurait pas fourni une explication. Mais sa décision était prise. Il allait la quitter. Dès qu'il serait un peu remis. Dès qu'il aurait retrouvé suffisamment de forces pour lui claquer la porte au nez et donner enfin une nouvelle direction à son existence.

Il fonça dans la version qu'il avait longuement polie dans ses méninges pendant qu'il patientait, allongé sur un brancard à l'infirmerie de la caserne.

— Nous sommes allés au restau après le boulot. François avait de gros clients. Des Chinois. Ils veulent implanter une zone commerciale dans le quartier nord de Manchecourt et une autre chez nous. Nous sommes les premiers avec lesquels ils traitent en Europe. On ne pouvait pas laisser passer un coup pareil, tous les deux. Ils devaient repartir à Pékin ce matin. Ça représente des centaines de millions de francs de chiffre d'affaires. Peut-être plusieurs milliards, s'ils construisent tout ce dont ils nous ont parlé.

— Des Chinois, hein...

— Oui, et...

— Tu me prends pour une imbécile, Jonathan ? Tu crois vraiment que je vais avaler cette connerie ?

Jonathan Keller serra les dents. Il préférait ne pas révéler tout de suite à Magali ce pour quoi il la prenait. Cela arriverait bientôt, mais à chaque jour suffit sa peine. Pour le moment, il fallait juste qu'il dévie la trajectoire de ses obus chargés de colère.

— Je te dis la vérité, Magali. C'est de cette façon-là que ça s'est déroulé.

Elle passa une vitesse avec rage et fit craquer la boîte en dérapant sur la mince couche de glace figée sur la route.

— Et ensuite ? Ta virée dans les bois, c'était pour suggérer à tes Chinois d'investir dans des chasse-neiges plus performants ? Tu les as convaincus, j'espère ?

Keller sentait la moutarde lui monter progressivement au nez. Il avait beau se raisonner, il allait bientôt éclater, lui aussi. La migraine s'empara de son crâne sans prévenir. L'instant d'avant, elle n'était pas là ; celui d'après, elle lui cognait sur les méninges à lui décrocher les globes des orbites.

— Je ne me souviens plus de rien, Magali. Le toubib militaire te l'a expliqué. C'est quelque chose qui arrive fréquemment, avec les gens qui subissent un choc comme celui que j'ai vécu cette nuit. Tu l'as écouté, oui ou non ?

Les yeux de Magali ne quittèrent pas la route.

— Oui, j'ai tout entendu, Jonathan. Mais ce que j'ai compris, c'est que cette histoire ne tient pas debout du début à la fin. J'ignore dans quel but tu l'as construite de toutes pièces, mais il va falloir que tu t'expliques pour de bon, crois-moi.

Jonathan Keller redressa le cou. Quelque chose dans le ton de Magali l'avait alerté.

— Que je m'explique ? Mais à qui d'autre ? Je t'ai dit tout ce que je sais. Tu n'as qu'à appeler François ! Il te confirmera ce que je viens de te raconter.

Magali négocia le dernier virage et se gara devant leur maison.

— Aux flics, Jonathan. Ce sont les flics que tu vas devoir convaincre. Pas moi.

Jonathan Keller cligna des paupières, soudain aveuglé par le gyrophare qui tournait sur le toit du véhicule arrêté devant leur portail.

— Les flics ? Mais pourquoi ? Qu'est-ce que…

Magali ouvrit sa portière et dirigea un visage de pierre vers lui.

— Ton copain François est mal en point. On l'a retrouvé ce matin à moitié mort dans un hôtel qui se trouve à moins de dix minutes en voiture de chez lui. Quand les policiers ont interrogé le gardien de nuit, il leur a décrit un homme en costume qui s'est sauvé comme un voleur après avoir déposé un autre client inanimé dans une chambre. D'après des témoins, cet inconnu venait de sauter une jeune fille qui n'était manifestement ni majeure, ni chinoise, ni discrète. Et il les a aidés à établir le portrait-robot de ce type.

Magali laissa couler un silence, puis elle eut un sourire mauvais en voyant s'approcher deux silhouettes en uniforme du côté du siège passager où les traits de son mari s'étaient décomposés.

— Dis-moi, Jonathan… Tu as une idée de qui ça peut bien être, toi ?

# 52

— Commissaire Marceau. Vous êtes bien Marc Torres ? C'est vous qui habitez ici ?

Le policier remballa sa carte et ficha les yeux dans les siens après avoir survolé le domaine d'un regard appréciateur. Sous l'épaisse couche de neige tombée dans la nuit, le parc revêtait une allure de forêt boréale. On se serait presque attendu à apercevoir un ours ou un orignal pointer le museau hors des branchages pliant sous la blancheur.

Marc sentit un frisson désagréable lui parcourir l'échine. Les iris de l'inspecteur étaient froids comme l'air qui s'insinuait le long de son cou. Les trois voitures pie s'étaient garées en travers du parking, interdisant tout départ aux autres véhicules en stationnement.

— Oui, c'est moi. Voulez-vous entrer, commissaire ? Nous serons mieux à l'intérieur...

Le policier sonda le visage de son interlocuteur, puis il hocha brièvement la tête comme s'il lui accordait une faveur exceptionnelle.

Marc marcha devant lui avec le sentiment que l'homme lui transperçait le dos de ses deux billes noires comme des grains de cassis. Il le guida en silence jusqu'au salon où il lui désigna un fauteuil face à la cheminée.

— Café, thé ?

— Rien, merci. Racontez-moi précisément tout ce qui s'est passé depuis l'arrivée des jeunes chez vous hier.

Marc cligna des yeux malgré lui. Il s'était attendu à cette question toute la nuit. Il se l'était répétée un nombre incalculable de fois, y avait répondu à tous les temps, à tous les tons. À présent qu'elle était tangible, elle se balançait devant lui, menaçante comme un vieux pont de cordes tendu entre deux falaises. Ou bien il parvenait à convaincre le flic et franchissait l'obstacle sans problème, ou bien il serait cuit en quelques minutes. Il n'avait d'autre choix que de courir à fond de train et de tenter de sauter au-dessus du vide avant de tomber dedans à pieds joints.

Il s'assit face au policier qui avait croisé les jambes et allumé une cigarette dont la fumée lui plissait les paupières, et il se lança.

Le commissaire Marceau l'écouta longuement sans l'interrompre, puis il envoya son mégot dans la cheminée d'une pichenette d'expert.

— En fait, ils sont restés seuls tout l'après-midi, si je comprends bien.

Piqué par le reproche à peine voilé, Marc redressa le dos.

— Je dois rendre mon manuscrit très bientôt. Je dois impérativement respecter la date de remise et je suis en retard de plusieurs semaines pour tenir le délai. Ils avaient tout le garage pour eux, ils pouvaient mettre la musique qu'ils voulaient, aussi fort qu'ils le souhaitaient, et s'amuser entre eux : ils n'avaient pas besoin de moi. Je les aurais plutôt gênés si je m'étais immiscé dans leur boum à tout bout de champ. Je me suis plongé dans mon travail, mais j'étais quand même là, au cas où.

Le policier eut une mince grimace ironique tout en écrivant quelques mots sur son carnet à la suite de la liste que lui avait énumérée le romancier.

— *Au cas où*... Oui, je vois cela.

Il laissa passer un silence, puis le regarda de nouveau de ses yeux inquisiteurs.

— De l'alcool ?

Marc secoua la tête.

— Non, je l'avais interdit à Alexandre.

— Votre fils, c'est bien ça ?

— Oui.

— De la drogue ?

Marc frémit intérieurement, mais ne cilla pas.

— Encore moins. Mes consignes étaient claires. Pas de shit dans cette maison ou ce serait la dernière fête ici.

Le policier eut un deuxième petit sourire en coin qui dura un peu plus longtemps.

— Vous savez, les consignes, hein… Vous avez été ado, vous aussi, pas vrai ?

— Évidemment. Mais Alexandre respecte les miennes à la lettre depuis…

— Depuis ?

— … depuis que sa mère est décédée.

Marc baissa les yeux, rattrapé par le regard de Véronique qui le tançait au-dessus de l'épaule du flic d'un visage de brume impénétrable.

La voix du policier s'adoucit soudain.

— Je l'ignorais, désolé.

— Elle… elle est morte il y a cinq ans. Cancer…

Le commissaire Marceau toussota pour dissimuler son embarras. Ce crétin de proviseur aurait pu le prévenir, tout de même, quand il lui avait demandé de lui parler de la vie de ce type solitaire. Il inclina la tête, comme pour s'excuser.

— Mes condoléances, monsieur Torres.

— Merci.

— Hem… revenons à hier soir, si vous le voulez bien…

L'écrivain acquiesça et raconta une deuxième fois la même version. Il répondit sans hésiter à toutes les questions. Il avait travaillé tard, leur avait cuisiné un repas de fortune avec ce qu'il avait sous la main, puis il les avait guidés à leurs chambres, les filles d'un côté et les garçons de l'autre. Ensuite, il s'était couché, avait attendu de ne plus entendre aucun bruit, puis il avait éteint la lumière et avait dormi d'une traite jusqu'au matin.

*D'une traite jusqu'au matin…*

Son mensonge tenait en six mots. Ils lui avaient paru englués de colle quand ils s'étaient matérialisés dans sa bouche, mais ils étaient sortis quand même, lui coupant la respiration au passage. Le policier continuait à noter, une deuxième cigarette accrochée aux lèvres, les yeux à moitié fermés à cause de la fumée. Il n'avait apparemment pas remarqué le teint à présent livide de l'écrivain ni ses mains qu'il avait jointes sur ses genoux pour leur éviter de trembler.

Marceau releva le nez après avoir relu ses lignes.

— D'après vous, pourquoi cette jeune fille aurait-elle décidé de partir en pleine nuit en volant la voiture d'un de ses camarades ? Une dispute ?

Marc secoua la tête.

— Franchement, je n'en ai aucune idée. C'est possible, oui…

— Vous n'avez rien remarqué de toute la soirée ?

Marc évacua de son esprit le regard d'Alexandre soudé à la silhouette gracile de Mathilde qui s'était penchée sur la guitare et que le feu de bois découpait avec une intime précision.

— Non, rien du tout.

— Vous confirmez que des chaînes ont été volées dans votre grange ? Des chaînes de Renault 6 ?

— Oui. C'est ce que j'ai expliqué à monsieur Rivard. En fait, rien ne prouve qu'elles ne m'ont pas été dérobées auparavant. La grange n'est jamais fermée à clé. Il n'y a aucun objet de valeur à l'intérieur. Mais je ne vois pas bien qui se serait donné la peine de venir jusqu'ici pour me piquer juste ce vieux truc.

Le policier souligna ses notes, tira un trait horizontal en dessous et soupira.

— Bien. Je vais devoir interroger tous vos invités séparément, l'un après l'autre. Vous pouvez nous laisser, s'il vous plaît? Deux de mes hommes sont avec eux, ils se chargeront de me les envoyer un par un. Ensuite, leurs parents pourront venir les chercher.

Marceau avait désigné la fenêtre à travers laquelle on pouvait apercevoir une dizaine d'autos qui attendaient derrière le barrage des véhicules pie, moteur tournant pour conserver le chauffage allumé. On ne pouvait distinguer les visages des passagers, mais Marc savait qu'ils étaient tous dirigés vers lui et qu'ils n'étaient pas près de l'oublier.

Michelle Morange avait été admise une heure plus tôt à l'hôpital en état de choc et elle était actuellement en observation.

Sa fille avait disparu, et toute la ville était désormais au courant.

# 53

Jonathan Keller poussa un très long soupir.

— Dites, ça va durer encore longtemps ?

Le gros policier assis près de la porte du commissariat leva sur lui des yeux las revenus de beaucoup d'autres drames.

— Ça va durer ce que ça va durer.

Et puis il croqua dans son sandwich d'une mâchoire indifférente.

Jonathan baissa le nez sous le regard impénétrable du flic mal embouché. Les muscles endoloris par sa nuit dans la neige, il sentait l'angle du banc lui mordre la cuisse à travers son pantalon à peine sec. On ne l'avait même pas laissé rentrer chez lui pour se changer. Les deux policiers qui l'avaient amené au poste étaient restés obstinément muets malgré les questions qu'il leur avait posées. Et depuis, il attendait qu'on veuille bien s'occuper de lui. Il ne comprenait rien à ce qui se passait. Bon, d'accord, il avait emprunté une route interdite et ce n'était pas à coup sûr ce qu'il avait fait de plus malin de toute sa vie. Il savait qu'il allait payer pour son imprudence, et il n'ignorait pas que cela risquait de lui coûter cher. L'officier militaire qui l'avait cuisiné à l'infirmerie de la caserne avait été très clair sur ce point. *Mais qu'est-ce qui était arrivé à François ?* Qu'est-ce qui avait bien pu se passer ?

Keller se remémora le visage rougi de son ami quand il l'avait déposé sur le lit de sa chambre. Il était cramoisi, mais il respirait sans problème. Jonathan lui avait retiré sa cravate pour qu'il ne risque pas de s'étrangler dans son sommeil. Il avait même pris le temps de dénouer sa ceinture et de lui ôter ses chaussures. François allait bien. Il en était certain. Alors… était-ce ce type, celui qui leur avait cherché des noises, qui était revenu pour se défouler sur un pauvre gars complètement imbibé et incapable de se défendre ? Mais, dans ce cas, comment avait-il pu savoir dans quelle chambre François était allongé, inconscient ? Il était sûr de ne pas l'avoir croisé dans le couloir avant de quitter l'hôtel. En fait, à part le veilleur de nuit qui finissait sa ronde et qui l'avait salué d'un regard suspicieux, il n'avait vu *personne.*

Et puis il pensa à l'ascenseur. Le type avait juste eu à consulter le chiffre de l'étage qui s'affichait sur la cabine. Et ensuite, à aller frapper aux portes pour le trouver.

Jonathan Keller jeta un coup d'œil vaincu à l'horloge accrochée au mur. L'aiguille des minutes remontait péniblement la pente en direction de midi. Il sentit brusquement la faim lui tordre l'estomac. Il observa un instant le flic imposant engloutir son deuxième sandwich à la suite du premier et il se surprit à saliver malgré lui. Tiens, il en avalerait bien une bouchée, lui aussi, histoire de pouvoir mastiquer comme une vache et d'avoir l'occasion de laisser ses pensées tourner en rond sans lui.

Mais personne ne semblait se soucier de ses états d'âme. En dehors du gros policier posé sur sa chaise comme un phoque sur la banquise, il ne distinguait, au-delà d'une cloison vitrée, que le chignon d'une secrétaire qui tapait à la machine avec une célérité et un acharnement exaspérants. Un crépitement continu semblable à celui d'une mitrailleuse munie d'une bande infinie de cartouches. Jonathan se demanda si elle était en train de réécrire le bottin ou si elle avait été punie à retaper deux-cents fois le même texte par un officier sadique.

Il baissa les yeux sur ses mains. Il les contempla un moment, puis il les tourna face à la lumière blafarde du commissariat. Il avait eu chaud, cette nuit. Enfin... façon de parler. Il agita ses doigts devant lui. Il savait qu'il aurait pu les laisser dans l'aventure, comme ces montagnards qu'on retrouve parfois – et quand ils ont de la chance – à moitié congelés après une avalanche. Il aurait pu se geler les oreilles, aussi. Les pieds, le nez... Il avait été très proche de perdre la vie, et c'était son copain qui avait failli mourir dans une chambre d'hôtel bien chauffée. Alors... qu'est-ce qui avait merdé ?

La porte du poste de police s'ouvrit brutalement et un homme aux cheveux gris et au pas lourd entra en frappant ses semelles enneigées sur le paillasson, suivi de deux autres plus grands et moins âgés. Il s'arrêta près de la patère et ôta son manteau et son chapeau trempés avant de les y accrocher.

— C'est lui ? demanda-t-il à la cantonade après lui avoir adressé un bref regard.

Le gros flic avait escamoté le reste de son sandwich sous son bureau et il avait redressé la position. Il hocha la tête avec empressement.

— Oui, c'est lui, commissaire… Jonathan Keller. Quarante-quatre ans. Marié, agent immobilier. Des militaires l'ont retrouvé cette nuit sur la route, à pied, à quatre kilomètres environ au nord de chez monsieur Torres.

Le nouvel arrivant se retourna enfin après avoir ôté son écharpe et avoir allumé une cigarette. Le crâne dégarni, les tempes serrées dans une couronne grise et cotonneuse, il rajusta sa veste et tira sur les manches de sa chemise pour qu'elles reprennent leur place exacte, puis il s'approcha du banc où Jonathan s'était instinctivement raidi. Celui-ci sentit l'odeur de tabac l'entourer comme un filet tandis que le policier l'observait, les paupières mi-closes.

Et puis la question jaillit de ses lèvres sans prévenir.

— Quelque chose à me dire avant qu'on commence vraiment, monsieur Keller ?

Jonathan ouvrit des yeux ronds.

— Quelque chose à propos de quoi ? Quand je l'ai quitté, il allait bien, je vous assure ! Je ne comprends rien à ce qui est arrivé. Et surtout, j'ignore pourquoi vos hommes m'ont amené ici et me retiennent contre ma volonté !

Le vieux flic fronça les sourcils et se tourna à demi vers le policier au gros ventre.

— Il parle de qui, là ?

La secrétaire se précipita, un dossier à la main, ses talons cliquetant sur le carrelage.

— Tout est consigné là-dedans, commissaire. C'est le témoignage de sa compagne, Magali Keller. L'absence de monsieur Keller hier soir, le coup de téléphone qu'elle a passé ce matin à l'épouse de la victime. Elisabeth Bridal lui a confirmé que son mari François voyait d'autres femmes en cachette avec l'aide d'un complice – monsieur Keller ici présent, en l'occurrence – et qu'elle avait accumulé un certain nombre de preuves de son infidélité depuis plusieurs mois en vue de demander le divorce pour faute.

Le policier s'empara de la liasse de feuilles et la parcourut au milieu d'un silence d'église, puis il hocha la tête et vrilla son regard dans celui de Jonathan. Quand il parla enfin, sans l'avoir quitté des yeux un instant, ses paroles ne lui furent pourtant pas destinées.

— Très bien. Emmenez-le-moi en salle d'interrogatoire. On a du pain sur la planche, avec ce type, on dirait…

# 54

Marc reposa sa tasse sur la table du salon.

Et voilà.

C'était fini.

Ils étaient tous partis. Les jeunes, leurs parents aux yeux accusateurs, le commissaire Marceau et son air suspicieux. La maison était vide de nouveau, livrée à sa solitude.

À sa mémoire.

À ses crimes.

— P'pa ?

Marc sursauta. Il n'avait pas entendu Alexandre arriver derrière lui depuis le couloir qui menait aux chambres des filles. Il tourna un visage de suie vers son fils. L'adolescent avait une mine en papier mâché et le regard trouble.

— Quoi ?

Le jeune homme le considéra avec une drôle d'expression.

— Y a un truc bizarre…

Le sang pulsait sur les tempes du romancier comme s'il allait lui crever la peau. Son fils, conscient que la tempête couvait et qu'il allait prendre cher dans la minute qui suivait, cherchait un moyen de détourner sa colère. Marc se leva, les poings crispés, prêt à fondre sur lui pour la laisser éclater comme il le méritait.

— Qu'est-ce qui est plus bizarre que la disparition de cette fille, Alexandre ?

Le jeune homme desserra les doigts de sa main droite, puis il les tendit vers son père.

— Ça. Elle ne s'en sépare jamais. Je ne l'ai jamais vue au lycée sans ce truc à son cou.

La lumière du jour, qui entrait à présent à flots dans la pièce par la fenêtre du salon, accrocha la médaille qui tournait au bout de la chaîne en or. Marc tendit une main hésitante, puis il saisit délicatement le bijou et le leva devant ses yeux.

Côté face, c'était le signe de la Balance.

Côté pile, il n'y avait que le prénom.

*Mathilde.*

— Où as-tu trouvé ça ?

Marc ne reconnut pas sa propre voix. Il avait fouillé partout dans la chambre à la lueur de sa lampe de poche. Il n'avait pas allumé, de peur de réveiller les autres filles dans celle d'à côté, mais il avait tout inspecté. Il en était certain. Sur la commode, sous le lit, sur la chaise, dans le tiroir de la table de nuit…

— Sous son oreiller. Je… je suis allé retirer tous les draps pour les mettre dans la machine à laver.

*Sous son oreiller! Merde! Il n'y avait pas pensé! Mais quel con, bon sang!*

Alexandre se grattait la tête.

— Je comprends pas. Elle serait jamais partie en laissant ce collier ici. Qu'est-ce qui a bien pu se passer ?

Marc scruta les traits de son fils pour y chercher le mensonge et la duplicité, mais il ne trouva qu'un gros point d'interrogation et ressentit soudain au fond de lui que quelque chose ne collait pas *du tout.*

— Tu n'en as aucune idée ? Vraiment ?

L'adolescent considéra son père avec circonspection.

— Ben non ! J'ai été malade, cette nuit. Un truc que j'ai dû manger hier, je sais pas quoi. Quand je lui ai dit que j'allais dégueuler, Romain m'a apporté la bassine de la salle de bains et il s'est tiré en râlant. Du coup, je sais pas où il a dormi. Mais moi j'ai pas pu me lever avant ce matin. C'est vrai que ça schlinguait drôlement dans la chambre. Je comprends qu'il se soit barré vite fait.

Marc s'attendait à ce que les yeux d'Alexandre ne puissent rester fixés sur les siens, à ce que le poids de la culpabilité finisse par le forcer à baisser le front.

Mais rien ne filtrait sur son visage.

Aucune ombre, aucun nuage.

Aucun remords.

*L'odeur dans les bottes… Le caoutchouc mouillé de glace…*

*Mais alors…*

L'écrivain secoua brutalement le bras de son fils. Le regard écarquillé de Mathilde lui déchira le cerveau de son hurlement muet avalé par le précipice.

— Tu n'es pas sorti de la nuit, Alexandre ? Même avant d'être malade ? Tu n'as pas vu Mathilde dans le garage ?

Le jeune homme se mit à crier en essayant d'échapper à la poigne et au visage de dément de son père.

— Aïe ! Tu me fais mal ! Pourquoi tu veux que je l'aie vue dans le garage ? Mais arrête, papa ! Pourquoi tu me regardes comme ça ? Tu me fais peur !

# 55

— Une réunion de travail, hein ? C'est bien ça ?

Jonathan Keller remua sur la chaise métallique, mal à l'aise devant les yeux dégoupillés du vieux policier maussade. Mais qu'est-ce qui pouvait bien lui froncer autant les sourcils ? Que lui avait raconté la femme de son ami ? Que connaissait-elle réellement de leurs frasques nocturnes ? Une des filles était-elle tombée enceinte ? Avait-elle réussi à le retrouver et à le dénoncer à la colère d'un rival ? Lui avait-on envoyé des menaces qu'il n'avait pas prises au sérieux ?

Ignorant où il mettait les pieds, Jonathan botta prudemment en touche.

— Oui... enfin... Avec François, nous préférons nous réunir dans un bar ou un restaurant pour décortiquer nos dossiers plutôt que de passer la soirée enfermés dans un bureau. C'est tellement plus...

Keller baissa le nez sur ses mains. Le policier termina la phrase pour lui.

— ... sympa ? Oui, je comprends. L'alcool qui coule à flots... une nuit à l'hôtel loin de chez soi en compagnie de filles qui ne vous refusent rien... Mais un soir, l'orgie tourne mal. Un grief mal réglé, une jalousie, et tout part de travers. On en arrive à commettre des actes répréhensibles, y compris jusqu'à tenter d'assassiner son meilleur ami dans un moment de fureur absolue...

Jonathan sentit les larmes perler malgré lui à ses paupières. Sa couverture avait fait long feu. Elle ne représentait plus qu'une guenille trouée où la lumière crue de la vérité jaillissait à travers chaque accroc. Quoi qu'ait pu lui raconter Élisabeth, le commissaire Marceau était en train de le clouer au pilori alors qu'il était à côté de la plaque.

— Non ! Vous ne comprenez rien ! Tout ça, c'était pour la rigolade ! François et moi, on se connaît depuis le collège. C'est comme mon frère de sang. Aucun de nous deux n'aurait jamais causé le moindre tort à l'autre. Alors tenter de le tuer… c'est tout simplement ridicule. *Ridicule…*

Le commissaire Marceau resta un long moment à observer l'homme prostré devant lui, le cou plié sur son chagrin. Il avait croisé de nombreux criminels au cours de sa vie, et certains vraiment très retors. Des gens à qui l'on aurait donné le Bon Dieu sans confession. Certains avaient juré père et mère qu'ils se trouvaient à l'autre bout de la ville quand *c'était arrivé.* D'autres s'étaient construit des alibis inattaquables et s'étaient débrouillés pour retarder la décomposition d'un cadavre afin de tromper les conclusions du légiste. D'autres encore avaient enterré quelque part une proie dont on n'avait jamais retrouvé la trace et avaient rendu stériles les efforts des enquêteurs pour les coincer. Beaucoup avaient finalement réussi à se faufiler au travers des mailles du filet de la justice. Il y en avait eu des dizaines. Et parmi eux, les pires étaient ceux qui, comme ce Jonathan Keller, jouaient la carte de l'incompréhension, de l'abattement, de l'affreux drame personnel, comme s'ils étaient eux-mêmes la victime du crime qu'ils avaient commis.

Le commissaire attendit un instant, mais l'homme ne paraissait pas prêt à relever le menton. Il consulta de nouveau la note que la secrétaire lui avait donnée à son arrivée. La mésaventure nocturne de l'agent immobilier y était relatée dans les moindres détails. Il sortit une cigarette entamée, la planta entre ses lèvres, puis il se balança sur son siège sans l'allumer.

— Vous êtes fumeur, monsieur Keller ?

Jonathan le considéra d'un air surpris.

— Non, pourquoi ?

Le regard du policier le transperça.

— Pourtant, d'après les renseignements que m'a donnés le commandant de la caserne, il semble que vous aviez un briquet sur vous, cette nuit. Un Zippo.

— Ah… euh… oui, c'est exact. Le feu…

— Voilà. Et j'ai oublié le mien…

Jonathan percuta soudain.

— Oh, pardon.

Il le sortit de sa poche et le tendit à l'officier de police. Marceau alluma sa cigarette et posa le Zippo sur la table après l'avoir observé de près.

— Alors, expliquez-moi, monsieur Keller. Puisque vous n'êtes pas fumeur, pourquoi aviez-vous ce briquet avec vous ?

L'agent immobilier se prit la tête dans les mains. Devait-il s'en tenir à la version de son amnésie partielle ? Pour l'instant, cela valait mieux, sinon il n'allait plus être crédible avec tout ce qu'il avait raconté depuis le début de la matinée. C'était simple. Il ne savait plus. Demain serait un autre jour.

— Il devait être dans ma voiture. Je ne me souviens pas.

Le policier l'observa un instant en silence, puis il se mit à suçoter son stylo-bille.

— Vous êtes en train de me dire que vous avez marché en pleine nuit dans quinze centimètres de neige, sans le moindre éclairage, et qu'il vous a fallu plus de dix kilomètres avant de penser à allumer un feu avec le briquet que vous aviez dans la poche ? C'est bien cela ?

Jonathan Keller le regarda en face, comme pour le mettre au défi de prouver le contraire de ce qu'il affirmait.

— Oui, c'est bien ça. J'étais sous le choc.

— Sous le choc de quoi, cher monsieur ? Le choc, vous en avez été victime au bout d'un certain nombre d'heures à essayer de survivre dans le froid. Pas quand vous êtes sorti de votre voiture. Il aurait été plus simple d'allumer un feu près de votre véhicule et de vous protéger des intempéries dans l'habitacle, quitte à aller vous réchauffer de temps en temps devant les flammes, non ? À moins…

Jonathan Keller redressa le buste, conscient que l'escarmouche n'avait été lancée que pour masquer la bataille qui allait la suivre. Il répondit d'une voix plus rogue qu'il ne l'aurait voulue.

— À moins que quoi ?

Le policier secoua la tête d'un air entendu.

— À moins que vous ne l'ayez trouvé ailleurs…

— Ailleurs ? Mais *où*, ailleurs ?

Le commissaire souffla un long filet de fumée vers lui.

— Dans une autre voiture que la vôtre, par exemple.

— Une autre voiture ? Mais je n'ai vu *aucune* autre voiture, cette nuit !

Marceau pencha sa bedaine sur la table d'acier.

— Tiens, la mémoire vous revient un peu, il me semble…

Jonathan se troubla.

— Mais je vous jure que c'est la vérité ! Sinon on m'aurait secouru plus tôt, non ?

— Ce n'est pas faux, admit le policier en hochant la tête d'un air pénétré.

— Ah, vous voyez !

— Mais c'est inexact.

— Co… comment ça, *inexact ?*

Le vieux flic prit le briquet dans ses doigts épais et l'observa longuement avant d'en basculer le capot métallique et d'en faire jaillir une flamme qu'il tint éloignée de sa cigarette qui n'en avait pas besoin.

Et puis il répéta le geste. Le clapet claqua dans le silence tendu de la pièce.

Une fois.

Deux fois.

Trois fois.

— Ce briquet ne vous a jamais appartenu, monsieur Keller.

Marceau attendit un instant la réaction de son vis-à-vis, mais Jonathan resta muet, incapable de comprendre le trou noir qui était en train de s'ouvrir devant lui.

Le policier reprit la conversation un peu en amont comme si de rien n'était.

— Donc, après votre « réunion de travail », vous avez déposé votre ami complètement saoul dans sa chambre et vous êtes parti directement de l'hôtel. C'est bien ça ?

Keller hocha la tête sans le regarder.

Le commissaire fronça ses sourcils ombrageux.

— Répondez, s'il vous plaît.

Jonathan releva le nez, le visage congestionné, et répondit d'un filet de voix presque inaudible.

— Oui.

— Et vous avez décidé d'aller vous balader du côté du col de Fuchs, pourtant fermé à cause de la chute de neige annoncée.

— Je…

— Et pourquoi cela, monsieur Keller ? Une soudaine envie de vous frotter à Mère Nature pour expier votre soirée ratée ?

— Mais…

— Mais *quoi*, monsieur Keller ?

— Mais ce n'est pas du tout ce qui s'est passé ! Je devais rentrer au plus vite. Je n'avais plus le temps de contourner le massif par la vallée. J'ai pensé que j'allais franchir l'obstacle sans problème. J'avais acheté ces tout nouveaux pneus d'hiver. Mais on n'a jamais vu autant de neige aussi tôt dans l'année. J'ai commis une grosse erreur d'estimation, je le reconnais.

Les yeux du commissaire Marceau se rétrécirent.

— … et vous vous êtes planté dans un fossé. Alors, vous vous êtes dirigé vers le domicile de l'écrivain Marc Torres.

Jonathan ne parvint pas à soutenir le regard de Marceau.

— Oui. Je voulais lui demander de téléphoner pour appeler une dépanneuse.

— En pleine nuit…

Keller sentit la colère qui enflait dans la poitrine du policier, et il ne comprenait pas ce qui était en train de se produire. C'était soudain comme si ses errements dans la neige, sur la route du col, étaient devenus plus importants aux yeux du flic que l'agression dont François avait été victime.

— Eh bien… j'étais perdu, presque gelé… j'ai pensé…

— Vous avez pensé…

Jonathan Keller se tut. Le regard du commissaire Marceau ressemblait au canon d'un fusil de chasse braqué droit sur son front. Le briquet entre les doigts, le policier hochait le chef comme s'il était en train de se raconter en son for intérieur une histoire complètement farfelue à laquelle il ne croyait pas du tout.

— Vous avez beaucoup pensé pour un type qui ne se souvient de rien, vous ne trouvez pas ?

Le flic posa ses deux grosses mains sur ses genoux et se pencha vers lui, l'enveloppant d'une tenace odeur de tabac froid.

— À partir de cette heure, vous êtes placé en garde à vue dans le cadre de la disparition de Mathilde Morange, monsieur Keller. Et moi, j'aimerais bien savoir ce que vous avez fait de son corps…

# 56

Elle hurla au beau milieu d'un cauchemar qui la déchirait en ondes glacées au fur et à mesure qu'il la refoulait sur les rivages déchiquetés de la conscience. Au moment où elle allait se noyer dans ses eaux noires, elle happa une gorgée d'air aux relents de Javel et elle ouvrit les yeux.

Elle crut un instant qu'elle était devenue aveugle, mais sa vision s'accoutuma très vite. Le rideau baissé plongeait la chambre dans l'obscurité. Dehors, le bruit ténu de la circulation lui parvint en sourdine, étouffé par l'épaisseur du double vitrage. Elle tourna la tête vers le mur blanc, vide et étranger, et elle sentit le venin de l'angoisse se répandre dans ses intestins.

Elle frissonna. L'image qui l'avait effrayée dans son sommeil s'évapora en une pincée d'instants sans qu'elle puisse l'identifier et la laissa pantelante sur sa couche, le corps entièrement recouvert de sueur. Elle repoussa du pied les draps rêches et redressa le cou.

Au pied de son lit, un appareil émettait des bips aigus soulignés par un curseur à aiguille qui battait avec une régularité hypnotique. La porte s'ouvrit. Le visage inquiet d'une infirmière se matérialisa dans le carré de lumière qui provenait du couloir.

Et soudain, tout lui revint. Un poids abominable lui écrasa brutalement les poumons.

*Mathilde…*

La femme en blanc s'approcha, la bouche fardée d'un sourire de circonstance. Elle vérifia d'un bref coup d'œil le cadran du moniteur et posa une paume tiède sur le front de la patiente allongée que la feuille de soins identifiait comme une certaine Michelle Morange.

— Je vous ai entendue crier. Ne craignez rien. Tout va bien. C'était juste un malaise. Le docteur…

La griffe qui saisit le col de sa blouse coupa les paroles de réconfort de l'infirmière dans sa gorge. Une voix de corbeau malade jaillit d'entre les lèvres sèches.

— Ma... fille... où... est... ma... fille...

La jeune soignante fronça les sourcils.

— Pardon, mais je ne suis pas au courant pour votre fille. Une ambulance vous a amenée vers 10 h 30 ce matin. C'est tout ce que...

— MATHILDE !!!

Michelle avait lâché la blouse et inconsciemment arqué le dos pour que le cri s'arrache enfin de sa poitrine avec toute la puissance du désespoir. La jeune femme sortit de la chambre en courant et fila vers le bureau des infirmières tandis que des hurlements inarticulés la poursuivaient dans le couloir. Elle fit irruption dans la pièce et coupa la conversation de la responsable du service.

— Vite ! La 209 s'est réveillée et elle est hystérique !

Solange Duteil, chef du service depuis plus de quinze ans à l'hôpital de Longerupt, décolla son imposante stature de sa chaise.

— Je m'en occupe. Mais tu viens avec moi, Justine. On ne se sera pas trop de deux pour la calmer.

Elle se hâta vers la chambre 209 d'où s'échappaient toujours des cris déchirants. Aurélien Bediez, le médecin-chef de l'établissement, mis au courant par celui du SAMU qui l'avait amenée en ambulance, lui avait parlé de la disparition de la fille de cette femme tandis qu'il la plaçait sous sédatifs. Il avait ensuite quitté le service en quatrième vitesse en plein milieu de ses visites – ce qui ne s'était quasiment jamais produit auparavant – pour aller réveiller l'ex-mari de la patiente, son confrère Fabien Morange, qui se reposait chez lui du sommeil du juste après avoir assuré la garde de nuit. Il était tout simplement hors de question qu'il lui apprenne la nouvelle au téléphone. Il avait affirmé à Solange que Michelle ne reviendrait pas à elle avant son retour, mais pour une fois, il s'était trompé, ou bien cette Morange était d'une résistance très inhabituelle.

L'infirmière-chef tira le fauteuil près du lit et prit délicatement les mains de Michelle dans les siennes. Peu à peu, les hurlements de la mère de Mathilde cessèrent et les sanglots dévastèrent son corps écrasé par le chagrin. Solange approcha son visage de la masse de cheveux étalés en désordre sur l'oreiller.

— Nous sommes avec vous, madame Morange. Vous n'êtes pas seule, croyez-moi. La police met tout en œuvre pour retrouver votre…

— Elle est morte…

Solange Duteil, malgré son âge et son expérience, sentit son cœur se serrer. Elle était mère, elle aussi, et comprenait dans ses tripes la détresse de cette femme qu'elle ne connaissait pas deux heures plus tôt.

— Rien ne le prouve pour l'instant, je vous assure. C'est peut-être juste une fugue. Mathilde n'a disparu que depuis quelques heures. Tous les espoirs sont permis de la retrouver en vie, croyez-moi.

Michelle Morange secoua la tête au milieu de ses larmes, ses mains toujours prisonnières de celles de la soignante.

— Non. Je le sais. Je le sens. *Elle est… morte…*

Et puis elle fondit en pleurs inextinguibles. L'infirmière-chef donna du menton le signal à Justine. La jeune infirmière, déjà prête à l'action, injecta une nouvelle dose de tranquillisants dans la perfusion branchée dans le bras de Michelle.

Tandis que sa patiente s'enfonçait de nouveau dans les flots éthérés du sommeil, Solange continuait à lui parler avec la plus grande douceur.

— Le médecin est allé prévenir le docteur Morange. Il sera là à votre réveil…

Au centre de la spirale qui l'entraînait vers les profondeurs d'un lac d'angoisse de plus en plus opaque, Michelle tenta de se débattre pour échapper au piège qui était en train de la noyer corps et âme.

En vain.

# 57

— Mais puisque je vous dis que je ne l'ai pas vue ! J'étais à moitié mort sur cette foutue route ! Sans ce militaire, j'y serais resté ! C'est complètement idiot, votre truc ! Insensé ! Il y avait tellement de neige que pas une voiture n'aurait pu grimper jusqu'au col, vous le savez comme moi !

Jonathan attendit du policier une réponse qui ne vint pas. Le commissaire Marceau conservait un visage impénétrable, ses yeux de phoque rivés sur lui. Au bout d'un interminable instant d'incertitude, il croisa les bras dans une attitude de défi.

— Vous avez l'intention de me garder toute la journée ici ?

Marceau se passa une main fatiguée sur la nuque. Ce Keller était décidément plus coriace qu'il ne l'avait cru de prime abord. Pas malin, c'était sûr, mais coriace. Il saisit le briquet entre le pouce et l'index et le fit osciller entre ses doigts. Il était temps de conclure.

— Je vais vous reposer la question encore une fois, monsieur Keller. Cet objet vous appartient-il, oui ou non ? Et je vous conseille de me dire la vérité, cette fois.

Jonathan écarquilla les yeux. Non, mais ce flic se foutait de lui, ou quoi ? Qu'est-ce que c'était que cette histoire de briquet ? Mais il avait des droits, nom de Dieu ! Jusqu'à preuve du contraire, se taper une fille en cachette de sa propre femme n'était pas un crime, même si cette dernière, comme la sienne, pouvait voir les choses différemment. Mais en tout cas, ce n'était pas puni par la loi. On n'avait pas le pouvoir de l'empêcher de rentrer chez lui. Un avocat ! Voilà ce qu'il lui fallait ! *Un avocat !*

Le vieux flic interrompit ses pensées en rapprochant son gros nez du sien. Ses sourcils gris formaient une barrière continue au-dessus de deux billes de plomb fondu.

— Je vous ai posé une question, monsieur Keller.

Jonathan avala sa salive avec difficulté.

— Oui. Euh, non… Enfin, je veux dire…

Les yeux du policier devinrent plus noirs encore.

— Vous voulez dire *quoi,* monsieur Keller ? Oui ou non ? Je vous écoute. En fait, je ne fais *que ça.*

Jonathan jeta un coup d'œil au Zippo providentiel qui lui avait sauvé la vie dans les bois. Après l'intervention miraculeuse de l'adjudant-chef Mercadier, il l'avait gardé serré dans son poing durant tout son séjour à l'infirmerie de la caserne. Alors, oui, il pouvait considérer qu'il lui appartenait.

— Je l'ai trouvé sur la route, admit-il. Là où le véhicule militaire m'a récupéré. Sans lui, je serais mort de froid à l'heure qu'il est. À présent, il est à moi.

Le commissaire Marceau grimaça un sourire sans joie, jauni par le tabac.

— Je ne crois pas, non.

Jonathan Keller se braqua, piqué au vif.

— Comment ça, vous ne croyez pas ?

Le policier plongea son regard de suie dans celui de son interlocuteur.

— Le jeune homme à qui il appartient a déposé ce matin une plainte pour vol.

Keller croassa.

— Une plainte pour un vol de briquet ? Mais c'est du délire !

— Plus exactement, pour le vol de la voiture dans laquelle il se trouvait, monsieur Keller. L'agent qui a pris sa déposition lui a demandé de décrire très précisément chaque objet qui était dans son auto. Vous voyez, cette gravure sur le capot ? Ce sont les initiales entrelacées de son grand-père, qui le lui a offert pour ses dix-huit ans. Aucun doute n'est permis. C'est bien le sien. Il était dans le vide-poche de sa R6, côté conducteur. Et il faut bien être entré dans cette voiture pour avoir subtilisé cet objet, monsieur Keller. D'une manière… ou d'une autre.

— Mais je…

— Automobile qui, je le précise au cas très improbable où vous l'ignoreriez encore, a disparu le même jour, et certainement à la même heure, que la jeune femme que vous déclarez n'avoir jamais rencontrée. C'est étrange, vous ne trouvez pas ?

— Écoutez...

— Une jeune femme que vous déclarez n'avoir jamais rencontrée alors que, d'après la déposition de votre propre épouse, vous avez conduit l'après-midi même votre fils à la fête organisée par monsieur Marc Torres pour l'anniversaire du sien. Fête à laquelle l'adolescente en question était invitée, elle aussi, et qui est arrivée juste après vous et votre enfant. Et ça, c'est lui qui nous l'a appris. Dites-moi, la mémoire vous revient-elle, cette fois, monsieur Keller ?

Jonathan était devenu blême. Mais qu'est-ce que tout cela voulait dire ? Il n'avait jamais... Le coup de poing du flic sur la table de fer le fit sauter sur sa chaise comme si on lui avait versé de l'eau bouillante sur les cuisses.

— Avez-vous aperçu Mathilde Morange hier, oui ou non ?

— Oui ! Oui... je l'ai vue. A... avec sa mère. Sur le parking.

Le commissaire Marceau se renfonça sur son siège, une furieuse envie de nicotine sur la langue. Il piocha une nouvelle cigarette dans son paquet de Gauloises.

— Quel parking ?

— Celui de l'écrivain. Je venais de déposer Romain, c'est vrai, j'avais oublié.

Le capot du briquet claqua et les épais sourcils disparurent un bref instant derrière un voile opaque de fumée. Eh bien voilà. On y était. Pas plus difficile que ça, finalement.

Marceau dévisagea l'agent immobilier qui se tordait inconsciemment les doigts.

— Vous aviez oublié...

— Oui. Je...

Le commissaire Marceau lança le Zippo qui tournoya jusqu'au milieu de la table. Sa voix éclata comme le tonnerre.

— Où est Mathilde, monsieur Keller ? L'avez-vous violée ? L'avez-vous assassinée ? Qu'avez-vous fait de son corps ? Et où est la voiture dans laquelle vous avez été assez stupide pour ramasser ce truc après avoir commis votre sinistre forfait ?

# 58

Marc Torres arracha la feuille de la machine à écrire et la froissa du poing avant de la jeter à travers son bureau. Elle atterrit sur le parquet au milieu d'une trentaine d'autres boules de papier.

Il ôta ses lunettes, prit sa tête dans ses mains et ferma les paupières. Rien à faire. Il était à sec. Aussi aride que le Sahara. Le souvenir du visage aux yeux fous qui basculait dans le vide ne l'avait pas quitté de la journée. Au bout d'un long moment, il releva le nez. Devant lui, le tableau nauséeux du portrait au regard mort lui renvoya l'image de son esprit torturé par l'atrocité qu'il avait commise au cours de la nuit. Il se leva d'un bond et le retourna contre le mur, puis il recula et s'essuya les mains sur les hanches comme s'il les avait soudain salies avec une chose répugnante. Pour la première fois depuis qu'il l'avait acquise, il saisissait le pouvoir maléfique de cette peinture qui semblait déchiffrer son âme quand il la contemplait. Il réalisa que c'était *elle* qui se nourrissait de sa présence, et pas l'inverse. L'ombre d'un instant, il crut entendre la voix de Véronique s'enrouler autour de lui, mais son souffle s'évanouit dans le néant avant qu'il ait pu comprendre les mots qu'elle essayait de prononcer.

Marc sortit de son bureau et se dirigea vers la cuisine en traînant les pieds. Alexandre était resté cloîtré dans sa chambre depuis le départ des policiers, du proviseur et des parents. Son père ne l'avait jamais vu aussi abattu. La disparition de Mathilde semblait l'avoir touché encore plus que tous ses camarades. Les larmes aux yeux, Alexandre lui avait juré qu'il n'avait pas conservé d'autres morceaux de buvard imprégnés de LSD. Marc n'avait pu insister plus sur ce sujet au risque de révéler ce à quoi il avait assisté dans le garage. Il ne pouvait mentionner l'hypothèse que la drogue était la cause de la mort de Mathilde puisqu'il n'était pas censé l'avoir aperçue de la nuit.

Était-ce le visage de son fils ravagé par le chagrin ? Pour une fois, Marc l'avait cru.

Marc alluma le gaz et plaça la bouilloire sur le feu. Il écouta l'eau frémir peu à peu, mais cela n'éveilla pas chez lui le sentiment d'urgence familier, ce pétillement d'anticipation qui le poussait à se ruer sur son clavier pour y jeter pêle-mêle les mots qui se bousculaient habituellement sous ses doigts à chaque tasse odorante posée sur son bureau.

Il coupa la flamme sous le récipient. Il n'avait pas rempli sa boule à thé. Il n'avait même pas préparé son mug préféré. Il n'avait envie de rien. Juste de courber le dos et de se persuader que tout cela n'était jamais arrivé. Que ce n'était qu'un mauvais rêve de trop dû à la fatigue, que l'épuisement lui jouait un très sale tour. Mais la réalité le rattrapait à chaque clignement de paupières. Elle était simple et se résumait à une phrase : Alexandre avait apporté de la drogue à Mathilde, elle en avait abusé et elle en était morte. Cette tragédie aurait pu se produire n'importe où ailleurs, mais il avait fallu que cela arrive à son domicile. Quant à lui, il n'avait fait que nettoyer les lieux pour éviter à son fils de se retrouver en prison, et c'était tout.

Il avança à pas lents jusqu'au salon. Il avait rangé les chaises, le feu était éteint, mais il voyait toujours en surimpression sur le manteau de la cheminée la silhouette de la jeune fille penchée sur la guitare. Ses cheveux longs glissaient sur le manche et caressaient la caisse tandis que sa voix s'élevait au milieu d'un silence presque religieux. Elle se découpait en ombre chinoise sur le fond de flammes et de fumée.

La sonnerie stridente du téléphone acheva de lui vriller les nerfs en une tresse douloureuse. Il s'approcha de l'appareil en se demandant quelle nouvelle catastrophe allait s'abattre sur lui. Il attendit un instant en nourrissant l'espoir qu'il s'agissait d'une erreur, que la personne allait s'en apercevoir et raccrocher dans la foulée. L'appel s'arrêta puis recommença au bout de quelques secondes à peine. Il attrapa le combiné et le porta à son oreille, puis il dirigea un regard tendu vers le jardin. Avaient-ils déjà trouvé la voiture ? Le cadavre avait-il parlé au médecin légiste ? Avait-il oublié dans la R6 quelque chose que les policiers avaient formellement identifié et qui le désignait à la vindicte des juges comme le seul et unique coupable de ce crime ?

La voix de Laurent Rivard, complètement hystérique, lui perça les tympans.

— Ils l'ont trouvé !

Marc se méprit et il pâlit, les paumes soudain moites. Sa mère elle-même n'aurait pas reconnu son timbre réduit à un filet atone.

— Mathilde ?

— Non ! Ils ont peut-être arrêté son assassin, monsieur Torres !

# 59

— Ça va aller, vous êtes sûr ?

Le capitaine de gendarmerie Andreas Lopez hocha la tête et jeta un bref regard en direction du policier engoncé dans son manteau, ses gants et son chapeau. Le Zodiac était arrimé à la berge à la verticale de la falaise. Il n'y avait aucun mouvement de courant, juste un léger balancement dû au vent, mais le visage du flic avait pris la teinte maladive de ceux qui ont déjà le mal de mer sur le quai avant de poser le pied à bord d'une embarcation.

— Si elle est là, vous le saurez dans une heure.

Le commissaire Marceau leva le nez vers le ciel qui commençait à s'obscurcir au-dessus de la montagne et réprima un frisson. La falaise qui les surplombait de son à-pic vertigineux projetait sur eux une ombre noire et inquiétante.

— Il va bientôt faire nuit…

Lopez hocha le menton d'un air indifférent.

— En bas, il fait nuit toute la journée.

Il considéra la surface sans rides du lac. À quarante-cinq ans, après six années de carrière au sein de la brigade fluviale de gendarmerie de Strasbourg, créée en octobre 1968, il avait accompli plus de missions de ce genre qu'il ne pouvait se le rappeler. Parfois glaciale, souvent opaque comme du pétrole et d'une puanteur à réveiller un mort, l'eau était son milieu naturel. Et quand on pratiquait son métier, nager à l'aveuglette parmi les ordures et les déchets organiques de toutes sortes était dans l'ordre des choses. Vu l'escarpement du site, il allait cette fois plonger profond et en pleine obscurité, mais d'après les renseignements qu'on lui avait fournis, l'onde noire du lac n'était pas troublée par le courant d'une rivière. C'était déjà ça.

Il enfila la deuxième jambe de sa combinaison, ajusta la bouteille d'oxygène sur son dos, vérifia sa lampe frontale puis il attacha à sa ceinture plombée le sac renforcé qu'il ne déplierait qu'une fois arrivé au fond de l'eau. Il devait collecter les indices en y laissant le moins de traces de prélèvement possible. Chacun d'entre eux serait isolé dans un pochon plastique individuel scellé directement sous la surface pour éviter la contamination par l'air.

De temps en temps, la pêche était fructueuse. Mais ce n'étaient pas des perles qu'il descendait cueillir dans les profondeurs. Plutôt des fleurs coupées trop tôt. Et définitivement fanées. Souvent, il ne retrouvait que des os. Parfois uniquement une mâchoire, un crâne ou un humérus. Il était conscient que chaque morceau d'un squelette pouvait apporter des informations déterminantes pour la résolution d'une enquête. Alors, quand il arrivait qu'un bout de corps soit exhumé de son linceul de vase, il restait des heures sous l'eau avec son équipe, plongeant chacun leur tour par rotations de trente minutes, ratissant le périmètre à l'infini pour être certain de ne rien laisser de crucial au fond. Mais aujourd'hui, ce ne serait pas le cas. Si cette voiture était bien ici, elle était forcément tombée quasiment à la verticale dans un cercle pas plus grand qu'une maison. Il ne pouvait pas la louper, même avec la limite de temps imposée par la profondeur et les paliers à respecter pour la remontée des abysses du lac.

Et le cadavre non plus.

Il ne l'avait confié à personne, et encore moins au père de la victime qui avait exigé de les accompagner, mais il était certain qu'elle était là, engoncée dans son cercueil de métal tout au fond de ces eaux glacées. Les circonstances ne laissaient pas de place au doute. La disparition de la jeune fille et de la Renault 6 au même moment, en pleine nuit ; l'impossibilité d'aller bien loin avec la quantité de neige tombée la veille ; ce type qu'on avait retrouvé à cet endroit précis de la route quelques heures plus tard, hagard, prétendant ne se souvenir de rien, mais en possession d'un objet formellement identifié par le propriétaire du véhicule volé… Tout concourrait à supposer que la fille dormait à présent à quelques dizaines de brasses sous le Zodiac.

Il évacua de ses pensées l'image du corps qu'il allait trouver dans quelques minutes flottant au milieu de l'habitacle parmi les poissons et les végétaux en miettes que la voiture avait forcément brisés dans sa chute, puis il ajusta le masque sur son visage. Après quelques profondes inhalations afin de vérifier la bonne circulation de l'oxygène dans le système respiratoire, ses palmes basculèrent en arrière et il coula en un clin d'œil. Bientôt, il ne subsista plus qu'un discret chapelet de bulles à la surface et le bruit du filin d'acier qui se déroulait de son support en fendant les vaguelettes comme une ligne de pêche au gros accrochée à la gueule d'un requin.

Fabien Morange n'avait pas prononcé un mot depuis que le bateau avait quitté la rive, à l'autre bout du lac, là où l'unique chemin d'accès avait permis aux gendarmes, aidés par des militaires de la caserne voisine venus en renfort, de le mettre à l'eau. Il se tenait assis à l'avant, ses yeux vides posés sur le miroir mouvant d'où allait émerger le corps sans vie de sa fille.

Et soudain, le câble s'arrêta.

# 60

La gendarmerie de Longerupt, dont les effectifs avaient été fortement sollicités par les nombreux incidents dus aux chutes de neige de la veille, avait demandé en début d'après-midi des renforts à la caserne de Shaeffer pour aider les hommes de la brigade fluviale de Strasbourg à se rendre jusqu'au lac Lœvenbruck, un endroit incrusté dans la montagne et inaccessible par la route, afin d'y conduire le Zodiac nécessaire aux recherches sous-marines.

Bruno Paoletti s'était porté volontaire, et malgré son incoercible envie de le saquer, l'adjudant-chef Mercadier n'avait pu s'y opposer. Franck Delmas, encore malade comme un chien, avait décliné. Quant à Paul et Yves, leur très récente aventure dans la froideur de la nuit leur avait visiblement suffi. Trois autres bidasses étaient venus avec le Corse à bord d'un GMC pour nettoyer le chemin qui serpentait dans le sous-bois afin de permettre l'accès au véhicule. Une fois leur travail achevé, ils étaient très vite remontés dans la cabine pour attendre bien au chaud le résultat de l'opération.

Paoletti, lui, était resté debout sur la rive enneigée. Une main en conque au-dessus des yeux pour les protéger de la réverbération de la lumière sur la glace, il n'avait pas quitté des jumelles les quatre hommes présents sur le bateau. Au bout d'un long moment, après que le plongeur eut disparu sous la surface du lac, il orienta les lentilles vers le haut de la falaise, puis il tenta d'imaginer la trajectoire exacte de la chute de la voiture. Il ne parvenait pas à oublier le fracas métallique qu'il avait entendu pendant qu'il attendait Mercadier. Il était certain que ce bruit ne s'était pas produit quand le véhicule avait touché l'eau. C'était un son plus sec, plus destructeur. Elle avait heurté quelque chose de plus dur juste avant.

Il y avait forcément des traces du choc quelque part.

Et ce rai de lumière qu'il avait aperçu tenter en vain de percer la nuit… Il y avait eu quelqu'un là-haut. C'était certain.

Au bout d'un long moment à inspecter la paroi, un mouvement attira son attention sur le Zodiac. Il abaissa les jumelles et ajusta la mise au point au centre de l'embarcation. Le premier plongeur était remonté et il secouait la tête négativement. Le civil qui accompagnait les enquêteurs se pencha par-dessus le boudin et se mit à scruter le lac avec fébrilité comme s'il pouvait apercevoir quelque chose au travers de l'eau opaque. Paoletti vit le second plongeur chausser ses palmes et basculer en arrière des deux hommes qui discutaient ferme au milieu du bateau. Tout à son argumentaire animé avec son vis-à-vis, le capitaine Lopez écarta soudain les mains et haussa les épaules dans un mouvement conjugué qui revêtait le même sens d'ignorance sur toute la planète.

Le Corse abaissa lentement les jumelles. Les déductions de la police étaient-elles erronées ? Se pouvait-il que la voiture qu'ils recherchaient ne soit pas ici ? Pourtant, une confuse certitude lui murmurait que c'était bien elle qu'il avait entendue s'écraser contre la roche en plein milieu de la nuit. Mais dans ce cas, pourquoi cette attitude de dénégation de l'officier de la fluviale ? Cela voulait-il dire qu'il n'avait pas retrouvé le corps ? Mais alors, s'il n'était pas dans l'eau, c'était que…

Paoletti rangea les optiques dans leur étui et jeta un coup d'œil au précipice qui plongeait presque tout droit dans le lac. Combien de temps lui faudrait-il pour se rendre au pied de la paroi et en revenir ? Et à quoi cela lui servirait-il s'il s'avérait que du matériel d'alpinisme était nécessaire pour l'escalader de seulement quelques mètres ? Il imagina soudain la fureur de l'adjudant-chef Mercadier quand il saurait qu'il avait quitté son poste durant deux bonnes heures, et ce fut ce qui le décida. Il ramassa une corde de halage forestier et une poignée de mousquetons, puis il saisit une hachette abandonnée près du GMC après l'opération de nettoyage et partit sur-le-champ droit devant lui à travers les branches entrelacées du bord du lac.

Dans le camion, l'un des trois bidasses le montra du pouce à ses camarades qui frottaient leurs gants au-dessus de la soufflerie pour se réchauffer les mains.

— Il est cinglé, celui-là ! Non, mais regardez-le ! Il se croit en vacances ou quoi ?

Un autre acquiesça du menton.

— C'est Bruno Paoletti. J'en ai déjà entendu parler par un copain qui crèche dans son bâtiment. Ce mec cogne pour un oui ou pour un non. Une vraie teigne. Il n'a peur de rien ni de personne. Oublie-le, ça vaudra mieux pour toi.

Le regard planté entre les larges épaules du Corse qui disparaissait sous les branches basses des sapins empesés de blanc en maniant la hachette avec dextérité, le premier bidasse émit un petit rire avorté qui ne se communiqua pas à ses camarades. Même de dos, Bruno Paoletti en imposait à celui qui croisait son chemin.

Bientôt, Paoletti se retrouva seul dans le bois, les bottes engoncées dans trente centimètres de neige fraîche et le bonnet recouvert de cristaux de glace qui fondaient très vite à la chaleur de son crâne. Le moulinet de la lame abattait sans relâche les obstacles qui se succédaient devant lui. Après avoir enfoncé à deux reprises le pied dans un trou d'eau dissimulé par un amas de poudreuse, il finit par renoncer à l'idée de rester près de la berge dans sa manœuvre de contournement du lac. Peu à peu, il dut s'éloigner du rivage à cause de la végétation inextricable qui y prospérait.

Très rapidement, la pente commença à s'élever sous ses pas. Les sapins qui avaient réussi à y prendre racine tendaient leurs cimes en biais vers le ciel pour saisir leur part de lumière au-dessus du gouffre encaissé, mais ils y avaient poussé beaucoup moins nombreux qu'en bas. Comme creusé dans la montagne, une sorte de sentier à peine marqué de pattes de chevreuils s'enfonçait dans les buissons. Bien qu'il montât fortement, l'angle correspondait à peu près à la direction qu'il s'était fixée pour arriver au bas du précipice. Bruno Paoletti s'y engagea en pensant qu'il redescendrait un peu plus loin, une fois qu'il aurait franchi le magma d'arbres couchés dans les blocs de granit. Mais bientôt, il réalisa que la montagne était en à-pic depuis le chemin et qu'il ne pourrait pas se laisser glisser sur la neige sans risquer de se rompre le cou.

Il progressait beaucoup plus vite qu'il ne l'avait cru, et en moins d'une heure il se retrouva à mi-hauteur de la falaise, à une trentaine de mètres environ à la verticale du bateau. Le layon accidenté, d'une largeur inférieure à celle de ses épaules, et certainement emprunté uniquement par les animaux, longeait la paroi d'un bout à l'autre et reliait les deux côtés boisés du lac. Au centre, un promontoire de pierres s'avançait au-dessus du vide comme l'étrave d'un voilier déchiqueté par les vents. Au milieu de l'amas de rochers, une déclivité anormale montrait que la glace y avait été récemment écrasée par un poids énorme, puis recouverte d'une épaisse couche de flocons qui avait tenté en vain de le combler.

À deux pas de la falaise, Bruno Paoletti s'agenouilla et écarta doucement la croûte blanche avec la hachette. Tout d'abord, le fer crissa sur des morceaux de verre brisé, puis il accrocha ce qui ressemblait à un bout de tissu. Il tira délicatement dessus et déplia les fibres pétrifiées par le gel. À la couleur rouge et noir des carreaux, il comprit qu'il s'agissait d'un plaid.

Dessous, il trouva la poignée de la voiture.

Puis la portière tout entière.

Saisi d'une brusque frénésie, il en dégagea le tour et glissa la hachette sous un angle pour la soulever de son carcan de glace.

Et puis, dans le trou soudain libéré de son toit de fortune, il vit cinq doigts sous la neige.

# 61

— Putain, c'est quoi, ça ?

Les trois militaires s'étaient collés au pare-brise du camion pour suivre des yeux la trajectoire éblouissante qui fendait le ciel plombé. La longue traînée rouge monta haut avant d'arrondir sa course et de replonger en pluie écarlate vers les eaux du lac.

— Merde… une fusée de détresse. On dirait que c'est parti de là-bas, au milieu de la paroi…

Norbert Leroux, le bidasse qui avait ricané au départ du Corse dans le dédale du bois, ne riait plus du tout. Chacun savait que personne ne tirait ce genre de signal d'alarme pour s'amuser. Et encore moins un militaire.

Sur le Zodiac, ce fut soudain l'effervescence. Le deuxième plongeur remonté, le bateau fila tout droit en direction de la falaise. Depuis le camion, les trois hommes ne discernèrent bientôt plus que des silhouettes minuscules au bout du lac. Seule celle du policier était identifiable à son bonnet et son écharpe rouges.

Leroux se tourna vers les deux autres.

— C'est Paoletti, vous croyez ?

— J'ai pas aperçu un deuxième couillon partir là-bas, moi.

Norbert ignora le sarcasme de Gérard Dubreuil, qui mesurait une tête et une épaule de plus que lui.

— Mais comment il a pu monter jusque-là ?

— Comme une mouche. Je vois que ça.

— Ah, arrête de l'emmerder, Gérard. C'est vrai, quoi : comment il a fait, ce sacré mec, pour grimper là-haut ? Et qu'est-ce qu'il a pu y découvrir ?

Une admiration sans équivoque perçait dans la voix de Nathan Pieric, un Breton aussi trapu que le Corse et que le service militaire avait arraché pour un an à la solitude de la pêche en mer.

Loin de ses côtes du Finistère, il avait trouvé ici, en pleine montagne, un environnement qui lui ressemblait étrangement alors qu'il en était en tout point différent. Mais l'hostilité du milieu était équivalente. Soit on s'adaptait, soit on n'y survivait pas longtemps. Et de ce côté-là, il se sentait très proche de ce sacré Bruno Paoletti.

Pieric alluma la radio de bord. Il n'y eut tout d'abord que des crachotis, puis la voix du capitaine Lopez éclata haut et fort dans l'habitacle.

— *Grenouille à Chamois, vous m'entendez ? Je répète : Grenouille à Chamois, vous m'entendez ?*

Leroux pouffa sur son siège.

— *Grenouille et Chamois*… non, mais je te jure…

— Ferme ta grande gueule et écoute !

Le ton de Gérard Dubreuil cloua le bec de son camarade qui s'acagnarda contre la portière et jeta au-dehors un regard maussade.

— *Grenouille à Chamois, vous m'entendez ?*

L'appel resta une fois de plus sans réponse.

— C'est à cause de la montagne, énonça Nathan. On est trop encaissés, ici. Le signal ne passe pas sur la fréquence qu'on utilise d'habitude.

— Eh bien, ça promet pour la prochaine ! répliqua Dubreuil. Si les troupes ne peuvent pas communiquer entre elles dès qu'il y a un peu de relief, on finira tous en chair à canon à la première bataille, les mecs !

Une voix nasillarde coupa la réponse de Nathan Pieric dans l'œuf.

— *Chamois à Grenouille, je vous entends 3 sur 5. À vous !*

— *Grenouille à Chamois. Nous avons besoin d'un hydravion de toute urgence à la pointe nord du lac. Vous avez bien compris ? Un hydravion ! Un hélico ne pourra pas se poser !*

— *Chamois à Grenouille. Bien reçu. Je transmets votre demande à mon officier de garde. Quel est le motif ?*

Dubreuil et Pieric lorgnaient la radio comme si elle allait soudain prendre vie devant eux. Le regard dirigé vers les silhouettes qui s'agitaient de l'autre côté du lac, Norbert Leroux plissa les paupières. D'après ce qu'il pouvait en distinguer, un homme glissait rapidement sur une corde sur la falaise. Il arriva très vite sur la rive et le policier au bonnet rouge se précipita vers lui. La radio était devenue muette.

— Mais qu'est-ce que c'est que ce bordel ? grogna Dubreuil. Pourquoi ont-ils besoin d'un hydravion ? Le bateau est en panne ?

Pieric fit un signe impératif de la main et le silence revint dans le camion. Mais seuls les parasites répondirent à l'opérateur de la caserne.

— *Chamois à Grenouille, je répète : quel est le motif de votre demande ?*

Il y eut un craquement dans le micro, comme si quelqu'un avait délibérément coupé la communication durant quelques secondes et le rebranchait d'un coup, et puis une autre voix explosa dans la radio.

— *Urgence vitale ! Grouillez-vous de nous envoyer cet avion sur le lac ou je vous démonte la gueule en rentrant ! Vous m'entendez, foutu Chamois à la con ?*

Nathan Pieric sourit dans sa barbe. Bruno Paoletti ne changerait jamais, et c'était à ce genre de choses qu'il prenait peu à peu confiance dans l'avenir des hommes.

— *Euh... je...*

— *C'est compris, oui ou merde ? Je veux un hydravion avec une équipe médicale au complet ! Vous m'entendez, Chamois ? ON A TROUVÉ LA FILLE !*

# 62

Affalé dans le canapé, Marc Torres alluma machinalement la télévision. Il avait été incapable d'aligner deux mots de toute la journée. Les yeux écarquillés de Mathilde le poursuivaient depuis le réveil dans chaque éclat de miroir, dans chaque tasse de café, dans chaque verre de whisky qui lui avait brûlé l'estomac.

Alexandre avait quitté la maison vers 14 heures, peu après le départ des policiers et des derniers adolescents, et il n'avait pas réapparu. Marc avait entendu la mobylette pétarader, mais il n'avait pas eu le temps d'empêcher son fils de partir. Quand il était arrivé à la porte du garage, il était trop tard. Alexandre avait poussé l'engin dans la neige jusqu'à la route dégagée, puis il l'avait démarré dans la descente pour être sûr de ne pas se faire attraper. Marc était revenu à pas lents à son bureau puis, épuisé, il s'était laissé tomber dans son fauteuil. Il s'était pris la tête dans les mains, avait plié le cou, puis il avait ouvert la vanne de son cerveau à toutes les images qui l'assaillaient depuis qu'il était rentré de sa mortelle randonnée nocturne.

Il sentait que le tableau retourné contre le mur lui envoyait des ondes noires afin de le pousser à le remettre dans le bon sens pour que le personnage torturé puisse enfin lui renvoyer le reflet de ce que lui-même était devenu. Marc avait résisté, mais les traits empreints de terreur avaient quand même réussi à l'atteindre au travers de la toile et du cadre opaques. Ce visage s'était superposé à celui de Mathilde et avait décuplé son effet nocif sur son imagination. Les touches de la machine à écrire étaient restées immobiles. Le *staccato* des lettres d'acier sur le ruban, habituellement rapide et constant, n'avait pas retenti une seule fois dans la pièce.

Marc était vide.

Asséché.

Stérile.

L'écran de l'appareil couleur s'alluma progressivement. Marc s'était payé cette folie après le succès de son dixième roman. La télévision imposante prenait tout un angle de mur du salon. Il pouvait la regarder depuis la cheminée en pivotant l'un des fauteuils ou en tournant la tête sur le canapé. Le poste avait même été fourni avec une télécommande qui évitait de se lever pour aller changer les chaînes. Le comble du luxe. Quand le livreur l'avait apportée, Alexandre n'en était pas revenu. Et puis il s'était précipité sur le téléphone pour se pavaner devant ses copains.

Comme toujours.

Marc détourna les yeux des images colorées et lumineuses qui se succédaient à grande vitesse comme si le fait de saturer les méninges des téléspectateurs d'un chromatisme effréné rendait l'information essentielle. Ce soir-là, il n'avait pas envie d'écouter pérorer les uns et les autres devant les caméras. Il avait juste besoin d'un peu de bruit pour vaincre l'isolement où s'enlisaient ses propres pensées. Les reportages, les séries télé, les speakerines, la météo, tout cela le fatiguait. Il baissa le volume pour ne plus laisser filtrer qu'un très léger brouhaha et il s'abîma dans la contemplation du feu, à angle droit de l'écran où des hommes et des femmes s'agitaient à mille lieues de son univers tourmenté. Il venait juste de recharger le foyer de bûches qui ronronnait dans l'âtre.

Avec la chaleur qui lui léchait les joues, le whisky commençait à faire sentir son effet pervers. Après la période de relaxation et la sensation insidieuse que tout pouvait s'arranger naquit celle où le jour devient plus noir que la nuit à la lumière de la vérité. Marc avait abusé. Il le savait depuis qu'il avait cessé de compter le nombre de verres qu'il avait ingurgités. Il le sentait, aussi, parce que les murs de sa maison s'étaient revêtus de teintes bariolées qu'il ne reconnaissait pas.

Et puis surgit le souvenir. Toujours la même image. Toujours le même accompagnement sonore. Mathilde penchée sur la guitare et des grappes de notes qui s'envolent vers les cieux. Il tourna les yeux vers le siège où elle avait appuyé son pied nu pour pouvoir poser l'instrument sur sa cuisse. Les larmes coulèrent alors.

Les larmes de la fatalité.

Les larmes de la culpabilité.

Et soudain, à travers le brouillard accroché à ces cils qui lui voilait la vue, il l'aperçut. Là, juste devant lui. Bien vivante. Elle sautillait en cadence, les bras arrondis au-dessus de sa tête comme une danseuse étoile, et elle riait de toutes ses dents de lait en lui envoyant des baisers.

*Ses dents de lait ? Des baisers ?*

*Mais…*

— Tu viens jouer, maman ?

*Cette voix… impossible.*

Et puis il entendit le commentaire *off*, mélodramatique, et il comprit.

*Les informations télévisées !*

Il se redressa dans le canapé. Un montage, issu de séquences filmées en Super 8, tournait en boucle à l'écran. Mathilde bébé, Mathilde fillette. Mathilde adolescente.

*Mathilde…*

Ses grands yeux bleus lumineux, son corps à peine éclos et déjà resplendissant, son minois à faire fondre les cœurs de tous les garçons…

Marc étouffa un sanglot. Il se mordit le poignet jusqu'au sang pour ne pas se mettre à hurler. Et puis il distingua à travers ses larmes le visage de Léon Zitrone qui souriait aux téléspectateurs, un casque de télétransmission posé sur le crâne. Les jambes coupées, les doigts tremblants, il empoigna la télécommande et l'échappa. Elle tomba sur le carrelage, rebondit et fila sous le siège. Il se pencha, la récupéra à tâtons, puis il la dirigea à l'aveuglette vers l'appareil pour l'obliger à se taire. Mais il n'appuya pas sur le bon bouton. La voix de Zitrone, puissante et gonflée de soulagement, éclata alors dans la maison comme un coup de tonnerre.

— *Mesdames, mesdemoiselles et messieurs, chers téléspectateurs, une incroyable nouvelle est tombée il y a quelques minutes sur nos téléscripteurs. Un drame atroce a été évité de justesse dans les Vosges grâce à la sagacité des sauveteurs. En effet, nous venons juste de recevoir la confirmation que la jeune Mathilde Morange, disparue la nuit dernière à bord d'une voiture volée à Longerupt, non loin de Gérardmer, a survécu à une chute de plusieurs mètres dans le vide, dans la neige et sur une route isolée. D'après le compte rendu des gendarmes, elle aurait été éjectée du véhicule et aurait atterri sur une corniche, puis elle aurait trouvé refuge dans une anfractuosité de la roche en se protégeant de la tempête sous une portière arrachée à la voiture au cours du choc. Une chance incroyable ! À quelques décimètres près, elle aurait coulé dans un lac avec la carcasse de la Renault 6 dans laquelle elle se trouvait et qui repose actuellement à plus de trente mètres de fond. Selon le médecin qui l'a auscultée, ses jours ne semblent plus en danger. Et pourtant, il s'en est fallu de peu qu'elle passe une deuxième nuit dans son abri de fortune, où elle aurait très certainement péri en quelques heures. C'est un véritable miracle ! D'ici peu, quand elle sera réveillée et remise du sévère état d'hypothermie où elle est encore plongée à l'heure actuelle, elle pourra expliquer aux enquêteurs comment l'accident s'est produit, de quelle façon elle a pu rester en vie là où les secours l'ont retrouvée, mais aussi la raison pour laquelle elle a commis ce larcin. Si vous le voulez bien, je vous donne rendez-vous vers 22 h 30 à 24 heures sur la Une pour les dernières informations de la journée ! À vous Cognacq-Jay !*

# 63

— Putain, j'y crois pas !

Une voix de femme explosa dans la cuisine.

— Henri ! Surveille un peu ton langage ! Ce n'est pas parce que ton père n'est pas là ce soir que tu peux te permettre de…

— Oh putain de bordel de merde !

La mère déboula dans le salon, un torchon mouillé à la main, prête à frapper le récidiviste sur les cuisses, mais elle resta interdite face au teint livide de son fils. Sa colère s'évanouit d'un coup devant son émotion si intense qu'il ne parvenait plus à articuler un mot. Il tendit un doigt tremblant et lui désigna le visage du présentateur du journal télévisé. Simone Duplessis, interloquée, ne comprit pas ce que Zitrone pouvait avoir de si terrifiant, même s'il était effectivement très loin de ressembler à Alain Delon.

— Eh bien quoi ? Qu'est-ce qui se passe ?

Henri rassembla ses esprits avec difficulté. Il la regarda intensément, des larmes plein les yeux, et il se libéra dans un souffle.

— Elle… elle est vivante ! Ils l'ont retrouvée !

La femme du notaire se figea dans le salon, une main soudée à la bouche, et puis elle se précipita sur le poste pour monter le son, mais l'image du journaliste avait déjà disparu dans le générique de fin de l'émission.

Elle décrocha le téléphone et composa à la volée le numéro du proviseur du lycée. Elle l'avait appelé si souvent durant les dernières vingt-quatre heures qu'elle le connaissait par cœur. Laurent Rivard lui confirma les dires de Zitrone, mais il n'en savait pas beaucoup plus. Mathilde avait été retrouvée par l'armée dans la montagne et elle était vivante. Pour couronner le tout, l'homme soupçonné de l'avoir agressée était sous les verrous. Il ignorait où la jeune fille se trouvait à présent, la police ne l'avait pas communiqué. Oui, sa mère avait été prévenue. On avait dû la replacer sous sédatif à cause d'une nouvelle crise d'hystérie. L'ascenseur émotionnel avait été si insoutenable pour elle durant ces dernières heures que le médecin avait craint une attaque consécutive à la bonne nouvelle inespérée. Une malheureuse histoire, vraiment, mais qui finissait bien ou presque. Même si elle avait survécu, Mathilde risquait tout de même de garder quelques séquelles physiques et psychologiques de sa mésaventure.

Simone Duplessis fondit en larmes devant le combiné, ses nerfs soumis eux aussi à rude épreuve, et elle raccrocha lentement. Debout à côté d'elle, le choc absorbé, Henri piaffait d'impatience. Dès que sa mère eut tourné les talons pour retourner dans la cuisine, il agrippa l'appareil et composa le numéro de Philippe, dit Gros Lard, dont l'une des principales qualités était d'être le frère de Léa, l'une des amies de Marie. S'il y avait des renseignements de premier ordre à obtenir, ce serait forcément d'elle à travers lui.

Au comble du supplice, il attendit une dizaine de sonneries, mais personne ne décrocha. En désespoir de cause, il appela Gilles, dont il s'était toujours senti plus proche que des autres, peut-être parce que son paternel tenait le plus grand garage de la ville où le sien y dépensait des sommes colossales pour l'entretien de sa voiture anglaise de collection. La famille de Gilles, comme la sienne, faisait partie de celles qui ne se demandaient jamais comment elles allaient se débrouiller pour finir le mois.

Lorsque le père de son ami lui eut passé son fils, Henri se mit à crier :

— T'as entendu ce qu'ils ont dit aux infos ?! Elle est vivante ! Et ils ont choppé le mec qui a….

Gilles lui coupa aussitôt la parole.

— Ferme-la, Henri !

Il y eut un silence, comme si Gilles avait posé la main sur le combiné, puis celui-ci reprit d'une voix sèche :

— Démerde-toi pour te barrer tout de suite de chez toi. On se retrouve au garage. Il faut qu'on discute d'un truc avec toi, Pierre et moi. T'as pigé ?

Henri fronça les sourcils. Il n'appréciait pas particulièrement ce Pierre dont Gilles et Alexandre s'étaient rapprochés depuis le début de l'année. Costaud, le coup de poing facile, il était réputé pour ne pas se laisser impressionner par qui que ce soit. Âgé de dix-neuf ans, Pierre était libre de faire ce qu'il voulait. Élevé par sa veuve de grand-mère après la mort de ses parents, tous les deux disparus à trois ans d'intervalle à peine, elle lui foutait une paix royale et lui donnait plus d'argent de poche par semaine que tous les autres réunis n'en dépensaient en un mois. Il avait laissé tomber nonchalamment un jour que ce fric faisait des petits tout seuls et qu'il n'avait qu'à se baisser pour le ramasser. Sur le coup, Henri n'avait pas bien compris de quoi il s'agissait. Et puis, un après-midi, quand il avait surpris, dans le fond d'un couloir du lycée, des billets discrètement échangés contre un bout d'aluminium froissé, la lumière avait jailli dans son esprit.

Par la suite, il avait pris soin d'éviter cet inquiétant camarade de classe qui portait sur lui en permanence de quoi séjourner en prison pour plusieurs années. Du moins, c'était ce que lui répétait sa mère à chaque fois qu'elle lui parlait des risques liés à la consommation de drogues.

Et puis les billets avaient continué à défiler et à changer de mains dans sa mémoire et dans ses rêves. *Des billets de banque qui faisaient des petits tout seuls.* Alors, pour se faire une meilleure idée des dangers en question, Henri avait repéré quelques «clients» de Pierre et il les avait observés à la dérobée pendant qu'ils fumaient en cachette dans un coin de la cour d'où ils pouvaient voir de loin quiconque approcherait de leur groupe. Mais contrairement à ce que sa mère lui avait asséné depuis qu'il était en âge de l'entendre, il n'avait aperçu aucun d'entre eux se rouler par terre, soudain victime d'hallucinations. Il n'avait assisté à aucun malaise, à aucune agressivité. Les garçons s'étaient juste allongés sur la pelouse baignée de soleil, avaient fermé les paupières, et puis ils s'étaient tous retrouvés avec un sourire de bienheureux collé sur leur visage tourné vers le ciel.

Henri avait scruté leurs yeux une fois qu'ils étaient revenus en cours. La plupart n'avaient pas encore eu le temps d'atterrir.

Leurs pupilles étaient dilatées, leurs gestes lents, mais aucun n'avait eu l'air malade ni n'avait titubé comme ces poivrots qu'il croisait souvent le soir en rentrant du lycée, devant chez Marcel, le café du bas de la rue. Les risques rabâchés par sa mère avaient peu à peu pris du plomb dans l'aile, et même s'il avait toujours eu un peu peur d'y toucher, il n'écoutait plus ses sempiternelles mises en garde que d'une oreille distraite. Le shit, ce n'était pas plus dangereux qu'un verre de whisky. Sinon, depuis le temps que les gars y fumaient des pétards, il y aurait eu des morts plein la cour du bahut à longueur d'année. Il savait que Gilles en roulait de temps en temps. Il l'avait surpris une fois ou deux en compagnie de Pierre, l'air très cool et un sourire de connivence suspendu aux lèvres. Mais rien de mauvais n'était arrivé. Gilles travaillait toujours en classe, il était toujours dans les premiers, et la Terre n'avait pas dévié de son axe. Cela ne valait vraiment pas la peine d'en faire un plat comme ça.

Alors il dit oui, raccrocha, puis il se précipita dans le sous-sol pour aller chercher son vélo.

Il fit semblant de ne pas entendre les appels de sa mère depuis le haut de l'escalier.

Mathilde était vivante.

Il fallait fêter ça avec les copains.

# 64

Le docteur Fabien Morange se tenait debout, immobile, près du lit où reposait le visage exsangue de sa fille qui émergeait des draps immaculés. Elle portait sur ses traits d'ange la marque creuse de la mort, mais le médecin savait que la vie coulait encore lentement dans ses veines, à l'instar du goutte-à-goutte planté dans son bras. Quand il avait enfin pu la voir, une demi-heure plus tôt, après des heures d'insoutenable incertitude, si pâle et diaphane qu'elle semblait embaumée, il n'y avait tout d'abord pas cru. Elle avait les narines pincées, les yeux clos enfoncés dans les orbites et les doigts de ses deux mains avaient été amputés à la deuxième phalange. La peau de son corps, déformée à de nombreux endroits par les cloques des engelures, n'était qu'une plaie à vif. On lui avait expliqué qu'elle n'avait gardé ses oreilles et son nez que grâce à sa présence d'esprit qui lui avait dicté de protéger son visage dans la capuche de son vêtement.

La gorge serrée, il avait écouté son confrère lui expliquer que, malgré les pronostics pessimistes qu'il avait prononcés du bout des lèvres à son arrivée à l'hôpital, Mathilde avait franchi le cap le plus critique et qu'elle allait survivre. Si l'analyse toxicologique de son sang y avait révélé la présence d'une forte quantité d'alcool et de LSD, seul le froid avait réellement menacé sa vie.

Morange poussa un long soupir douloureux et s'assit avec une précaution infinie au pied du lit en prenant garde à ne pas tendre la couverture sur le corps de sa fille.

Du LSD…

Il ne comprenait pas. Même s'il ne la voyait plus aussi souvent qu'avant le divorce, il connaissait sa fille. Il lui arrivait certainement de boire un verre en cachette de temps en temps, comme tous les ados, *mais du LSD…*

Mathilde était équilibrée, joyeuse, pleine de vie. Elle n'était pas une junkie. Non, rien à faire. Elle avait été droguée à son insu. On avait *abusé* d'elle.

*Et cet appel, la nuit de sa disparition, pendant qu'il était de garde… ce type en panique qui mentionnait qu'une femme était en train de faire un malaise à cause de la drogue ? Était-ce précisément de sa fille qu'il s'agissait, à ce moment-là ? Mais qui était cet enfoiré, nom de Dieu ? Et d'où appelait-il ?*

*Sa voix… sa voix lui avait vaguement rappelé quelqu'un.*

*Mais qui ?*

L'écrivain ? Non, lui, il ne l'avait pas revu depuis plusieurs années. Et il y aurait eu un tel branle-bas de combat chez lui à ce moment-là que tous les jeunes auraient été réveillés sur-le-champ. Et puis pourquoi aurait-il caché son identité et n'aurait-il pas simplement révélé les faits au médecin qu'il venait d'appeler ? La voix aurait pu être la sienne, c'est vrai, mais elle pouvait également être celle de n'importe qui d'autre.

*Alors qui, bordel de Dieu ?*

À présent que le docteur qui l'avait sauvée les avait laissés seuls, la chambre baignait dans un silence et une pénombre sépulcraux. Fabien Morange retint son souffle tout en guettant celui de son enfant. Au bout d'un interminable instant, les draps bougèrent imperceptiblement.

Elle respirait.

*Mathilde allait vivre.*

Il se répétait sans fin cette phrase qui avait fini par se vider de son sens comme un fruit qu'on a trop pressé. Les mots n'étaient plus qu'une coque aux contours indistincts où il avait enfermé à double tour sa terreur de la perdre.

Bientôt, quand elle ouvrirait les yeux, lorsqu'elle le reconnaîtrait et qu'elle le serrerait dans ses bras en pleurant, il pourrait jeter ces mots creux loin de lui pour qu'ils ne risquent plus de venir le hanter.

Et puis, plus tard, il pourrait enfin l'interroger sur ce qui s'était réellement passé à bord de cette voiture. Morange ne croyait pas une seconde à cette soi-disant fuite de Mathilde au milieu de la nuit. Pourquoi aurait-elle quitté ses copains, volé cette foutue R6 et filé à l'anglaise en pleine tempête de neige après avoir bu et consommé de la drogue ? À sa connaissance, elle n'avait jamais conduit une automobile de sa vie. Et encore moins d'un temps pareil. Michelle ne le lui aurait jamais permis, même au mois de juillet, sans qu'elle ait obtenu son examen et qu'elle soit assurée.

Non, tout cela ne tenait pas debout.

Ce n'était qu'un tissu de conneries.

Il y avait autre chose.

Et cette autre chose se nommait Jonathan Keller.

Morange se leva sans bruit. Il s'approcha de la fenêtre et souleva de l'index une lamelle du store vénitien qui assombrissait la chambre. Devant l'établissement, de nombreux journalistes avaient pris possession de la pelouse et agitaient les bras face à leurs caméras et à leurs micros, faute d'avoir été autorisés à entrer dans le service où Mathilde reprenait peu à peu contact avec la vie. D'ici quelques heures, lassés de ne pouvoir arracher la moindre miette de renseignement au personnel qui avait été prié de garder un silence total sur l'évolution de l'état de santé de la jeune fille, ils partiraient vers d'autres drames. Ce n'était qu'une question de temps et de nouveaux faits divers à disséquer pour donner la becquée à leurs téléspectateurs avides de sang frais.

Le médecin leva les yeux vers la montagne qui dominait la ville de ses monts englués dans un brouillard tenace. Il se projeta sur cette route verglacée où la Renault avait basculé dans le vide, là où sa fille avait failli mourir de froid. On lui avait expliqué que des militaires avaient secouru au même endroit, plus tard dans la nuit, un homme qui se réchauffait près d'un feu. Un type de la région, comme dans la majorité des crimes commis quelque part. Le père de l'un des camarades de lycée de Mathilde. Un survivant apparemment hébété qui, ainsi qu'il avait entendu le commissaire Marceau le confier au capitaine Lopez sur le bateau, détenait un briquet qui aurait dû se trouver dans la R6. Il n'avait pu expliquer comment cet objet était arrivé en sa possession.

Et puis il avait appris que cet homme se nommait Jonathan Keller.

Alors, à partir de ce moment-là, l'affaire était devenue très simple.

Limpide.

Jonathan Keller n'avait jamais accepté que Michelle le quitte pour lui. Il n'avait jamais abandonné l'idée de récupérer celle qu'il estimait lui appartenir. Michelle avait croisé ce Jonathan plusieurs fois en ville à son bras, et il l'avait à chaque fois sentie se crisper contre lui. Non, *se blottir* contre lui. Y chercher refuge, comme si cet homme la menaçait juste en la regardant en silence. Fabien Morange n'avait jamais pu croiser son regard. Ce type l'évitait comme la peste. Il le haïssait. Cette impression était aussi palpable et nauséabonde qu'une blessure gorgée de pus.

Mathilde était le portrait craché de sa mère à son âge. À chaque fois qu'il la contemplait à la dérobée, son père en avait le vertige. Michelle lui avait tout donné. Sa beauté, sa grâce, son intelligence. Morange avait souvent songé à ce que lui avait pu lui laisser, mais cela n'avait en fait aucune importance. Ce qui comptait, c'était qu'ils avaient donné naissance à une fleur splendide qui ne demandait qu'à embaumer le monde tout entier.

Son fils étant dans la même classe que Mathilde, Jonathan Keller l'avait forcément constaté. Il s'était retrouvé face au visage de la femme qu'il n'avait cessé de convoiter durant toutes ces années.

Et puis la gangrène avait germé dans son cerveau.

Alors, puisque Mathilde était ce jour-là loin de sa mère et de sa protection, loin de son médecin de père qui était de garde, cet homme-là avait conçu un plan démoniaque pour posséder la fille qu'il n'avait jamais pu avoir. Il avait abandonné sa voiture sur la route, plus haut dans la montagne, afin de simuler un accident. Il avait pris soin de prévoir des vêtements chauds dans le coffre. Il était revenu en pleine nuit chez Torres. Il s'était introduit dans la maison pendant que tout le monde dormait et avait kidnappé sa Mathilde. Il l'avait droguée, l'avait emportée dans un autre véhicule que le sien pour être sûr qu'on ne l'identifierait jamais, et puis il lui avait fait du mal.

Morange en était certain, Keller avait violé sa fille. Le flic avait dévié le sujet quand il lui avait posé la question. Marceau lui avait répondu qu'il ne possédait pas encore les détails complets de l'examen médical de Mathilde, mais il avait lu dans ses yeux que le vieux policier essayait de lui cacher la vérité.

Après son méfait, Keller avait voulu se débarrasser du corps de sa victime et de toute trace de son crime. Il avait alors décidé de balancer la voiture dans le lac, puis de retourner à pied jusqu'à son propre véhicule. Quatre kilomètres à pied. Pour un homme habitué à marcher, c'était une rigolade.

Seulement quelque chose avait dérapé et il était resté sur place jusqu'à ce qu'on le retrouve à moitié congelé. La culpabilité ? Le remords ? Le désespoir d'être allé trop loin et de ne plus pouvoir revenir en arrière ?

Peu importait, en vérité.

*Cet homme avait fait du mal à Mathilde.*

Cette fois, les mots étaient imprégnés de la plus cruelle des vérités, de celle qui serre les poings d'un père à les briser, de celle qui le pousse à devenir un meurtrier.

Mais l'homme en question était aux mains de la police. Fabien Morange n'avait aucun moyen de l'approcher pour lui rendre la monnaie de ce qu'il avait fait subir à sa fille. Il lui fallait attendre que ce salopard émerge de sa garde à vue. Parce qu'il sortirait libre, c'était sûr. À part si Mathilde témoignait, bien entendu. Mais dans l'état où elle se trouvait, il pouvait s'écouler des jours avant qu'elle puisse parler à qui que ce soit.

Morange se rassit au pied du lit. Le commissaire Marceau lui avait expliqué que les vêtements de Mathilde avaient été placés sous scellé et rangés en lieu sûr dans l'attente de l'examen par la police scientifique. Il lui en avait énuméré la liste remise par l'officier qui s'en était occupé. Des chaussures noires, un blouson rose, un pull noir, un chemisier bleu électrique, des sous-vêtements blancs…

Morange observa le visage exsangue de sa fille. Après le divorce d'avec sa mère, un certain nombre de changements apparus dans la vie et les goûts de l'adolescente lui avaient échappé, c'était inévitable. Mais il y avait une chose dont il était absolument sûr, une chose qui n'avait pas varié d'un iota depuis sa plus tendre enfance. Malgré les efforts de Michelle, qui avait entrepris de faire d'elle une vraie petite fille modèle, Mathilde avait toujours détesté le rose et n'avait jamais accepté de porter le moindre vêtement de cette couleur.

Jonathan Keller, qui prétendait ne se souvenir de rien, ne connaissait visiblement pas ce détail. Et si c'était bien lui qui l'avait habillée de cette façon-là, c'est qu'elle était déjà inconsciente. Et si elle était inconsciente, si elle avait été assise du côté passager, elle n'aurait pu être éjectée par la portière conducteur, cette portière forcément encore ouverte qui s'était arrachée dans le choc sur la roche et qui avait permis à Mathilde de s'en servir comme d'un toit dans le trou où elle avait trouvé refuge.

Jonathan Keller avait délibérément tenté de tuer sa fille après l'avoir installée au volant de la voiture.

Alors, sans aucun doute, cet enfoiré méritait mille fois la mort.

# 65

*Vivante…*

Marc était resté prostré dans le canapé pendant plus d'une heure et demie. La sonnerie du téléphone l'arracha brusquement à son cauchemar. Il ne reconnut pas la voix de femme qui résonna dans l'appareil.

— Monsieur Torres ?

— Mmh…

La voix continua, timide et réservée. Elle n'ignorait pas qu'elle s'adressait à une célébrité dont elle avait déjà lu le nom dans les journaux.

— Pardonnez-moi de vous déranger, je suis madame Corbier. La mère de Gilles. Un ami de votre fils, vous savez ? Mon mari est garagiste…

Une clarté de soupirail s'entrouvrit dans l'esprit embrumé de l'écrivain. Il cligna des yeux, ramené d'un coup à la réalité.

— Oh, oui. Bonsoir…

Il y eut un silence, puis la femme continua.

— Euh… je suis très gênée, mais je voulais vous dire qu'Alexandre est ici, chez nous. Il… il m'a demandé de vous appeler. En fait, il ne veut pas rentrer à votre domicile.

Marc tressaillit.

— Comment ça : *il ne veut pas rentrer* ?

Visiblement au supplice, madame Corbier se troubla.

— Il m'a affirmé qu'il est majeur et que personne ne peut l'obliger à revenir chez lui. Et… euh… pardon, monsieur Torres, mais il a insisté sur le *personne.*

Marc retint la colère qui prenait ses nerfs d'assaut. C'était la première fois qu'Alexandre le piégeait ainsi face à un choix aussi tranché. Ou bien il venait le chercher *manu militari,* ou bien il lui accordait une toute première victoire grâce à cet essai entre les poteaux transformé dans la foulée. Dans les deux cas, son père était perdant. Échec et mat.

Après un long moment d'hésitation, Marc inclina son cou aux veines gonflées sur le combiné. Il se força à baisser sa voix dans les graves pour l'empêcher d'éclater.

— Très bien. Dites-lui que je l'autorise à découcher pour ce soir, si cela ne vous pose pas de problème qu'il reste chez vous, bien entendu.

— Non, aucun souci, je vous assure. Ils sont d'ailleurs plusieurs à s'être retrouvés ici en fin d'après-midi. Le garage est grand, ils ont de la place pour discuter tranquilles. Et ils en ont besoin, avec ce qui vient d'arriver à leur camarade…

Marc se crispa sur le téléphone, mais sa voix resta égale.

— Oui, je comprends. Très bien, j'irai le chercher demain matin. Merci de votre appel, madame Corbier. Désolé pour le dérangement…

Marc Torres reposa le combiné sur sa fourche. Chaque chose en son temps. Alexandre était en sécurité chez son ami et c'était tout ce qui importait pour le moment.

Il se détourna du guéridon et revint dans le salon en traînant les pieds. Il s'immobilisa à l'entrée de la cuisine, les bras ballants. Il se sentait déserté de l'intérieur. Après le chahut des jeunes la veille, la maison était plus désertique qu'elle l'avait jamais été. Il laissa son regard dériver sur les sièges vides et remarqua alors que la guitare était restée appuyée contre le buffet.

Il ramassa l'étui et se dirigea à pas lents vers la chambre de sa femme. L'interrupteur claqua dans le silence, mais le fantôme bienveillant de Véronique ne lui apparut pas, cette fois. La pièce, hostile, semblait le montrer du doigt et le repousser de toutes ses forces. Il rangea l'instrument et s'enfuit comme un voleur, persuadé jusqu'à l'ultime seconde qu'une main décharnée allait se poser sur son épaule pour le retenir à l'intérieur.

Une fois dans le couloir, il lança un regard aigu vers la chambre où Mathilde avait passé la première partie de sa dernière nuit. Il ne pouvait pas y aller. C'était au-dessus de ses forces. Et pourtant, un pas après l'autre, son corps en décida autrement. Un instant plus tard, il se retrouva devant la porte, la poignée au creux de la main. Le collier de la jeune fille scintillait dans son esprit comme les joyaux de la Couronne britannique. Comment avait-il pu passer à côté de cet objet en fouillant la chambre cette nuit-là ?

Il entra d'un coup et alluma d'un geste sec. La lumière du plafonnier éclata dans la pièce et la lui révéla sous un jour bien différent du faisceau de la torche avec lequel il l'avait inspectée quelques heures plus tôt. Elle sembla plus étroite et ne recéler aucun coin où un truc aussi voyant qu'une chaîne en or aurait pu être dissimulée.

Le matelas était à nu. Marc se souvint que, comme dans les autres chambres, Alexandre avait ôté les draps pour les laver. C'était à ce moment-là qu'il avait trouvé le bijou sous l'oreiller.

Mais quelque chose le perturbait. Un détail qui ne collait pas. Il ferma les yeux et tenta de se remémorer la façon dont il s'y était pris quand il était venu chercher les habits de Mathilde. Il se souvenait que, afin d'être sûr de ne rien oublier, il avait procédé par ordre. Sous-vêtement, pantalon, chemisier…

Marc répétait les gestes, une lampe imaginaire à la main. Il avait avancé, s'était penché sous le lit, avait été gêné par la couverture tombée sur le carrelage, avait soulevé le…

*L'oreiller ! Ce foutu oreiller était posé sur le sol, juste devant la table de nuit ! Il l'avait ramassé pour vérifier qu'il ne dissimulait rien ! Et c'était lui-même qui l'avait remis sur le matelas !*

*Mais alors… mais alors comment Alexandre avait-il pu trouver la chaîne en dessous, si lui-même ne l'avait pas aperçue sur les draps ?*

Le dos de Marc buta contre la porte ouverte. La douleur enfla le long de sa colonne vertébrale et explosa dans son cerveau en une multitude d'étincelles de compréhension. La chaîne, l'oreiller, la fuite en mobylette, tout s'éclairait enfin. Alexandre lui avait menti. Il avait inventé cette histoire de bijou disparu pour lui envoyer de la poudre aux yeux, pour dissimuler sa culpabilité derrière un paravent de brume. Cette chaîne, il avait dû la voler à Mathilde après l'avoir… après l'avoir…

Marc serra les poings. *Après avoir abusé d'elle.* Parce que c'était bien de cela qu'il s'agissait. Droguée, inconsciente, à la merci du premier venu, la jeune fille n'avait pu échapper à l'assaut de son fils. Elle n'avait pu appeler à l'aide. Et lui, enfoui dans le refuge de son bureau ou de son sommeil, n'avait rien entendu de ce qui se déroulait dans le garage. Et tout cela s'était passé chez lui.

*Chez lui !*

*Son propre fils !*

Marc sortit de la pièce à pas lents, le regard aussi noir que la nuit. Sa main droite s'enfonça dans sa poche et il sentit la surface froide du métal entre ses doigts. Il ne pouvait lire le nom gravé dessus, mais il le devinait avec la pulpe de son pouce.

*Mathilde.*

Mathilde qui était revenue.

Inconsciente, mais vivante.

Mathilde qui, si elle parlait, allait le conduire tout droit en prison.

# 66

— Il risque sa tête. Il ne va pas avouer, j'en suis sûre.

Surpris, le commissaire Marceau leva le nez de son assiette. Gilberte, son épouse, l'observait avec attention, attendant visiblement une réponse à sa question implicite. Elle avait baissé le son de la télévision qui trônait au beau milieu de la cuisine de leur appartement. Marceau baissa les yeux sur son plat et piqua un morceau de viande d'un coup de fourchette décidé.

— Étant donné la gravité des faits, la garde à vue de ce type va durer quarante-huit heures. J'ai envoyé un message au procureur pour le prévenir, je ne parvenais pas à le joindre au téléphone. Il ne m'a pas encore répondu, mais on a le temps de le faire craquer, dit-il la bouche pleine.

— Il ne craquera pas s'il est innocent de ce dont on l'accuse.

Le commissaire manqua de s'étrangler.

— Innocent ?

Gilberte Marceau posa ses couverts sur la table de formica et fronça les sourcils.

— Allons, André... cet homme conserve sur lui un objet volé dans la voiture qu'il vient de précipiter du haut de la falaise avec le cadavre de la jeune femme qu'il a assassinée ? Un objet aussi spécial ? Aussi reconnaissable ? Cette histoire ne tient pas debout, je te le dis.

Marceau haussa les épaules et piocha de nouveau dans sa potée. Tout en mâchant en silence, il ignora le ton inquisiteur de son épouse. Le policier était bien placé pour savoir que Gilberte n'avait aucune idée des aspects que pouvait revêtir une affaire criminelle. Les femmes, c'est bien connu, n'entendent rien aux...

— André, tu m'écoutes ?

Privé de sa quiétude au milieu de son sacro-saint repas dominical, le commissaire Marceau leva un regard réprobateur sur le visage de celle qui partageait sa vie depuis plus de trente ans. Il enfourna une nouvelle bouchée, mais, comprenant à son air crispé qu'il ne parviendrait pas à la faire abandonner si vite, il poussa un long soupir, déglutit avec regret, puis il s'essuya les lèvres avec sa serviette brodée.

— Un criminel, Gilberte, énonça-t-il d'une voix sentencieuse, c'est comme un électron. On ne sait pas d'où il vient, ni comment ni pourquoi. On ignore aussi où il va. Ce qui est certain, c'est qu'il cause des dégâts quand il est libre.

— Mais…

— Cet homme, Jonathan Keller, agit n'importe comment, à l'encontre de toute logique. Après avoir forcé délibérément le barrage de la route mis en place par les gendarmes – ce qui était une belle connerie qui ne tenait pas debout non plus, si tu veux mon avis – il perd le contrôle de sa voiture et il se retrouve dans le fossé. Là encore, en proie à je ne sais quelle pensée démente, il quitte son véhicule et décide de se risquer à pied en pleine nuit au beau milieu de la tempête de neige. Ensuite, il tombe sur cette pauvre fille au détour d'un virage et à mon avis il l'oblige à s'arrêter. Toujours en plein délire, au lieu de lui demander de le déposer quelque part, il l'agresse et il la…, enfin… tu vois, quoi. Même si le médecin qui l'a examinée n'a pas décelé de marques caractéristiques d'un viol, il a trouvé des traces de sperme dans son vagin. Des morsures sur ses seins, aussi. Mais sa peau de sa poitrine avait cloqué à cause des gelures et il n'a pu me donner plus de précisions. Et ça, il m'a été impossible de le dire à son père.

Gilberte, saisie par l'image, garda le silence, les yeux emplis d'effroi.

Marceau continua.

— Il y a donc eu un rapport alors qu'elle était sous l'emprise de la drogue et elle a été lavée ensuite. Pourquoi avoir pris la peine de la nettoyer si c'était pour la faire disparaître de cette façon ? A-t-il hésité ? A-t-il décidé de s'en débarrasser seulement à ce moment-là ? Dans ce cas, pourquoi avoir abandonné sa voiture aussi loin de là ? Entre nous, il faut quand même qu'il soit bien fêlé pour ne pas avoir utilisé ce véhicule pour s'éloigner des lieux du crime, non ? Personne n'aurait recherché cette Renault avant le lendemain, il avait largement le temps de disparaître dans la nature avant que des barrages soient déployés sur les routes. Après son forfait, ce type est resté sur place et il a passé une bonne partie de la nuit accroupi devant un feu qu'il avait allumé dans les bois. Les militaires m'ont expliqué que, quand ils l'ont trouvé, il avait perdu les pédales au point de ne plus savoir comment prononcer le moindre mot pendant plusieurs dizaines de minutes.

Marceau laissa passer un moment de silence, puis il reprit :

— Gilberte, je suis policier depuis plus de trente-cinq ans. J'ai croisé mon quota de mabouls et de criminels en tout genre dans des quantités d'affaires dont tu n'as pas idée, et je ne vois pas ce qui aurait pu l'empêcher de piquer ce foutu briquet dans cette foutue bagnole. Le plus risible, c'est que d'après le rapport des plongeurs, ce crétin a coupé le contact avec la clé de la voiture avant de la mettre au point mort et de la balancer dans le vide, ce qui supprime toute hypothèse d'un accident. J'ajoute que si la défense ne possède que ton argument à présenter devant le juge, Jonathan Keller aura le cou sur le billot avant le printemps. Le père de cette pauvre Mathilde a droit à ce que le glaive de la justice de notre pays s'abatte sur le coupable et qu'elle lui ôte l'envie de s'en prendre à d'autres jeunes filles. C'est bon, je peux dîner, maintenant ?

Il laissa passer un silence lourd de sens puis, devant l'absence de réponse de son épouse, il repiocha dans son assiette. Pas convaincue, Gilberte Marceau repoussa la sienne. Elle n'avait soudain plus faim du tout. Elle se leva et alluma le gaz sous la cafetière, puis elle s'appuya à l'évier et dirigea son regard vers la crête de la montagne que l'obscurité avait avalée derrière les immeubles. Non, rien n'était logique dans cette affaire. Rien de ce qu'elle en savait, en tout cas.

Mais elle, elle ne croyait pas à cette histoire de briquet volé dans la voiture du crime.

Mais alors pas du tout.

# 67

La flamme lécha le joint qu'il venait de rouler, puis Pierre inspira profondément la fumée avant de la faire ressortir par le nez en un long filet continu. Il releva alors le col de son blouson et jeta un regard en biais à Romain qui, les yeux fermés, était resté appuyé contre la vitrine du garage comme s'il voulait incruster son dos dans le verre.

— Ça va, mec ?

Le fils Keller serra les mâchoires et hocha la tête en silence. Ses yeux étaient si brillants qu'on aurait pu croire qu'il allait se mettre à pleurer. Pierre lui entoura l'épaule d'un bras fraternel.

— Écoute, je sais ce que tu ressens, mais c'est pas le moment. Tu devrais rentrer. Si Henri te voit aussi tendu que le soutien-gorge de sa mère, il va se méfier. *Et il ne doit pas avoir le temps de se méfier*, tu me suis ?

Le cerveau chauffé à blanc par le morceau de buvard imprégné de LSD que Pierre lui avait donné une dizaine de minutes auparavant, Romain dodelinait de la tête comme s'il allait s'écrouler, mais la tension extrême qui durcissait ses traits exprimait tout le contraire. Il ressemblait à une pile électrique chargée à bloc et prête à exploser. Il se dégagea du bras de son ami, détourna les yeux et ne répondit pas.

Adossé au mur de l'atelier, Gilles jeta un coup d'œil circulaire autour d'eux. Implanté tout au bout d'une voie à sens unique, le garage de ses parents était fermé depuis deux bonnes heures. Les volets des rares maisons riveraines avaient été barricadés pour la nuit. Il n'y avait pas âme qui vive dans la rue. À l'étage, la lueur mouvante de la télévision illuminait le salon où ils devaient déjà dormir tous les deux, épuisés par leur journée de travail.

— Gilles…

Le jeune homme tourna le cou et considéra le profil de Romain qui se découpait à peine sur la vitrine uniquement éclairée par la veilleuse de la sortie de secours du bâtiment.

— Quoi ?

Romain secoua la tête, les yeux dans le vide, puis, la voix mal assurée, il ouvrit les vannes et lâcha en mots heurtés la tension qu'il retenait depuis le début de la soirée.

— C'est pas... mon père qui... qui a essayé de... de tuer Mathilde...

Gilles échangea avec Pierre un regard lourd de sens. Les flics n'avaient toujours pas relâché le paternel de leur copain, et ce n'était pas le signe le plus flagrant de son innocence dans *l'affaire Morange*, comme les journalistes l'avaient appelée dans les colonnes imprimées de frais du quotidien du jour.

— Romain... Tu ne peux pas...

La voix du jeune Keller monta brusquement dans les aigus.

— Non, c'est vrai ! Je te jure ! C'est pas lui !

Gilles leva ses mains à la verticale pour désamorcer la bombe intérieure de Romain.

— OK, OK... Je te crois. Mais ça n'aura bientôt plus d'importance, de toute façon.

Romain plongea un regard humide dans les yeux noirs de son ami.

— C'est pas lui... *ça peut pas être lui...*

Gilles hocha la tête, puis il ouvrit la porte du fond du garage et lui fit un signe bref du menton.

— On le sait tous. Allez, rentre à l'intérieur. Henri ne va pas tarder à se pointer. Il ne faut pas qu'il te voie pour le moment.

Un léger coup de sifflet de Pierre coupa la réponse de Romain. Debout sur les pédales, Henri arrivait à fond de train depuis l'extrémité de la rue déserte. Pierre avança de quelques pas et se posta au beau milieu de la chaussée tandis que la porte du garage se refermait sans bruit derrière Gilles. Quand Henri mit pied à terre et vit leurs visages hermétiques, il leur lança un regard inquiet.

— Eh bien, qu'est-ce qui se passe ?

Pierre sourit, puis il tendit le pétard au nouvel arrivant.

— Tiens. Goûte ça. On discutera après.

Le cœur d'Henri se mit à battre la chamade. C'était la première fois que Pierre lui donnait l'occasion de tirer sur un joint avec lui. Il sentit le vent de l'interdit souffler dans ses cheveux un parfum inconnu de liberté. Il prit délicatement le mégot, le porta à ses lèvres, puis il aspira une longue taffe qui le fit tousser comme s'il allait dégobiller ses poumons. Loin au-dessus de lui, l'écho de la voix de sa mère lui hurlait des mots incompréhensibles à travers les limbes enfumés.

Quand il put enfin parler, son visage avait viré au cramoisi. Il inhala une deuxième interminable bouffée, les yeux rouges, les poumons au supplice pour ne pas craquer de nouveau devant les copains. La voix de sa mère avait disparu pour de bon.

— Discuter de quoi ?

Pierre récupéra le joint, puis il posa sa grosse patte sur la frêle épaule et le poussa doucement vers le garage plongé dans l'obscurité.

— On a un truc à te demander, Henri. Un service. Trois fois rien, tu verras…

# 68

— Vous voulez manger quelque chose ?

Assis sur le banc de béton, Jonathan Keller crispa les poings sur sa tête enfoncée entre ses poignets.

— Non !

— Boire un truc, peut-être ?

— Foutez-moi la paix ! Je ne veux rien du tout ! Je veux juste sortir d'ici !

L'inspecteur Claude Nigout haussa les épaules. Déjà six heures de garde à vue et ce type n'avait pas décroché un mot, sinon pour gueuler comme un veau qu'il exigeait qu'on le laisse partir.

Ben voyons... Avec une poignée de main et une claque dans le dos, aussi, peut-être ?

— Comme vous voulez. Moi, je dois juste vous le proposer. Après, ce n'est plus mon problème, hein...

Avant de quitter le couloir, il jeta un dernier regard au prisonnier par-dessus son épaule. Keller n'avait pas bougé un orteil depuis des heures. Le policier pensa qu'il devait être en train de ruminer l'erreur qui lui avait coûté sa liberté. Avec ce qui était arrivé à cette fille, ce gars-là n'était pas près de remettre le pied dehors, c'était sûr.

L'inspecteur Nigout revint s'asseoir à sa place et il déplia son journal. La nuit allait être longue. Deux heures d'interrogatoire, deux heures de repos, encore deux heures d'interrogatoire suivies de deux de repos, et cela jusqu'à ce que ce Keller finisse par craquer ou que l'équipe de jour prenne la relève.

Au bout d'un moment, il baissa son quotidien et fronça les sourcils. Assis face à lui, les mains croisées sur son ventre rebondi, son collègue l'inspecteur Briffoteaux avait commencé sa nuit et, les pieds déchaussés posés sur son bureau, il ronflait comme un sonneur. Agacé, Nigout déplia la page du journal d'un geste sec.

Briffoteaux se tourna sur sa chaise en grognant au milieu du bruit de papier froissé.

Pendant l'ombre d'un instant, Claude Nigout crut qu'il avait réussi à régler le problème, mais les ronflements reprirent bientôt de plus belle, comme libérés de leur entrave. En désespoir de cause, il replia le quotidien, le jeta sur son bureau, puis il enfila sa veste avant de sortir prendre l'air sur le perron du commissariat.

L'humidité de la nuit le saisit d'emblée aux épaules. Si la température avait nettement radouci dans la journée, emportant la majeure partie de la neige en filets d'eau erratiques à travers la ville basse, le frisson était resté tapi dans l'obscurité, prêt à vous sauter dessus dès que vous mettiez le nez dehors. L'inspecteur Nigout alluma une cigarette et souffla la fumée vers le ciel opaque. Le goût de la nicotine, âcre et désagréable, l'incita à la jeter dans le caniveau à peine commencée avec une moue dégoûtée. Six ans qu'il essayait d'arrêter. En vain, bien sûr. On ne met pas un terme à une dépendance aussi ancrée en jouant sans cesse avec le feu.

*Le feu...*

Les pensées du policier dérivèrent vers le briquet que ce type prétendait avoir trouvé au beau milieu de nulle part. Un argument ridicule qui ne pouvait avoir germé que dans le cerveau d'un homme complètement déboussolé capable de quitter l'abri de son véhicule pour se hasarder en pleine nuit sur une route déserte et enneigée.

Sur le bitume, le mégot avait manqué l'eau censée l'éteindre avant de l'engloutir pour le faire disparaître dans les égouts. Le regard de l'inspecteur Nigout y était resté accroché malgré lui. Tombée au milieu d'une des rares zones sèches dues à la déclivité abîmée de la rue, la braise minuscule survivait au milieu des flaques et des tourbillons sales qui emportaient tout ce qui traînait sur la chaussée.

Elle *survivait.*

Comme Mathilde Morange.

Parce que le hasard s'en était mêlé.

Les conclusions de l'expert qui s'était rendu sur les lieux étaient formelles. Mais jusqu'à ce qu'on la retrouve sur la corniche, qui aurait pu imaginer que la jeune femme avait été éjectée au premier rebond de la voiture avant qu'elle soit propulsée dans le lac ? Qui aurait pu concevoir que la portière, forcément ouverte puisque arrachée par le choc, allait lui servir de protection contre l'intensité des chutes de neige de la nuit et lui sauver la vie ?

Alors, si ce faisceau d'événements improbables s'était produit, pourquoi ce Keller n'aurait-il pas effectivement pu trouver ce briquet au beau milieu de nulle part ? Avait-il été éjecté de la voiture, lui aussi, quand la jeune fille avait tenté d'en sortir au tout dernier moment ? Était-ce plus invraisemblable que le reste ? Combien de chances sur cent, sur mille, sur un million y avait-il que cela se déroule de cette façon-là ? Mais même si elle était d'une sur un milliard, devait-on refuser à Jonathan Keller le doute que cela ait réellement pu se passer ainsi ?

Mal à l'aise, l'inspecteur Nigout se dandina sur place pour ramener de la chaleur dans ses membres. Les mathématiques n'avaient jamais été son fort, depuis le collège et jusqu'au lycée. Cependant, s'il y avait bien une chose qu'on lui avait rabâchée, lorsqu'il était à l'école de police, et plus tard quand il avait intégré l'équipe du commissaire Marceau, c'était qu'en matière d'affaires criminelles, le hasard n'existe pas. Parce que si vous commencez à croire à ce genre de connerie, c'est que vous n'êtes tout simplement pas fait pour être flic.

Alors il consulta sa montre, poussa un très long soupir, puis il pêcha les clés de sa voiture dans la poche de son manteau et se hâta vers le parking du commissariat. D'ici jusqu'au virage fatal, il n'y avait pas plus d'une vingtaine de minutes de route, maintenant qu'elle était dégagée. En comptant une heure sur place, il serait de retour avant la reprise de la séance d'interrogatoire de Jonathan Keller. Et à ce moment-là, il saurait peut-être à quoi s'en tenir.

Parce que s'il y avait une chance sur un milliard que le briquet, en acier et plutôt lourd, ait été éjecté depuis la Renault 6 juste avant l'accident, *quelle était celle que rien d'autre ne soit tombé au même moment* ?

# 69

Birgit Olsen croisa ses jambes qu'elle savait parfaites, puis elle leva son regard noisette sur Marie qui la considérait avec inquiétude. Elles étaient seules dans la chambre que Birgit occupait à l'étage de la maison de ses parents. Enfant unique, elle disposait même d'un appartement complet doté d'un coin cuisine, d'un réfrigérateur, d'une télé et d'un canapé d'appoint pour les amis de passage. La mère de Marie, infirmière de nuit à l'hôpital de Longerupt, avait pour une fois donné carte blanche à sa fille pour la soirée. Le lycée serait fermé pour plusieurs jours à la suite des événements de la veille, le temps que la police interroge toutes les familles des adolescents présents chez Marc Torres lors de la disparition de Mathilde Morange. Des cours polycopiés avaient été distribués par les professeurs pour ne pas perdre le fil du programme pendant cette période, mais les journées de désœuvrement qui se profilaient à l'horizon pour au moins une bonne semaine annonçaient une liberté inhabituelle que les jeunes filles avaient mise à profit le jour même.

Elles trempèrent les lèvres dans leur tasse de thé, attendant de concert que l'autre prenne la parole. Le sujet était aussi brûlant que la bergamote.

— Il paraît qu'elle est incapable de parler, dit enfin Birgit.

— C'est ce que dit la police, oui, répondit prudemment Marie.

Le regard de Brigit se fit soudain perçant.

— Et son père, le médecin ? Qu'est-ce qu'il en dit, lui ?

— Comment je le saurais ? Elle ne l'a pas vu depuis des mois.

— Tu es sûre que tu n'as pas une petite idée ?

Marie rougit jusqu'à la racine de ses cheveux.

— Qu'est-ce que tu insinues ?

Birgit sourit.

— Ce n'est pas une insinuation et tu le sais très bien.

— Je…

— Je suis allée à l'hôpital, moi aussi. Je t'ai aperçue quand tu es sortie de sa chambre en compagnie de son père. Et tu ne sais pas cacher au fond de toi ce que tu ressens pour les autres. Je vous ai croisés dans le couloir et tu ne m'as même pas reconnue.

Marie se leva, blanche de colère.

— Je t'interdis de parler de ça !

Amusée, Birgit pencha la tête sur le côté.

— Pas la peine de te mettre dans un état pareil. Je n'en ai aucune intention, et d'ailleurs cela ne me concerne pas. J'ai simplement été témoin d'un regard, disons… appuyé. Mais si tu veux mon avis, il ne l'était qu'à sens unique. Alors, ne va pas te faire des idées avec ce vieux bonhomme. D'autant que je ne suis pas bien certaine que Mathilde apprécierait à sa juste valeur la joie de te voir débarquer chez elle en tant que belle-mère…

Marie se rassit, les larmes aux yeux. Pendant un long moment, elle fut incapable de parler. Et puis les mots sortirent en s'entrechoquant.

— Il… il m'a dit que… qu'on lui a coupé les doigts. Ils étaient gelés.

Birgit eut une grimace incrédule.

— On lui a coupé les doigts ? Des mains ?

Marie éclata en sanglots. Elle hocha la tête, renifla, puis elle conclut dans un souffle.

— Les orteils aussi…

Birgit replia instinctivement ses jambes sous ses cuisses nues. Elle eut une brève image du corps de Mathilde enfoncé dans des draps blancs et dissimulés dessous, de ses moignons enveloppés dans des bandages auréolés de carmin. Les mains serrées sur sa tasse bouillante, elle sentit son duvet se hérisser d'horreur sur la peau de ses bras.

— Oh merde…

Marie essuya ses yeux.

— Il m'a dit aussi que…

Birgit se redressa.

— Que quoi ?

— Que les médecins lui ont fait passer un examen toxi… toxicologique.

La grande blonde se pencha vers le visage larmoyant de son amie.

— Et ?

— Et ils ont trouvé… de l'alcool.

Birgit acquiesça.

— Oui, elle avait bu du whisky avec Stéphane.

Marie prit une profonde inspiration.

— De la drogue, aussi.

Birgit resta silencieuse un court instant.

— De la drogue ? répéta-t-elle.

— Du LSD…

Assommée, Birgit retomba dans son fauteuil et Marie se mit à pleurer à chaudes larmes.

— Oh mon Dieu, je ne savais pas… je ne savais pas ce que ça allait lui faire…

La porte de la chambre s'ouvrit alors et Laurence entra en serrant la ceinture de son pantalon orange à pattes d'éléphant.

— Purée, c'est vraiment Byzance, ici. Des toilettes rien que pour toi, une salle de bains grande comme ma…

Et puis elle se figea au milieu de la pièce, son regard volant de Birgit à Marie.

— Euh… J'ai raté un truc, là ?

# 70

— Alors voilà ce que tu vas leur dire : «*Monsieur l'agent, ce briquet, j'avais oublié, je l'avais donné à Alexandre. Il n'était plus dans ma voiture...*»

Henri recula jusqu'à ce que ses omoplates butent dans le mur. Ses trois camarades de classe avaient refermé le cercle autour de lui, lui coupant toute issue vers la sortie du garage. Au centre, face à lui, Pierre avait perdu son sourire sympathique et il serrait les dents tout en lui enfonçant son index musclé dans la clavicule.

— Mais... je ne l'ai jamais donné à Alexandre ! C'était à mon grand-père ! *À mon grand-père !*

Pierre roula son poing droit dans sa main gauche de façon très explicite.

— On n'a pas toute la nuit, Henri. Alors tu vas faire ce que je te demande ou ça va mal se passer pour ta petite gueule de raie, tu comprends ce que je suis en train de te dire, là ?

Et comme Henri ouvrait grand la bouche pour crier plus fort que lui, Pierre le cogna au plexus pour lui couper la respiration. Lorsque sa victime tomba à genoux, les yeux exorbités, il la rattrapa d'une main et il lui colla le cou à l'établi.

— Je vais te réexpliquer, puisque tu as du mal à piger de quoi il s'agit. Ce briquet, c'est le seul indice que possèdent les flics pour accuser le père de Romain.

Pierre lâcha Henri qui s'écroula sur le béton taché de graisse. Aucun des deux autres n'avait parlé. Les yeux de Romain brillaient comme des lucioles enragées. Gilles gardait la porte de communication entre la maison et l'atelier. Personne ne viendrait les déranger.

Henri s'appuya à une caisse à outils et il frotta sa gorge meurtrie, des larmes plein les joues. Il regarda Romain avec un air désolé.

— Je savais pas que ton père était sur la route, je te jure... Sinon, j'aurais rien dit du tout.

Pierre s'accroupit près de lui et resserra sa prise sur son cou.

— Tu ne t'imagines quand même pas que c'est lui qui a fait ça, Trouduc, si ?

— Non, non !... glapit Henri qui commençait à avoir du mal à respirer.

— Alors qu'est-ce que ça peut foutre que tu reviennes sur ce que tu as dit, hein ? Retire ça et ils vont le relâcher ! C'est simple, non ?

À bout de souffle, les mains crispées sur celles qui étaient en train de l'étouffer, Henri secoua la tête compulsivement.

Pierre adressa un sourire noir à Romain, puis il approcha ses lèvres de l'oreille d'Henri.

— Tu es d'accord, si j'ai bien compris. C'est ça ?

Nouveau hochement de tête beaucoup plus rapide.

Pierre desserra le poing d'un coup, puis il saisit le poignet d'Henri et le redressa d'un geste brusque du bras. Une fois que le garçon fut debout, chancelant contre l'établi, il lui épousseta le revers du blouson comme le ferait une mère attentive avant de l'envoyer à l'école.

— Eh bien voilà. C'était pas compliqué, en fait.

Il se tut un instant, jaugeant le regard fuyant d'Henri, puis il le força à croiser le sien.

— Tu ne changeras pas d'avis ? Tu le promets à ton vieux copain Pierre, d'accord ?

Henri secoua la tête, le menton emprisonné entre les doigts de son tourmenteur.

— N... non. Je changerai pas d'avis. Je... je te le jure.

Et comme il avait cherché le visage de Romain en prononçant cette dernière phrase, Pierre le lâcha pour de bon.

— Très bien. Tu peux y aller, maintenant. Et n'oublie pas que tu passes parler aux flics avant de rentrer chez toi. *Tout de suite.*

Henri se précipita à la porte du garage, puis il dégagea son vélo des mobylettes et, les joues encore baignées de honte et de larmes, il disparut à fond de train en louvoyant d'un bord à l'autre de la rue.

Le silence tomba sur le groupe des trois amis. Au bout d'un instant, Romain tourna la tête vers Pierre et Gilles.

— Il va vraiment y aller, à votre avis ?

Pierre ricana.

— T'inquiète pas. Je lui ai collé la merde au cul. Il préférera se faire curé plutôt que de se défiler. Sois tranquille, ton père dormira demain soir chez toi.

Gilles posa ses grosses pattes sur les épaules de ses amis et il leur sourit.

— Bon, et si on allait arroser ça à l'intérieur, les mecs ? J'ai mis de la bière au frais, au cas où…

# 71

L'inspecteur Claude Nigout consulta sa montre et, comme à son habitude lorsqu'il était contrarié, il fronça les sourcils. Il avait mis dix minutes de plus que prévu à se rendre sur les lieux de l'« accident ». Or dans un monde ordonné de la façon dont il le concevait, les choses et le temps devaient obéir à une logique immuable. Seulement le brouillard était tombé depuis son départ et il avait dû rouler au pas pendant la moitié du chemin pour ne pas prendre le risque que sa voiture et lui-même subissent le même sort que la Renault 6.

Il sortit de son véhicule et remonta le col de sa parka, puis il enfila son bonnet de laine et ses gants de randonnée et braqua le faisceau de sa torche sur les congères. Le périmètre qu'il devait explorer avait été balayé par le chasse-neige. La route, détrempée par les filets d'eau qui s'échappaient des amas de glace entassés sur le bord du talus, était propre comme un sou neuf. S'il était resté quelque chose sur le sol, il avait disparu dans les conglomérats boueux et gelés empilés de chaque côté du ruban de bitume.

Nigout plia le dos et éclaira la croûte sale avec le pinceau de la lampe. La neige, alourdie par la terre raclée avec le fer de l'engin qui avait dégagé la chaussée en frottant les bas-côtés, était complètement opaque. Même en réglant la puissance du faisceau au maximum, il ne parviendrait pas à distinguer quoi que ce soit au travers. Il allait devoir attendre jusqu'au dégel des congères avant d'en avoir le cœur net.

La rage au ventre, il consulta sa montre une seconde fois, puis il dirigea son regard vers sa voiture. En fait, il avait tout son temps pour redescendre en ville. Keller ne sortirait pas de garde à vue avant au moins une trentaine d'heures.

Alors… pourquoi pas ?

Il s'approcha de l'arrière de l'auto et ouvrit le coffre. En homme prévoyant, il y conservait en permanence un jeu de chaînes en bon état, une scie égoïne pour les branches tombées et une pelle pliante militaire qui lui avait servi une fois ou deux quand il lui était arrivé de s'enliser. Parfois, dans la région, les véhicules de la police avaient un peu de mal à parvenir jusqu'au bout des routes de campagne où le crime avait sévi et où l'on requérait leur présence. Mieux valait être prudent pour pouvoir se sortir d'un mauvais pas, surtout si l'on commettait l'erreur de s'y aventurer sans équipier.

L'inspecteur Nigout souleva le capot du compartiment de la roue de secours, puis il déplia la pelle d'un claquement nerveux du fer contre la virole. Il jeta alors un regard désabusé aux congères qui filaient dans la nuit dans chaque direction. Par quel bout commencer ? Et que cherchait-il exactement ?

La trace du foyer de Jonathan Keller était toujours parfaitement visible dans le sous-bois. Le chasse-neige n'avait pas poussé aussi loin dans l'accotement.

Qu'avait donc déclaré le prisonnier, au fait ?

Claude Nigout se remémora les termes précis du procès-verbal établi par le médecin militaire. « *J'ai trouvé le briquet dans la neige et j'ai allumé le feu au même endroit après avoir creusé jusqu'au sol. J'avais tellement froid que je n'ai pas fait un mètre de plus...* »

L'inspecteur tourna les talons. Sous la lumière de ses phares, le précipice était à encore une bonne dizaine de mètres de là où il se tenait. Il resta un instant immobile, considérant la distance qui séparait l'emplacement noirci par les braises jusqu'au trou vers le vide. Il y avait quelque chose de totalement incompréhensible. Si Keller disait vrai, comment ce briquet avait-il pu être éjecté aussi tôt dans la pente ? Si Mathilde n'avait pas encore sauté à ce moment-là, c'était bien que la voiture était toujours fermée, non ?

L'inspecteur avait beau tourner le problème dans tous les sens, il ne voyait qu'une unique explication logique à cette équation. Et cette solution, c'était que la portière de la R6 était ouverte bien avant que l'auto chute du haut de la falaise. Cela impliquait que

Mathilde Morange n'en avait pas profité pour sortir de l'habitacle et qu'elle était inanimée au volant au moment où la Renault avait basculé dans le vide.

Si tout cela était exact, comme semblait le corroborer le fait que le contact était coupé au tableau de bord, cela voulait dire que quelqu'un avait bel et bien poussé le véhicule et sa passagère vers une mort certaine en toute connaissance de cause. Et si le briquet avait sauté du vide-poche du conducteur, c'était peut-être que ce quelqu'un en question l'avait cogné avec sa chaussure pendant la manœuvre et qu'il l'avait projeté dans le décor.

Et donc, il était possible que Jonathan Keller dise la vérité.

*Et qu'un tueur soit en liberté dans la nature.*

Claude Nigout s'avança résolument vers les restes du feu, observa la neige bousculée par le séjour prolongé du suspect qui avait dû ramasser là tout le bois mort disponible, puis il se mit à creuser autour du foyer éteint en décrivant des cercles concentriques espacés de la largeur du fer de la pelle. S'il avait raison, ce qu'il cherchait sans savoir de quoi il s'agissait ne se trouvait pas dans les congères, mais ici, sous à peine quelques centimètres de poudreuse écrasée.

# 72

Henri fonçait sur la route humide comme si sa vie en dépendait. Sur le bitume détrempé, ses pneus étroits chuintaient dans un murmure continu ponctué d'éclaboussures qui giclaient en gerbes opaques sur le trottoir. Les muscles douloureux de ses mollets n'avaient jamais appuyé aussi fort ni aussi longtemps sur les pédales de son vélo.

Les rues filaient comme des météores. La ville endormie était pratiquement exempte de circulation. Encore quelques minutes et il arriverait au commissariat. Une simple déclaration pour modifier sa version et Pierre n'aurait plus de raison de lui faire du mal. Enfin… s'il tenait parole. Parce qu'avec ce gars-là, qui trafiquait de la drogue et tout, on ne pouvait vraiment être sûr de rien. Qu'est-ce qui lui prouvait qu'il ne changerait pas d'avis plus tard et qu'il ne déciderait pas de le faire taire pour toujours ? Et Romain ? Et Gilles ?

Henri n'était pas dupe. Son seul intérêt, pour les autres, c'était qu'il possédait une bagnole. Gosse de riche, gosse pourri, gosse de merde. Voilà ce qu'il pouvait lire dans leurs yeux quand il se pointait au lycée le matin, son sac en cuir sur le dos, ses Adidas toutes neuves aux pieds. Mais une caisse, c'était la possibilité d'aller en boîte à plusieurs, de boire un bon coup et de choper des filles. Et il était le seul à pouvoir le leur permettre plus loin que le réservoir de leurs mobylettes. Alors ils avaient fait semblant jusqu'à présent, mais aujourd'hui les masques étaient tombés. Il n'y aurait plus jamais de sorties en groupe. Plus jamais de virée où il aurait l'impression d'être intégré, même si cela ne devait durer que quelques heures, jusqu'à ce que chacun d'entre eux soit ramené devant chez lui avec un vague signe de la main comme remerciement, avant que le dernier claquement de portière sonne le glas de leur complicité factice d'un soir.

Les larmes, amères, coulaient sans discontinuer sur ses joues. Floué, battu, ridiculisé, il ne pouvait ôter de son esprit les visages emplis de haine de ses trois anciens amis suspendus au-dessus de lui dans l'attente du prochain coup de Pierre. Il ne restait plus rien de leur pseudo-amitié. Juste des cendres que rien ne raviverait jamais.

Et pourtant, ce n'était pas sa faute si le père de Romain avait volé sa R6 et qu'il avait menti pour le briquet. Parce que ça ne pouvait être que lui. Qui d'autre serait venu chez les Torres pour piquer ce truc – même si c'était un Zippo – et balancer ensuite la voiture dans le lac ? Et ce n'était pas sa faute non plus si Mathilde avait disparu cette nuit-là !

Au moment où il aperçut l'enseigne du commissariat droit devant lui, juste après le feu tricolore allumé au vert, Henri freina soudain à mort des deux mains. Le vélo dérapa et manqua de glisser sous un camion à l'arrêt à l'angle de l'avenue. Il récupéra son équilibre au dernier moment et posa la main sur la carrosserie mouillée du poids lourd. Une étincelle venait de s'embraser dans sa mémoire. Quelqu'un avait dit quelque chose, ce matin-là, au moment du petit déjeuner, quand le père d'Alexandre était allé chercher du lait dans la cuisine.

*Léa.* Oui, c'était Léa. Et comme elle avait une voix de souris, personne ne l'avait entendue. Personne sauf lui. Il n'avait pas relevé. Il avait juste rangé ça dans une boîte hermétique et l'avait scellée au fond de son cerveau, comme la plupart des trucs qu'il enregistrait inconsciemment pendant les cours et qui lui permettaient de prendre régulièrement la première place aux interrogations écrites surprises.

*Mais qu'est-ce que c'était, bon sang ?*

Et puis, soudain, il sut. Léa avait parlé de linge et de cheminée. Plus précisément, de linge mouillé qui séchait en pleine nuit sur les chaises devant le feu.

*De linge mouillé qui séchait en pleine nuit devant le feu…*

Il y eut un grand coup de tonnerre tout au fond de son crâne et le monde explosa dans un vertige de compréhension. Il revit les yeux troubles de Marc Torres, ce soir-là, tandis qu'il contemplait Mathilde en train de jouer de la guitare. Marie avait éteint la lumière du salon pour rajouter à l'ambiance intimiste du moment. Le visage de l'écrivain était éclairé de façon sporadique par les flammes, mais Henri avait aperçu sa fascination pour la jeune fille, puis sa gêne soudaine, comme s'il avait eu peur qu'on le remarque.

*Du linge mouillé qui séchait en pleine nuit devant le feu...*

Henri avait beau fouiller sa mémoire, il ne se souvenait pas que Marc Torres était sorti plus de quelques minutes pour venir les chercher dehors au moment de la bataille de boules de neige. Et à la fin de cette soirée, il était parfaitement sec. Henri en était certain. Il avait touché la manche de sa chemise quand il lui avait rendu la guitare, et il y avait eu cet arc électrique qui lui avait arraché un cri de surprise.

*Mais alors...*

Il écarquilla les yeux, foudroyé par l'évidence. Juste de l'autre côté de l'avenue, l'éclairage du fronton tricolore du commissariat se reflétait à l'infini dans les flaques d'eau noire. À l'intérieur, les policiers ne soupçonnaient pas que l'explication de la disparition de Mathilde Morange était beaucoup plus simple que ce que tout le monde s'était imaginé. Ils ignoraient également que lui, Henri Duplessis, fils de Jean-Luc et Simone Duplessis, notaires à Longerupt, allait la leur donner dans moins de deux minutes. Et là-bas, dans le garage des parents de Gilles, ses trois anciens amis, qui devaient bien rigoler de lui, étaient loin de penser que, non seulement il allait mettre le père de Romain hors de cause, mais qu'il allait aussi livrer le nom de l'assassin à la face du monde.

En gros, qu'il allait devenir ce soir même le héros de la ville.

Les tempes bourdonnantes du tollé qu'allaient provoquer ses révélations, il sauta en selle et écrasa les pédales de son vélo avec une énergie décuplée par l'excitation.

Il ne vit pas le feu toujours caché par le camion.

Le feu qui avait basculé au rouge.

Il eut juste le temps d'entendre un horrible bruit de pneus écrabouillés sur la chaussée, et puis tout disparut dans un océan de douleur insoutenable.

# QUATRIÈME PARTIE

# 73

Marc Torres était étendu dans le noir, les yeux grands ouverts. Il avait essayé durant toute la soirée, mais cette fois encore, rien n'avait voulu sortir. En plus de vingt ans d'écriture, cela ne lui était jamais arrivé.

L'angoisse n'avait pas mis longtemps à s'installer. Une terreur sourde, palpable, aussi tangible et étanche qu'un couvercle de cocotte-minute. La sensation de vide s'était accentuée au fil des heures. Elle avait fini par le chasser de son bureau et le forcer à trouver refuge auprès de sa bouteille de whisky. Mais malgré son désir d'oublier jusqu'à sa propre existence, Marc n'avait pu en boire la moindre goutte. L'odeur de l'alcool lui avait tout de suite donné envie de vomir.

Alors, puisqu'il n'avait pas d'alternative, il s'était ressaisi tant bien que mal. Il devait rester lucide. Affronter la résurrection de Mathilde comme il le pouvait. Se battre contre la fatalité, contre ce coup du sort qui lui renvoyait en pleine face le boomerang qu'il avait lancé à l'aveuglette vers la mort. La bouche sèche, il imagina un instant qu'elle était en train de tout raconter à la police, que le panier à salade allait venir le chercher le lendemain matin dès le lever du jour, qu'on allait l'emmener menotté entre deux malabars à la main lourde. Et puis il força son esprit à décrocher de ce cauchemar et à considérer le plus objectivement possible les renseignements que la télévision avait déversés en continu depuis les informations de 20 heures. Mathilde Morange avait été retrouvée, elle n'était plus en danger de mort, mais son état restait inquiétant. En tout cas, au moment du direct de 23 heures, elle n'avait toujours pas repris conscience. Les détails de l'amputation de tous ses doigts, pieds et mains confondus, longuement évoqués par le journaliste – explications d'un spécialiste des accidents en montagne à l'appui – lui avaient dressé les cheveux sur la tête.

Mathilde était vivante, soit.

Mais l'essentiel était là : *elle n'avait pas repris connaissance.*

Marc savait que cela ne durerait pas. Un jour ou l'autre, elle reviendrait à elle et c'en serait fini de lui. Alors, à quoi bon écrire, à quoi bon se projeter vers un avenir qu'il avait lui-même condamné à l'anéantissement ?

Lorsque, accablé d'épuisement, il avait tenté de fermer les yeux, la silhouette hideuse de la guillotine s'était imposée sur sa rétine et le bruit du fer tranchant qui filait dans les glissières lui avait arraché un gémissement de terreur.

Avait-il quand même dormi quelques minutes ? Il aurait été incapable de le dire. Et pourtant la fatigue lui appuyait sur les paupières avec une force impitoyable. Il n'avait pas succombé plus de deux heures au sommeil au cours de la nuit précédente et la journée qui avait suivi avait été harassante. L'arrivée de ce fouineur de Rivard avec les parents des jeunes, le regard halluciné de Michelle Morange, son malaise, son transport en urgence à l'hôpital, l'interrogatoire sourcilleux de ce commissaire Marceau qui ne l'avait lâché qu'en début d'après-midi, et puis, pour finir, l'incroyable découverte de Mathilde toujours vivante et enfouie en pleine nature dans un igloo improvisé sous une portière arrachée de la voiture…

Il n'en pouvait plus. Mais le sommeil, intraitable, se refusait encore à lui. Il n'aurait pas droit à la clémence de l'oubli. Pas tout de suite, en tout cas. D'abord, il allait devoir payer pour le crime qu'il avait commis. Prendre toute la mesure de son acte, sa signification profonde. Parce que même si sa jeune victime avait survécu, il était devenu un assassin. Il avait agi dans l'intention de tuer, avec préméditation, et presque sans hésiter.

Alors, puisqu'il ne pouvait dormir, les événements se rappelant sans cesse à lui, il décida de les affronter une bonne fois pour toutes. Très bien. Admettons que Mathilde se réveille. Qu'allait-elle raconter aux policiers, aux médecins ? *De quoi se souviendrait-elle, exactement ?*

Marc en était certain, elle était inconsciente quand il l'avait trouvée dans le garage et elle l'était encore lorsqu'il l'avait portée jusqu'à la voiture. Sa tête ballottait contre son manteau comme celle d'une poupée de chiffon. À ce moment-là, elle ne l'avait pas vu. Impossible.

*Clac*. Image suivante. Mathilde gémit dans l'habitacle. Son crâne a basculé en avant. Il se penche vers elle et la repousse contre la vitre. À cet instant, les cheveux de la jeune fille sont rabattus sur ses yeux. Elle est si inerte qu'il la croit déjà morte. Là encore, elle serait incapable de l'identifier formellement si elle se confiait sous serment.

Reste la dernière image. *Clac*. Marc Torres est appuyé contre l'arrière de la voiture. Son bonnet enfoncé jusqu'aux sourcils à cause du froid polaire, les mains dans les gants de ski qui dissimulent son alliance et ses grains de beauté, il pousse de toutes ses forces. Afin de se protéger du vent glacial, il a enroulé son écharpe autour de son cou, sa bouche et son nez. En fait, seuls ses yeux émergent de ses vêtements.

Lorsque la tête de Mathilde a basculé en arrière, juste au moment où la voiture est tombée dans le vide, son regard n'a croisé que celui d'un visage masqué inconnu. Et même si toute sa mémoire lui revenait, elle ne pourrait jamais le reconnaître.

*Jamais.*

Marc se força à fermer les paupières. Même si elle parlait, il ne risquait rien.

*Absolument rien.*

Le raclement du fer affûté, qui avait décapité bien des criminels de sang par le passé, se fondit dans sa respiration de plus en plus régulière.

Il se détendit, ouvrit la main qui pendait en dehors de son lit et laissa glisser le pendentif de Mathilde qui émit un bruit mat en tombant sur le parquet.

Roger, le chat blanc qui sommeillait sur une chaise, redressa les oreilles. Son regard fendu coula sur le corps immobile de son maître. Il bâilla, sauta à bas du siège, puis il s'approcha du sommier en remuant lentement la queue. Il avança prudemment la truffe au-dessus de l'objet brillant, puis le toucha d'une patte curieuse. Prise dans ses griffes, la chaîne s'enroula autour de ses coussinets en émettant un petit son excitant. Il s'allongea alors sur le flanc et la poussa un peu plus loin. Comme celle-ci ne bougeait pas plus pour autant, il bondit dessus et disparut avec elle sous la pointe du drap qui effleurait le sol.

Quand le bijou, hors d'atteinte sous la commode de la chambre, ne l'intéressa plus, il ressortit de sa cachette, monta sur la couverture et se pelotonna au pied du lit. Et bientôt, son ronronnement se conjugua à la respiration enfin apaisée de son maître.

# 74

Lorsque l'inspecteur Nigout déboucha dans l'avenue du Général de Gaulle, il comprit tout de suite que quelque chose de grave s'était produit. Il avait vu de loin la lumière bicolore de l'ambulance propulsée par saccades sur les façades des immeubles. À présent qu'il s'approchait du lieu de ce qui était visiblement un accident de la route, il aperçut de nombreuses fenêtres éclairées où se dessinaient à l'encre noire les silhouettes de témoins figés dans un mutisme absolu.

Dans la rue, c'était encore pire. La foule, qui s'était déversée sur la chaussée, était recueillie dans un silence qui lui donna froid dans le dos dès qu'il sortit de sa voiture qu'il avait dû garer à plus de deux-cents mètres du commissariat. Il pressa le pas, même si la présence du véhicule de secours, dont le gyrophare tournait à présent au ralenti, lui prouvait de la plus sinistre manière qu'il était déjà trop tard.

Il franchit l'attroupement des badauds, mais une main l'arrêta aussitôt au bord du cercle qui entourait la victime encore allongée sur le macadam. Quelqu'un lui avait déposé une couverture sur le corps, mais cela ne suffisait pas à masquer la mare de sang qui continuait à s'élargir autour de lui. Près du cadavre, un vélo de route plié en deux témoignait de la violence du choc qui avait coûté la vie à son propriétaire.

Claude Nigout leva les yeux et croisa les sourcils ombrageux et la paume dressée du commissaire Marceau.

— Le légiste a déjà constaté le décès il y a dix minutes, mais la police scientifique est à l'œuvre. Il y a des morceaux de verre partout autour du corps. Peut-être un phare brisé. Il y a aussi des traces de peinture sur le cadre de la bicyclette.

L'inspecteur Nigout hocha la tête. Il avait compris.

— La voiture a pris la fuite, c'est ça ?

— C'est ça.

Nigout fit la grimace. Ce n'était pas la première fois qu'un cycliste périssait dans la ville sous les roues d'un chauffard et ce ne serait certainement pas la dernière. L'histoire éternelle du pot de terre contre le pot de fer. C'était inévitable, vu la vitesse à laquelle certains automobilistes circulaient la nuit quand les rues étaient désertes. Mais un conducteur qui prenait la tangente après avoir renversé un passant, c'était juste un foutu criminel de plus.

— Qui est-ce ?

Marceau soupira de toute sa haute carcasse.

— Un gosse. Henri Duplessis.

L'inspecteur écarquilla les yeux.

— Le fils du notaire ?

— Oui. Il a brûlé le feu rouge, d'après un témoin qui attendait pour traverser.

— Mais qu'est-ce qu'il fichait ici à cette heure-là ?

Le commissaire Marceau tourna son regard vers la rue d'où avait jailli le gamin sur son vélo. C'était le plein centre-ville, face à l'église et à la mairie. Henri Duplessis avait pu venir de n'importe quelle direction.

— Je n'en ai pas la moindre idée, Claude. Mais je suis prêt à parier qu'il arrivait tout droit chez nous.

L'inspecteur Nigout plissa les paupières. Il avait fait partie de l'équipe qui avait interrogé les adolescents après la fête au cours de laquelle la jeune Mathilde Morange avait disparu.

— Il y était, lui aussi…

Marceau opina du chef. Il était parvenu à la même conclusion. Le fils du notable avait-il été témoin de quelque chose, cette nuit-là ? Cela lui était-il revenu en mémoire et avait-il voulu en parler ? Ou bien cela avait-il juste un rapport avec sa déposition ? Il considéra le corps immobile sous la couverture. Bien malin qui le saurait, à présent.

Mais quand même… pour que ce jeune homme ait eu le feu aux fesses jusqu'à griller une priorité pour se précipiter vers le commissariat, il fallait qu'il se soit passé quelque chose d'importance.

Marceau effila sa moustache blanche du bout des doigts. Avait-il manqué quelque chose ? Focalisait-il à tort sur ce Jonathan Keller, malgré l'évidence ? Alors comment, dans ce cas, expliquer la présence de ce briquet dans la poche de ce type, s'il était innocent ?

Le commissaire tourna les yeux vers l'inspecteur qui gardait un silence prudent.

— Eh bien quoi, Claude ? Qu'est-ce que vous avez derrière la tête ? Pourquoi me regardez-vous comme ça ?

Claude Nigout jeta un bref coup d'œil vers l'attroupement des curieux. Il y avait beaucoup trop de monde autour d'eux. Des tas d'oreilles indiscrètes. Et n'importe laquelle pouvait appartenir à l'assassin. Il prit le commissaire Marceau si familièrement par le bras pour l'éloigner de l'épicentre du drame que celui-ci en resta coi et le suivit comme un petit chien. Lorsqu'ils furent hors de portée des derniers badauds, l'inspecteur Nigout plongea la main dans la poche de sa veste et exhuma un sachet transparent. Il y avait quelque chose de brillant à l'intérieur.

Marceau avança le nez au-dessus de l'objet.

Une clé.

Avec un cadre de plastique vert attaché dessus.

L'encre, délavée, était illisible.

Son regard remonta vers l'expression tendue de Claude Nigout.

— Vous m'expliquez ?

L'inspecteur se pencha vers son supérieur hiérarchique et il baissa encore un peu la voix.

— Je l'ai découverte à l'endroit où Jonathan Keller dit avoir trouvé le briquet. Elle était enfoncée dans la neige à un mètre du feu, mais pas profondément. Keller avait dû marcher dessus en allant chercher des branches pour alimenter son brasero.

— Et vous en concluez quoi ?

Nigout prit une longue inspiration. Il avait envisagé toutes les hypothèses possibles, mais une seule lui paraissait réellement plausible. Et cela n'allait pas plaire à Marceau. Rien ne pouvait expliquer pourquoi Jonathan Keller aurait, en plus du briquet, volé dans la voiture qu'il s'apprêtait à balancer dans le vide une clé qui ne lui servirait jamais à rien *et qu'il avait ensuite abandonnée dans les bois.*

— Eh bien… si cette clé ouvre une serrure chez les Duplessis, je crains fort qu'elle ait été projetée en même temps que le Zippo hors de la Renault 6 de ce pauvre garçon.

Marceau fronça ses épais sourcils blancs au-dessus de ses yeux noirs.

— Et donc ?

— Et donc que nous avons enfermé un innocent.

# 75

Birgit referma la porte de sa chambre sur le visage perplexe de Laurence et laissa échapper un profond soupir. *Enfin...* La main encore sur la poignée, elle tourna son regard clair vers la silhouette prostrée de Marie. Ramassée sur le canapé, les yeux perdus dans le vague après trois vodkas-orange bien frappées, la jeune fille avait tiré sur son corps secoué de frissons la couverture que Birgit lui avait donnée et ne retenait plus les larmes qui ruisselaient sur ses joues blafardes. Birgit avait dû froncer les sourcils après avoir consulté plusieurs fois sa montre avec ostentation pour que Laurence finisse par s'en aller. Mathilde hors-jeu, les autres s'étaient toutes tournées vers elle pour accrocher un nouveau nord à leur boussole interne, Laurence y compris. Si la sensation n'était pas désagréable, le fait que cette dernière tape l'incruste parce qu'elle avait croisé Marie en chemin l'avait prodigieusement agacée. Mais l'intruse était enfin partie, et c'était tout ce qui comptait.

Les doigts de Birgit lâchèrent la poignée et s'élevèrent jusqu'au verrou qu'elle actionna le plus silencieusement possible. Elle revint près de Marie et s'agenouilla sur le tapis au pied du canapé.

— Marie... j'ai noyé le poisson avec Laurence, mais il faut que tu m'expliques ce qui se passe, d'accord ?

Marie cligna des paupières et leva sur elle un regard sans fond. Les mots, encore une fois, se bousculèrent entre ses dents.

— C'est... tout est de ma faute...

Les sourcils parfaitement taillés de Birgit s'arrondirent au-dessus de ses pupilles écarquillées.

— Qu'est-ce que tu racontes ? Tout quoi ?

— Mathilde... ce qui lui est arrivé...

— Mais n'importe quoi ! Quelqu'un l'a...

— *C'est de ma faute, je te dis!* hurla soudain Marie. *Le LSD, c'est moi qui le lui ai donné!*

Birgit en tomba sur les fesses. Elle laissa passer un silence assourdissant, puis elle répéta à mi-voix.

— C'est toi qui lui as donné du LSD?...

Marie renifla et essuya en vain les larmes qui continuaient de ruisseler sur son visage.

— Oui. Elle est tellement parfaite, tellement au-dessus de nous toutes...

L'évidence dénudée frappa Birgit de plein fouet. Marie la suiveuse, la seconde, la vassale. Marie qui n'existait que dans l'ombre projetée de Mathilde la lumineuse.

Alors, Marie la frustrée.

Puis Marie la traîtresse.

— ... que tu as voulu la mettre à l'épreuve, c'est ça...

Marie hoqueta tant que des bulles de salive apparurent aux commissures de ses lèvres.

— Oui. J'ai surpris Pierre et Alexandre dans un recoin du lycée, un midi la semaine dernière. Pierre a rangé des billets dans sa poche et il s'est éloigné tout de suite. Il avait l'air furieux. Alexandre a été tellement soulagé que je ne sois pas une prof qu'il m'a avoué ce qu'il venait d'acheter. Il m'a expliqué que c'était pour qu'on s'éclate tous à sa fête. Que ce truc cassait les barrières mentales, qu'on pouvait tout se permettre, que ça ne durait pas longtemps et que c'était génial. Il m'a fait jurer de nc pas en parler à qui que ce soit. Et pour sceller le marché, il m'a donné deux morceaux de ce buvard. Il... il m'a dit que c'était sans danger, que j'allais planer comme jamais. Mais j'ai eu peur. Je me suis méfiée. Je ne sais pas, quelque chose dans leurs yeux à tous les deux...

Birgit plissa les lèvres avec une grimace de dégoût. De tous les garçons de la bande, Alexandre était de loin celui qui possédait le regard le plus gluant lorsqu'elle le surprenait soudé à ses hanches, comme une âme noire qu'il ne parvenait pas à dissimuler en permanence. Et pourtant, elle n'avait jamais eu à le rembarrer, contrairement à beaucoup d'autres mecs au sang chaud. Parce que lui, une seule fille le fascinait. Mathilde. Et ça, il était incapable de le garder pour lui.

Une drogue qui pouvait annihiler la résistance de Mathilde, voilà quelque chose qui devait certainement lui brûler les doigts.

Entre autres.

— Je vois très bien, oui. Continue…

— Alors… alors je me suis dit que…

— Tu t'es dit que tu allais essayer ce truc, mais par procuration. Et que tu allais observer comment Mathilde réagissait.

Marie hocha la tête. Elle prit une profonde inspiration avant de se lancer d'un ton mal assuré.

— Je suis allée frapper tout doucement à la porte de sa chambre. Elle n'a pas répondu. Alors j'ai utilisé notre code. Je ne voulais pas que les autres entendent ma voix dans le couloir.

— Votre code ?

— Deux coups, un coup et encore deux coups. On s'était mises d'accord dans l'après-midi, au cas où.

— Au cas où quoi ?

— Au cas où j'aurais besoin d'un tampon. Je les avais oubliés et…

— OK, j'ai compris. Et ensuite ?

— Ensuite, je suis entrée et je lui ai parlé du LSD. Mais elle a tout de suite dit non. Et comme elle n'avait plus sommeil, on a discuté d'autre chose. Et puis elle a dit qu'elle avait envie de fumer et qu'elle ne voulait pas que ça se sente dans la chambre. Alors on est retournées toutes les deux à la porte du garage. On a mis des manteaux pris au hasard, on a enfilé des bottes trop grandes pour nous et on est sorties juste devant la maison. Elle a allumé deux cigarettes coup sur coup. Elle ne parlait plus. J'ai pensé qu'elle était nerveuse, qu'elle avait peut-être des problèmes avec son copain. On est rentrées et elle s'est servi un Coca pour faire passer le goût et l'odeur du tabac. À un moment, elle a eu envie d'aller aux toilettes. C'est à ce moment-là que j'ai mis un morceau du buvard dans son verre et je l'ai écrasé jusqu'à ce qu'il disparaisse. Et puis j'ai attendu qu'elle revienne. J'avais tellement la trouille qu'elle s'en rende compte que je n'ai pas vu que j'avais fait tomber le deuxième par terre. Quand elle a commencé à se sentir mal, j'ai paniqué et je me suis sauvée. Je n'ai pas pensé à le chercher…

Le front brûlant d'un horrible pressentiment, Birgit s'assit dans le fauteuil qui jouxtait le canapé. Mathilde la sauvage ne se donnait pas facilement. Plus d'un avait tenté d'y planter les crocs, mais, comme elle, elle avait toujours éconduit les prétendants. Tous, sauf un. Mais ils avaient cassé depuis plus d'un an. C'était de l'histoire ancienne.

Et pourtant, la guêpe, têtue, continuait de la piquer sans relâche. Un amour d'adolescent est-il mort à jamais ? N'y a-t-il pas des flammèches qui courent encore, sous la surface de la peau et des sentiments refroidis, jusqu'à ce qu'un souffle les réveille de leur engourdissement ?

— Son copain ? Mais quel copain ?

Marie renifla.

— Romain. Ils se sont remis ensemble cet été. Personne n'est au courant. Personne sauf moi.

Birgit cessa de respirer. *Romain...* Six mois qu'elle le couvait des yeux, qu'elle essayait à chaque rencontre de se rapprocher un petit peu plus de lui, de lui faire comprendre d'un sourire ou d'un battement de cils qu'il n'avait qu'à tendre la main pour se servir. Elle y avait cru, cet après-midi-là, lorsqu'il était venu se joindre au cercle de ses admirateurs. Et puis soudain, elle avait vu que Mathilde était arrivée. Elle l'avait aperçue danser dans le garage, comme suspendue en l'air par des fils invisibles. Romain s'était éloigné d'elle pour ne pas trahir leur sale petit secret. Et elle, elle n'avait rien compris.

*Pauvre conne !*

Mathilde la sensuelle.

Mathilde la boussole.

*Mathilde l'ennemie.*

Les yeux de Birgit se plissèrent d'une rage sourde, et puis ses pupilles s'éclairèrent d'un coup.

Plus de doigts.

Ni aux pieds ni aux mains.

Ça n'allait pas être facile pour Mathilde de maintenir sa couronne sur sa tête, désormais, pas vrai ?

# 76

— Je peux dormir avec toi ?

Philippe Roustaing plissa les paupières et redressa le cou dans le noir. Léa serrait son oreiller entre ses bras maigres dans le contrejour de la porte d'entrée de sa chambre. Il s'apprêtait à l'envoyer bouler lorsque sa petite voix de souris couina encore plus plaintivement.

— Steuplé...

Philippe soupira, puis il se décala du côté gauche pour faire une place à sa sœur. Depuis qu'elle était enfant, Léa avait pris l'habitude de venir se pelotonner sous sa couette dès que quelque chose la perturbait. Tant qu'elle avait été gamine, cela avait plutôt amusé son grand frère de trois ans de plus qu'elle. Mais à présent que le corps de la femme commençait à éclore au sein de la chrysalide de la jeune fille, Philippe était de plus en plus mal à l'aise à l'idée de la sentir se coller contre lui dans son lit. Mais comme elle était à peu près la seule à ne pas l'appeler *Le Gros,* il se laissa convaincre encore une fois, tout en se promettant que ce serait la dernière. Elle avait beau être en avance de deux ans, elle restait encore et toujours une enfant qu'un rien effrayait.

— Allez, amène-toi. Mais tu te tais, hein. J'ai envie de dormir, moi.

Léa sautilla jusqu'au lit et se glissa sous les draps avec un soupir de soulagement.

— Merci frangin !

— Chut !

Tandis que sa sœur tapait son oreiller à petits coups de poings pour le positionner à sa guise, Philippe lui tourna le dos avec ostentation et serra ses énormes cuisses sur son sexe pour masquer toute éventuelle manifestation intempestive et horriblement gênante. Léa trouva sa place, enroula son bras sur la poitrine de son frère et écrasa la sienne contre ses omoplates.

Philippe leva les yeux au ciel dans l'obscurité. Heureusement que ses copains n'étaient pas au courant de ça, sinon il était cuit pour de bon. Il entendait leurs rires moqueurs d'ici. *Le Gros couche avec sa sœur! Le Gros couche avec sa sœur!* Seulement Léa n'avait pas plus envie que lui que cette habitude soit portée à la connaissance de ses amies. Malgré son jeune âge – elle n'avait même pas encore seize ans – Léa savait précisément ce qui attirait les garçons chez les filles. Elle avait surpris plus d'une conversation féminine où les faits étaient à peine passés sous silence. Depuis le début de l'année, elle avait déjà appris qui avait couché ou pas. Et surtout, laquelle s'en vantait pour se faire valoir auprès des autres, et qui le taisait pour que personne ne le sache. Mais aujourd'hui, ce n'était pas de cela qu'elle avait envie de parler.

Philippe craqua le premier.

— Eh bien quoi, qu'est-ce qu'il y a ?

— Comment tu le sais ?

— D'habitude, quand tu rappliques ici, tu me racontes des tas de trucs assommants jusqu'à ce que je te menace de te jeter dehors. Ce soir, c'est le silence et pourtant tu es là. Donc c'est plus grave que de savoir si tu peux embrasser un garçon ou pas.

Léa se serra un peu plus contre son frère.

— Je ne sais pas. Un mauvais pressentiment.

Philippe releva le nez face au mur.

— Un pressentiment ? À propos de quoi ?

— Je l'ignore. C'est le principe même du pressentiment, non ?

— Tu parles de Mathilde ?

— Peut-être…

— Elle a été retrouvée. Elle est en vie et on a identifié celui qui a tenté de la tuer. Qu'est-ce que tu veux de plus ?

Léa souffla sa frustration dans le cou de son frère. Devait-elle lui dire ce qu'elle avait vu, ce matin-là, chez les Torres, avec ces vêtements qui séchaient sur des chaises ? Et si Philippe n'y apportait pas plus d'attention que Henri et les autres ? N'allait-elle pas encore passer pour une jeune oie qui ne cherchait qu'un moyen de se montrer intéressante ? Et devait-elle parler du fait que Marie avait rejoint Mathilde dans sa chambre en pleine nuit, qu'elle les avait entendues à travers la cloison au milieu des ronflements de Birgit ? Qu'est-ce que ça pouvait bien faire ? Marie n'avait pas disparu avec la voiture, elle, et elle était visiblement effondrée d'avoir perdu sa meilleure amie, son modèle.

Léa aurait aimé être très proche de Mathilde, elle aussi. Être tout près d'elle, la voir s'habiller, se préparer, recueillir ses confidences, tout comme Marie. Être au courant de sa vie amoureuse, de ses problèmes, de ses espoirs… Ah, elle avait de la chance, Marie…

— Rien. Je ne veux rien de plus. Juste qu'elle aille bien, c'est tout.

Philippe laissa retomber sa tête sur l'oreiller.

— Mmh… Eh ben avec ses doigts en moins, ça ne va sûrement pas aller très bien quand elle va se réveiller, à mon avis.

Léa sentit de grosses larmes lui monter aux yeux. *Oh non…* Mathilde était si jolie, si séduisante ! Comment… *Comment allait-elle faire pour jouer de la guitare, maintenant ?*

Philippe Roustaing attendit un peu la réaction de sa sœur, puis il soupira dans le silence. *Un mauvais pressentiment.* Comme si l'on pouvait argumenter quoi que ce soit avec un truc pareil…

Il se détendit, puis il se laissa lentement gagner par le sommeil, son entrejambe finalement revenu à des dispositions plus fraternelles.

Contre son dos, Léa avait toujours les yeux ouverts dans le noir. Et à travers les larmes qu'elle continuait de retenir, la vapeur s'élevait au-dessus des vêtements d'homme en train de sécher devant la cheminée de Marc et Alexandre Torres.

# 77

Jean-Louis Banko pénétra dans le salon de l'appartement en se frottant les paupières. À cause de son petit frère Moussa, qui partageait sa chambre et qui avait pleuré pendant presque la moitié de la nuit, il avait très mal dormi. Heureusement qu'il n'y avait pas cours cette semaine, sinon…

Il se figea au milieu de la pièce.

— Ben… qu'est-ce qu'il y a ? Pourquoi vous faites cette tête-là ?

Ses parents, immobiles devant le poste de télévision, avaient coupé le son au moment où il était entré. Ils échangèrent le regard le plus inquiétant que Jean-Louis les avait jamais vus partager. Leur petit déjeuner était encore intact sur la table, le café finissant de refroidir dans leurs bols. Et puis sa mère se leva. Elle vint jusqu'à lui et le prit dans ses bras à l'étouffer.

Le tout sans un mot.

Par-dessus son épaule, Jean-Louis croisa les yeux sombres de son père et il y lut une mauvaise nouvelle à venir. Il se dégagea brusquement dc l'étreinte maternelle.

— C'est grand-mère ? C'est ça ? Elle est morte ?

Seck Banko secoua la tête.

— Non, mon garçon. Dieu soit loué, elle va bien et toute la famille aussi. Ce n'est pas de cela qu'il s'agit…

Jean-Louis chercha confirmation dans l'expression peinée de sa mère, qui opina en silence. Le jeune homme écarta les mains en signe d'incompréhension.

— Mais alors…

Seck Banko se leva à son tour et posa une paume épaisse sur l'épaule de son aîné.

— Il y a eu un accident en ville, cette nuit.

— Un accident ? Mais qui ?

Les parents de Jean-Louis échangèrent un nouveau regard chargé de désolation, mais il n'y avait aucun moyen d'atténuer le choc de la nouvelle. Ida Banko prit son fils par la main et l'entraîna jusqu'au canapé où elle l'obligea à s'asseoir.

— C'est un de tes amis du lycée. Henri. Il… Une voiture l'a percuté sur la route, en plein centre-ville. Il… il est décédé sur le coup. Nous venons tout juste de l'apprendre aux informations. Je suis désolée, mon chéri. Je suis *tellement* désolée pour toi…

Jean-Louis sentit tous ses muscles se rigidifier, comme si c'était lui qui était passé sous les roues de l'auto.

*Henri ?*

*Décédé ?*

Impossible ! Ça ne pouvait être vrai ! Il l'avait vu la veille ! Ils avaient parlé de Mathilde, de son retour à la vie, de… *de ses doigts…*

Et puis son regard monta jusqu'à l'écran de la télévision. Le portrait noir et blanc de son ami bouchait la moitié de l'image. Sur la seconde, on discernait les véhicules de secours agglutinés sur la chaussée. Un présentateur à l'allure de croque-mort prit alors la parole d'un ton pénétré, un gros micro devant les lèvres. Jean-Louis n'entendait pas les mots qu'il prononçait, mais le sens était très clair, comme la couverture étendue sur le corps sans vie.

Seck Banco coupa l'image lorsque le visage éploré de la mère de Henri apparut devant la caméra.

Les larmes jaillirent d'un coup, libérant Jean-Louis de la stupeur.

— Qu'est-ce… qu'est-ce qui s'est passé ?

Ida l'enferma de nouveau dans ses bras et l'écrasa contre sa poitrine.

— On ne sait pas, mon bébé. On ne sait pas. L'accident a eu lieu juste devant le commissariat. La voiture a pris la fuite. Il n'y avait presque personne dans la rue. Un témoin a vu Henri traverser le carrefour comme s'il avait le diable à ses trousses. On ignore ce qu'il faisait là à plus de 23 heures. Sa maman a dit qu'il était parti comme un fou avec son vélo après un coup de fil, peu après 22 heures. On n'en sait pas plus que ça. Personne n'a eu le temps de relever la plaque minéralogique du chauffard.

Jean-Louis sentit son corps se mettre à trembler contre celui, chaud et rassurant, de sa mère. *La voiture a pris la fuite…* S'agissait-il de celle de l'homme qui avait voulu tuer Mathilde ? En avait-il après eux tous ? Allaient-ils tous mourir les uns après les autres, juste parce qu'ils avaient participé à cette fête maudite chez les Torres ?

Seck Banko s'approcha de son fils et s'agenouilla près de lui.

— Empêche ton imagination de se mettre à galoper, mon garçon. C'est une pure coïncidence si deux de tes camarades ont eu un accident en moins de deux jours. Un hasard malencontreux. Dieu est bon, ne l'oublie pas. Il ne nous force pas à subir des épreuves pour rien. Celle-ci doit forger en toi le soulagement d'être vivant, en bonne santé, et de pouvoir ressentir de la compassion pour ces deux pauvres victimes.

Jean-Louis tenta en vain de distinguer les traits de son père à travers ses larmes.

— Mais… Papa… s'Il est si bon, pourquoi a-t-Il permis que ça arrive à Mathilde et à Henri ? *Pourquoi ?*

Seck poussa un long soupir. De la réponse à cette question dépendait la foi de la moitié de l'humanité. Et pour ce qui le concernait, il ne la connaissait pas.

— Il n'a pas permis que ça t'arrive à toi, Jean-Louis. Et ce matin, c'est à cela que tu dois penser. Et à rien d'autre. D'accord ?

Le jeune homme s'écarta insensiblement du giron de sa mère et il redressa le dos. Et puis, enfin, il hocha doucement la tête.

— D'accord, papa. Je… je vais essayer.

Seck Banko lui tapota le crâne de sa main lourde de terrassier.

— Très bien, mon fils. Je te laisse. Je dois aller travailler, et ta mère doit emmener tes frères et sœurs à l'école. Ça va aller ? Tu es sûr ?

Jean-Louis lui envoya un brave sourire mouillé de larmes.

— Oui, papa.

Seck et Ida se préparèrent en silence, puis ils partirent après avoir éteint la télévision où les mêmes images tournaient en boucle depuis le début de la matinée.

Jean-Louis resta prostré dans le canapé, les coudes plantés dans les cuisses, les poings serrés sur ses paupières pour les empêcher de déborder.

Tout était arrivé à cause de cette fête.

*Tout.*

Et son père pouvait bien lui dire ce qu'il voulait, rien ne le ferait changer d'opinion.

Quelque chose s'était passé, là-bas, chez les Torres. Quelque chose qui avait bouleversé leurs vies à jamais. Mais quoi ? Jean-Louis avait beau réfléchir, il ne se rappelait rien de particulier. Une immense maison, des chambres grandes comme trois fois la sienne, un salon d'une dimension qui filait le vertige, un garage où l'on pouvait entasser autant de voitures, de vélos et de mobylettes qu'on pouvait l'imaginer…

Ah, si. Un détail. Jean-Louis se souvenait que Henri était reparti de là-bas avec un roman de Marc Torres à la main. L'écrivain le lui avait-il donné ou seulement prêté ? Avec l'effervescence autour de la disparition de Mathilde, il n'avait pas pensé à le lui demander ce matin-là, et ensuite il n'y avait plus songé. S'il s'agissait juste d'un prêt, son propriétaire serait peut-être content de le récupérer. Ce n'était qu'un bouquin, mais les adultes sont si bizarres, parfois…

Alors, puisqu'il ignorait la réponse à cette question et qu'il ne pouvait en parler à ses parents ni à ceux de son camarade qui devaient être très tristes, il décida de téléphoner à ce policier qui les avait interrogés chez Alexandre.

Lui, à coup sûr, il saurait ce qu'il convenait de faire avec ce livre.

# 78

— Vous plaisantez, j'espère ?

À l'autre bout du fil, le ton du procureur se fit nettement plus incisif.

— Absolument pas, commissaire. La maigreur des charges retenues contre ce Jonathan Keller ne vous permet pas de le maintenir en garde à vue, même si vous le soupçonnez de meurtre. Le premier juge venu nous éclatera de rire au nez si nous présentons un dossier aussi ridicule au tribunal, et la défense le démontera en moins d'une demi-heure.

Les sourcils touffus du commissaire Marceau se réunirent en une barre grise au-dessus du combiné. L'œil noir, il frappa du poing sur son bureau de formica.

— Ce sale type a tenté d'assassiner une jeune fille, nom de Dieu ! Vous voulez qu'il recommence demain ou quoi ?

— Ne discutez pas ! Relâchez-le illico : c'est un ordre ! Même si vous avez raison, cet homme est présumé innocent jusqu'à preuve du contraire. Je ne vais pas vous l'apprendre, j'espère ?

— Je…

— Vous avez dix minutes pour lui rendre sa liberté ! Et vous continuez l'enquête sans me le quitter des yeux. Suis-je bien clair, cette fois ?

Debout près du radiateur, un café à la main, l'inspecteur Nigout regardait dehors en comptant les points du match que l'officier avait perdu d'avance. Keller innocent ? Il y avait songé à de nombreuses reprises. Durant toute la nuit, l'homme n'avait pas varié sa version d'un iota. De plus, il était épuisé, moralement et physiquement. Dans son état, aucun suspect n'avait jusqu'à présent résisté plus d'une douzaine d'heures à l'enfermement dans l'unique cellule sans fenêtres du commissariat. Keller coupable ? Quel autre habitant de la région aurait été assez cinglé pour se balader sur cette route enneigée en pleine nuit ? L'écrivain ? Nigout n'y croyait pas. Marc Torres était un homme célèbre, veuf, plutôt beau gosse et bourré de fric, et il ne devait pas manquer de possibilités de se trouver une compagne sans avoir à déployer beaucoup d'efforts. Alors, pourquoi se compliquer la vie avec une gamine que, justement, il hébergeait cette nuit-là sous son propre toit ?

Nigout se retourna au bruit du combiné raccroché avec violence sur son socle. Vu de dos, le commissaire paraissait avoir rétréci. Sa nuque s'était enfoncée entre ses épaules, lui donnant l'allure d'un sanglier blessé prêt à charger l'imprudent venu le déloger de sa bauge.

La voix chargée de ressentiment du vieux policier s'éleva dans le silence tendu de son bureau.

— Claude ! Allez me chercher le suspect et rendez-lui ses affaires. Je veux qu'il ait dégagé d'ici cinq minutes.

Nigout soupira, puis il se décolla du mur et quitta la pièce où les mouches s'abstenaient prudemment de voler. Jonathan Keller qui, depuis sa cellule avait entendu l'écho du coup de fil, rongeait déjà son frein près de la porte.

Il se précipita dehors dès que le policier actionna la clé dans la serrure, mais il dut attendre l'ouverture du sas de sécurité avant de pouvoir surgir dans le bureau du patron. Devant la face hostile de l'officier, il ramassa sa ceinture, son portefeuille, ses lacets et il posa la main sur le briquet Zippo.

Celle de Marceau s'abattit immédiatement sur la sienne.

— Stop ! Ceci est une pièce à conviction, monsieur Keller ! Et de plus, cet objet ne vous appartient pas !

Les yeux du commissaire n'étaient plus que des fentes où se consumaient la colère et la frustration. Il se leva et se planta face à celui qui n'était déjà plus son prisonnier. Il paraissait prêt à le pulvériser de ses propres mains et avoir énormément de mal à se retenir.

— On se reverra, monsieur Keller. Soyez-en sûr, on se reverra très bientôt. Faites-moi confiance.

Jonathan ne répondit pas. Il enfila sa veste, noua ses lacets, puis il ouvrit la porte du commissariat et sortit sans un mot après un dernier regard en direction des deux policiers qui ne l'avaient pas quitté des yeux.

énumérer encore une fois ses explications poussives pour tenter de se sortir du trou poisseux où il s'était lui-même enfoncé avec sa queue.

Il jeta un coup d'œil à ses amis étendus dans les sièges. Les pupilles dilatées sur le néant, ils avaient disparu de la surface de la Terre. Ils n'étaient déjà plus avec lui. Pierre souriait aux anges, Gilles, les yeux clos, balançait sa tête au rythme d'une musique que lui seul percevait, Alain avait les traits tendus par une profonde aventure intérieure, et Alexandre montrait le visage le plus extatique, les bras écartés pour accueillir en lui toutes les étoiles de la galaxie.

Et puis Alex se mit à parler. Des paroles confuses, tout d'abord. Un murmure incompréhensible, mélange de syllabes saugrenues comme s'il s'exprimait dans une langue venue d'une autre planète.

Romain se détourna. La béatitude de ses quatre amis l'agaçait déjà. Ils allaient planer pendant plusieurs heures et lui allait rester là, planté comme un con au milieu de quatre zombies. Il n'avait plus rien à faire ici.

Il se leva, enfila son blouson, et il s'immobilisa lorsqu'il entendit le prénom «Mathilde» sortir de la bouche d'Alexandre. Quand il comprit le mot «chaîne», il fronça les sourcils et il se rassit sur son siège, soudain beaucoup plus attentif aux paroles du fils de l'écrivain.

# 81

L'inspecteur Nigout coupa le contact de la Simca et resta un moment immobile derrière son volant. Depuis la maison, Marc Torres avait sûrement pu distinguer les lettres blanches qui ornaient les deux portières noires de la voiture pie. En policier avisé, Claude Nigout n'ignorait rien des détails qui pourrissent la tranquillité de ceux qui ont quelque chose sur la conscience, et le fait de ne pas bouger d'un poil après avoir stationné son véhicule sur le parking privé de l'écrivain en faisait clairement partie.

Au bout d'un moment qu'il estima suffisant, il sortit de la voiture, puis il enfonça son chapeau sur son crâne et boutonna son imperméable autour de son corps maigre pour se protéger de la pluie qui n'avait pas cessé depuis son départ de chez le notaire. Il se détourna de la maison et s'avança vers la Mercedes garée juste devant l'escalier. Il toucha le capot de la paume. Celui-ci était froid et humide. La Mercedes n'avait pas bougé de la matinée. Il la contourna, se baissa pour inspecter de près le pare-chocs avant et la calandre, puis il posa les mains à plat sur les graviers de l'allée pour jeter un coup d'œil sous le plancher. La voiture était visiblement très récente. Il n'y avait pas la moindre rayure dessus, ni aucune trace de la peinture rouge qu'elle aurait pu arracher la nuit précédente au vélo de Henri Duplessis en même temps que sa vie.

Le policier se redressa et épousseta son imper. Il pêcha son mouchoir dans sa poche et nettoya ensuite ses mains du mieux qu'il put tout en montant les marches à pas lents, l'œil aux aguets. Il n'avait aperçu aucun mouvement derrière les rideaux, aucune lumière au fond de l'habitation. Torres était peut-être parti faire un tour à pied. L'écrivain était peut-être amateur de randonnées en forêt. Peut-être même aussi sous la neige et en pleine nuit, allez savoir…

Il frappa trois coups bien nets et attendit une minute entière. C'est long, une minute, quand vous n'avez strictement rien d'autre à faire que vous demander ce que vous foutez là à poireauter comme un imbécile sous une averse épouvantable alors que personne ne vous a rien demandé.

Il allait se manifester une seconde fois lorsque l'huis s'ouvrit en grand et que Torres l'invita à entrer d'un geste impératif.

— Venez ! Ne restez pas sous ce déluge !

L'inspecteur Nigout fit un pas en avant et il essuya ses chaussures sur le paillasson.

— Merci.

— Désolé, j'étais dans mon bureau, je n'ai rien entendu. J'ai aperçu votre silhouette quand j'en suis sorti, il y a juste un instant.

Torres frotta ses mains l'une contre l'autre.

*Nerveux*, pensa Nigout.

— Café ?

Le policier inclina la tête et ôta son chapeau dégoulinant qu'il accrocha avec son pardessus à la patère de l'entrée.

— Volontiers. Sans sucre, merci.

Marc Torres lui indiqua le salon d'un geste large.

— Prenez place où vous voudrez. Je mets la cafetière en route, j'en ai juste pour un instant.

L'inspecteur avança au centre de la pièce aux dimensions respectables tout en jetant un regard circulaire qui lui en apprit plus sur Marc Torres qu'une après-midi complète d'interrogatoire.

Il y avait des dizaines de livres empilés n'importe comment sur les étagères. Sur tous les meubles, des bibelots s'entassaient, recouverts d'une épaisse couche de poussière accumulée depuis des années. Une longue table occupait le centre de la pièce. À une extrémité, il aperçut une pile de courrier encore cacheté, trois tasses sales qui avaient un besoin urgent d'être lavées, un verre d'alcool brun à moitié bu, ainsi que plusieurs boîtes de comprimés ouvertes, dont deux de somnifères.

Un chat, aussi. Gras et timide. L'animal se carapata sous un fauteuil dès que le policier avança la main vers lui.

— Roger est un peu sauvage. Il y a peu de visiteurs, ici. Il ne sort habituellement de sa cachette que quand nous ne sommes que tous les deux. Vous avez eu de la chance de l'apercevoir, ce n'est pas donné à tout le monde.

L'inspecteur hocha la tête en silence et trempa les lèvres dans le café. Le liquide brûlant chassa d'emblée le frisson qui s'était logé dans sa colonne vertébrale lors de son passage chez les Duplessis. Marc Torres s'assit dans un fauteuil devant la cheminée et l'invita à faire de même.

— Que puis-je pour vous, inspecteur? Je pensais que nous en avions terminé avec cette horrible histoire. N'avez-vous pas coincé l'homme qui est responsable de ce qui est arrivé à cette pauvre fille?

Claude Nigout prit place en face de lui, la tasse au creux des deux mains réunies en conque.

— Je serais tenté de répondre oui à vos deux questions, monsieur Torres. Seulement... il y a quelque chose qui me tracasse, là-dedans...

— Ah? Et de quoi s'agit-il? prononça Torres en serrant instinctivement les genoux.

*Vraiment nerveux,* songea Claude Nigout.

— Eh bien... pour commencer, nous avons dû relâcher monsieur Keller ce matin.

L'écrivain ouvrit de grands yeux.

— Le relâcher? Mais pourquoi cela?

Le policier poussa un profond soupir.

— Les preuves ne sont pas assez flagrantes pour le traduire en justice, monsieur Torres. À part un objet qu'il n'aurait jamais dû avoir en sa possession et le fait qu'il a été retrouvé sur les lieux du drame, nous n'avons rien de concret contre lui. Rien de rien. Pour son avocat, le tueur pourrait tout aussi bien être vous ou moi. Vous voyez le genre...

Marc Torres se brûla à moitié avec le café, puis il s'exclama :

— Mais c'est ridicule! Enfin... tout est contre lui, non?

Claude Nigout opina du chef.

— Oui, tout. Sauf une preuve formelle.

— Et la jeune fille… Mathilde… a-t-elle témoigné ? A-t-elle pu donner des indications sur ce qui s'est déroulé ce soir-là ?

Le policier leva la tasse jusqu'à ses lèvres sans quitter les yeux de Marc Torres.

— Pas encore, non, mais les médecins estiment qu'elle pourrait reprendre connaissance d'ici un jour ou deux. C'est peut-être juste ce qu'il nous faudra pour obtenir enfin la vérité sur cette affaire.

L'écrivain posa son mug et croisa les doigts pour empêcher ses mains de trembler. *Reprendre connaissance ? Mais si Mathilde revenait à elle, tout serait perdu ! Allait-il devoir… la tuer de ses propres mains pour éliminer le danger qu'elle le dénonce à la police ?*

Il répondit d'une voix sans timbre qui sonna affreusement faux à ses oreilles.

— Je l'espère, inspecteur. C'est horrible de ne pas savoir qui a pu commettre un acte aussi ignoble.

Le policier respecta un bref silence.

— Ça l'est, oui. Dites-moi, monsieur Torres… à propos de cette chose qui me chiffonne, avez-vous appris la mort de ce jeune homme, hier soir en ville ?

— Henri Duplessis ? Oui, bien sûr. La radio ne parle que de cela ce matin. C'est affreux. Juste après cet autre drame, et dans la même région…

L'inspecteur hocha la tête. Son regard ne cilla pas.

— On pourrait presque dire au même endroit, oui. En fait, j'aimerais savoir un truc, monsieur Torres. Où étiez-vous, hier soir, vers 23 heures ?

Le visage du romancier devint livide.

— Je vous demande pardon ?

Claude Nigout évacua la question d'un geste insouciant de la main.

— Oh… simple enquête de routine. Vous avez croisé ces deux jeunes gens ce week-end, c'est la procédure habituelle en cas d'homicide. Je vous écoute…

— Eh bien… je n'ai pas quitté ma maison de la nuit. J'ai dormi d'une traite jusqu'au matin. Le travail, cet horrible événement… J'étais épuisé.

L'inspecteur acquiesça avec gravité.

— J'ai examiné votre voiture et il est bien évident qu'elle n'a pas été mêlée au décès tragique de ce pauvre garçon. Vous ne possédez que celle-ci, n'est-ce pas ?

— Oui. J'ai revendu la BMW il y a un mois.

Le policier consigna l'information dans son carnet et le referma d'un claquement sec.

— Très bien. Merci pour ces précieux renseignements, monsieur Torres.

Il passa son imper et plongea la main dans la poche intérieure. Il en exhuma un livre qu'il tendit à l'écrivain.

— Ah, j'oubliais… Vous avez dédicacé ce roman à Henri Duplessis il y a deux jours à peine. Il était fan ?

— Il… il m'a dit qu'il adorait la science-fiction. Il ne connaissait pas mes ouvrages, alors je lui en ai donné un. Quelle… *quelle horreur…*

L'inspecteur Nigout rempocha le livre, puis il considéra attentivement le visage de Marc Torres qui avait brusquement pâli.

— Mathilde, Henri… ces deux adolescents sont récemment venus chez vous, monsieur Torres. Depuis, l'un a trouvé la mort et la deuxième n'y a échappé que de très peu. La voiture de ce pauvre garçon a disparu de votre cour avec cette jeune fille à son bord et elle s'est abîmée dans le lac depuis une falaise qui n'est distante que de quelques kilomètres de votre domicile… Tout gravite autour de vous, dans cette affaire. Cet endroit en est l'épicentre. Et ça, voyez-vous, c'est le genre de chose qui me chiffonne…

Le policier attrapa son chapeau puis il ouvrit la porte d'entrée. Avant de franchir le seuil de la maison, il s'immobilisa un bref instant et tourna un visage de pierre vers le romancier qui avait cessé de respirer.

— En fait, pour répondre à votre question : non, je pense que nous n'en avons pas encore tout à fait terminé, monsieur Torres.

Et puis il referma doucement derrière lui.

# 82

La femme était partie. Il avait attendu dans sa voiture qu'elle disparaisse au coin du pâté de maisons, et puis il avait attendu encore.

Peut-être une heure plus tard, il avait aperçu une ampoule s'allumer à l'étage. D'après la vitre cathédrale qui masquait les regards depuis la rue, il jugea qu'il s'agissait de la salle de bains.

Il sortit de sa voiture, referma la portière sans bruit et jeta un coup d'œil fébrile autour de lui. À cette heure de milieu de matinée, le trottoir était désert.

Il traversa la chaussée, poussa le portail que la femme avait négligé de verrouiller et entra dans le jardin. Il contourna la bâtisse par une allée de dalles de béton fichées à la diable dans la pelouse et se dirigea vers l'une des fenêtres situées à l'arrière. La maison du plus proche voisin était à moitié masquée par une haie de thuyas anémiques. Un homme aux cheveux blancs, penché sur son potager, redressa le dos, une main sur les hanches et l'autre en visière.

Le volet était fermé, mais il ne résista pas plus de dix secondes à l'épais pied de biche d'acier au bec acéré qu'il avait décroché du mur de son garage trois heures plus tôt. Le bois de la fenêtre céda tout de suite après dans un craquement sec.

Il poussa les deux vantaux, grimpa sur le rebord et pénétra en silence dans la maison. Il s'immobilisa et écouta attentivement le murmure de l'habitation.

Il avait vu juste. L'eau de la douche descendait de l'étage à travers les tuyaux logés dans les cloisons du rez-de-chaussée.

L'escalier, un quart tournant plutôt imposant, empiétait sur une bonne partie de l'entrée. Quand il monta sur la première marche, il entendit le bois gémir pour tenter de dénoncer son intrusion.

Le pied-de-biche pesait lourd en se balançant au rythme de ses pas. Il le sentait animé d'une colère implacable. À l'origine froid et vaguement hostile, le métal avait pris peu à peu la température de sa main, comme s'il partageait la rage qui lui brûlait les tripes, comme s'il se réjouissait à l'avance du travail qu'il avait encore à accomplir.

Une fois parvenu à l'étage, le ruissellement de l'eau se précisa.

À droite.

Au bout du couloir.

Il n'eut pas un instant d'hésitation.

Il appuya sur la poignée de la porte et s'avança vers la forme qui se dessinait derrière le rideau de plastique à travers la vapeur qui imprégnait la pièce.

Un courant d'air, peut-être causé par la fenêtre cassée au rez-de-chaussée, glissa par-dessus son épaule. Il y eut un bruit de robinet qu'on tourne et l'eau cessa de couler.

La voix, incertaine, masculine, lui hérissa la peau sur la nuque.

— Tu es déjà rentrée ?

Il tira sur le rideau d'un coup sec. Par réflexe, l'homme éberlué posa ses deux mains sur son sexe, laissant son visage à découvert.

Le pied-de-biche s'enfonça dans sa joue, fracassa sa mâchoire et arracha toute la chair au passage. Il hurla et tomba en arrière dans le bac à douche moucheté d'écarlate.

Au deuxième coup, le fer pénétra profondément dans son crâne. Ses yeux se révulsèrent et il se tut pour de bon. Fabien Morange appuya d'un puissant geste du poignet pour dégager l'outil de l'os brisé, puis il le releva bien haut avant de l'abattre de nouveau sur la tête de sa victime qui ne bougeait déjà plus.

Au troisième coup, l'occipital éclata comme un fruit trop mûr. Au quatrième, le fer s'écrasa sur la céramique après avoir réduit la matière cervicale à une bouillie indistincte.

Et puis tout disparut dans le rouge.

Morange ne cessa de cogner que lorsque la douleur dans son bras devint intolérable. La chose allongée sous lui avait perdu toute ressemblance avec un être humain.

Le médecin se laissa tomber sur les genoux et lâcha enfin l'outil visqueux qui rendit un son mat en rebondissant sur le carrelage. Il enfouit son visage couvert de sang entre ses mains et son corps tout entier se mit à trembler tandis qu'une sirène encore lointaine s'approchait à vive allure de la maison de Jonathan Keller.

# 83

Romain Keller marchait au hasard des rues depuis une bonne heure. Il était sorti du garage avec une drôle de sensation au ventre. Il percevait à la fois la certitude d'une catastrophe imminente et sa propre incapacité à l'endiguer. Les seules paroles compréhensibles d'Alexandre n'avaient rien révélé d'autre que «Mathilde», «chaîne» et «maison». Tout le reste n'avait été constitué que d'un magma indistinct dénué de signification.

Pourquoi le cerveau d'Alexandre pointait-il ce détail juste au moment où il lâchait la bride à sa conscience ? Était-ce quelque chose qu'il avait aperçu chez lui, comme le mot «maison» le laissait supposer ?

Romain pressa le pas. Trop stressé par l'arrestation de son père, il n'était pas allé voir Mathilde depuis qu'elle était sortie du bloc. Il était temps qu'il lui rende visite à l'hôpital. Même si elle ne s'était pas encore réveillée, elle sentirait peut-être qu'il était à ses côtés, qu'il pensait très fort à elle et qu'il souffrait pour elle.

Entre son père rentré chez lui pour réaliser que son couple allait très bientôt voler en éclats, et sa mère qui ne baisserait plus la garde avant d'être débarrassée de lui, il n'avait de toute façon aucune envie de retourner dans cette maison qui ne représentait plus pour lui qu'une coquille vide.

*Maison…* comment ce mot pouvait-il revêtir à la fois le sens du refuge le plus intime et celui d'un désert désolant où la vie avait perdu jusqu'à sa saveur d'enfance ? Était-ce ce genre de réflexion qui avait amené Alexandre à avaler ce matin cette drogue dont il avait si peur quelques jours à peine auparavant ?

Un quart d'heure plus tard, il pénétra dans l'établissement hospitalier et se dirigea vers l'accueil. L'hôtesse consulta son écran et elle lui renvoya une moue contrite.

— Je suis désolée, monsieur. Vous ne pourrez pas la voir. Elle n'est pas encore réveillée. Le médecin ne souhaite pas que…

— Je suis son copain. Elle… elle a besoin de moi. Même si elle ne peut pas m'entendre. Vous comprenez ?

La jeune femme lui sourit, horriblement gênée.

— Oui, je comprends tout à fait, monsieur. Mais le docteur Morange a été formel sur ce point. Personne ne doit…

— S'il vous plaît…

L'hôtesse remua sur son siège. Le regard de l'adolescent qui se tenait devant elle était si suppliant qu'elle se sentit fondre de l'intérieur. Elle saisit son téléphone, appela un numéro qui ne répondit pas, puis elle hocha la tête pour elle-même et lui désigna les ascenseurs d'un ongle carmin.

— Montez au cinquième étage et allez frapper au bureau du médecin de garde. Je le préviens tout de suite. Le docteur Morange n'a pas pris son service ce matin et je ne parviens pas à le joindre. Ce sera à lui de juger, d'accord ?

Romain poussa un immense soupir de soulagement et il se précipita pour appuyer sur le bouton d'appel.

— Merci ! Merci beaucoup !

Il s'écarta pour laisser passer un brancard, puis il s'engouffra dans la cabine à la suite d'une femme en fauteuil roulant.

Tandis que l'appareil grimpait avec une lenteur exaspérante, il sentait son cœur cogner fort dans sa poitrine.

Mathilde n'était pas encore réveillée. Ce qu'elle avait subi avait dû être atroce. Et toutes ces heures à attendre la mort dans la neige… Elle avait dû croire qu'elle ne s'en sortirait jamais vivante. Et là où son esprit s'était évadé, elle l'ignorait toujours.

*Ses doigts…* Mon Dieu… Comment pourrait-elle reprendre une vie dite *normale* après un tel choc, avec un tel handicap ? Elle ne pourrait plus marcher, feuilleter un livre, se maquiller…

*Se faire les ongles…*

*Le serrer dans ses bras…*

Lorsque la cabine s'ouvrit, Romain resta un instant figé contre la paroi. Mathilde et lui, c'était fini. Terminé. Il ne pourrait pas. Il ne pourrait plus. Ce serait au-dessus de ses forces d'essayer de lui faire croire qu'il était possible de continuer comme s'il ne s'était rien passé.

La porte se refermait quand il bondit sur le palier.

C'était plus fort que lui.

Il *devait* la voir.

Il devait assimiler ce que son cerveau lui avait déjà soufflé à l'oreille.

Il frappa à la porte du médecin. L'homme, un petit rondouillard à la face avenante, l'écouta avec attention, puis il lui sourit.

— Le docteur Morange, son père, est absent ce matin.

— Oui, l'hôtesse m'a prévenu.

— Elle vous a également dit que cette demoiselle n'a pas encore repris connaissance, n'est-ce pas ?

— Oui.

— Elle vous a expliqué ce qu'il lui est arrivé ?

— Je le savais déjà. Ses doigts…

Le médecin hocha la tête d'un air triste.

— Cela va être terrible, pour elle, à son réveil. Vous en êtes bien conscient, jeune homme ?

Romain baissa le nez.

— Oui… Je suis son petit ami. Romain Keller.

— Bien, Romain. Alors si elle revient à elle pendant que vous êtes là, vous ne lui parlez surtout pas de cela. C'est à l'équipe médicale, et notamment à la psychologue de l'hôpital, de la prendre en charge sur ce point. Nous sommes bien d'accord ?

Romain secoua énergiquement sa crinière. Tout. Il était d'accord avec tout ce que pouvait exiger ce type tant qu'il lui disait où Mathilde se trouvait.

— J'ai compris, oui.

Le médecin se leva.

— Bien, alors suivez-moi jusqu'à sa chambre. Je vais vous laisser entrer, mais juste cinq minutes. Il lui faut un repos total. Mais si, quelque part au fond d'elle-même, elle vous entend lui parler tout doucement, ça pourra éventuellement l'aider à revenir parmi les vivants. Et elle en a besoin, croyez-moi…

# 84

La couverture s'envola à travers la chambre. Marc Torres arracha les draps et les propulsa jusque dans le couloir après les avoir secoués dans tous les sens.

Rien.

*Putain, mais où est-elle passée, bordel de merde ?*

Il tomba à genoux et enfonça le bras sous le lit. Il balaya le plancher avec sa manche.

Rien.

Il se releva, souleva le matelas et le tint à la verticale avant de coller son nez aux lattes du sommier.

Rien.

En désespoir de cause, il saisit un cintre métallique dans son armoire, le replia en une sorte de râteau à une dent et le glissa dans le mince interstice qui s'ouvrait sous la commode.

Il sentit tout de suite la résistance molle de la chaîne. Il ferma les yeux, laissa son pouls redescendre, puis il recommença, le doigt souple, pour l'accrocher à son outil improvisé et la ramener à lui. Lorsqu'il la serra enfin dans sa main moite, il s'assit sur le plancher au milieu des moutons de poussière dérangés par son combat contre l'adversité.

Marc envoya un regard lourd de reproches vers le fauteuil plein de poils du coupable manifeste, mais Roger avait déjà filé de l'autre côté de la maison, la queue entre les jambes.

L'écrivain laissa un rire nerveux secouer ses épaules. *Trahi par son chat.* Un truc stupide impossible à intégrer à l'un de ses romans, c'était sûr.

Il se releva et épousseta son pantalon. Cette maladresse était un signe. Il ne devait pas garder ce bijou plus longtemps chez lui. Le plus simple, c'était de le ramener à la mère de Mathilde. Il ne supporterait pas de voir le visage de la jeune fille, même si elle était encore plongée dans le coma artificiel.

Il s'habilla à la hâte, puis il sortit et referma derrière lui en espérant qu'Alexandre avait bien pensé à prendre sa clé. Son fils n'avait pas reparu depuis la veille et il ignorait s'il avait eu la précaution de s'en munir.

Il haussa les épaules et s'installa dans sa Mercedes. Après tout, tant pis pour lui s'il l'avait oubliée. Quand on prétend devenir un homme, on en assume aussi les conséquences. Alexandre allait devoir prendre un peu de plomb dans la tête. Après sa socialisation délicate à travers le sport collectif, cette étape serait certainement la plus difficile à franchir.

Marc mit le contact et se rasséréna au doux chuintement du moteur allemand. Lorsqu'il attaqua la route déneigée, il roula avec précautions jusqu'au croisement avec la départementale, puis il put enfin appuyer un peu plus sur le champignon. Il y serait d'ici vingt minutes au plus.

L'hôpital dressait sa silhouette sinistre sur le ciel couleur d'acier fondu. Marc gara la Mercedes loin de l'entrée, à un emplacement face au mur de briques où elle ne risquait pas d'être bignée par un conducteur trop pressé d'arriver, puis il enfonça les poings dans ses poches et courba le dos pour affronter le vent glacial qui lui soulevait les cheveux en vagues ininterrompues. Il pénétra avec soulagement dans le hall de l'établissement où le chauffage avait été poussé pour lutter contre le froid polaire.

Il s'approcha timidement de l'accueil et avisa une hôtesse qui s'ennuyait ferme devant son guichet.

— Bonjour mademoiselle. La chambre de madame Morange, s'il vous plaît…

La jeune femme acquiesça, pianota et consulta son écran un instant, puis elle dirigea un regard clair vers lui. L'ombre d'une seconde, elle parut fouiller dans sa mémoire où elle l'avait déjà aperçu.

Et puis l'ombre passa.

— Michelle ? C'est bien ça ?

— Oui.

Elle se leva et tendit un ongle parfait en direction des ascenseurs.

— Au troisième. Chambre 315. Ah… attendez… je vois qu'elle sort demain matin, mais avec les calmants, elle ne pourra pas conduire. Il va falloir que quelqu'un vienne la chercher…

Marc fronça les sourcils. Bêtement, il s'était imaginé que la mère de Mathilde était encore dans les vapes, sa douleur anesthésiée à coups d'antalgiques et son chagrin noyé dans les anxiolytiques. Il avait cru qu'il serait toujours impossible de lui parler. Qu'en lui rendant une visite rapide, il pourrait étouffer une partie des voix qui l'empêchaient d'écrire et de dormir.

Le regard de l'infirmière se fit plus insistant. Deux autres personnes attendaient à présent derrière lui en le dévisageant et en discutant à voix basse.

Il était coincé.

— Euh, oui, bien sûr. Je serai là. À quelle heure ?

— 11 heures, après les soins, ce sera parfait. Votre nom ?

Il s'exécuta, remercia la fille du bout des lèvres, puis il fit demi-tour et s'éloigna vers la sortie devant son visage sidéré, la chaîne de Mathilde lui brûlant les doigts au fond de la poche de son manteau.

Il n'aperçut pas la silhouette qui le suivit sur le parking, une quinzaine de mètres derrière lui, la capuche rabattue sur le front.

Quand il s'assit derrière le volant, elle était déjà sur lui.

# 85

— Bien dormi ?

Philippe secoua sa tignasse emmêlée au-dessus de son bol de chocolat, puis il adressa un regard empesé de reproches à sa sœur.

— Nan. T'as pas arrêté de mouiner toute la nuit.

Léa lui renvoya un sourire angélique.

— Moi ?

Philippe avala sa tartine et en enfourna illico une seconde. Il continua la bouche pleine.

— Toi ! Infernale ! Un vrai film allemand chans chous-titres. Rien pigé, mais cha te perturbait vachement.

Léa se prit la tête dans les mains et se massa doucement les tempes. Elle ne se souvenait de rien. Juste que quelque chose la tracassait depuis deux jours et revenait en vagues puissantes dans ses rêves. Peut-être, à force de vouloir se rappeler de quoi il s'agissait, y parviendrait-elle avant que cela lui cause des insomnies. Mais pour l'instant, elle avait une faim de loup. Elle se prépara un thé et fit griller quatre morceaux de pain dans le toasteur, puis elle s'assit face à son frère et agrippa le beurre et le couteau.

— On met la télé ?

Philippe soupira.

— Ch'est obligé ?

Léa haussa les épaules.

— Oh, t'es chiant, tu veux jamais...

Un deuxième soupir plus tard, Philippe alluma le poste de la cuisine. L'instant d'après, il échappa son bol qui heurta la table et dont le contenu se répandit sur son pantalon de pyjama.

— Oh putain !!!

Léa, qui avait baissé le nez sur les dégâts, n'avait pas aperçu l'image. Philippe lui adressa un signe impératif en même temps qu'il montait le son au maximum.

Le hurlement des sirènes emplit la pièce tout à coup plongée dans le silence. Léa croisa le regard atterré de son frère. Les infos passaient les faits divers en boucle. Deux morts. Le jeune Henri Duplessis, fils du notaire de Longerupt avait eu un accident de vélo en pleine nuit. Le véhicule qui l'avait renversé avait pris la fuite et n'avait pas été retrouvé. Mais le meurtre qui faisait les gros titres était l'assassinat de Jonathan Keller par le docteur Morange. Le médecin était resté sur les lieux de son crime. La police l'avait arrêté sans qu'il oppose la moindre résistance. Le journaliste disait que Morange était couvert de sang des pieds à la tête quand il avait été amené jusqu'au panier à salade.

*Couvert de sang des pieds à la tête...*

Philippe repoussa son bol dans la tache de chocolat qui débordait de la table et s'égouttait sur le lino de la cuisine. Léa s'était mise à pleurer devant la télé, sciée à la base par l'ampleur de la catastrophe qui s'était abattue sur la ville en quelques heures à peine pendant qu'ils dormaient, inconscients du drame qui se jouait dehors.

Tous les deux réagirent en même temps alors que leurs esprits se focalisaient autour d'un seul nom.

*Romain!*

Philippe se rua sur le téléphone et appela les Corbier, les garagistes, mais personne ne répondit. Chez les Banko, ce fut la même chose. Il n'avait ni le numéro d'Alexandre ni celui de Pierre et d'Alain. Alors il tendit l'appareil à Léa et lui demanda d'essayer de joindre Birgit ou Marie.

Birgit décrocha à la première sonnerie. Philippe lui arracha le combiné des mains et hurla :

— T'as vu les infos ?

— ...

— Mais qu'est-ce qui se passe, bordel ?

— ...

— File-moi l'écouteur ! J'entends rien !

Philippe saisit le gros cylindre suspendu au dos du support et le donna à sa sœur. La voix de Birgit éclata dans la tête de Léa.

Philippe la coupa sèchement.

— Est-ce que Romain est au courant ?

— Mais j'en sais rien ! Je ne l'ai pas revu depuis dimanche !

— Appelle Marie et les autres ! Moi je n'arrive pas à joindre les mecs !

— Marie est là. Elle me dit que les garçons avaient rendez-vous ce matin au garage pour travailler les cours. Elle pensait que tu y étais, toi aussi.

Philippe ferma les yeux. Non, il n'avait pas été invité. D'ailleurs, les faits le prouvaient aujourd'hui, il réalisait qu'il ne faisait pas partie du groupe. Qu'il n'en avait *jamais* fait partie. Comme Henri, Jean-Louis ou Stéphane. Chacun d'eux quatre était un alien pour le clan de Pierre.

Parce que c'était bien de cela qu'il s'agissait.

Il y avait le clan de Pierre, et il y avait les autres.

Stéphane avait payé cher *la blague à la con* qu'il avait jouée à Alexandre ce soir-là. Lorsqu'il l'avait appelé la veille pour prendre de ses nouvelles parce qu'il ne l'avait pas revu depuis leur retour de chez les Torres, l'ex-comique de la classe lui avait appris qu'il avait été agressé par des inconnus le lendemain de la fête. En fait, Philippe était certain qu'il s'était mangé une raclée mémorable et qu'il avait une putain de trouille de donner les noms.

Cette agression par des « inconnus », c'était clairement signé Pierre et Alexandre. La peur des représailles collait à chaque fois à la peau de leurs victimes.

Philippe raccrocha. Si personne ne répondait au téléphone au garage, c'était peut-être que les autres avaient déjà trouvé Romain et qu'ils restaient avec lui pour qu'il ne fasse pas une connerie.

Philippe nettoya la table et il remplit de nouveau son bol de lait avant d'y verser la poudre de chocolat.

Ils ne répondaient pas ?

Ils n'en avaient rien à foutre de lui ?

Eh bien, qu'ils se démerdent entre eux avec Romain.

Lui, il s'en lavait les mains.

# 86

L'inspecteur Claude Nigout était blême. Il avait foncé dès qu'il avait reçu l'appel du commissariat sur sa radio de bord.

Se tenant soigneusement à l'écart de la zone écarlate circonscrite avec de la rubalise par les collègues de Police Secours, premiers arrivés sur les lieux après le coup de fil d'un voisin inquiet d'avoir vu un homme pénétrer par effraction dans la maison des Keller, le policier enfonça une main tremblante dans ses cheveux noirs et épais. L'odeur quasi métallique qui régnait dans la salle de bains lui fit grincer des dents. Il réprima un haut-le-cœur qui risquait de le priver d'un seul coup de son petit déjeuner sur le carrelage souillé de rouge.

Jonathan Keller avait été littéralement mis en pièces par le père de Mathilde. Haché menu. Appelé en urgence, Roland Humbert, le légiste, avait passé plus d'une demi-heure accroupi dans la mare de sang à inspecter tous les morceaux du cadavre. Il s'était relevé, le regard circonspect, la blouse odieusement tachée, la lippe extrudée sous sa moustache comme s'il allait émettre un pet avec la bouche.

Il jeta un coup d'œil au flic livide qui se tenait au mur comme s'il allait tomber dans les pommes, puis il alluma une Gitane en plissant les paupières. Le bruit du clapet du Zippo éveilla un écho sinistre dans la mémoire de l'inspecteur.

— À mon avis, c'est pas un suicide.

Le légiste ricana à sa bonne blague, qu'il ne sortait sûrement pas pour la première fois, puis il souffla un long filet de fumée par les naseaux.

— L'avait pas l'air commode, votre collègue.

Nigout s'empressa de s'emparer de la bouée tendue et il se détourna de la vision d'apocalypse. Le commissaire était passé avant lui et il avait embarqué le médecin pour le mettre au frais sans attendre. D'où l'appel comminatoire de Marceau qui l'avait illico envoyé sur les lieux du crime pour prendre en charge la suite des événements.

— Ce n'est pas mon collègue, c'est mon chef.

Le légiste fit la moue.

— Toutes mes condoléances, inspecteur…

Nigout soupira, et ce fut comme si une brèche s'était brusquement ouverte dans un ciel de suie. Roland Humbert était tout neuf dans cette histoire.

— Votre sentiment ? Je veux dire… à part pour le suicide…

— Votre type a vraiment pété les plombs. Qu'est-ce qu'il lui avait fait, ce gars-là, pour le mettre dans un état pareil ?

Incapable de savoir comment réagir face à ce drôle de bonhomme pour qui un cadavre atrocement mutilé paraissait ne rien représenter d'autre que l'occasion de balancer une boutade de potache, Nigout coinça ses pouces dans les poches de son pantalon et s'adossa au mur de la salle de bains.

— Ce type, c'est le père de la jeune fille qui a disparu pendant vingt-quatre heures le week-end dernier. Et celui qui est étendu là, ou du moins ce qu'il en reste, est l'homme qui a été tout de suite suspecté du crime avant d'être relâché ce matin.

— Innocent ?

Nigout soupira.

— Franchement, je n'en sais rien.

Le légiste considéra le tas de viande informe qui baignait dans une mare de sang au milieu de la salle de bains.

— Eh bien maintenant, ça va être coton pour l'interroger, hein…

Le policier hocha la tête, pensif. Oui, les charges allaient *de facto* s'éteindre contre Jonathan Keller. Trop content de tenir un tel coupable idéal sous la main, le proc allait classer l'affaire vite fait. À six mois de la retraite, c'était un joli cadeau du sort pour le commissaire. Et pourtant…

L'inspecteur sortit de la maison. La pluie avait cessé. La rue était noire de monde. Des regards tendus, des têtes qui se hissaient au-dessus des autres pour essayer de grappiller une image de «La maison de l'horreur», comme allaient sans aucun doute l'appeler les journaux du soir. Les agents de Police Secours assuraient le maintien des curieux derrière un cordon de sécurité.

Juste à côté de l'entrée du pavillon, visiblement rodés au procédé, deux employés vêtus de sombre debout à côté d'un fourgon mortuaire discutaient à voix basse en attendant patiemment la fin des constatations de la police scientifique. Leur passager n'était plus pressé, de toute manière.

Nigout sortit sur le trottoir dans un silence lourd d'expectative. Un journaliste s'approcha de lui, micro tendu, mais il recula devant l'air hostile du policier qui affichait clairement qu'il ne fallait pas l'emmerder ce jour-là. Le temps que l'homme se ressaisisse, Nigout avait déjà disparu dans sa voiture, passé la première et décollé de l'asphalte dans un bruit de caoutchouc martyrisé.

# 87

Marc Torres n'avait pas encore démarré. La Mercedes était toujours stationnée sur le parking de l'hôpital. Sur le siège passager, l'adolescent qui avait fait irruption près de lui au moment où il montait dans son auto gardait un visage fermé. L'écrivain commençait à perdre patience.

— Sors de cette voiture, Romain.

— Ce n'est pas mon père qui est venu chez vous pour kidnapper Mathilde.

— Je t'ai dit de sortir…

— Je suis sûr que ce n'est pas lui !

— Écoute… Je comprends que tout cela te perturbe. Ce qui est arrivé à Mathilde, l'arrestation de ton père, sa libération… c'est compliqué de tout assimiler en aussi peu de temps. Mais là, je dois y aller, alors…

— Mais si ce n'est pas mon père, c'est qui, à votre avis ?

Marc Torres sentit ses yeux se rétrécir malgré lui.

— Tu ne soupçonnes pas un de tes copains, quand même ?

Romain serra les poings sur ses cuisses, l'expression farouche.

— Non. C'est pas ce que je veux dire, monsieur Torres.

Marc jeta un œil sur le parking. Il n'y avait personne en vue. Il démarra en douceur et se dirigea vers la sortie. Comme si la lumière grise le gênait brusquement malgré les vitres fumées de l'allemande, il piocha ses lunettes de soleil dans le vide-poches et les ajusta sur son nez.

— Très bien. Je te ramène chez toi. Alors à quoi penses-tu exactement ?

— Elle ne serait jamais partie sans attacher sa chaîne à son cou.

Marc bifurqua dans la rue adjacente à celle de l'hôpital. Son sang battit soudain beaucoup plus vite.

— De quelle chaîne parles-tu ?

— De celle que je lui ai offerte le mois dernier pour son anniversaire. Mathilde et moi, on… on est ensemble, monsieur Torres. Cette chaîne, elle ne la quitte que la nuit, de peur de la casser dans son sommeil. Elle est trop fine, j'ai pas pu la payer très cher. Avec le poids du médaillon, ça use les mailles très vite. Le bijoutier m'avait expliqué qu'elle devrait la retirer si elle voulait la garder longtemps. Et c'est ce qu'elle fait tous les soirs. Elle m'a juré qu'elle la range sous son oreiller pour penser à moi pendant qu'elle dort et qu'elle ne fait pas un pas avant de l'avoir rattachée à son cou.

Marc hochait la tête en écoutant avec attention tandis que la voiture progressait lentement vers la sortie de la ville. Lorsque Romain se tut, il tourna un visage de marbre vers lui.

— Et qu'est-ce que tu en déduis ?

Romain fixait la route sans la voir. Les larmes vinrent d'un coup inonder ses joues.

— Rien. Je ne comprends rien à ce qui s'est passé. Elle est partie en me laissant là, tout seul, comme l'année dernière.

Romain prit une profonde inspiration, puis il cracha le reste de son venin.

— Elle rend tout le monde cinglé, de toute façon. Même Alexandre vous le dira. Il en est complètement dingue.

Marc ralentit peu à peu. Il enclencha son clignotant et s'arrêta au bord du trottoir, juste devant le panneau barré de rouge qui indiquait la fin de l'agglomération. Au-delà, les premières frondaisons de la forêt déjà rousse tendaient leurs bras vers eux. Au bord de l'infarctus, il ôta ses lunettes noires et les rangea où il les avait prises, puis il posa deux mains agitées de tremblements sur son volant.

— Pourquoi es-tu venu me parler de tout ça, Romain ? Et comment m'as-tu trouvé ?

Le jeune homme hocha la tête.

— Je suis allé la voir ce matin. C'est en sortant de sa chambre que je vous ai aperçu dans le couloir. Désolé, monsieur Torres. Je ne voulais pas vous embêter avec ça. C'est juste que…

Romain fondit en larmes de nouveau, le front sur la vitre.

— C'est juste que je ne comprends pas parce que c'est chez vous qu'on a couché ensemble pour la première fois…

Marc sentit un grand vide s'ouvrir en lui.

— *Tu as couché avec elle chez moi ?*

Romain se mit à pleurer encore plus fort.

— Elle était vierge, monsieur Torres ! Elle avait menti à tout le monde ! Je ne savais pas ! Et moi je l'ai mordue comme un crétin pour la faire taire quand elle a commencé à crier !

Marc se força à calmer les battements désordonnés qui pulsaient dans sa poitrine. *Le sang entre les cuisses de Mathilde… Les marques de dents…*

— Quand Marie a frappé à la porte de Mathilde, je n'ai eu que le temps de me cacher sous le lit. Elle l'a fait entrer, et puis au bout d'un moment Mathilde lui a dit qu'elle voulait fumer dehors pour que je puisse m'en aller sans être vu. Elle avait trop peur que sa mère l'apprenne. Je suis retourné dans la chambre d'Alex à ce moment-là. Lorsque vous y êtes venu, j'ai fait semblant de dormir. Je savais qu'Alexandre avait bu comme un trou et que vous n'alliez pas être content du tout si vous trouviez la bouteille sous son sommier. Je craignais que ça se voie sur ma figure et que ça me trahisse.

Marc Torres serrait son volant à le casser en deux. Il se força à débloquer ses doigts un à un, comme s'il sectionnait des câbles d'acier à la pince coupante. Il tourna un visage sans expression vers Romain Keller. Il réalisa alors qu'il ne l'avait jamais vu sourire depuis qu'il le connaissait.

— Tu es au rugby, toi aussi, Romain ?

L'adolescent le regarda d'un air idiot comme s'il avait soudain perdu la raison.

— Oui, pourquoi ?

Marc piocha la chaîne dans la poche de son manteau et la tendit à son passager. Quand il posa la main sur le bijou, Romain ne put retenir une grimace douloureuse qui dévoila une de ses incisives cassée en deux. Exactement comme celle d'Alexandre.

Marc déglutit avec difficulté.

— Pour rien. Tiens. Je voulais la rendre à sa mère, mais je suppose que c'est mieux comme ça.

Une puissante sirène retentit alors derrière la Mercedes. Une voiture pie le doubla puis elle se gara juste devant le capot de l'allemande. À travers le pare-brise, Marc vit le commissaire Marceau s'extirper du véhicule et se diriger vers lui à pas lents.

Marc tourna la manivelle et la glace de sa portière s'abaissa. L'officier se pencha et avorta un vague salut au bord de son chapeau.

— Bonjour, monsieur Torres. Je vous ai aperçu en ville. Nous cherchions Romain Keller partout. Je vois que vous l'avez trouvé. Je ne l'avais pas distingué à travers vos vitres fumées.

Marc sourit au policier au visage sombre.

— C'est plutôt lui qui m'a trouvé, commissaire. Qu'y a-t-il ?

Le vieil officier se redressa. Son regard dériva au-dessus de la berline de luxe et se perdit dans la montagne où toute cette histoire avait commencé. Il était temps de lui écrire son point final.

Et ensuite, de passer à autre chose.

Dans un grand verre.

— Je crois que vous allez devoir nous laisser un moment, monsieur Torres. Voulez-vous aller vous asseoir quelques instants dans mon propre véhicule, s'il vous plaît ?

# 88

Magali Keller avait été interceptée sur son lieu de travail, une société de maçonnerie qu'elle dirigeait depuis la mort de son père. Deux agents étaient allés la chercher et l'avaient conduite directement au commissariat pour lui apprendre la nouvelle, et surtout pour la garder avec eux afin de l'empêcher de rentrer à son domicile, vu le tableau qui l'attendait à l'intérieur. Elle patientait dans la pièce consacrée aux interrogatoires, une cellule sans fenêtre éclairée d'un unique néon avec pour simple ameublement une table d'acier et deux chaises dont les pieds étaient vissés dans le béton. Sur l'un des murs, un grand cadre en bois masquait mal que des personnes invisibles les observaient de l'autre côté du miroir.

Nigout prit place face à elle dans un silence de cathédrale. Il ne se souvenait pas avoir jamais vu une victime au regard si dur ni à la mâchoire aussi serrée que cette jeune veuve.

Il remua inconfortablement sur sa chaise, et il se lança.

— Tout d'abord, je vous prie d'accepter mes sincères condoléances pour la perte de votre…

— Bon débarras !

L'inspecteur cligna des paupières, pas certain d'avoir bien entendu.

— Je vous demande pardon, madame Keller ?

La femme frappa du poing sur la table comme un homme en colère.

— Qu'il pourrisse en enfer ! Ce minable a failli tuer cette pauvre fille après avoir abandonné son copain ivre mort dans une chambre d'hôtel pouilleux ! J'ai honte, monsieur le policier ! Honte de ce qu'il m'a fait ! Honte de la mémoire qu'il laisse à son fils ! Un criminel ! Un violeur ! Un assassin ! Un jaloux !

L'inspecteur Nigout haussa un sourcil.

— Un jaloux ? Que voulez-vous dire par là ?

Les yeux de Magali Keller se rétrécirent à deux fentes de rage brute.

— Ce porc lui courait après depuis des années, mais pour rien. Elle ne voulait pas de lui.

— Qui ? Mathilde ?

— Non ! Michelle, sa mère ! Jonathan et elle ont eu une histoire, quand ils étaient au lycée. Elle l'a ensuite jeté pour ce toubib qui lui a planté un gosse. J'aurais mieux fait de me barrer, moi aussi, tiens !

L'inspecteur Nigout ouvrit des yeux ronds. *Jonathan Keller et la mère de Mathilde avaient autrefois eu une liaison et il ne s'était pas remis de leur séparation...*

Cette fois, tout s'éclairait. Quand il avait épluché le dossier, le policier avait étudié les photos en long, en large et en travers. Mathilde ressemblait beaucoup à Michelle. Son portrait craché, en encore plus jolie.

Les faits commencèrent à se dérouler de façon logique comme s'ils se produisaient sous ses yeux. Keller avait amené son fils dans l'après-midi chez Marc Torres. Il avait croisé Michelle et sa fille dans la cour. Michelle, qu'il n'avait pas revue depuis longtemps et dont il était toujours fou amoureux, et Mathilde, la même en plus jeune, sûrement très proche du physique que pouvait avoir sa mère à son âge.

À l'époque où elle ne lui refusait rien.

Jonathan Keller, encore épris de son ancienne conquête, avait focalisé son attention sur Mathilde. S'il ne pouvait avoir la mère, il prendrait sa fille. Il avait disposé de peu de temps pour cogiter à la façon dont il allait procéder, mais la suite des événements était limpide. En homme habitué aux conditions climatiques difficiles, après des années passées sur les routes, le père de Romain avait senti la neige arriver ce samedi-là et il avait pris les devants en changeant ses pneus. Quand elle avait commencé à tomber très dru, il avait compris que les jeunes allaient se retrouver coincés chez l'écrivain. Tout le monde s'était laissé surprendre par le froid. L'arrivée du gel était historique en plein mois de septembre.

C'était l'occasion idéale et elle ne se reproduirait sans doute jamais. Il avait alors laissé son copain à l'hôtel après leur soirée de débauche qui pourrait lui servir d'alibi par la suite, puis il avait filé à l'anglaise par la route qui remontait vers la maison de Marc Torres. Son but : arriver en pleine nuit, kidnapper l'adolescente et en abuser ensuite à sa guise en pensant très fort à sa mère.

Keller était obsédé par Michelle Morange. Il voulait la posséder, même seulement à travers sa fille. Il était probable qu'il avait déjà décidé de la tuer après l'avoir violée. Il ne pouvait la laisser dans la possibilité de porter plainte contre lui. Le plus simple, c'était de la faire disparaître en simulant un accident.

L'inspecteur Nigout fronça les sourcils. Quelque chose ne collait pas. Si les choses s'étaient bien déroulées ainsi, pourquoi Keller avait-il abandonné sa propre voiture aussi loin de chez Torres ? Il aurait pu s'approcher beaucoup plus près de sa maison, garer l'auto quelque part sur le bord de la route, et revenir ensuite la chercher pour transporter le cadavre de Mathilde. D'autre part, il ne pouvait pas savoir que le jeune Henri oublierait les clés sur la Renault 6.

À moins… *à moins qu'il s'en soit rendu compte quand il était venu amener son fils Romain à la fête.*

Pas de corps dans sa voiture, cela ne laisserait aucune trace exploitable par les limiers de la scientifique. L'accident dans la congère avait-il été prémédité pour faire croire aux enquêteurs qu'il n'avait pu aller plus loin ? Si les choses s'étaient bien passées ainsi, comment Keller était-il entré dans la maison de Torres sans casser au moins une vitre ? Les ados avaient-ils oublié de refermer une porte avant d'aller se coucher ? Et comment avait-il réussi à droguer Mathilde et à l'emporter hors de la bâtisse sans que personne entende quoi que ce soit ?

Quinze jeunes et un adulte…

— C'est bon ? Je peux rentrer chez moi, maintenant ?

L'inspecteur Nigout jeta un regard lourd en direction du miroir. Le commissaire Marceau les rejoignit trente secondes plus tard.

Il accompagna Magali Keller à l'accueil où les deux agents la prirent de nouveau en charge. Il était hors de question que cette femme retourne chez elle dans l'immédiat.

Resté seul dans la pièce d'interrogatoire, le policier allongea les jambes et croisa les doigts sur sa nuque. La mort violente de Jonathan Keller clôturait cette affaire d'une façon singulière qui, à vrai dire, ne le satisfaisait pas. Frustré par l'impuissance des enquêteurs à comprendre les méandres exacts de cet imbroglio, il réalisa qu'il ne saurait probablement jamais comment l'agression de Mathilde s'était déroulée.

À moins qu'elle finisse par se réveiller et par témoigner, bien entendu.

# 89

## DEUX MOIS PLUS TARD

— C'est gentil d'être venu avec moi. Merci…

Marc Torres sourit à Michelle Morange. Elle a enfoncé son nez dans une énorme écharpe de laine. Ses cheveux dépassent à peine d'un bonnet deux fois la taille qu'il lui faudrait, mais ils encadrent son joli visage et le soulignent de traits noirs et bouclés qui virevoltent dans le vent glacial.

Tout ce que fait Michelle Morange est délicat.

*Très* délicat.

Marc le sait depuis plus de six semaines.

Quand elle est sortie de l'hôpital, le lendemain de la mort de Jonathan Keller, il est venu la chercher et il l'a ramenée chez elle. Il lui avait rapporté le manteau de Mathilde. Le vrai. Celui qui était toujours accroché dans son garage et que personne ne lui avait réclamé depuis sa disparition.

Deux jours plus tard, il est revenu. Il est resté pour le dîner. Mathilde n'avait pas encore repris connaissance.

Au bout d'une semaine, Marc n'est pas rentré de la nuit.

Et puis, un matin, Mathilde s'est réveillée.

Muette.

Absente.

Ce jour-là, Marc a pleuré avec Michelle.

De soulagement.

Le froid dessine une écharpe de brume autour de son visage blanc. Sa mère pousse le fauteuil roulant jusqu'à la voiture. Elle prend Mathilde sous le bras et tente de l'aider à monter sur le siège passager. Ses jambes sont si lourdes… Elle ne tient pas debout sur ses moignons dont la cicatrisation n'est pas achevée.

L'infection a mis du temps à se résorber. Les prothèses sanglées aux mollets qui lui permettent de poser les pieds au sol sont encombrantes. Elle n'a pas encore appris à ne pas se mélanger les chevilles quand elle essaie de faire un pas.

Michelle pousse un gémissement de découragement.

— Marc, je n'y arrive pas...

Soudain fébrile, Marc s'empresse. Il passe devant la jeune fille et glisse ses mains sous ses cuisses pour aider sa mère à la soulever du siège roulant et à la déposer sur celui de la voiture. Il baisse le nez sur ses genoux pour ne pas croiser son regard vide lorsqu'il hisse sur le plancher les chaussures orthopédiques spécialement conçues pour elle.

Lorsqu'elle est en place, il file à l'arrière de l'auto, ouvre le coffre, replie le fauteuil et le range bien à plat. Il inspire profondément puis il jette un coup d'œil à Michelle qui est montée sur la banquette juste derrière sa fille et lui masse la nuque de chaque côté de l'appui-tête de cuir.

Marc revient à l'avant et se glisse derrière le volant. Il y a un instant suspendu dans le temps, pendant lequel il croit entendre grincer une porte.

*Peut-être celle des enfers...*

Il frissonne et tente d'évacuer la sensation de malaise qui englue son cerveau. Mathilde n'a pas parlé depuis qu'elle s'est réveillée, deux semaines auparavant. Pas un seul mot. Tous les efforts des médecins sont restés vains. Mathilde est loin d'ici. Son esprit s'est perdu pour de bon dans les bois.

Avec ses doigts.

*Mais pour combien de temps ?*

— On y va ?

Marc envoie un sourire de façade à Michelle.

— Oui. Pardon. L'émotion...

Michelle penche la tête et tend la main pour lui caresser doucement l'épaule dans un remerciement silencieux. Cet homme est si tendre, si prévenant... Elle a tellement de chance d'être tombée sur lui dans cette période si difficile pour Mathilde et elle...

Marc démarre. Comme d'habitude, il s'est garé loin des autres autos amassées près de l'entrée.

Devant un épais mur de briques.

Il passe la marche arrière.

Accélère.

Rien. La voiture patine. Impossible de reculer. Impossible d'avancer.

Il sort. Une flaque d'eau a gelé sous ses roues. Marc revient vers Michelle qui a abaissé sa vitre pour pencher la tête dehors.

— Un problème ?

— Il va falloir que tu prennes le volant.

Michelle hausse les sourcils.

— Tu es sûr ?

— Mais oui. C'est comme la deudeuche, mais juste en un peu plus gros. Un coup de chance, cette voiture est une propulsion. La couche de glace s'arrête à une vingtaine de centimètres des roues arrière. Je vais devoir la pousser un peu pour leur permettre d'accrocher le bitume. Ensuite, ça ira tout seul. D'accord ?

Elle hoche la tête et s'installe à la place conducteur. Marc lui tient la portière et s'apprête à la refermer galamment sur elle, mais Michelle la bloque du pied. Elle ôte son bonnet et le lui tend avec une moue mutine.

— Mets ça, sinon tu vas attraper la mort.

Elle réalise soudain ce qu'elle vient de dire et risque un œil vers sa fille. Mathilde n'a pas réagi. Du coin de l'œil, Michelle aperçoit un homme s'approcher de la voiture tandis que Marc Torres se positionne au centre du capot. Il a enroulé son écharpe autour de son cou pour empêcher le vent de se faufiler dans sa vieille veste.

Le métal est gelé. Marc sort des gants de sa poche, les enfile et appuie de chaque côté du sigle à trois branches, là où la tôle est la plus épaisse.

— Un coup de main ?

Marc relève le nez. L'inspecteur Nigout le regarde, intéressé par la manœuvre.

Marc sent la Mercedes qui bouge déjà. Encore un instant et elle sera libre.

— Non, merci, ça va aller.

Les épaules voûtées, arcboutées contre la carrosserie, les pieds calés contre la base du mur, il baisse la tête et pousse le plus fort possible. Au moment où la voiture se décolle du piège, il relève les yeux sur le pare-brise.

Ses yeux vert clair qui, seuls, sont visibles entre le bord du bonnet et l'écharpe enroulée autour de son cou jusqu'à son nez. Au moment où il croise ceux de Mathilde et les voit s'ouvrir en grand, son pansement pointé vers lui, la bouche écarquillée sur un cri cette fois parfaitement audible, il réalise qu'il a passé sa veste d'hiver couleur moutarde et enfilé ses vieux gants de ski mauves.

Le regard de l'inspecteur Nigout, immobile près de la voiture, suit le geste éperdu de Mathilde. Il perçoit le clignement de paupières de Marc Torres, son hésitation, la pression qui se relâche sur le capot.

Et ses sourcils s'arrondissent de stupeur.

Derrière le volant, Michelle ne sourit plus. Sa mâchoire s'est bloquée. Son souffle aussi. Les pneus arrière de la berline ont roulé au-delà de la plaque de verglas.

Marc Torres se tient debout devant elle et le bras tendu accusateur de Mathilde. Un bras au bout duquel une main sans doigts s'agite frénétiquement. L'écrivain butte contre le mur sous le poids des trois regards braqués sur lui.

Sous celui, écrasant, de la vérité.

Les hurlements de Mathilde les ont figés sur place. En une fraction de seconde, le ronronnement puissant du moteur de la voiture grimpe jusqu'au cerveau de Michelle.

Les détails que Marc lui a vantés avec fierté à propos de sa berline de luxe jaillissent de sa mémoire comme le cri de terreur de la gorge de sa fille et son moignon pointé vers son assassin.

*180 chevaux.*

*Une tonne et demie de ferraille.*

Au moment où le rugissement du six cylindres se précipite sur lui, le pied droit de Michelle enfoncé jusqu'au plancher, les semelles de Marc glissent sur la plaque de verglas.

Il tombe à genoux sur le parking.

Face à la calandre de la Mercedes.

Le regard écarquillé de Mathilde est la dernière image qu'il emporte dans la nuit avant que sa cervelle éclabousse le mur de briques de l'hôpital.

# 90

— Ça va aller, madame Morange ?

— Oui, merci. Elle commence à se débrouiller un peu mieux.

Michelle observe tendrement sa fille qui manipule la manette du fauteuil roulant électrique avec le moignon de sa main droite. Le policier baisse la voix pour que Mathilde ne l'entende pas.

— Elle est courageuse. Une vraie battante.

Michelle sourit en espérant qu'elle ne va pas se mettre à pleurer encore une fois.

— Oui, je sais.

Elle hésite, puis elle croise le regard posé sur elle.

— Vous croyez qu'il sortira un jour, inspecteur ?

Claude Nigout soupire.

— Très sincèrement, je l'ignore. Vu ce qui est arrivé à votre fille, l'avocat de votre ex-mari plaidera sans doute la folie passagère due à une émotion beaucoup trop forte qui lui a ôté tout moyen de discernement. La violence même de son acte est explicite. Si le juge comprend la douleur de père de monsieur Morange, il ressortira peut-être libre du tribunal, mais j'en doute. Ne fondez pas trop d'espoirs là-dessus. Quoi qu'il advienne, la justice rendra son verdict le mois prochain. Il va falloir patienter.

Michelle écrase une larme rebelle qui s'est tout de même faufilée sur sa joue et détourne le regard en direction de l'appartement où le fauteuil de Mathilde a disparu.

— Elle a besoin de lui.

L'inspecteur Nigout, gêné, ne répond pas. Il y a des choses sur lesquelles il n'a aucun pouvoir.

Michelle pose une main timide sur la manche du policier.

— Je… je voulais vous remercier…

Elle se tait. Elle en a trop dit, ou pas assez.

Claude Nigout sourit.

— Merci pour quoi ? C'était un *accident*, n'est-ce pas ?

Michelle croise de nouveau son regard franc. L'inspecteur Nigout, témoin du drame, a déclaré à ses collègues chargés de l'enquête avoir lui-même décroché les doigts de la malheureuse encore soudés au volant. Surprise par l'adhérence brutale des pneus sur le goudron, Michelle ne possédait le permis que depuis son divorce, l'année précédente. Elle aurait totalement perdu ses moyens quand la Mercedes a bondi en avant. Elle aurait poussé le levier dans la mauvaise direction, c'est aussi bête que ça.

Michelle baisse les yeux.

— Un accident, oui.

Le constat de police a été rondement mené. Claude Nigout en a rédigé le rapport avec une célérité qui lui a attiré les bonnes grâces du commissaire Marceau, ravi de voir que ses hommes s'étaient remis au boulot avec autant d'enthousiasme après la très médiatique affaire qui avait causé la mort horrible de Jonathan Keller.

Claude Nigout sourit.

— Très bien. Puisque nous sommes d'accord, je vais y aller, maintenant.

Michelle incline la tête. Elle est à croquer.

— Vous ne voulez pas entrer cinq minutes ? Un café, peut-être ?

Le policier referme son pardessus sur son corps maigre et pose la main sur la poignée de la porte.

— Non merci, madame Morange. Je ne suis pas sûr que ce soit une très bonne idée. Les commérages vont vite, dans les petites villes comme la nôtre, vous savez ?

Lorsque l'inspecteur Claude Nigout franchit le seuil de l'immeuble, il glisse une paire de lunettes noires sur son nez. Il les a ramassées dans la Mercedes de Marc Torres, qui n'en avait plus besoin. Tandis qu'il s'éloigne à pas lents de chez les Morange, il surprend sa silhouette dans la vitrine d'un magasin.

Il s'approche, le chapeau abaissé sur les yeux. Derrière le reflet, un objet brille sous les néons. Une machine à écrire d'occasion. Une Underwood en parfait état. Il y a juste une tache de peinture rouge sur le montant droit.

Comme le sang étalé sur le mur de briques et le pare-chocs de la Mercedes.

Le policier plisse les lèvres, tourne les talons et s'éloigne, les mains dans les poches.

Ce roman-là, Marc Torres ne le publiera jamais.

# 91

Bruno Paoletti a quitté le service militaire dix mois plus tard sans avoir nettoyé les latrines de la caserne une seule fois. À la suite de la découverte du corps inanimé de Mathilde au bord de la falaise et de l'arrestation de son assassin présumé, l'adjudant-chef Mercadier et lui ont enterré la hache de guerre et l'officier a trouvé une autre tête de Turc avec qui se défouler quand il s'ennuie de la Légion.

Le chauffard qui a tué le jeune Henri Duplessis n'a jamais été identifié. La famille espère toujours qu'on parviendra un jour à le retrouver pour qu'ils puissent enfin faire le deuil de leur fils.

Alexandre est devenu le meilleur client de Pierre. Sa première expérience de voyage au LSD a été une vraie réussite. Même pas malade. Il est un peu accro à ce truc, mais il arrêtera quand il voudra.

Il se l'est promis.

*Juré.*

Depuis la mort de son père, il ne va plus au lycée. L'argent que lui a versé l'assurance lui a permis de s'offrir un cabriolet avec lequel il traîne en ville le samedi soir. Le reste du temps, il erre dans la maison et il vide des bouteilles de bière par dizaines.

Après sa machine à écrire et tous ses livres, il a revendu sa Mercedes pliée à un ferrailleur. Le type n'en croyait pas ses yeux. Il l'a achetée rubis sur l'ongle pour trois fois rien, indifférent aux taches brunes qui avaient coagulé sur le pare-chocs et la calandre depuis longtemps.

Magali Keller a repris ses affaires d'une poigne de fer, mais elle ne couche plus avec personne. Le plus idiot de ses anciens partenaires sait comment a fini son mari. Aucun ne veut être le prochain sur la liste, même si l'enquête a prouvé qu'elle n'y était pour rien.

Après l'enterrement de son père, Romain a quitté la région avant que Mathilde revienne à elle. Il était incapable de supporter de la revoir dans son état. Personne ne sait ce qu'il est devenu.

La jeune Léa est venue au commissariat avec son frère le lendemain de la mort de l'écrivain. Elle avait une drôle d'histoire à raconter à propos de linge mouillé qui pendait sur des chaises la nuit de la disparition de Mathilde Morange. L'inspecteur Claude Nigout l'a reçue, a soigneusement consigné ses dires, puis il a détruit sa déposition dès qu'elle a eu quitté les lieux.

La jeune Marie n'a jamais révélé à personne d'autre que Birgit qu'elle avait drogué Mathilde à son insu. Elle est morte quelques jours après ses aveux à son amie. On a retrouvé un matin son corps flottant dans la Vologne, deux kilomètres en aval de Longerupt. Elle avait semble-t-il emprunté la route qui la longe sur plus de six-cents mètres depuis chez elle avant de la traverser et de bifurquer vers le centre-ville. Il n'y a pas eu de témoin à sa chute dans l'eau glacée. On n'a relevé sur elle aucune trace de violence sexuelle ni aucune marque de coups. L'hypothèse de l'accident stupide a été retenue. Le gel sur le trottoir, au milieu du pont, en a été jugé responsable. L'affaire a été classée.

Birgit et Pierre se sont fiancés une semaine plus tard. Bien sûr, Marie leur a manqué à la fête suivante, mais ils ont arrosé l'événement comme il se devait. Ils vivent désormais à l'aise dans l'appartement de Birgit. Pierre a passé le permis et a acheté une voiture d'occasion au père de Gilles. C'est lui qui emmène à présent ses copains en boîte de nuit le samedi soir, et parfois jusqu'à Gérardmer ou Colmar, parce qu'il n'y a pas assez de place dans le cabriolet d'Alexandre. Depuis qu'il a rajouté la cocaïne à son portefeuille d'actions, ses affaires marchent de mieux en mieux.

Mathilde a repris les études. Depuis la prison, son père a fait réaliser pour elle, aux États-Unis et à prix d'or, des prothèses ajustées à ses deux mains qui lui permettent de tenir un stylo-bille et de s'habiller elle-même.

Des professeurs viennent lui dispenser chaque matin ses cours à domicile. Même si elle ne parle toujours pas, si l'expression de son visage se fige parfois dans un vide où elle seule a accès, ils affirment à sa mère qu'elle fait des progrès.

Beaucoup de progrès.

Les après-midis, Mathilde se repose.

Chaque jour, après le déjeuner, elle éteint toutes les lampes de sa chambre. Et puis, à l'abri de la pénombre, assise dans son fauteuil roulant, elle regarde par sa fenêtre les gens qui marchent dans la rue. Les jeunes qui s'embrassent, qui courent, qui se tiennent par la main.

Qui rient.

*Clac.*

C'est si beau, dehors.

Si vivant…

*Clac.*

Sa guitare est restée appuyée dans un angle du mur de sa chambre, là où elle l'a posée la dernière fois qu'elle en a joué. Sa mère a essayé de la ranger, mais Mathilde s'est mise à hurler à la mort.

*Clac.*

Ses doigts de plastique étalés bien à plat sur un rouleau de papier à bulles qui recouvre ses genoux, Mathilde prend son temps. Elle sait qu'il y en a des dizaines d'autres en stock dans le sous-sol. Sa mère a compris que cela l'aide à se détendre, à trouver la paix.

*Clac.*

Elle aurait préféré des noix et une pince. Le bruit aurait été plus réaliste, plus évocateur. Mais elle n'aurait pas eu la force de s'en servir.

*Clac.*

Alors, une par une, avec une patience infinie, elle appuie son pouce de plastique rose bonbon sur chaque petite bulle jusqu'à ce qu'elle explose avec un claquement sec.

Le même claquement qu'a produit le crâne de Marc Torres lorsqu'il a éclaté entre le mur de briques et la calandre de sa Mercedes.

Et puis elle serre les dents derrière son rideau.

Mathilde, la belle Mathilde, est revenue.

# ÉPILOGUE

## 25 JUIN 1978
## 21 H 50

Le poing droit serré au fond de sa poche sur le manche de son cran d'arrêt, il la suit depuis une bonne dizaine de minutes. Elle marche d'un pas pressé pour rentrer chez elle. Les talons de ses chaussures vernies claquent sur le trottoir désert.

Deux semaines qu'il l'épie à la jumelle depuis sa voiture garée un peu plus loin. Elle vit seule. Pas de mari, pas de gamins. Elle habite une petite maison basse cachée derrière une haie de thuyas. C'est la dernière, près de la forêt de sapins, tout au bout de l'alignement de la rue, juste au-delà de l'ultime réverbère que le coucher du soleil nimbe d'un voile de feu. Plus loin, l'impasse se transforme en chemin creux où les résidents du quartier vont faire cavaler leurs chiens pour qu'ils se vident les intestins avant le film du soir.

Quand il fait encore jour.

Ils y sont presque.

Il presse l'allure et se rapproche de sa cible. Ses baskets glissent sur le macadam sans émettre le moindre bruit. Les cheveux blonds de la jeune femme volent sur ses épaules au rythme de ses pas dans la lumière du couchant.

C'est magnifique.

L'écho de la chanson résonne à l'infini dans sa mémoire. Les couplets ne se sont jamais évaporés. Ils sont restés gravés en lui.

*C'est une poupéée, qui fait non, non, non, nooon, non...*

Elle marche de plus en plus vite, comme si son instinct, à l'orée du crépuscule, lui soufflait à l'oreille qu'elle doit se dépêcher de se mettre à l'abri.

Le cœur de l'homme s'emballe. Sa langue s'assèche. Il imagine ses bras musclés qui emprisonnent le corps frémissant de cette fille. Il voit déjà sa main descendre sur son ventre, relever sa robe et chercher le passage secret, juste un peu plus loin…

Il jette un rapide coup d'œil autour de lui. Personne. La finale de la Coupe du monde de football a vidé les artères de la ville. Lycéens, ouvriers, employés, enseignants, ils sont des centaines de milliers agglutinés devant leur écran comme des mouches sur un étron. On ne doit pas être loin du coup de sifflet qui mettra un terme à la rencontre. La France entière veut savoir qui, de l'Argentine ou des Pays-Bas, va remporter le trophée si convoité.

Comme si ça allait changer l'avenir de la planète.

Il n'est plus qu'à quelques mètres. Au moment où elle sort sa clé de son sac, elle tourne la tête, l'aperçoit et ouvre la bouche pour pousser un hurlement.

Il s'est longtemps observé dans le rétroviseur avant de descendre de sa voiture. Il a ajusté sa perruque platine sur son visage rasé entièrement maquillé de bleu hormis une bande blanche qui le sépare en deux des ailes du nez jusqu'à la lèvre supérieure. Pour couronner le tout, il a peint sa bouche d'un épais rouge sang qui dégouline comme s'il avait mordu dans une poignée de fraises bien juteuses.

Il est terrifiant et il le sait. Il comptait sur ce moment de stupeur pour figer ce joli petit lapin dans la lumière de ses phares.

Il bondit sur elle et colle la pointe de son couteau sous son menton.

— Tu cries : t'es morte. T'as compris ?

Elle ne répond pas. Ses yeux agrandis de frayeur roulent en tous sens. Ils cherchent une issue de secours qui n'existe pas.

Un gémissement continu sourd de sa poitrine. Comme celui d'un animal renversé par une voiture sur le bord de la route.

*Nooon nooon nooon…*

Il la secoue contre la lame. Le tranchant coupe la peau fine et un filet de sang coule sur la gorge qui palpite.

— T'as compris, oui ou merde ?

La blonde cligne de ses beaux yeux bleus emplis de larmes.

Il pousse le portail et la propulse derrière les thuyas. À présent, ils sont invisibles depuis la rue. La fille tremble contre lui. Il saisit ses cheveux d'or à pleine main et il la tire de l'autre côté du jardin. Là où il fait encore plus sombre à cause des sapins.

Il sourit.

Elle est à sa merci.

Elle lui appartient.

Il lui écrase brutalement la trachée avec le coude pour la forcer à se coucher dans les aiguilles sèches. De l'autre main, il lui arrache sa culotte et il enfonce ses doigts entre ses cuisses. Tout de suite, l'érection le prend à la gorge.

Il ouvre sa braguette, sort son membre gonflé à mort et le presse contre le ventre brûlant.

Il vibre de tout son corps.

*Enfin!*

*Vingt-et-un ans et il n'a encore jamais tiré sa crampe avec une fille! Mais aujourd'hui, c'est terminé! Il va lui montrer ce qu'il sait faire, à cette sale petite...*

Soudain surpris par la frénésie du sang qui monte trop vite en lui, il relâche son attention l'ombre d'un instant pour saisir son sexe de la main gauche et essayer de l'enfoncer en elle avant qu'il soit trop tard. Lorsque, dans un sursaut de désespoir, elle réalise que le couteau s'est éloigné de sa gorge, la jeune femme lui plante ses ongles dans le visage au moment où il jouit sur elle sans avoir eu le temps de la pénétrer.

Fou de rage, il la frappe d'un revers du poing droit.

Celui qui cogne le plus fort.

Celui qui serre le manche du cran d'arrêt.

La lame s'enfonce dans la chair tendre du cou et noie le hurlement de terreur dans un flot écarlate.

— Mais qu'est-ce qui se passe, ici ?!

Il se retourne d'un bloc, le sexe brusquement dégonflé. Depuis le seuil de la maison, une vieillarde cligne des paupières derrière les culots de ses grosses lunettes de myope du fond de son fauteuil roulant. Il lâche sa victime et se précipite sur l'intruse. Le couteau lui a échappé. Quand il la repousse vers l'intérieur du pavillon, l'aïeule bascule en arrière en s'accrochant à lui. Il y a un bruit de tissu qui se déchire et puis le son mat d'un crâne qui heurte violemment le sol.

Il enjambe le fauteuil renversé et se laisse tomber sur elle, les genoux écrasés sur ses bras, une main sur sa bouche édentée et la seconde sur son nez.

Et puis il attend qu'elle cesse de gigoter.

Une minute.

Deux.

Lorsque rien ne frémit plus sous ses cuisses puissantes, il se penche sur elle, les mèches blanches de la perruque effleurant ses oreilles mortes. Une goutte de sang qui coule de sa blessure à la joue tombe sur celle de la vieille qui ne respire plus.

Il murmure.

— T'aimais pas le foot, hein mémé ? Dommage, t'aurais pu avoir une prolongation...

Lorsqu'il ressort du pavillon et revient à la blonde, il constate que la vie l'a quittée, elle aussi. Autour de sa tête, les aiguilles du sapin se sont colorées de rouge sombre. La nuit s'avance peu à peu sur le jardin silencieux où même les oiseaux se sont tus.

Il soupire, replie son couteau et s'éloigne sans un regard en arrière. La poche extérieure de son maillot pendouille comme une oreille de cocker. Il s'en fout. Cette fois, elle était vide.

Une fois parvenu à sa voiture qu'il a garée à trois rues de là, il ôte les gants et la perruque, les enfonce dans un sac poubelle et il passe la première. Il abandonne le tout dans un container en périphérie de la ville, puis il rejoint lentement la route de Longerupt.

Il a l'esprit tranquille. Il n'a laissé aucune empreinte digitale sur le terrain. Et si quelqu'un l'a aperçu, malgré toutes ses précautions, personne ne se souviendra d'autre chose que d'un type au visage peint des mêmes couleurs que son maillot de l'équipe argentine. Les supporters des deux camps ne vont pas manquer dans la rue, ce soir, après le coup de sifflet final, quel que soit le résultat du match.

Tandis que, très attentif aux limitations de vitesse, il rentre lentement chez lui, il ricane en songeant que ce n'est pas avec ce qu'il a abandonné sur le ventre de la blonde que les flics le retrouveront un jour. Ils pourront toujours conserver son sperme pour en faire des confitures si ça leur fait plaisir. Ce n'est tout de même pas comme s'il leur avait laissé sa carte d'identité avec son nom écrit en lettres majuscules, pas vrai ?

Lorsqu'il arrive enfin à son domicile, il stoppe sa voiture là où son père rangeait autrefois sa Mercedes.

*Son crétin de père…*

Alexandre déverrouille la porte et entre dans le garage, puis il s'immobilise à l'endroit où Mathilde était allongée, inanimée, cette nuit-là. Il repense à son corps offert sous la chemise entrouverte, à ses yeux vides, à sa respiration oppressée par le trip qu'elle s'était visiblement envoyé en solitaire en se cachant de ses copines. Quand il a soulevé le tissu pour la reluquer plus à son aise, il a aperçu la marque très fraîche de la dent cassée sur un de ses seins. Il se souvient de la colère indescriptible qui l'a brusquement étouffé devant cette poitrine souillée qu'il avait si souvent caressée d'une seule main au plus fort de ses rêves érotiques.

Une rage froide.

*Mortelle.*

De toute l'équipe présente chez lui ce soir-là, seuls Romain et lui s'étaient brisé une incisive à cause du rugby.

*Le traître.*

*Le foutu putain de traître !*

Alexandre s'est approché de Mathilde, mais, intimidé par sa beauté ainsi crûment dénudée, il a été incapable de la toucher, comme si elle était en train de l'observer à travers ses paupières closes. Il est remonté dans sa chambre et a avalé le reste de la bouteille de whisky pour ne pas étrangler le fils Keller sous son propre toit. Et puis, rongé par la haine, la frustration et l'hébétude, il a tout dégueulé sur son lit moins d'une demi-heure plus tard.

Lorsque, aux portes de l'inconscience, il a entendu son père se précipiter dans l'escalier, il a alors compris, malgré les brumes alcoolisées dans lesquelles le plafond tanguait méchamment, qu'il avait trouvé cette petite salope inanimée dans le garage.

Tout en simulant un profond ronflement, Alexandre a plongé dans le sommeil de l'ivresse le sourire aux lèvres. Un sourire poisseux de vomi et de bile mélangés.

*Que son vieux se démerde avec elle. Et qu'il la baise aussi si ça lui chante...*

Le lendemain, quand il a appris la disparition de Mathilde et croisé le regard halluciné de son père au-dessus de la chaîne et de la médaille oubliées dans la chambre où elle avait dormi, il a réalisé ce qui s'était passé.

Alors il s'est tu, juste pour voir ce qui allait arriver ensuite.

*Et bon sang, il a été servi !*

Il ne s'est occupé de Romain que bien plus tard, quand tout a été terminé.

Il entre dans le bureau de son père, s'assied dans son fauteuil et, les yeux plissés, un verre de whisky écossais de dix-huit ans d'âge à la main, il écoute le disque qu'il vient de lancer sur la platine 33 tours.

*La chevauchée des Walkyries,* de Wagner.

Cette musique, elle aussi, est restée imprimée en lui comme un souvenir indélébile de cette nuit où sa vie a changé pour de bon. Celle où son imbécile de paternel a tenté de nettoyer un crime que son fils n'avait pas commis.

Voilà ce qui arrive quand votre métier consiste à inventer des histoires bien plus compliquées que la réalité. Un jour ou l'autre, parce que vous avez regardé trop loin sur le trottoir, vous posez le pied sur une belle peau de banane qui se trouvait juste devant votre semelle, pile-poil sous votre nez, et vous vous ramassez la gueule dans le caniveau.

Cela dit, il doit tout de même remercier son vieux de lui avoir soufflé l'idée géniale qu'on peut tuer quelqu'un et s'en sortir haut la main sans être le moins du monde inquiété. Et ça, c'était un vrai *putain* de cadeau d'anniversaire. Le meilleur qu'il lui a jamais offert de toute sa vie.

Alexandre incline son verre et trinque dans le vide.

*Merci p'pa.*

Il pousse un long soupir d'aise en avalant une gorgée de l'alcool hors de prix. Grâce à l'héritage de Marc Torres, le célèbre écrivain à l'imagination débordante, il a les moyens de s'en acheter au moins une bouteille par semaine.

Et il possède du temps libre à foison.

Il claque de la langue, satisfait, et relâche la tension de sa nuque sur le dossier de cuir.

Il n'a plus qu'à se remettre en chasse.

Ce n'est pas le gibier qui manque…

# NOTE AU LECTEUR

La première étincelle de ce roman m'est apparue lors d'une discussion avec Maryline Lafon, une amie. Nous étions en train de prendre l'apéritif à une terrasse ensoleillée, dans le Lot, en plein mois d'août, et nous parlions à bâtons rompus de littérature noire, de polars et autres thrillers. Et puis elle s'est soudain arrêtée et m'a observé avec un drôle de sourire.

— Tiens, toi qui aimes les histoires un peu tordues, je vais t'en raconter une qui s'est déroulée par ici il y a quelques années…

Les faits se résumaient à une coïncidence : une fête d'adolescents dans une maison isolée sur le Causse, un ado qui fait un malaise et le coup de fil d'un adulte affolé au médecin de garde et qui tombe précisément sur le père de la victime. Le véritable hasard, ce qui rend cet événement si particulier, c'est que la route était devenue impraticable à cause d'une tempête de neige inattendue. J'ignore ce qui s'est passé ensuite, mais j'ai alors ressenti que le responsable des jeunes s'était retrouvé livré à lui-même et à sa panique et qu'il avait déjà fondu un plomb.

La petite vibration soudaine, celle qui vous murmure avec empressement à l'oreille que vous *tenez* quelque chose, s'est emparée de mon imagination et ne l'a plus lâchée. Il me fallait écrire ce livre, même si je n'avais presque rien encore pour le construire.

Dans un premier temps, j'ai décidé de délocaliser cette histoire. Pour rester en phase avec ma première idée, que j'ai d'ailleurs conservée ensuite, j'avais besoin de neige. De *beaucoup* de neige. Et le Lot, pour ceux qui connaissent, ce n'est pas le coin de France où l'on en trouve le plus. Les Alpes ? Les Pyrénées ? Non, l'équipement des communes se devait d'y être toute l'année à la hauteur d'un risque de précipitations soudaines et mon intrigue y serait incongrue.

Les Vosges ? *Les Vosges…* Oui, tiens, je n'avais jamais écrit un roman qui se déroulait dans cette région et cela m'a tout de suite attiré. Des forêts profondes, des lacs, un joli relief qui pouvait me permettre de planter le décor dont j'avais besoin sans en arriver à la haute montagne… tout était parfait. Sauf une chose : à quelle période commence-t-il à neiger dans les Vosges ?

Une recherche avancée sur les données météorologiques de Météo France m'a appris qu'il y avait eu une très importante chute de neige en septembre 1974 dans le secteur qui m'intéressait, et même un premier épisode de gros flocons dès la fin août. Je tenais l'année de mon roman, la région et le climat calqué sur un événement réel : je pouvais attaquer.

À l'instar de *Principes mortels* – un livre précédent publié en 2013 –, j'avais déjà le désir d'élaborer une nouvelle intrigue sans téléphones portables ni tests ADN. Ces éléments indissociables d'un polar contemporain auraient rendu cette histoire impossible. 1974 me convenait très bien et je me suis replongé avec circonspection dans cette période oubliée de mon enfance.

Oubliée, parce qu'à l'époque j'avais treize ans et aucune idée des modèles de voiture alors en circulation – ça n'a jamais été ma passion. J'ignorais également tout des cafetières – électriques ou pas – et des informations sur les chaînes de télévision. Lorsque j'ai commencé à piocher dans le passé, j'ai découvert que je n'avais plus aucun souvenir que la Une était encore en noir et blanc cette année-là – elle n'a été diffusée en couleur qu'à partir de 1975. En revanche, je savais que la peine de mort était toujours présente dans notre pays et que le spectre de l'échafaud pouvait pousser un homme à tenter le tout pour le tout pour y échapper.

J'ai pris, je l'avoue, quelques libertés avec la réalité. Pas sûr qu'il y ait eu des flashs d'infos à la télé le matin, même pour une affaire de ce genre. Malgré mes recherches, je n'ai pu en acquérir la certitude. Pas sûr non plus qu'une telle caserne de militaires existait en pleine cambrousse comme je l'ai mentionné.

J'espère que mes lectrices et mes lecteurs me pardonneront ces entorses au réel, car j'avais besoin de ces éléments pour mener à bien cette histoire.

Lors d'un raid moto dans les Vosges, en novembre 2019, je n'ai pu dénicher l'endroit exact où je voulais implanter ce roman. J'ai bien sûr trouvé des lacs, des routes en lacets, des cols, mais rien qui ressemblait au virage fatidique où s'abîme la voiture d'Henri. Pas de falaise ni de surplomb rocheux au-dessus des eaux d'un lac sur une telle hauteur.

Alors, comme j'étais allé me balader du côté de Longemer, Xonrupt, Gérardmer et que j'avais beaucoup aimé ce coin-là, j'ai inventé la ville de Longerupt, le lac Lœvenbruck et le col de Fuchs.

L'ami Henri Lœvenbruck, écrivain et biker, qui organise depuis bientôt vingt ans à Gérardmer l'un des plus grands événements nationaux autour de la moto, a donné son nom à mon lac. Lors de mes recherches, j'ai appris que Jean-Paul Fuchs (1925-2018) a créé le parc naturel du Ballon des Vosges en 1989 et qu'il a ensuite présidé jusqu'en 2002 la Fédération des parcs naturels régionaux de France. Baptiser mon col imaginaire de son célèbre patronyme était un petit hommage à cet homme qui s'est battu une bonne partie de sa vie pour la préservation de la nature dans sa région.

Je dois un immense merci à mes cinq primo-lecteurs qui ont accepté de lire ce roman dans sa version alpha. C'est grâce à leurs judicieuses remarques que j'ai pu corriger un certain nombre d'imperfections qui s'étaient glissées dans cette histoire.

S'il en reste, en tant que cuisinier final du plat que vous avez entre les mains, j'en suis le seul et unique responsable.

Nathalie, Christine, Claire, Chantal et Laurent (ouf ! enfin un bonhomme dans cette fabuleuse équipe), ce livre n'aurait pas été le même sans vous…

COSMO
POLIS

Achevé d'imprimer sur rotative
par BUSSIÈRE CPI FRANCE
en août 2020
–
Dépot légal : août 2020
Numéro d'édition : 001
*Imprimé en France*
–
ISBN : 978-2-902324-07-1
N° d'impression : 2051131

## DU MÊME AUTEUR

*De sinistre mémoire*, éditions Les Nouveaux Auteurs (2010)
*Quatre racines blanches*, éditions Les Nouveaux Auteurs (2012)
*Colère noire*, éditions Les Nouveaux Auteurs (2013)
*Principes mortels*, éditions Les Nouveaux Auteurs (2013)
*L'enfant aux yeux d'émeraude*, éditions Les Nouveaux Auteurs (2014)
*La Pieuvre*, éditions Le Toucan (2015)
*Sens Interdits*, éditions Mosésu (2015)
*Le loup peint*, éditions Le Toucan (2016)
*Ne prononcez jamais leurs noms*, éditions Le Toucan (2017)
*7/13*, éditions Le Toucan (2018)
*Enfermé.e*, éditions French Pulp (2018)
*Les carats de l'Opéra*, éditions French Pulp (2019)
*Du poison dans la tête*, éditions French Pulp (2019)

NOUVELLES :

*Anicroches*, éditions Mosésu (2016)

AU LIVRE DE POCHE :

*Quatre racines blanches* (2014), *L'enfant aux yeux d'émeraude* (2015), *Le loup peint* (2017), *Ne prononcez jamais leurs noms* (2018), *7/13* (2018), *Enfermé.e* (2019)
Au Toucan Poche :
*La pieuvre* (2017)
Chez Bragelonne Poche :
*Principes mortels* (2018)
Chez French Pulp Poche :
*Colère noire* (2017), *De sinistre mémoire* (2017)